小学館文庫

黒と白のはざま

ロバート・ベイリー

弘人 訳

小学館

黒と白のはざま

＊主な登場人物＊

トーマス（トム）・ジャクソン・マクマートリー
…………………………………………………… 弁護士。もとアラバマ大ロースクールの教授。

リック・ドレイク…………………………… 弁護士。トムの教え子であり事務所の共同経営者。

ボーセフィス（ボー）・ヘインズ …………… テネシー州プラスキに住む弁護士。トムの教え子。

ルーズベルト・ヘインズ…………………… ボーの亡父。

アンドリュー（アンディ）・ウォルトン …… プラスキの実業家。

マギー・ウォルトン………………………… アンディの妻。

レイモンド（レイレイ）・ピッカルー ……… プラスキの離婚弁護士。トムの旧友。

ヘレン・ルイス……………………………… テネシー州の地区検事長。

ジャスミン（ジャズ）・ヘインズ …………… ボーの妻。

T・J・ヘインズ …………………………… ボーの息子。

ブッカー・T・ロウ ………………………… ボーのいとこ。

パウエル・コンラッド……………………… アラバマ州タスカルーサ郡地区検事補。

ウェイド・リッチー………………………… タスカルーサ郡保安官事務所の捜査官。

ジョージ・カーティス……………………… マギーの弟。診療所を営む医師。

ラリー・タッカー…………………………… サンダウナーズ・クラブのオーナー。

ダーラ・フォード…………………………… サンダウナーズ・クラブのストリッパー。

エニス・ペトリー…………………………… テネシー州ジャイルズ郡の保安官。

ハンク・スプリングフィールド…………… ジャイルズ郡の保安官補。

ジャック・ウィリストーン………………… もとトラック運送会社の経営者。

ジムボーン（ボーン）・ウィーラー ………… ウィリストーンの始末屋。

マーサ・ブーハー…………………………… アーミッシュの村に住む女性。

キャピー・リンボー………………………… スリーピー・ヘッド・インのオーナー。

母ベスと父ランディ・ベイリーへ。

プロローグ

テネシー州プラスキ、一九六六年八月十八日少年はベッドルームふたつの小屋の居間の床に坐《すわ》り、彼の唯一の悪徳——大きな風船ガムを嚙《か》むこと——にふけりながら、ラジオでカージナルスの試合を聴いていた。母親はまだお屋敷でパーティーの後片付けをしていたが、父親はその日の夜の仕事を終えて帰宅していた。少年は仰向《あおむ》けになり、風船ガムを膨らませながら、野球のボールを空中に投げ上げては、ミットでキャッチしていた。

そのとき銃声がして、少年をビクッとさせた。

その音は家の外から聞こえた。十二番径の散弾銃から二発。少年は五歳だったが、どんな散弾銃からどんな音がするかを知っていた。父親が何度かハンティングに連れて行ってくれたからだ。この前は少年自身も散弾銃を撃った。少年は素早く立ち上がると窓の外を見た。木でできた十字架が見えた。教会で牧師が説教をするときに、後ろにある十字架に似ていた。十字架は燃えていた。その背後に、奇妙な衣装をまとった男たちがいる。長く白いローブで全身を覆い、顔にも白いフードを被《かぶ》っていた。フードの眼《め》のあたりには穴が空けられていた。男たちはみな、散弾銃を持っている。そのうちのひとりはほかの男たちの一メートルほど前に立ち、やや暗めのフードをつけていた。燃えている十字架の輝きと頭上の半月のせいで、男のフードは紅《あか》く見えた。

紅いフードの男が片手で散弾銃を上げると、空に向けてさらに二発撃った。少年はその音に驚き、思わずあとずさって尻をついてしまった。ひざまずいたまま、這《は》うようにもう一度窓辺に近づくと敷居越しに外を覗《のぞ》き見た。そのとき、紅いフードの男が叫んだ。

「ルーズベルト・ヘインズ、さっさと出てこい!」

しゃがれた低いその声に、少年は聞き覚えがあった。腕の毛が逆立つのを感じた。

「ルーズベルト、そこにいるのはわかってんだぞ!」紅いフードの男はそう言うと、一歩進み出た。「扉をぶっ壊されたいのか!」声はさらに大きくなり、さっきよりも近づいている。

少年はその声の主が誰なのか、はっきりとわかった。

「父さん?」少年は大きな声で父親を呼んだ。胸のなかでは心臓が激しく脈打っていた。

「父さん、ミスター・ウォルトンは何を――?」

大きな手が少年の口を覆い、少年のことばを抑えた。少年は叫びそうになったが、父親が耳元で優しく話しかける声を聞いて落ち着きを取り戻した。「落ち着くんだ、ボー。父さんが見る」

そう言うと、ゆっくりと少年の口元から手をはずし、フランクリン・ルーズベルト・ヘインズは窓の外を見た。

「くそっ」

ほとんど囁《ささや》くような声だったが、父親のすぐ近くにひざまずいていた少年には確かに聞こえた。「父さん？」少年はすすり泣いていた。

父親は身をかがめると、人差し指を唇にあて、少年に首を振ってみせた。そして窓の敷居越しにもう一度外を見た。今度は何も言わなかった。が、肩を落とし、傷ついた動物のうめき声のような音を肺から漏らした。裸足《はだし》に上半身裸の父親は、毎晩就寝のときに着る赤いパジャマのパンツ姿で窓辺にかがみこみ、手で顔を覆って、何か少年にはわからないことばをつぶやいた。

牛やほかの家畜をまるでぬいぐるみのように扱う、頑丈でたくましい父の姿が、少年には生まれて初めて小さく見えた。恐怖が少年の胸を這いあがり、大蛇のように胸にからみつく。

「父さん？」

やがて父親は手を顔からはなすと、少年に眼を向けた。額が触れるほど顔を近づけて少年に囁いた。「ボー、約束してほしいことがある」

少年は泣き出し、思わず顔をそむけた。

「だめだ、ボー、父さんを見るんだ」父親は少年の肩をつかんで揺すった。少年は言われた通りにした。「ボー、母さん《マンマ》がつらい目にあうことになる。母さん《マンマ》を守ると約束してくれ」

そう言うと父親は窓の外をちらっと見た。紅いフードの男がまた叫んでいた。

「ルーズベルト、二十秒やる。出てこなければ家に火をつけるぞ！」

ほかの男たちは低い声で何か唱え始めていた。だが、少年には彼らが何を言っているのか聞こえなかった。父親はもう一度少年に顔を向けると、肩をしっかりとつかんだまま言った。

「約束するんだ、ボー」

少年の歯がカタカタと音をたてた。外は三十六度近かった。八月の真夏の盛り。小屋にはエアコンなどなかったが、凍えそうに寒かった。涙も乾いていた。

「約束するよ、父さん」

「立派な男になるんだぞ、ボー。わかってるな」父親はそう言って少年の肩を揺すった。少年は頷《うなず》いた。

「聞こえるか、黒んぼ《ニ》野郎《ガー》！」声がさらに大きくなった。家に近づいていた。「残り十秒だ！」

父親は身じろぎひとつしなかった。少年をじっと見ていた。「ボー、お前はいつか今日のことを耳にすることになる。彼らがなぜこんなことをするのかを。だが信じちゃいけない。絶対に。約束できるか？」

「十！ ……九！ ……」紅いフードの男はカウントダウンを始めた。だが、父親はまだ動かなかった。ボーの答えを待っていた。

「約束するよ、父さん」

「いつか母さんが……全部話してくれる、わかったな？」

ボーは頷いた。父親は彼を強く――痛いほど強く――抱きしめ、そして少年のほほにキスをした。

「六！　……五！　……」

父親は立ち上がると、玄関に向かって歩き出した。

少年は涙をこらえて父親に這いより、足首のあたりを必死でつかんだ。

「行かないで、父さん。お願い」

父親はひざまずくと少年の手を優しくはずし、両手で包んだ。「ボー……」

少年は父親の眼を見上げた。

「愛してるぞ、坊主」

「三！　……二！　……」

「ぼ……僕もだよ、父さん」

少年はことばを詰まらせた。鼻水が流れ、眼は涙で曇っていた。「お願い……行かないで……」

ドアノブをつかみ、ドアを開けた。「今、行く！」ドアを閉める前に、ルーズベルト・ヘインズは最後にもう一度だけ少年を見た。

「見るんじゃないぞ、ボーセフィス。何があっても見るんじゃない」

もし言うことさえ聞いていれば……

第一部

1

テネシー州プラスキ、二〇一一年八月十八日

午後十時三十分。キャシーズ・タバーンのバールームは客もまばらだった。四つのテーブルに客の姿はなく、長方形の長いカウンターの両端に男がふたり坐っているだけだった。

そのうちのひとりはクリート・サーテイン、ジョンソンズ・フードタウン食料品店の店員で、夜のシフトを終えたところだった。七十四歳のクリートは、雪のように白いひげと百四十キロ近い巨体の持ち主で、ダウンタウンのクリスマス・フェスティバルではここ二十年ずっとサンタクロースの役を演じていた。食料品店で働いているか、サンタクロースを演じているとき以外は、〈ナチュラル・ライト〉（ビールの銘柄）を飲むか、カントリー・ミュージックを聴くのが好きだった。木曜日のキャシーズではその両方をいっぺんに愉《たの》しむことができた。

背後では一九八〇年代カントリー・ミュージックのカバーバンドがエディ・ラビットの〈恋のレイニー・ナイト〉を演奏していた。クリートは音楽に合わせて足を踏み鳴らし、ビールをぐいっとあおった。キャシーズのメインフロアにはテーブルがいくつか置かれ、その前にステージが設けられていた。観客の歓声とボー・デューク（アメリカのTVシリーズ『爆発！　デューク』の主人公）のよう

な「イヤッホー」という声に合わせて、バンドが、人気の高い音楽を中心に演奏している。生演奏はいつもキャシーズの人気イベントで、メインフロアに最も近い位置にある、クリートのいるバーカウンターからも、少なくとも十五人、ひょっとすると二十人近い客の姿が見えた。

ビールをもう一口すると、クリートはなにげなくカウンターの反対側の端に坐っている男に眼をやった。

褐色の肌ときれいに剃《そ》り上げたスキンヘッド。ボーセフィス・オルリウス・ヘインズは、いつもクリートに八〇年代のボクサー、〝マーヴェラス〟・マービン・ハグラーを思い出させた。もちろん、ハグラーがミドル級だったのに対し、ボーセフィス・ヘインズは百九十五センチで優に九十キロを超えるヘビー級だったが。アラバマ大学時代、〝ベア〟・ブライアントのもとでフットボールをプレイしていたときに膝をけがしたが、今もミドル・ラインバッカーの体形を維持していた。カーキのパンツにノーネクタイでブルーのシャツを着て、葉巻をくゆらせているボーは、五十代にはいった今でも威圧的な風貌を保っていた。

誰かに見つめられているように感じ、ボーはスツールに坐ったまま向きを変えて、カウンターの端に眼をやった。

「おれの顔に何かついてるかい、爺《じい》さん」

クリートは両手を上げて笑みを浮かべた。が、全身は緊張で張りつめていた。「いんや、ボー。鏡に映る自分の醜い姿を見飽きちまってね。調子はどうだ？　仕事はうまくいってんのか？　今日は誰を訴えた？」クリートはほほ笑んでいたが、燃えるようなボーの視線を受け、心臓が早鐘のように打っていた。

ボーはしばらく何も言わなかった。質問を無視してただクリートを見つめていた。が、やがて口を開いた。「今日が何の日かわかるか、クリート？」

クリートはまばたきをした。「えーと、木曜日だったよな」ボーが答えないので、クリートはバーテンダーのほうをちらっと見た。キャシー・デュガンという名の美しいブルネットだった。「だろ？　キャシー」

キャシーはパイント・グラスを洗っていた。彼女はクリートと眼を合わせると、心配そうなまなざしで見つめ返し、首を振った。

「木曜日じゃないのか？」とクリートは訊いた。混乱していた。いったい何杯ビールを飲んだ？

「木曜日だ」とボーが言った。苦々しげな口調だった。「木曜日、八月十八日だ」ボーはそう言うと、クリートに顔を向けるためにスツールを回した。「四十五年前の今日、何が起きたか覚えているか？」

クリートは眼を細めた。胃がギュッと締めつけられ、額から汗が吹き出した。そういうことか。

「お前もあそこにいたのか、クリート？」とボーは言った。スツールを降りると、約五メートルの距離を歩いた。「お前もあの頃クランだったんだろ？　アンディ・ウォルトンの仲間だったんじゃないのか？」

　ボーはクリートに体を寄せると、葉巻の煙を顔に吹きつけた。「答えろよ」

　クリートはスツールを後ろに下げると、十ドル紙幣をカウンターのうえに投げた。「釣りはいい、キャシー」

　そう言って去ろうとすると、ボーが彼の前をふさいだ。

「ボー、わしは……その……面倒を起こすつもりはないんだ」とクリートは言った。その声は震えていた。

「お前も父さんが吊《つ》るされるのを見ていたんだろ、クリート？」そう言ってボーは身を寄せた。息からはバーボンと葉巻の強いにおいがした。「父さんのうめき声を聞いたのか？」

「もうやめな、ボー」とカウンターのなかからキャシーが言った。「やめないなら、出てってもらうよ」

「おれには聞こえるよ、クリート」ボーは言った。食いしばった歯のあいだから漏らすように。「おれは五歳だった。すべてを見て……すべてを聞いていた」

　クリートは眼を伏せた。ボーのまなざしの強さにこれ以上耐えることができなかった。

「ボー、わしはただ――」

「何事だ?」荒々しく、砂利のようなしわがれた声が背後からした。クリートはその声の主を確かめるために、まばたきをしなければならなかった。音楽は止《や》んでいた。男が近づいてくる。それが誰なのかわかったとき、クリートは睾丸《こうがん》が縮み上がりそうになった。

アンドリュー・デイヴィス・ウォルトンが、妻のマギーと義弟のドクター・ジョージ・カーティスを伴ってバールームに入ってきた。アンディは背が高く、痩せた男だったが、最近は以前よりもさらに細くなっていた。

「おやおや、こりゃ珍しい」とボーが言い、クリートを押しのけた。「裏口から入ってくるべきだったな」ボーはそう言うと顔を下げ、顔と顔がくっつきそうなほどアンディに近づいた。「おれがバーにいるこの夜に、ここに来るとは思わなかったよ」

アンディのまなざしはまったく揺るがなかった。マギーとジョージが後ろで心配そうに見つめ合うあいだ、しっかりとボーを見つめていた。クリートはこっそりとドアから出ていこうと思ったが、足が動かなかった。

「しばらく前からいたよ、ボー。今日はマギーの誕生日でね、お祝いをしに来たんだ」と彼は言った。「彼女がここの音楽が好きなんでね」

ボーの視線はアンディからその後ろに立っている女性に移った。マギー・カーティス・ウォルトン――プラスキでは〝ミズ・マギー〟と呼ばれている――は、優雅に輝く白髪を肩のあたりまで伸ばした小柄な女性だった。クリスタル・ブルーの瞳は何か哀れなものでも見るかのようにじっとボーを見ていた。

「今日はおれにとっても特別な日なんだ」視線をアンディに向け、ボーは言った。「なぜだかわかるか？」

アンディは無言のまま、ボーをじっと見ていた。ボクサーが構えるように右足を一歩下げ、こぶしを握り締めた。

ボーは笑い、葉巻を床に落とすと、マギー・ウォルトンが思わず後ろに下がるほど激しく踏みつけた。「試してみるかい、爺さん」

「我々は失礼するよ、ボー」とアンディは言った。「どかないなら、キャシーに警察を呼んでもらわなきゃならん」彼はバーテンダーのほうをちらっと見た。だがボーはアンディから視線をはずさなかった。

「その通りだよ、ボー」とキャシーが言った。動揺して声が上ずっていた。「どっちみち、そうしたほうがいいようだね。あんたのせいで客がみんな怖がって帰っちまう」

残っていた常連客たちは、彼らを避けるようにして入口のほうに向かっていた。だが、クリート・サーテインの足は床にへばりついたままだった。もしボーがアンディに襲いかかったら、自分とジョージのふたりがかりで彼を止めなきゃならないだろうと考えていた。

キャシーを無視し、ボーは身を乗り出してアンディの耳元に直接話しかけた。「もし傷を負ったなら、命には命、眼には眼、歯には歯、手には手、足には足、やけどにはやけど、生傷には生傷、打ち傷には打ち傷をもって償《つぐな》わねばならぬ」ボーはそう言ってから、さらに続けた。「出エジプト記二十一章二十三節から二十五節だ」ボーはクリートを見た。クリートはボーのことばを聞き、骨の髄まで凍えそうになった。「旧約聖書は知ってんだろ、クリート？」

クリートは無言だった。ボーは視線をアンディに向けた。「あんたはどうだ、爺さん？メッセージは理解したか？」

アンディも無言のままだった。バーは静まり返っていた。

「わかりやすく説明してやろう、二十一世紀風にな」とボーは言った。そして一瞬の間《ま》を置くと、人差し指をアンディの胸に強く突きつけて言った。「血をもって償え、このクソ野郎。必ずお前に罪を償わせてやる——眼には眼を、歯には歯をだ」

「ボー、やめな！」キャシーが言った。ボーは後ろに下がると、最後にもう一度だけ全員を見た。それから背を向けて、ゆっくりともといたカウンターに戻った。

しばらくのあいだ、残された四人は何をしたらいいかわからないまま立ち尽くしていた。やがて動けるようになると、クリートはアンディに向かって頷き、そそくさとバーを出て行った。アンディも頷き返すと、妻の手をとって言った。「行こう」

数秒後、ボーセフィス・ヘインズは、キャシーズ・タバーンに残ったただひとりの客となった。

ボーは空のウィスキー・グラスを見つめていた。アドレナリンが体中にみなぎっていた。人前でアンディ・ウォルトンと会うのはほぼ一年ぶりだ。ここ最近アンディは、基本的に隠《いん》遁《とん》生活を送っていると言われていた。時折、会社にふらっと立ち寄るものの、ほとんどを農場で過ごしていた。最後に彼を見たのは、去年の九月、マーティン・メソジスト大学の演劇コースの資金集めの催しだった。そのときふたりはホール越しに遠くから視線を交わした。だがそれだけだった。キャシーズ・タバーンのようなごく普通の場所にアンディが現れることはほとんどなかった。

よりによってこの日にあのクソ野郎と出会うとは。ボーはそう思った。首を振ると、グラスを見つめた。だが、溶けだした氷――ちょうど〈ジムビーム〉を飲み干したところだった――は眼に入っていなかった。代わりに彼の眼に映っていたのは、今でもよく思い出す父親の姿だった。ベッドルームふたつの小屋の前の庭で、色《いろ》褪《あ》せたセントルイス・カージナルスのキャップをかぶり、ボーとキャッチボールをしている父親の姿だ。

その庭は男たちが父親を引きずり出したのと同じ場所だった。アンディとクランの仲間たちが。

四十五年。ボーはそう思った。四十五年……。

ため息をつくと、グラスから眼を上げた。キャシーにもう一杯頼もうと思ったが、彼女はいなかった。まわりを見回すとバーの鏡に女の姿が映っていた。まばたきをした。その女が近づいてきて、彼の肩に手を置いたのが信じられなかった。

長い年月が、彼女の流れるようなブロンドの髪を威厳のある白髪に変えていた。しかし、その点を除くと、彼女はほとんど歳《とし》をとっていないようだ。瞳は今もクリスタル・ブルーで、背筋をぴんと伸ばしたその姿は、常に完全に落ち着き払っていた。今でも一九六四年の準ミス・テネシーだった面影が容易に見て取れた。

「キャシーはトイレに行ったようよ」とマギーが言った。「ボー――」

「講義を受ける気分じゃないんだ、ミズ・マギー。出てってくれ。おれを放っといてくれ」

ボーの肩は強張《こわば》っていた。ウィスキー・グラスをつかんで揺らすと、氷がカタカタと音をたてた。

「ボー、あんたがどんな気分だろうとどうでもいい。言うべきことを言ったら帰るよ」

ボーは黙ったまま彼女のことばを待った。一九八五年にロースクールを卒業してプラスキに戻ってきて以来、マギー・ウォルトンは何度もボーに近づいてきては、彼女の家族を放っておいてくれと頼んできた。今回も同じだろう。ボーは彼女には、敬意をもって礼儀正しく接してきた。しかし、彼女の頼みを聞き入れるつもりはなかった。決してアンディ・ウォルトンを放っておくつもりはなかった。

「ボー、彼は死にかけているの」とマギーは言った。厳《おごそ》かな口調だった。

　そのことばは稲妻のようにボーを打ちのめした。彼は視線を上げると、鏡越しにマギーのまなざしを受け止めた。

「今日ここに来たのはそのためよ。わたしの誕生日だからじゃない。彼を友人たちに会わせてあげたかった。普通のことをさせてあげたかった。もう……長くないの」彼女は嗚咽《おえつ》をこらえた。「膵臓癌《すいぞうがん》。ステージⅣよ。医者はもってせいぜい一カ月だろうと言っている」彼女はことばに詰まった。鏡越しに彼女が歯を食いしばっている姿が見えた。「彼を幸せに死なせてやってほしいの、ボー。聞いてる？」

　ボーは無言だった。まだマギーの話にショックを受けていた。

「あなたはアンディを貶《おとし》めるために人生のすべてを捧《ささ》げてきた。でももう終わりにするときよ」彼女はそう言うと腕を組んだ。ボーが黙っていると、右のこぶしを彼の隣のカウンターに叩《たた》きつけ、食いしばった歯のあいだから漏らすように言った。「十字軍気どりは高くついたんじゃないの、ボー？　ジャスミンも子どもたちも耐えられなかった、そうじゃない？」

　ボーはスツールを回した。怒りで体が震えていた。「放っといてくれ、ミズ・マギー」

　マギー・ウォルトンは二歩後ろに下がった。だが、視線はボーに向けたままだった。「違うの？」

　ボーが黙っていると、マギーは憐《あわ》れむような静かな口調で言った。「ボー、あなたは家族みんなを失った。そんな価値はあったのかしら？」彼女は背を向けると、ドアに向かって歩き出した。ドアノブをつかむと、ボーのほうを振り返ることなく言った。「わたしは彼を安らかに死なせてあげたいの」

2

ク《K》ー・ク《K》ラックス・ク《K》ラン誕生の地……

テネシー州プラスキのことが人々の口にのぼるとき、誰もが思い浮かべるのはそのことだった。〈Google〉で〝プラスキ〟と検索すると、最初にヒットするのは白いローブとフードをかぶったKKKの団員《クランズマン》が、南部連合の戦旗を掲げながら、ジャイルズ郡裁判所前の広場を行進している画像だ。この街について書かれた新聞記事の冒頭の数パラグラフには、必ず〝クー・クラックス・クラン誕生の地〟と紹介されているはずだ。それはプラスキという街の歴史において、決して避けて通ることのできない一面だった。

一八六五年のクリスマスイブ、ロバート・E・リー将軍がアポマトックスで降伏したちょうど八カ月後、南部連合の退役軍人六人がプラスキのダウンタウンにある西マディソン通りのビルに集まり、彼らが言うところの〝社交クラブ〟を作った。気晴らしと娯楽を目的としたもので、自警主義的な正義や暴力行為を目的としたものではなかった。クー・クラックス・クランという名はギリシャ語で兄弟の絆《きずな》を意味する〝ククロス〟から名づけられた。

現代のプラスキの白人市民のほとんどはクランのことを話したがらない。しかし、さらに尋ねられると、彼らはそろってこう答えた。暴力とテロリズムを用いて公民権運動に抵抗した一九五〇年代や六〇年代のクー・クラックス・クランは、プラスキの創始者が思い描いたものとは違っていたと。

ボーは、西マディソン通りのそのビルに埋め込まれた記念プレートを見ながら、苦笑いを漏らした。キャシーに追い出されて、キャシーズ・タバーンを出てから、ファースト通りを事務所へと向かった。机の一番下の引き出しから〈ジムビーム〉の一パイント瓶を取り出すと、また夜の街へと戻った。ミズ・マギーとの会話に動揺していた。アンディ・ウォルトンはもってもせいぜいあと一カ月……

考えなければならなかった。脳は激しく働いていた。どこか特定の場所に行こうとしていたわけではない。だが、気がついたらこのビルの前に来ていた。

地獄への道には善意が敷き詰められている。彼はそう思った。必ずしも意図した通りの結果になるとは限らない。一パイント瓶からバーボンを一口飲み、そのプレートに吐きかけた。歴史学者なら、望めば過去にふたをして見ないようにすることもできる。だがボーはＫＫＫを間近に見たのだ。五歳のときに眼の前で父親が彼らに殺されるところを。

そして彼はその男たちに正義の裁きを下すために人生を捧げてきた。

ボーは一九八五年の九月に弁護士事務所を開業した。アラバマ大学ロースクールを卒業してわずか数ヵ月後、そして愛するジャスミン・デザレイ・ヘンダーソンと結婚した三週間後のことだった。彼はロースクールをクラスの上位十パーセントに入る優秀な成績で卒業した。その成績と彼がポール・ベア・ブライアント・コーチの一九七八年と七九年の全米チャンピオン・チームで活躍していた評判から、バーミングハムやハンツビル、ナッシュビルの弁護士事務所の多くから誘いを受けた。ジャスミン《ジャズ》は彼女が育ち、両親が暮らしていたハンツビルの事務所からのオファーを受けるよう、ボーに懇願した。

しかし、ボーはそのいずれも受けるつもりはなかった。ロースクールに入学したときから、どこで開業するかは決めていた。

故郷の街だった。

ジャズも渋々承諾した。プラスキはハンツビルから車で四十五分の距離だし、KKK誕生の地とはいえ、教養教育で有名なマーティン・メソジスト大学――のちにジャズはこの大学で美術史の教授の職を得ることとなる――のある街でもあった。

ボーは故郷に戻る理由について、決して妻に嘘《うそ》をつかなかった。「父親を殺した男たちに法の裁きを与えなければならない」ジャズはわかったと言い、少なくとも最初のうちはプラスキでの生活を受け入れていた。

一九八〇年代、ジャイルズ郡は激動の時代を迎えていた。ボーとジャズは混乱が激化するさ中にプラスキに戻ってきた。一九八五年、アメリカ合衆国政府は一月の第三月曜日をマーティン・ルーサー・キング・ジュニアの誕生日にちなんで祝日とした。南部ではこれまでこの日を南部連合のふたりの将軍に敬意を表して、ロバート・E・リー将軍の日またはリー・ジャクソン将軍の日としていた。たちまち大騒動となり、プラスキは戦場となった。KKKは一九八六年、八七年、八八年の一月にジャイルズ郡裁判所前の広場で集会を開き、ほかの地域のKKKのグループも一年を通して、プラスキに集まってきた。こういったKKKの団員《クランズマン》たちは、ボーが今見ているプレートにキスをするために列をなしたものだった。彼らはまるで聖地を訪れたかのように文字通り頭《こうべ》をたれた。

結局、彼らは一九八九年八月までこれを続けた。このビルのオーナーのドナルド・マッセイがプレートを取り外してひっくり返し、何も書かれていない裏面を向けて取りつけ直したのだ。ボーはプレートの何も書かれていない緑と黒に塗られている面を手で撫《な》でた。マッセイの賢明なる意思表示から二十年、ボーは、ゾンビのようにさまよう旅行客がダウンタウンにやってきては、プレートを探すのを眼にしてきた。だが、そのプレートは、そこにあることを教えられなければ見つけることすらできなかった。ボーはマッセイがプレートを裏返しにしたことを、この街が暗い過去に決別するための比ゆ的な方法として、見事な対応だったと常に称賛の思いを持ってきた。プラスキはKKKがこのダウンタウンで生まれたという事実を否定することはできなかった。だが、この街はKKKに抵抗することはできた。

住民のＫＫＫへの抵抗が最も高まったのは、一九八九年十月、ドナルド・マッセイがプレートを裏返した二ヵ月後のことだった。ＫＫＫがアーリアン・ネイションズ（反ユダヤの白人至上主義を掲げるグループ）とともに裁判所前広場で集会を開催すると決めたことに対し、プラスキの住民が街全体を閉鎖したのだ。集会が行われる日、ボーの事務所を含む百八十を超える事務所や店舗が集会に反対して休業した。兄弟愛を国際的に意味するオレンジ色のリースが街中を覆いつくした。唯一営業していたガソリンスタンドを除くと、プラスキの街は少なくともその日一日だけゴーストタウンと化した。

ジャズ――彼女の両親はキング牧師のセルマーからモンゴメリーへの行進に参加していた――は、ＫＫＫとの悪《あ》しき過去から決別しようとするこの街の取組みを支援してきた。彼女とボーは、ジャイルズ・カウンティ・ユナイテッド――ＫＫＫの集会に反対するために結成されたグループで、一九八九年のボイコットの急先鋒《きゅうせんぽう》となった――の創設に尽力した。

そのことを思い出しながら、ボーは当時が結婚生活の最も幸福な時期だったのだと思った。彼にはわかっていた。一九八〇年代終わりに、ジャズがこの街のＫＫＫの集会に反対する活動に参加していた動機は純粋だったが、ボー自身の動機は利己的なものだった。彼は、四十五年前の今日、彼の父をリンチで殺したアンディ・ウォルトンとほかのＫＫＫのメンバーに裁きを与えるという個人的な探求を、この街自身にも認めさせたかったのだ。

しかし支援は得られなかった。ボーのオフィスにやってきた保安官や地区検事が話す言い訳は、いつも同じだった。父親へのリンチが行われたとき、ボーはわずか五歳だった。目撃者はボー以外にはおらず、ボーも実際には男たちの顔を見ていなかった。父親の遺体は空き地の池で発見されており、彼が泳げなかったということも明白な事実だった。頼りはアンディ・ウォルトンの声を聞いた五歳の少年のことばしかなく、十分とは言えなかった。

彼らの言う通りだということはわかっていた。もっと証拠が必要だった。しかしボーはこの街が、彼の父親の殺害の背後に隠された真実を葬ったままにしておきたいと考えていることにも気づいていた。プラスキはKKK誕生の地として、すでに十分なほどの悪評を受けている。街の履歴書にKKKが行ったリンチの事実を新たに書き加える必要はなかった。ボーが決定的な証拠を提出できない限り、住民たちは寝た子を起こすつもりはなかった。

ため息をつくと、ボーは葉巻に火をつけ、重い足取りでマディソン通りをあてもなく歩いた。

十分後、彼はフラワー通りの自宅の前の芝生に立っていた。葉巻を捨てて歩道の縁石で踏み消すと、ウィスキーをあおり、三十日前に掲げられた〝売家〟の看板を暗澹《あんたん》としたまなざしで見つめた。売値が高すぎることはわかっていた。だが、プライドが邪魔をして値下げすることができなかった。金が必要なわけじゃない。だから……

……看板はまだそこに掛かっていた。夫として、父親としての彼の失敗に対する記念碑のように。眼をつぶると、急にめまいがした。アルコールの魔法がやっと効いてきたようだ。彼は前によろめいて倒れそうになったが、芝生に左手をついて体を支えた。そのまま、右手に持ったウィスキーの一パイント瓶に唇をつけた。心のなかではミズ・マギーのことばが何度も何度も繰り返し再生されていた。「十字軍気どりは高くついたんじゃないの、ボー？」

一分後、ボーは空き家のなかを歩いていた。ボーとジャズは、T・Jが二歳、ライラがまだ赤ん坊だった頃、もっと広い家が必要になると思ってこの家を買った。扉から入ったその瞬間から、この家はジャズのお気に入りとなった。およそ二年間をかけて、彼女はリモデリング・プロジェクトの指揮を執った。目指したのは、歴史的特徴を残したまま広さを二倍にすることだった。

目標は達成された。堅木《かたぎ》張りの床、高い天井、そして大きなキッチンにはボーも感服するほかなかった。その家は彼にいつも素晴らしい満足感を与えてくれた。極貧の黒人の少年──父親を殺され、母親に捨てられた少年──がジャイルズ郡でも一、二を争う立派な家を持つにいたったのだ。だが、その事実も彼に何の喜びも与えてはくれなかった。実際には彼はほとんど家にいなかったし、いたとしても心はいつも別の場所にあったからだ。ボーは朝から暗くなるまで事務所で仕事をし、夜には父親の殺人事件を捜査していた。一九八五年以降、ボーは四十五件の陪審員裁判を争い、ひとつを除いてそのすべてに勝利していた。初めの頃は、労災補償やつまらない刑事事件を扱っていた。しかし、一九九三年にSUVの横転事故で、ウォルトン・シボレーから百五十万ドルを勝ち取ってから、状況が一変した。あっという間に、ボーは人身傷害に関する原告側弁護士として一流の仲間入りをした。そしてその勝利には特別に甘美な味わいがあった。アンディ・ウォルトンの自動車販売店に賠償金を払わせることになったからだ。また同じ時期、ボーは百名を超えるKKKテネシー騎士団――ボーの父親が死んだ当時は二千名を超えるメンバーがいた――の現在とかつてのメンバーから話を聞いた。元のKKK団員《クランズマン》からアンディもKKKの団員だったことをつきとめれば、事態は堰《せき》を切ったように進むだろうと考えていた。

しかし、彼の粘り強い努力にもかかわらず、捜査は進展しなかった。それどころか、ただ彼の家族を危険にさらしただけだった。窓にれんがが投げ入れられたことは数えきれないほどあった。朝起きたら、車のタイヤを切り裂かれていたこともあった。ほとんどはただのいやがらせだったが、何より結婚生活と家庭にフラストレーションと緊張を引き起こした。

だが事態は昨年の春、地元のれんが職人であるフェリデイ・モンテーニュがボーを病室に呼んだことで進展を見せた。モンテーニュはボーの父親が殺されたとき、その場にいたのではないかとボーがずっと疑っていた男だった。彼は肺癌で死に瀕《ひん》していた。ボーは病院に向かった。ついに真実を知るときが来る予感を抱きながら。しかし、主治医のジョージ・カーティスの忠告を受けたモンテーニュの妻がボーを病室に入れなかった。

失意を抱いてその夜帰宅したボーを待っていたのは、涙にくれるジャズの姿だった。彼女は茶色い封筒をボーの胸に突きつけると、嵐のようにベッドルームに戻り、勢いよくドアを閉めた。封筒のなかには二枚の写真が入っていた。一枚はT・Jがジャイルズ・カウンティ高校の前でボーの車から出てきたところ、もう一枚はライラが家の通用口から出てくるところを撮った写真だった。どちらの写真もT・Jとライラの顔にはライフルの照準の十字線が描かれていた。手紙は添えられていなかったが、そのメッセージの意図するところは明らかだった。

ジャズはひどく落ち込んだ。「ボー、あなたの復讐《ふくしゅう》の旅は高くつくわ。わたしは我慢できる。結婚したときから覚悟していたから。でも、子どもたちは危険にさらせない。そんなことはできない。あきらめてちょうだい、ボー。お願い、今すぐあきらめると言って」

ボーが答えないでいると、ジャズは荷造りを始めた。彼女は翌日子どもを連れてハンツビルの両親の家へ帰った。ボーに家を売るようにと言い残して。彼女は正式にはまだ離婚を申し立てていなかったが、それも時間の問題だった。ジャズはすでにハンツビルのアラバマA&M大学で教授の職を得て、子どもたちをハンツビルの学校に入学させる手続きをとっていた。彼女は前へ進んでいる……

ボーは〈ジムビーム〉を少しずつ飲みながら、最後にもう一度、家のなかを見て回った。T・Jとライラの部屋の様子を思い出しながら。以前は熱帯魚用の水槽がライラのベッドの隣のドレッサーのうえにあった。T・Jの部屋の壁にはピッツバーグ・パイレーツの外野手アンドリュー・マカッチェンやニューオーリンズ・セインツのランニングバック、マーク・イングラムのポスターがあった。今、壁には何もなく、〈スコッチテープ〉のはがし残しがあるだけだった。

ボーはキッチンで立ち止まった。裏庭に続く両開きのガラス扉を通ると、そこには彼のこれまでの人生の唯一の名残があった。長年の雨に打たれ、使い古されて錆《さ》びたブランコ。娘と息子をブランコに乗せて遊んだことを思い出した、と言いたかった。が、そうは言えなかった。唯一覚えているのは、今のように誰もいないキッチンから見ていたときの記憶だった。そのときの記憶と今晩見ているものとの唯一の違いは、今は妻と子どもたちが自分たちの部屋で眠っていないことだった。

彼らは出て行った。そしてボーセフィス・ヘインズは天涯孤独の身となった。再び……

ボーはウィスキーをもう一口飲んだ。アルコールがのどに焼きつく。マギー・ウォルトンのことばが彼の魂に火をつけた。

ボーは鍵を締めると、よろめくように外に出た。出口のない苦境に陥ったという現実が日蝕《にっしょく》のように彼を取り囲む。時間がなかった。

アンディ・ウォルトンは死に瀕していた。ボーが彼に正義をもたらす前に。

3

そのストリッパーの本名はダーラ・フォードといった。〝ニキータ〟というステージネームだったが、彼女には似合っていなかった。〝ニキータ〟という名前はアンディ・ウォルトンに、セクシーな異国風のアクセントの、背の高い、痩せたロシア女性を思い起こさせた。ボンド・ガールのような。

ダーラ・フォードはそのどれにもあてはまらなかった。ヒールを履いてもせいぜい百六十センチ。色褪せたブロンド、官能的で肉付きの良いボディ、そして甘ったるいテネシーなまり。ダーラは決して007の好みのタイプではなかった。率直に言えば、アンディはもう少しヒップの小さい女が好みだった。だが彼はずいぶん前からわかっていた。性的な嗜好《しこう》など変わるものなのだ。アンディはいつもダーラ・フォードを指名した。彼女は、〝何か〟を持っていた。それが何なのかはわからなかったが。

「もう閉店時間よ、ミスター・ウォルトン」とダーラは言った。

彼はダーラが服を着るのを見ていた。胸の谷間を見せるためにわざと裂け目を入れた黒のTシャツにデニムのショートパンツ。彼女の数ある魅力のうち彼が特に気に入っているのは、彼女の常連になって一年になるのに、いまだに「ミスター・ウォルトン」と呼ぶことだった。

一度、そのことを尋ねてみたが、彼女はアンディと呼ぶのはいいことだと思えないとだけ言った。彼女は二十五歳、彼は七十を超えているので、ファーストネームで呼ぶのは〝失礼〟な気がするのだと。

アンディはそのことを思い出して笑みを浮かべた。誰もがずっと彼のことをミスター・ウォルトンと呼んだ。だがひとたびダーラ・フォードの口から発せられると、そのことばは彼を興奮させた。今、彼女とのセックスを一時間以上愉しんだあとも、まだぞくぞくするようなうずきを感じていた。七十三歳だというのに、三十分後にはもう勃起し始めていた。

ダーラ・フォードはまさに奇跡の存在だった。

二分後、アンディはサンダウナーズ・クラブの正面玄関から出て、湿り気を帯びた八月の空気を吸い込んだ。深夜一時を過ぎているというのに、気温は三十度を超えていた。背の高いスタイロフォームのカップからカクテルをぐいっと飲むと眼を閉じた。少しでもそよ風が吹かないかと期待しながら。ダーラやほかのダンサーからセイント・ピーターと呼ばれているバーテンダーが、帰り際にロング・アイランド・アイス・ティー（アイスティーに似たカクテル）をカップに満たしてくれた。ここへ来る前にキャシーズ・タバーンで飲んだ三杯のバーボンに加え、サンダウナーズでもビールを二杯飲んでいた。だが、このカクテルは美味《うま》く、そしてアルコールも強かった。

「運転して大丈夫なの、ミスター・ウォルトン？」とダーラが後ろから声をかけてきた。アンディは眼を開けた。彼女とセイント・ピーターがドアから出てきた。バーテンダーの手には鍵束が握られている。

「大丈夫だよ、ダーリン」彼は彼女を見下ろすようにほほ笑みながらそう言った。

ダーラはつま先立ちをすると、ほほに軽くキスをした。「気をつけてね」と囁いた。ふたりの視線が一瞬、絡まり合った。アンディは彼女が飲酒運転について注意しているのではないとわかっていた。彼女は親指をなめると、口紅のあとが残った彼のほほを軽くたたいた。

「約束して」

「ああ、約束する」とアンディは言った。彼女の手を握り、ロング・アイランド・アイス・ティーをもう一口飲んだ。

「遠くに行っちまうわけじゃあるまいし」鍵を締めてから、セイント・ピーターがそう言い、アンディにウインクした。アンディは頷いた。

十代の頃、ピーター・バーンズは、三年間、夏にアンディの農場で雑用や修理といった仕事をしていた。同じ土地で五十年も暮らしていると、多くの人々との出会いがあるものだ。いいこともあれば、悪いこともあった。アンディは、ピーターには良い影響を与えたと思っていた。が、誰にわかるだろうか。あの少年が成長して街のはずれのストリップクラブでウィスキーを注いでいるなんて。おそらくピーターは、これまでの人生で、彼をここまでにしてくれた人々に感謝したことなどないだろう。ダーラはどうだろうか？　彼女は二十五歳のストリッパーで、ストリップクラブの二階のＶＩＰルームでアンディの七十三歳のペニスをくわえて金を稼いでいる。

おれにノーベル平和賞を。バーテンダーとストリッパーの運転する車が砂利を敷いた駐車場を出て行くのを眺めながらアンディはそう思った。駐車場に残された車はアンディの錆びたグレーの〈シボレー・シルバラード〉のトラックだけになった。彼は重い足取りで車に向かった。老いを感じ、憂鬱な気分になった。

今日はダーラに会いにくるつもりはなかった。だが、ボーとのいざこざに神経を逆なでされた。マギーには「しばらく出てくる」とだけ言っていた。驚いたことに彼女は何も言わなかった。彼女の誕生日だというのに。彼にはわかっていた。こんな夜に彼がどこに行くのか――彼は自身の夜の冒険をあえて隠そうとはしなかった――を彼女が知っていることを。しかし昨年の秋、医者に病名を告知されてから、ありがたいことにマギーもついに見て見ぬふりをすることにしたようだ。

サンダウナーズ・クラブのネオンライトが点滅して消え、アンディは暗闇に眼をならそうとまばたきをした。駐車場はもうほとんど真っ暗になっていた。唯一の明かりは頭上の半月だけだった。彼はポケットのなかのキーを探し、やっと見つけるとキーレス・エントリーの開錠ボタンを押した。

ピックアップ・トラックのフロントシートに乗り込むと、すぐに気づいた。におい……素早く振り向いたが、誰もいなかった。しかし誰かがいたはずだ。彼にはわかっていた。においは間違いようがなかった。なんとなくなじみのあるにおい。古い葉巻のような……

鼓動が速くなった。キーをイグニションに差し込んだが、回す前に一瞬ためらった。気をつけて、というダーラの優しいことばが頭をよぎった。

アンディ・ウォルトンは七十三年の人生で多くの敵を作っていた。かつてKKKテネシー騎士団の最高指導者《インペリアル・ウィザード》だった男のことを、人々は決して忘れようとしなかった。それは滑稽なほどだった。そのあとに何をしたかは関係なかった。地元の大学に何十万ドルも寄付したことや、農場が今は黒人に貸し出され、多くの黒人労働者に雇用を提供していること、彼の会社がジャイルズ郡の住民の十パーセント以上に雇用を提供していることも。

そのいずれにも何の意味もなかった。彼はかつてローブとフードを着ていた。人々はクランのことになると決して忘れないのだ。

アンディは指でハンドルを叩きながら、キャシーズ・タバーンでのボーとのやりとりを思い出していた。ボーの眼は憎しみに満ちていた。

四十五年前、アンディとテネシー騎士団の九人のメンバーがアンディの農場の黒人労働者ルーズベルト・ヘインズをリンチした。ルーズベルト・ヘインズは余計な口出しをしたため、何とか対処しなければならなかった。アンディは殺人について、いつかは自分を許すことができるものと思っていた。

あの少年さえ見ていなかったら。ボーさえ……アンディは眼を閉じ、キーを回した。トラックは爆発しなかった。もっともアンディもそうなると考えていたわけではなかった。だが、彼には敵がいる。そしてさらに何人か敵を作りつつあった。

アンディ・ウォルトンは今やひとりの老人だった。一九七六年にKKKのローブとフードを脱ぎ、株式市場で富を得た男。その結果、一九八七年に〈ニューズウィーク〉の記事にもなった。タイトルには〝南部のウォーレン・バフェット〟とあった。記事はアンディのKKKの過去についても触れていたが、彼がいかに金儲《かねもう》けの天才へと変身を遂げたかに焦点をあてていた。記事のテーマは、金は男の社会的信念がどうだったかとは関係ないということだった。金に良心はなかった。

不幸なことにアンディには良心があった。そして四十五年ものあいだ、その良心が彼を蝕《むしば》んでいった。フードの穴を通して少年の脅《おび》えた眼を見てからずっと。そして少年の叫び声を聞いてからずっと。

今でも夜になると叫び声が聞こえ、夢のなかに現れた。

アンディはステージⅣの膵臓癌だった。余命一ヵ月と宣告された今、死ぬまでにその叫び声を止めたかった。そうしたかった……精神科医ならそれを〝閉合（不完全なものを完全なものとして認知しようとする働きのこと）〟と呼ぶのだろう。

それでも地獄に墜《お》ちるだろうことはわかっていた――これまでの人生であまりにも多くの悪事を働いてきた。だが、最前列に並ぶことはないだろう。

アンディはトラックをバックさせた。強い決心が彼を襲った。今がそのときだ、彼はそう思った。まさに今だ。この機会を逃したら、手遅れになる。

フロントガラス越しにじっと見ると、六十四号線に車は一台もなかった。保安官事務所までは車で十分もかからない。話は長くなるだろうが、ペトリー保安官は気にしないはずだ。

アンディはブレーキから足をはずし、バックを始めた。

リアビュー・ミラーに、行く手をさえぎる人影を見て車を停《と》めた。

アンディはギアをパーキングにいれると、シートの下の拳銃に手を伸ばした。いつもそこに置いて……

なかった。くそっ。最初に車に入ったときに嗅いだなじみのあるにおいを思い出しながらそう思った。

リアビュー・ミラーをもう一度見た。人影はもう見えない。あたりを見回した。まばたきをして、暗闇に眼をならそうとした。が、何も見えなかった。「どこだ――?」

運転席側の窓が四回ノックされた。

アンディは音のするほうを見た。心臓が高鳴った。眼がなれてくると、ゆっくりと焦点があった。「ジーザス・クライスト」と彼は言った。ため息をつくと眼をこすり、ボタンを押してウィンドウを下ろした。

半分まで下げたところで、散弾銃を頭に突きつけられた。

アンディは苦々しげに笑った。「そいつで撃つつもりなのか、え?」さらに何か言おうとしたが、親指で銃の安全装置がはずされるのを見た。

それが彼の質問に対する答えだった。アンディは冷たい眼をじっと見て言った。「くそっ……そういうことか」

自分が死に瀕しているときに人はおかしなことをする。

アンディ・ウォルトンはドアを開けようとも、戦おうともせず、かがみこもうとさえしなかった。代わりにゆっくりと前を向くと、フロントガラス越しに六十四号線のほうを見た。暗闇を。

散弾銃が火を吹いた。が、撃たれた瞬間、アンディに発射音は聞こえていなかった。聞こえていたのは少年の叫び声だけだった……

4

九一一への通報は午前二時三十分だった。

「緊急通報サービスです」一本調子の女性の声が答えた。

「何かありましたか？」

「ええっと、おれは長距離トラックの運転手をしてんだが、六十四号線のサンダウナーズ・クラブの西八百メートルほどのあたりで山火事を見たんだ。ウォルトン農場の一部のようだ。激しく煙が上がっている。消防車がすぐに来ないと、あたり一面が炎に覆われちまう」

「ありがとうございます。お名前を――？」

電話は切れた。

5

消防車は午前二時五十四分に到着した。ウッドロウ・〝ウッディ〟・モンロー消防署長は、通信指令担当者から電話を受けたときにはまだぐっすりと眠っていた。そのせいで、今もふらついた足取りで空き地へと続く未舗装の並木道を歩いていた。ウッディは一九六七年にヴェトナムでヴェトコン《チャーリー》を追いかけていた十一カ月を除くと、人生のすべてをプラスキで過ごしてきた。だが、東南アジアでの三百三十七日のあいだに眼にしたものは今も彼の夢のなかに現れた。

煙のなかを通りぬけて空き地にたどり着いた彼が眼にしたものは、ヴェトナムのジャングルで見たものよりもひどかった。「ああ、なんてことだ」と囁くように言うと、思わず吐き気を覚え、膝に手を置いた。

「署長、大丈夫ですか？」ブラッドリー・ヒルという名の若い消防士長がウッディの肩に手を回した。「署長……？」

「大丈夫だ、ブラッド。ただ……」彼が指さし、ブラッドが頷いた。ウッディの眼はショックと恐怖で大きく開いていた。

「ええ。見ました、署長。どうしますか？」

ウッディは指示を始めた。が、彼のことばはこれまでの彼の人生でも聞いたことのないほどの耳をつんざく悲鳴にかき消された。振り向くとバスローブを着た女性が口を両手で覆って立っていた。

ウッディはマギー・ウォルトンのことを五十年以上にわたって知っていたが、彼女の家以外で念入りにドレスアップしていないマギーを見るのは初めてだった。彼女はいつも完璧に髪を整えていた。今、テネシー州で最も裕福な女性のひとりである彼女は、グリーンのバスローブ姿で、豊かな白髪もひどく乱れていた。涙が彼女のほほを伝っている。

「いやよ！」彼女は叫ぶと、炎のほうに駆け出した。

「ああ、馬鹿な」ウッディはそう言うと、彼女のほうに駆け寄った。しかし、マギーはすでにウッディの脇を通りすぎていた。「ミズ・マギー、だめだ――」

「アンディ！」と彼女は叫んだ。「アンディ！」彼女は炎の三メートル手前で崩れるようにひざまずいた。

「ミズ・マギー、下がってください」ウッディは彼女の脇で片膝をついた。

「黙りなさい、ウッディ。ここはわたしの土地よ。わたしの。それに……」彼女は指さした。

「あれは……わたしの……わたしのアンディなのよ！」彼女は立ち上がって、炎に近づこうとした。だが、ウッディは彼女の腰のあたりに手を回してしっかりと押さえた。彼女は激しい力で体を揺らして逃れようとした。「ミズ・マギー、申し訳ありません」

最後には彼女も彼から離れようとすることをやめ、再びひざまずいた。「アンディ」とすすり泣くように彼女は言った。「いやよ」

「モンロー署長、そろそろ――」ブラッドが言った。が、ウッディは彼のことばを手でさえぎった。

「火はまだあの木までは燃え広がっていない」冷たいまなざしで若い消防士長を横目で見ながらウッディは言った。「おそらくそこまで燃え広がるのに五分はかかるだろう。保安官は写真を必要とするだろうから、少なくともあと五枚いろんなアングルから撮っておくんだ。それから、放水を始めよう。ほかの連中は写真を撮り終えるまで待機させておけ。おれはいくつか電話をしなきゃならん」

ブラッドがほかの消防士に大きな声で指示を出し始めると、ウッディは携帯電話を取り出し、エニス・ペトリー保安官の自宅の番号を押した。

五回目の呼出しで、もうろうとした声のペトリーが答えた。「もしもし」

「エニス、ウォルトンの農場で面倒なことが起きた」

「何ごとだ？」と保安官は尋ねた。警戒した口調になっていた。

ウッディが話し始めると、身の毛がよだつような叫び声が足元から聞こえた。低くほとんどしわがれたうめき声だった。「ミズ・マギー」ウッディは囁くように言った。しゃがんで彼女の背中を軽く叩いた。マギー・ウォルトンは死んだような眼で炎を見つめていた。

「今のはなんだ？」ペトリーが訊《き》いた。意識はもうはっきりとしていた。

「マギー・ウォルトンだ、保安官。彼女は……ひどく動揺している」彼はそう言うと、これから話そうとしていることを聞かせないよう、彼女に背を向けた。炎のほうを振り返ってちらっと見ると、声の震えを抑えながら電話に向かって話し始めた。「保安官、アンディ・ウォルトンの死体が、彼の農場の北東の奥まった場所にある木に、首にロープをかけられて吊るされていた。顔の半分は散弾銃で吹き飛ばされている。彼は……」ウッディ・モンローはそう言って眼をつぶった。今度はすすり泣きを抑えることができなかった。後ろではマギー・ウォルトンが苦悶《くもん》のあまりうめき声をあげていた。「彼は燃やされているんだ、エニス。撃たれて吊るされ、死体が燃やされている」

6

ボーセフィス・ヘインズはサイレンの音を聞いて眼を開けた。

まだ半分眠っていて、いつものように夢の余韻のなかにいた。夢のなかの父親が首を長く伸ばしている。連中は木の枝から吊るそうとして、父親の足を棒で叩いている。自分の叫び声に混じって、白いローブをかぶった男たちの笑い声が聞こえる……天井のファンを見つめていると夢のなかの音が次第に弱まっていき、サイレンの音にとって代わった。近づいている？

ボーはベッドから転がり出ると、無理やり背筋を伸ばして坐った。急に動いたせいでめまいがした。のどが渇いてサンドペーパーのようだった。つばを飲み込もうとすると、まだ口の端からぶらさがっていた吸いかけの葉巻で、危うく息を詰まらせそうになった。葉巻の吸いさしを床に吐き出すと立ち上がった。

吐き気が貨物列車のように襲ってくる。

事務所を通って、よろめきながら裏口に向かい、暗闇のなかでドアノブを探った。ドアノブをつかんで回すと外に飛び出し、柵《さく》越しに吐いた。まばたきをしながら柵を強くつかみ、もう一度吐いた。さらにもう一度。最後に空吐きをすると、体の力を抜いて階段の一番うえに坐り、肘を膝のうえに置いて、何度か深く息を吸った。

サイレンの音はさらに大きくなり、その音のせいで頭がずきずきとした。ボーはあらためて自分自身を見た。まだ昨日の服――カーキのスラックス、オクスフォード地のボタンダウン・シャツ、そして〈アレン・エドモンズ〉の茶色のローファー――のままだった。家を出てオフィスで暮らすようになってからは、服を着たまま――ついでに言えば靴も履いたまま――寝ることも珍しくなかった。乾いた泥がかかとと靴底にこびりついていた。

ボーはまばたきをした。ひどい二日酔いにもかかわらず、頭が働き始めた。昨日の晩に何があった？

キャシーズ・タバーンを出たあとのことは、すべてがはっきりしなかった……

彼は靴を脱ぐと、階段の一番うえに置いた。靴下を履いた足を引きずるようにして事務所に戻った。灯りをつけると、廊下一面に泥の足跡がついていた。開いた扉越しに執務室を覗き込むと、足跡は、今はベッドとして使っているソファまで続いていた。〈ジムビーム〉の空の一パイント瓶が、ふたが開いた状態でソファの下の硬材の床のうえに転がっている。きっと酔いつぶれる前に落としたのだろう。もう一度、自分自身に尋ねた。昨日の晩に何があった？

画像がコラージュのように頭のなかで再生を始めた。そしてうなじに寒気を感じた。

「馬鹿な」彼は囁くように言った。

今やサイレンの音は耳をつんざくほどになっていた。廊下のつきあたりのブラインドの隙間から、三組の青と白の警光灯が見えた。

「馬鹿な」ボーはもう一度囁いた。のどのあたりで苦い味がした。裏口のほうを向いたが、彼らを見てその場で立ち止まった。

テネシー州ジャイルズ郡保安官エニス・ペトリーとハンク・スプリングフィールド保安官補が戸口に立っていた。彼らの後ろには、さらにふたりの保安官補と警光灯をつけた四台のパトカーが見えた。前に三台、後ろに四台のパトカー。ボーは考えた。馬鹿な。

「ボー」とペトリーが言い、ためらいがちに一歩前に出た。「ドアが開いていた」

「保安官」とボーは言った。口を拭い、吐いたあとが口についていないことを願った。「ハンク、いったい何の用だ?」

「ボー、君を逮捕する」と保安官は言い、ベルトバックルから手錠を取りはずした。

「何の容疑だ?」とボーは訊いた。心臓の鼓動が激しくなっていた。

ペトリーはさらにもう一歩ボーに歩み寄ると、超然としたまなざしでボーを見つめながら、ボーの手首に手錠をかけた。「アンドリュー・デイヴィス・ウォルトン殺害容疑だ」

7

待機房はクローゼットほどの大きさしかなかった。三方向の壁は黄色い軽量コンクリートブロック造りで歳月とともに色褪せて白くなっていた。ボーの右側の壁は鏡でできていた。おそらくはその向こう側から尋問の様子が見えるようになっているのだろう。床はコンクリートで、固く閉じられたスライディング・ドアにはプレキシグラス製の小窓がついていた。狭い部屋のなかには、消毒薬と汗と体臭の残り香の混じったにおいがした。ボーはジャイルズ郡の拘置所をこれまでに何回も訪れていた。夜に家に帰ってスーツを脱ぐと、いつも拘置所と同じすえたにおいがして、吐き気を催しそうになったことを思い出した。

待機房の外の廊下では、耳障りな音が反響していた。理解できない刑務所用語を大きな声で叫ぶ刑務官の声や収容者が足かせを床に引きずる音、扉が開閉するときのシューッという音やバタンという音……

ボーは部屋の大部分を埋め尽くす金属製の机に坐り、窓に大きく映る自分の姿を見つめていた。彼の体の大きさと力の強さを考えると、自分自身が物理的に人を脅えさせる存在だということはわかっていた。しかし、今は彼自身が脅えていた。オレンジ色の囚人服――彼自身の服は〝検査〟のために持っていかれた――を着ながら、二日酔いの頭痛と胃のむかつきを感じていた。発泡スチロールのカップに入った水が与えられたことを除くと、オフィスで吐いてから何も食べることも飲むこともしていなかった。だが、しばらくは腹もすかないだろう。机のうえに額を押し当て、金属の冷たさを感じながら、頭の後ろをこすった。大きなノックの音が二回し、驚いて背筋を伸ばした。ドアがスライドして開くと、エニス・ペトリー保安官が入ってきて、金属製の机のボーの向かい側に坐った。ペトリーは胸ポケットに彼の名前がステンシル印刷された黄褐色のボタンダウン・シャツを着ていた。百七十センチ。赤みを帯びたブロンドの薄くなりつつある髪の毛と同じ色の口ひげ、そしてベルトのうえに張り出した太鼓腹。パッとしない見映えだったが、穏やかでクールな態度は、彼を有能な法執行者に見せていた。

「ボー、わたしは君の事務所で君を逮捕した直後にミランダ警告を読み上げた。同意するな?」保安官は訊いた。

ボーは何も言わず、虚《うつ》ろな眼でペトリーを見つめ返した。彼は事件のこの段階の発言で大やけどするクライアントをずいぶんと多く見てきた。ボーはまた鏡の向こうではビデオが回っていて、すべてのことば、音そして動きが記録されていることも知っていた。これまでにかなりの数の刑事被告人を弁護している。この空騒ぎがどんな風に行われるかは十分わかっていた。

「問題ない」と保安官は言った。ボーが協力しない場合に備えて準備していた一枚のカードをポケットから取り出した。「君には黙秘する権利がある」とペトリーは始めた。はっきりとした、慎重な口調でカードを読み上げ、読み終わると、カードをポケットに戻し、ボーの顔を覗き込んだ。

「ボー、我々は互いに長いつきあいだ」彼はそう言って、眼を細めた。「だから、たわ言はやめにしよう。捜査の最初の八時間で君に不利な、決定的かつ圧倒的な証拠が見つかっている。それで十分じゃないとしても、君はこの種の残虐行為を行う動機を持った唯一の人物であり、その思いはこの数十年のあいだ、今にも爆発しそうだった。君がキャシーズ・タバーンでアンディ・ウォルトンを殺すと脅したのを聞いていた目撃者が四人いる。我々が彼の農場で、木に吊るされた彼の死体を発見する数時間前のことだ。〝眼には眼を〟、そう言ったそうだな、ボー？」

ボーはぼんやりとペトリーを見つめ返した。キャシーズ・タバーンでの諍《いさか》いのこととそのとき自分が口にしたことばを思い出しながら。違う、彼はそう思った。恐怖を隠すことができなかった。ジーザス・クライスト、違うんだ。

しばらくのあいだ、何も言えずにいるボーを見ながら、ペトリーはやがてため息をついた。

「ボー、証拠によれば、君は、アンディ・ウォルトンを、眼には眼を、歯には歯をもって罪を償わせると脅したちょうど三時間後の深夜、冷酷にもアンディを銃で殺害した。そして君がいつも君の父親がクランにリンチされて吊るされたと言い続けていたのと同じ木に死体を吊るした」ペトリーは落ち着いた口調で話していた。しかし、眼は怒りに燃えていた。「そして死体に火をつけ、危うく彼の農場を根こそぎ焼き尽くすところだった」彼はことばを切った。「何か言うことはあるか？」

ボーは虚ろなまなざしでしばらく見つめていた。そして、ゆっくりと時間をかけて頷いた。

ペトリーは、ボーの身振りに不意をつかれ、まばたきをした。「ん……どうした？」

ボーは、保安官から決して眼をそらさず、机のうえの発泡スチロールのカップから水を一口飲むと、やっと言った。「おれの弁護士に電話をしたい」

保安官はかすかな笑みを浮かべると、鏡の壁のほうに向かって素早く頷いた。ボーはその合図を知っていた。ビデオが切られたのだ。

「なるほど、そう来るんだな？」とペトリーは言った。形だけの質問だった。ボーが答えないことはわかっていた。保安官はさらに何か言いかけたが、その声は金属製のスライディング・ドアが開き、再び閉じる音にかき消された。コンクリートのうえをハイヒールの音が響いた。

テネシー州第二十二司法管轄区検事長、ヘレン・エヴァンジェリン・ルイスが待機房に入ってきた。唇にかすかに笑みを浮かべている。六十歳になろうというのに、ヘレンは、透きとおった白い肌、黒髪に、明るい赤の口紅をひいた人目を引く容貌をし、いつも着ている黒のスーツとハイヒールがその姿をさらに際立たせていた。顔はボトックス療法によって多少強張っていたが、とても魅力的だった。強面《こわもて》かもしれないが、人目を引く容貌だった。自信と落ち着きに満ちた彼女の態度は、威圧的であると同時に魅力的でもあった。そして法廷では恐ろしく手強《てごわ》かった。

保安官は席から立つと、坐るようにヘレンに身振りで示した。ボーは彼女が席に着くところを見ていた。ほとんど滑るような身の動きは、計算されたように滑らかだった。まるで毒蛇のように。

「じゃあ、偉大なるボーセフィス・ヘインズにも弁護士が必要なのね」と彼女は言った。その口調には皮肉があふれていた。「面白いと思わない、ボー？」そう言って笑ったが、その眼にはユーモアのかけらもなかった。

「自分で自分の弁護をするのは愚か者のすることだ」とボーは言った。「このことわざをあんたも一度は聞いたことがあるだろう、検事長」

彼女は声に出して笑った。「もちろんよ、でもあなたはどうなの？ボー、あなたもわたしと同じくらい多く、この街の弁護士の急所《タマ》をつぶしてきた。あなたがこの街の弁護士の誰かに命を預けるなんて想像できないんだけど」

「弁護士に電話をしたいとは言っていない」彼女をにらみながら、ボーは言った。「おれ《ヽ》の《ヽ》弁護士に電話をしたいと言ったんだ」彼はことばを切った。「おれの弁護士はこの街にはいない」

ヘレンは不意に立ち上がり、ボーを見下ろした。緑の瞳が激しく燃えていた。「そうね、彼ならまだましね」彼女は立ち去りかけたが、もう一度ボーを見た。「死体の損傷状況と複数の重罪が関与していることを考えると、我々の求刑に選択の余地はない」と彼女は言った。その眼と声には何の感情もこもっていなかった。「死刑を求刑するつもりよ」

眼の片隅で、エニス・ペトリーがたじろぐのが見えたような気がした。しかし、ボーは保安官に眼を向けなかった。視線をヘレンに向けたまま、無理に落ち着きを見せようとした。が、腕とうなじに鳥肌が立つのを感じていた。「すぐにおれの弁護士に電話をしたい」

8

トーマス・ジャクソン・マクマートリーは、携帯電話がポケットのなかで震えるのを感じて顔をしかめた。調停の始まる前にサイレントモードにしていたが、電話がかかってくると震動するということを忘れていた。昨日の午後、膀胱《ぼうこう》の内視鏡検査を受けていた。結果は良好だった――まったくきれいな状態だった――が、検査はあいかわらず不愉快で、終わったあとに体の強張りと痛みをもたらした。七十歳になって、いっそう体に応《こた》えるんじゃないか？　トムが不平を言うたびに彼の主治医であり、長年の友人でもあるビル・デイビスはそう言ってからかった。「一年間、癌は見られなかった」昨日の診察で、ビルはトムの肩を叩きながらそう言った。「その安心が得られるのなら、〝拷問〟にも耐える価値はあるんじゃないか？」〝拷問〟というのは、昨年トムの膀胱に発見された腫瘤《しゅりゅう》のために、ビルが施す内視鏡検査や化学療法など諸々《もろもろ》の治療のことを言ったトム自身のことばだった。だが、友人の言うことは正しかった。検査の結果、きれいな状態だとわかるのなら、多少の痛みにも耐える価値はあった。

携帯電話の震動が胃と骨盤を強張らせ、股間に痛みを与えるときには、いつもこのことを思い出そうとした。右足がしびれてしまい、ローファーのなかでつま先を小刻みに動かして血行を促そうとした。

携帯電話の番号を知る者はほとんどいなかったので、誰からの電話かは気になったが、電話には出なかった。ちょうど調停人が最終弁論を行っているところだった。

「トム、トレーラーの運転手がミスター・ロンドンの前に飛び出したとき、運転手に過失があったことについては合意したと思う。だが、ジェイムソンはあなたのクライアントに保険金額全額を支払うべきじゃないと考えている」彼はことばを切った。「止まることも衝突を避けることもしなかったという点で、あなたのクライアントの寄与過失の可能性を考えるべきだと言っている」

答える前に、トムは彼の右側をちらっと見た。隣には彼のパートナーのリック・ドレイクがテーブルに両肘をつき、今にも飛びかかろうとするかのように、身を乗り出して坐っていた。ふたりの眼が合い、トムは笑いをこらえて、進めるようにと頷いた。この子はいつも戦いたくてうずうずしている。トムはそう思った。

「六十二歳のジェローム・ロンドンは三人の孫のおじいちゃんで、事故のあったときは孫娘を幼稚園に迎えに行くところでした」とリックは言った。その口調は鋭く突き刺さるようだった。「ミスター・ロンドンの運転歴は完璧で、違反切符を切られたこともなく、もらい事故にあったことが一度あるだけです。彼のピックアップ・トラックは新品同様で、一週間前に点検を受けたばかりでした。衝突が起きたとき、マクファーランド通りの〈ワッフルハウス〉で、窓際の見通しの良いブースに坐っていた二人の目撃者は、ともに十八輪トレーラーがさしかかったときに、ミスター・ロンドンがすぐにブレーキを踏んだと証言しています。唯一異なる証言をしているのはジェイムソン・タイラー弁護士の事故鑑定人ユージン・マーシュだけです。彼はこれまでトラック運送会社のドライバーに過失があるという意見を述べたことは一度もありません。昨年、我々はヘンショー郡のウィリストーン裁判でジェイムソンと争い、九千万ドルの評決を勝ち取りました。ジェイムソンもその事件のことはよく覚えているはずです。マーシュはウィリストーン裁判の専門家証人でした。そして陪審の評決は、マーシュの証言が彼らの眼にどう映ったかを示しています」リックはことばを切った。唇を舐《な》めると両手を机のうえにおいた。「ジョージ、ミスター・ロンドンは事故で命を落としました。保険の限度額は百万ドルです。もしあなたの言う通りにすれば、被告側は大幅なディスカウントを受けることになる。ミスター・ロンドンの息子のモーリスは、このことを終わりにしたいと考えています。だから彼は今日の調停で限度額の支払いを受け入れることに同意しました。ですが、ディスカウントまで受け入れるなんてことは絶対にありえない」リックは怒りに燃えた眼でにらみながら、人差し指を上げた。「最後にひとつだけ言っておかなければなりません。この事件は、ここアラバマ州タスカルーサで起きました。ジョージ、あなたもご存じの通り、アラバマ大フットボールチーム《クリムゾン・タイド》の地元で起きたんです。わたしのパートナーは一九六一年全米チャンピオン・チームのメンバーでした。彼がシュガー・ボウルでクォーターバックをサックする映像が毎年、秋になるとブライアント＝デニー・スタジアムの巨大なディスプレイに映し出され、十万の観客を熱狂させています。彼はアラバマ大学で四十年間ロースクールの教授を務めました。ジョージ、あなたを含め、この州の判事や法律家は、誰もが彼の証拠論の入門書をオフィスに持っています」

リックは鼻をならすと立ち上がった。「肝心なのは、事実が我々の味方だということ、そしてアラバマ州タスカルーサで我々に不利な判決を下す陪審員はいないということです。それはグリーンランドでサンタクロースに有罪判決を出すトナカイを見つけるようなもんです」

リックはブリーフケースに書類を詰め始めた。顔は赤く、手はかすかに震えていた。トムも立ち上がり、両手をポケットのあたりに置いて、調停人をじっと見た。

ジョージ・マクダフ・ジュニアは首のあたりを撫でながら笑った。「リック、ヘンショー郡のウィリストーン事件のことはわたしも知っている。この州の法律家ならみんなあの判決のことは知ってるよ。それに教授の業績についても教えてもらう必要はない。トムが父の法律事務所を辞めて、ロースクールの教授になったときわたしは十歳だった」彼はトムを見た。悲しげなまなざしに変わっていた。「あなたを引き止められなかったことは父の最大の後悔のひとつでした」

トムは頷くと、ジョージの後ろの会議室の窓から外を見た。遠くにブライアントーデニー・スタジアムのライトが見えた。「君の父さんはわたしが大学へ戻らなければならなかったことを理解してくれていたと思う」ジョージの眼を見つめながら、トムは最後にそう言った。「絶対に断れない申し出だったことを」

「ブライアント・コーチからの申し出だったと聞いています」

トムは頷いた。

「わかりました……」ジョージは両手を握り、トムからリックへ視線を移した。「保険金額を譲れないというあなた方の主張ももっともです。ジェイムソンにはわたしから伝えましょう。近くで待っていただいて──？」

「いや」ブリーフケースを閉めながら、リックがさえぎった。「ジェイムソンは我々がどこにいるか知っているはずです」

　ふたりは無言のまま、階段を下りた。ジョージ・マクダフの法律事務所は、大学通りの二階建てのビルにあり、グリーンズボロ・アベニューのはずれにあるトムとリックの事務所からは八ブロックの距離だった。ふたりが陽光の下へと踏み出したところで、リックがやっと口を開いた。「やりすぎでしたか？」少し身構えたような口調だった。トムは彼をちらっと見るとほほ笑んだ。

「いいや、なかなか鋭かったよ」と彼は言った。「サンタクロースのくだりはちょっとやりすぎだったかな……」

　今度はリックがほほ笑んだ。「ちょっと調子に乗ってしまいました」

　リックの車──錆びたような金色の十三年物の〈サターン〉──まで来ると、リックはブリーフケースを後部座席に置いた。そしてふたりともジャケットを脱いだ。

「このおんぼろを下取りに出す気はないのか？」トムは、〈サターン〉の屋根を手で叩きながら冗談を言った。「新車に買い替えるぐらいの余裕はあるだろうに」彼らはウィリストーン裁判で九千万ドルという巨額の賠償額の評決を得ていた。だが、ウィリストーが投獄され、彼も彼の会社も破産を宣告されたことから、実際に得られた金額は評決額をはるかに下回る保険の上限の三百万ドルにしかならなかった。だが、弁護士費用として百万ドルを受け取っていたし、その後の十二カ月間でマクマートリー＆ドレイク法律事務所は三件の訴訟でさらに百万ドルを超える和解額を勝ち取っていた。彼らは勢いに乗っていた。が、リックの車を見る限り、誰にもそんなことは想像できなかっただろう。

「ドーンと同じことを言うんですね」とリックは言った。〈サターン〉の運転席に乗り込み、身を乗り出して助手席のドアロックを解除した。

「ときには彼女の言うことを聞いといたほうがいいぞ」とトムは言い、なかに入った。「おそらくうちの事務所じゃ一番しっかりしてるからな」

「確かに」リックはそう言うと、ギアを入れてガレージからバックで出た。車を方向転換させて出口に向けると、男が両手を広げて駐車場の出口をふさいだ。

「轢《ひ》いちゃいますか？」とリックが訊いた。彼の声にはわずかにユーモアが込められていた。

「いいや」とトムは言った。「どうやらさっきの君のちょっとしたパフォーマンスが功を奏したようだな」

リックは男の近くで車を停めると、トムとともに車の外に出た。出口をふさいでいた男は、満面の笑みを浮かべながら足早に彼らのほうに歩み寄ってきた。

「おふた方、ずいぶんとお急ぎのようですね？　調停に一時間もかかってないじゃないですか」

「ジェイムソン、ここに来る前にぼくらの主張は聞いたんだろう？」とリックは言った。

「保険金額以下で和解するつもりはない。調停人があんたのクライアントに支払いを命じるようプレゼンをしてきたところだ。裁判になったらどうなるかはわかってるはずだ。ウィリストーン裁判の再現になるぞ」

アラバマ州最大の法律事務所、ジョーンズ&バトラー法律事務所の上級パートナーであるジェイムソン・タイラーは腕を組んだままその場を動かなかった。笑顔は消えていた。「あの裁判にたいして関わってもない小僧がでかい口を叩くじゃないか。あの裁判では君が万策尽きているところを教授にケツを拭ってもらったんじゃなかったか?」タイラーが一歩近づきながら言った。「トムの虎の威をうまく借りてるそうじゃないか」

リックの顔が赤くなり、タイラーに詰め寄った。が、トムがあいだに入った。「そこまでだ、ジェイムソン。リックの言う通りだ。前に言ったように、保険上限額を譲るつもりはない」

タイラーは憤慨したように言った。「トム、法律業務は職業であると同時にビジネスだ。わたしのクライアントはビジネスマンだ。彼らは商売をしてるんだ」

トムは眼を細めてタイラーを見ると、彼のほうに歩み寄り、ほかの弁護士だったらあとずさるほど距離を詰めた。「あいかわらず、がっかりさせてくれるな、ジェイムソン。いつから金のために仕事をするようになった? いつからクライアントに請求する時間が君の人生の道徳上のコンパスになった?」

タイラーはたじろぐことも、まばたきをすることもなかった。「よくそんなことが言えますね、教授。あなたも今じゃほかの弁護士と同様、和解案件を求めて救急車を追いかけてる弁護士のひとりじゃないですか。ウィリストーンの件以降、訴訟を扱っていますか？」彼はそう言って、身を乗り出した。「ウィリストーンの件はまぐれだったんですよ、トム。あなたもわかってるはずだ。だが、あなたとそこにいるあなたの子分は、ウィリストーンの件を利用して、アラバマ州であなたを相手に法廷でサーカスを繰り広げるくらいなら、多額の和解金を出したほうがいいぞと言って保険会社を脅している。わかってるんでしょう、トム。みんな金のために仕事をしている。あなたもほかの弁護士と何も違っちゃいない」

トムはポケットのなかでまた携帯電話が震動するのを感じた。だが出ようとはしなかった。彼はタイラーのことばに動揺していた。しかし、彼の元の教え子と同様、たじろぎはしなかった。表情も態度もまったくいつもの通りだった。「法廷で会おう、ジェイムソン」

トムは背を向けて去りかけ、リックにもそうするよう身振りで示した。彼の手が車のドアハンドルに触れたとき、タイラーの声が彼を止めた。

「わかりましたよ」

トムはリックのほうをちらっと見た、リックは笑いをこらえるのに必死だった。トムは振り向いてタイラーを見ると言った。「何かな？」

「クライアントは裁判を望んじゃいない。上限額の支払いに応じましょう」

二十分後、調停による和解が成立し、リックとトムは〈サターン〉に乗って、事務所へ向かっていた。リックはモーリス・ロンドンにグッドニュースを報告し、エンドボタンを押すと、携帯電話をドリンクホルダーに置いた。

「モーリスは何と？」とトムが訊いた。

「喜んでいました」とリックは言った。「何度も何度も、ありがとうって言ってましたよ」

リックはほほ笑んでいた。だが、トムには彼がまだ駐車場でのタイラーのことばを引きずっているように思えた。彼は常に挑戦を続けるのだろう。決して今の事務所の成功に満足していないようだった。ジェイムソン・タイラーの声がいつも頭のなかで鳴り響き、まだまだ物足りないと告げるのだ。

リックはロースクールにいたときに、ジョーンズ&バトラーから採用の内定を受けていた。だが、模擬裁判の全国大会でのトムとのトラブルのあと、タイラーによって内定を取り消された。トムとリックは和解し、最終的には昨年夏のウィリストーン裁判で協力して巨額の賠償金を勝ち取った。だが、リックはこのときタイラーに拒絶された傷を、烙印《らくいん》のように引きずっていた。トムはリックが古い〈サターン〉にこだわるのはそのせいなのだろうかと思った。成功を愉しむことを自分に許すことができないのだ。まだ……

だがいつまで……？

リックはマクマートリー&ドレイク法律事務所の看板の前に車を止めた。リックがロンドンの事件を手際よく扱ったことにトムが感謝を述べようとしたとき、トムの携帯電話が再び震動した。サイレントモードを解除するのを忘れていた。

「しまった」とトムは言い、助手席で体をひねってポケットから電話を取り出した。画面を見ると、発信者番号は九三一というエリアコードを示していた。

テネシー？　トムは首をひねった。テネシーには彼の携帯電話の番号を知っている人間は数多くいた。ナッシュビルに住む息子のトミーもそのひとりだった。だがトムはそういった知人たちの番号ならすぐにわかった。だがこの番号にはなじみがなかった。

「もしもし」

「教授、どこにいたんですか？」

すぐに声の主がわかった。「ボーか？」

「ああ、親父《おやじ》さん、聞いてください……」電話の反対側で一瞬の間《ま》があいた。トムは背後で誰かが叫んでいることに気づいた。再びボーの声がした。不安げで、ざらつくような囁き声だった。「あなたの助けが必要なんです」

第二部

9

アンディ・ウォルトン殺害から三日後の月曜日の朝、トムは早く起きて、プラスキの中心街を一キロほど歩いてみることにした。彼は前の晩、ジャイルズ郡裁判所からジェファーソン通りを三ブロック行ったところにある、白い木造家屋が魅力的なミズ・バトラーズ・ベッド&ブレックファストに泊まっていた。心のこもった朝食と二杯のブラックコーヒーのあと、トムはブリーフケースを手に、ジェファーソン通りを歩いた。裁判所前の広場にたどり着く頃には、額の汗を拭わなければならなかった。

火災で古い建物が焼け落ちたあと、一九〇九年に建て替えられたジャイルズ郡裁判所は、建築学上の驚異だった。東側と西側の入口には八本の円柱が並び、建物全体の上部にはドーム型の時計台がそびえている。大階段をのぼって二階に上がると、大広間の天井を見上げずにいられなかった。ドームの中心には、盾を背景として、テネシー州の紋章と正義の秤《はかり》、そしてさやにおさめられた剣がかたどられていた。北と南の壁の窓にはステンドグラスが施されている。トムにはこの建物が裁判所というよりは教会の大聖堂であるように感じられた。二階への階段をのぼりきったところで左に曲がり、〝地区検事長〟と書かれた扉の前まで進んだ。トムがノックをしようとしたちょうどそのとき、階下《した》から声が響いた。

「彼女ならいませんよ」

振り向くと、べっ甲縁の眼鏡をした肉付きの良い中年の女性が近づいてきた。「どちらに……」とトムは言いかけたが、女性は通り過ぎて両開きの扉を指さした。扉の隣には〝巡回裁判所〟と書かれていた。女性は扉を押し開けると、なかを覗き込んだ。その女性はトムのほうに向かって手を振った。「彼女は法廷にいます」と女性は言い、扉のなかを指さした。

「検事長《ゼネラル》にご用なんでしょ？」

「ええ、マァム」とトムは言った。その女性が軍の階級を使ったことに一瞬戸惑った。検察官のトップを指して〝ゼネラル（「将軍」という意味もある）〟と呼ぶテネシー州特有の慣行に慣れなければならなかった。

「どうぞ」とその女性は言い、扉を広く開けて、トムになかに入るよう顎で示した。「陪審員席よ」なかに入ると彼女は囁《ささや》くようにそう言った。感謝のことばを言う前に、扉は背後で閉められた。

しばらくのあいだ、トムは法廷のなかを眺めた。これまで多くの法廷を見てきたが、思わず息を飲むほどの法廷を見るのは初めてだった。まず目につくのがバルコニーだ。映画『アラバマ物語』でも、傍聴席に坐りきれない見物人がバルコニーに坐る様子が描かれていたが、それを不気味なほどほうふつとさせていた。アラバマ州南部の田舎町を舞台とした『アラバマ物語』では、黒人はバルコニーに、白人は一階の傍聴席に坐っていた。トムはこのバルコニーの当初の目的が人種の分離にあることを知っていたが、最近の裁判でバルコニー席が必要なのかは怪しいものだと思った。

だが、この裁判では必要となるかもしれない。トムはそう思った。KKKテネシー騎士団の最高指導者《インペリアル・ウィザード》アンディ・ウォルトン殺害容疑で、ボーセフィス・ヘインズに死刑を求める裁判が行われるとなれば、すべての席が埋め尽くされるだろう。

トムは視線を一階の傍聴席に向けた。そこには四つに区切られた区分ごとに、五列から六列の備え付けの木製の席――今は映画館のシートのように畳まれていた――が配置されていた。法廷の一階部分は、傍聴席と、判事や検事、弁護士らの法律家の席とに分けられている。手すりのすぐ向こうにはテーブルがふたつあった。ひとつは検察側のテーブルでもうひとつが弁護側のテーブルだった。ふたつのテーブルのあいだには、背の高い椅子が備え付けられた造り付けのボックスがある。証人席だろうか？　トムは戸惑いながら、眼を細めてそのボックスを見つめながら、近づいていった。木の部分を手で撫でながら、法廷全体をもう一度見回した。そうに違いない。トムはそう思った。このボックスは背の高い六つの回転椅子を二列備え付けた席と向かい合っていた。陪審員席だ。陪審員席の後ろには証人席の二倍の高さの判事席があった。

「面白い配置だと思わない？」女性の鋭い声がその場の空気を切り裂いた。トムは全身に緊張が走るのを感じた。陪審員席に眼をやったが、最初は姿が見えなかった。後ろの席から手が上がった。

トムがもう二歩進むと、やっと膝のうえにファイルを置いて陪審員席に深く坐るヘレン・ルイス検事長の姿が見えた。黒のスーツを着て、唇には真っ赤な口紅をひいていた。ストッキングを履いた片方のふくらはぎをもう片方の足で掻《か》きながら――ヒールは椅子の下に重ねて置かれていた――、トムにほほ笑みかけた。「トム・マクマートリー」

「ヘレン」とトムは言った。「久しぶりだね」

ここ何年か、トムはアメリカ法曹協会が主催するセミナーで、たまたまヘレン・ルイスとともにスピーカーを務めることがあった。友人とまではいかないものの、互いの能力と評判に尊敬の念を抱いていた。トムが手を差し出すと、ヘレンはトムを直接見据えたまま、立ち上がって手を握った。握手は堅く、彼女の瞳はメキシコ湾のように緑がかった青色をしていた。

「迷子になったのかしら、トム？」と彼女は言い、真っ赤な唇から歯を見せて笑った。「タスカルーサからはるばるようこそ」

トムはクスッと笑うと彼女に背を向けた。「面白い配置だね」証人席を指さしながら彼は言った。「こういう配置は見たことがない。今まで出廷した法廷では、証人席は判事席の隣にあった。ここでは――」

「法廷のちょうど真ん中にあるのよ」ヘレンはトムの代わりにそう言うと、証人席に向かって歩き出した。

トムはヘレンがヒールを履く素振りを見せなかったことに気づいた。彼女のくつろいでいる様子がトムを少し不安にさせた。まるで自分の家のなかを歩いているようだ。ヘレンは証人席まで来ると立ち止まり、トムのほうを見た。

「正面の真ん中、陪審員と判事の向かい側よ」彼女はそう言って、ほほ笑んだ。「法廷はこうあるべきだと思っている。重要なことはすべてここで起きるのよ」と彼女は言い、椅子の背を軽く叩いた。「すべての証言。すべての証拠」彼女はことばを切った。「それ以外はすべて見世物に過ぎない」彼女はトムのほうに歩み寄った。笑みは消えていた。「ボーセフィス・ヘインズのためにここに来たんでしょ？」

トムは頷いた。

「彼はロースクールの教え子だったのよね？　あなたの模擬裁判チームの一員だった」

もう一度、トムは頷いた。「わたしのことをよく知っているようだね」

「そうでもないわ」とヘレンは言った。「ボーセフィス・ヘインズのことをよく知っているだけよ。彼は街で唯一の黒人弁護士だから。そしてとても優秀よ。八〇年代後半から九〇年代の初めにかけて、彼は多くの刑事裁判を手掛けてきた。そして何十件もの訴訟で対決してきたわ」と彼女は言った。「法廷でやり合う相手のことは、いつも調べるようにしているの」

「それで、ボーの何がわかったんだ？」トムはほほ笑みながら訊いた。だが、答えは返ってこなかった。ヘレンのエメラルドの瞳は激しく燃えていた。

「わたし自身、ジャイルズ郡で生まれ育ってきたから、彼のことは以前から知っている。わたしが地区検事局で働き始めたとき、ボーはジャイルズ・カウンティ高校で州代表のフットボール選手だった。ベア・ブライアントがプラスキまで彼のプレイを見に来たときのことを覚えているわ。大統領が来たのかと思ったくらいよ。パトカーがスタジアムまでサイレンを鳴らしてエスコートしてきた。いたるところに州兵が配置されていたわ。あんなのは見たことなかった」

トムはほほ笑んだ。自分自身にも似たような経験があったことを思い出していた。

「あの人《ザ・マン》は登場の仕方を心得ていたからな」

「あの人《ザ・マン》ね」ヘレンはからかうような笑みを浮かべた。「確かボーもそう呼んでた。あの人《ザ・マン》って。仲間うちの合いことばか何かなの?」

トムは肩をすくめた。「かもしれないな。ブライアント・コーチのもとでプレイするか、ともに時間を過ごした者にとって、彼は……〝あの人《ザ・マン》〟なんだ。うまく説明できないが」

「どうでもいいわ」宙で手を振りながらヘレンは言った。陪審員席の後列の席に戻り、足を組んで坐った。彼女がこの法廷に慣れ親しんでいるさまを見て、トムはまた一瞬気圧《けお》されそうになった。「とにかく、プラスキの誰もがボーの大学でのキャリアを見守った。そうせざるを得なかった。地元の新聞は彼が一ゲームで何回タックルしたとかを毎日のように報道していたから。そんな記事も彼が膝にけがをすると終わったわ」彼女はそう言って、眼を細めてトムを見上げた。「残りのことは、少し調べればわかった。アラバマ大のロースクールに進み、あなたの模擬裁判チームで全米チャンピオンになった。夏にはバーミングハムの法律事務所ジョーンズ&バトラーで働き、卒業したあとはここへ戻ってきた。ファースト通りのファースト・ナショナル銀行の一ブロック北に事務所を構えて、以来二十五年間ずっとそこにいる」彼女はそう言ってクスッと笑った。トムにはそれが称賛のように聞こえた。「八〇年代にこの街で黒人の弁護士として活動していくことは、女性の検察官としてやっていくこととたいして違いはなかった。女性の検察官はほとんどいなかったけど、ボーの場合は、ひとりもいなかった。彼はまず刑事弁護と労災補償の事件を手掛け、九〇年代半ばには実入りのいい人身損害の原告側弁護を引き受けるようになった」

「わたしは彼がここに戻ってきたことをずっと不思議に思っていた」とトムは言った。彼自身が昨年知ったその謎に対する答えを、ヘレンがどこまで知っているかをあえて試すかのように。

「わたしにとっては不思議でもなんでもなかった」とヘレンは言った。「あるいはプラスキの誰にとってもね」彼女はそう言ってトムのほうに頭を傾けた。「知らないふりをしてるだけでしょ、トム。理由は知ってるはずよ」

トムはポーカー・フェイスを続けた。何も与えるつもりはなかった。ヘレン・ルイスはトムが過去数十年間に出会ってきたどんな法律家――男性女性を問わず――とも違っていた。トムが長年ロースクールの教授だったことに関心を示さなかった。彼女は多くの同僚がしたように、トムを〝教授〟と呼ぶことはなく、トムとブライアント・コーチとの関係に少しも畏敬の念を抱いていないようだった。

「じゃあ、その理由を教えてくれないか？」とトムは訊いた。

頭を傾《かし》げたまま、ヘレンはトムを見上げて言った。「五歳のときから、ボーセフィス・ヘインズはアンディ・ウォルトンとクー・クラックス・クランの二十人のメンバーが彼の父親を殺したと主張してきた。ボーは復讐のためにプラスキに戻ってきたのよ」彼女はそう言うと、胸の前で腕を組んだ。「そして先週の金曜日、彼は復讐を果たした」

「まるで冒頭陳述のようだね」とトムは言い、無理に笑顔を作った。トムはボーセフィス・ヘインズに対する州側の主張の論旨を聞かされているのだとわかっていた。

今度はヘレンが笑みを返してきた。「あなたはロースクールの教授なのよね、トム」

「教授だった。四十年間。だが、今は再び弁護士になった」

「そして、あなたとあなたのパートナーはアラバマ州のヘンショー郡でウィリストーン・トラック運送会社を相手取って、九千万ドルの賠償金を勝ち取った」

トムは感心した。アラバマ州ならほとんどの法律家がその評決のことを聞いていただろう。だが、ヘレンはテネシー州の検察官だ。「どうしてそのことを？」

「だって、あの〈USAトゥデイ〉に載ってたじゃない。アラバマ州の伝説の法律学教授が巨額の評決を得た、とか何とか。映画になるってほんとなの？」

トムは顔を赤くして肩をすくめた。「何も聞いてないよ」

「きっとなるわよ。クライマックスはあなたがあの傲慢で、自信過剰のジェイムソン・タイラーのやつをやっつけるところね」

今度はトムが声に出して笑った。「ジェイムソンを知ってるのか？」

「残念なことに、アメリカ法曹協会の会合で何度か会ったことがあるの。彼もあなたの教え子だったんでしょ？」

トムは頷いた。

「ジャック・ウィリストーンをビジネスから締め出してくれたことにも感謝しなきゃね」ヘレンは続けた。「ジャックは六十四号線と三十一号線で長年トラックを走らせていた。スピード違反の切符を切っても、なぜだかいつも起訴する前に消えてしまうの」彼女はそう言うと不快そうに首を振った。「ジャックの最大の顧客のひとりがアンディ・ウォルトンよ。あなたがジャックを刑務所に入れてなければ、明日のアンディの葬儀にあのろくでなしも来ていたはずよ」

しばし、ぎこちない沈黙が法廷を包んだ。そしてヘレンの顔から笑みが消えた。

「何をしてほしいの、トム？」と彼女は尋ねた。

「ヘレン、我々は証拠開示を求める」とトムは言った。「何をすれば——」

「ちょっと待って」とヘレンがさえぎった。「トム、あなたこの裁判でボーを弁護するつもりなの？」

トムは頷いた。再び無理に笑顔を作った。「もちろん。ここに何をしに来たと思うんだね？」

ヘレンは笑みを返さなかった。「心配した友人、そして元教師として来たのだと思っていた」彼女はそう言うと、足を組みなおした。「ボーは死刑に相当する罪で起訴されているのよ、トム。彼は冷酷にアンディ・ウォルトンを撃ち殺し、ウォルトンの農場の木に吊るして火をつけた。証拠は歴然よ」

「その証拠を見せてほしいんだ」とトムは言った。

「トム、あなたは長いあいだ法廷を離れていたあげく、州外にまで来て、見当違いのことをしている。古い友人として、この裁判には関わらないよう忠告するわ。アラバマでたった一回、トラック会社相手に巨額の賠償金を勝ち取ったぐらいで、テネシーで死刑裁判を争えるなんて思わないことね」

「我々は証拠開示を求めるつもりだ」とトムは言った。次第に怒りを覚えてきたが、冷静な口調を保った。ヘレンの態度にうんざりしていた。

ヘレンはため息をつくと、首を振った。「テネシー州の刑事裁判では、大陪審が正式起訴を決めて、被告を召喚するまでは証拠開示は行われない。今後もテネシー州で刑事裁判を争うつもりなら知っておくのね。わたしとしては考えなおすことを心から願ってるけど」彼女は見せかけの同情でトムをじっと見た。「あなたの名声に傷がつくのを見たくないの」

トムはかろうじて笑みを浮かべた。「そんなことは心配していないよ、ヘレン」そう言って手を差し出し、ヘレンと握手をした。「わたしの応訴通知は明日の午前中、真っ先に出しておこう」

トムが去ろうとすると、ヘレンの声が追いかけてきた。「あなたには地元の弁護士が必要よ、トム。タスカルーサからひょいとやって来て、死刑裁判に顔を出すなんて無理よ。アラバマならともかく、ここでは地元の弁護士が必要よ」

トムは両開きの扉のところまで来ると振り向いた。

「何から何まで教えてあげるなんて思わないでちょうだい」ヘレンは続けた。彼女は坐ると、再びファイルをめくり始めた。「そこまでしてあげる義理は――」

「レイモンド・ピッカルーが我々の地元の弁護士だよ、検事長《ゼネラル》」トムはヘレンのことばをさえぎった。初めて彼女を正式な肩書きで呼んだ。「レイレイのことは知ってるんだろう」

ヘレンはファイルから眼を上げると、困惑したように眼を大きく見開いた。何か言おうと口を開けたが、ことばが出てこなかった。

やっと彼女を慌てさせることができた。

「それから君が証拠開示に協力してくれないなら、我々は予備審問を請求するつもりだ」

トムは扉を開けた。

「予備審問は被告側に認められた権利よ」とヘレンは言った。彼女が法廷からトムをにらみつけながら放ったことばは鋼のように険しかった。

「わかってるよ」彼女に笑いかけながらトムは言った。そして扉を後ろ手に閉めた。

10

レイモンド・ピッカルーの弁護士事務所はファースト通りにあり、裁判所前広場から南に一ブロック、ボーの事務所の二軒隣にあった。ジーンズと襟ぐりの深いセーターを着た胸の大きなボニーという名の受付係が、ボスは今日は家で仕事をしているとトムに告げた。レイレイは街からおよそ二十分のエルク川近くの山小屋に住んでいた。彼女はトムに、レイレイの住所も携帯電話の番号も教えようとせず、ただこう言った。「電話には出ないから」

山小屋へ向かう途中、トムはリックに電話をして、ヘレンとのミーティングを設定するように伝えた。

「それからテネシー州の死刑裁判における裁判地変更の要件についても調べておいてくれ」とトムは続けた。「可能なら、プラスキ以外の場所で裁判を行う必要がある」

「そんなにひどいんですか？」とリックは尋ねた。

「プラスキは小さな街だ。おそらくここの誰もがボーの父親の事件のことを知っている。つまり誰もがこの事件は復讐殺人だと思っているということだ」彼はため息をついた。「試してみる必要がある」

「ボーは何て言ってるんですか？」

「彼にはまだ会っていない。まだ事前調査の段階だ。それに拘置所の面会時間は午後からだ。そのときに裁判地のことも話してみよう」

「教授はどう思います？　彼がやったと――」

「今わたしがどう思うかは関係ない」トムはリックのことばをさえぎった。「即断するにはまだ早過ぎる。肝心なことはボーセフィス・ヘインズがわたしの友人だということだ。それに彼はわたしが昨年農場で落ち込んでいたとき、わたしのケツを蹴飛ばしてくれた」トムはことばに詰まった。眼の奥に熱いものを感じていた。「あいつには借りがある」

「僕もです」とリックが言った。「彼は去年の裁判のとき、ドーンの命を救ってくれました。あのとき、もし彼が彼女を見つけていなかったら、ウィリストーンの部下が……」リックのことばは次第に小さくなった。トムは、ビュフォード・ガーデン・ブリッジの標識を見てスピードを落とし始めた。ボニーは橋を過ぎたところで三十一号線を左に曲がるようにと言っていた。トムはウィンカーを出しながら、電話を切る頃合いだと思った。

「そうだ、リック、それで思い出した。パウエルと話せるか？」

「もちろんです。でもどうして？」パウエル・コンラッドはタスカルーサ郡の地区検事補だった。彼はリックの親友でもある。

「アンディ・ウォルトンはジャック・ウィリストーンと仲が良かったらしい」

「本当ですか？」とリックが疑わしげに訊いた。

「ルイス検事長がそう言っていた。いずれにしろ、パウエルからウィリストーンの近況を聞いておく必要がある」そう言ってトムはため息をついた。「それにあのろくでなしに刑務所まで会いに行かなければならないかもしれない。被害者についてできる限り知っておかなければならないからな」

電話の反対側で数秒間の沈黙があった。「わかりました」リックの声には恐れが容易に聞いて取れた。トムは少しだけ気分が楽になった。ジャック・ウィリストーンに二度と会いたくないと思っているのは自分ひとりではなかった。

「最後にもうひとつ」とトムは言った。レイレイの山小屋が前方に見えていた。「州外の弁護士がテネシー州の死刑裁判で代理人を務める際の要件を調べて、必要な文書を準備しておいてくれ」

「地元の弁護士が必要ですよね？」とリックは尋ねた。

「ああ、その通りだ」小さな山小屋へと続く砂利道にハンドルを切りながら、トムはそう答えた。「今からレイレイと会うところだ」

「レイ――、誰ですって」

トムは笑みを浮かべながら言った。「またあとで電話するよ」

トムは岸辺で釣りをしているレイモンド・ピッカルーを見つけた。旧友は、ネイビーブルーのTシャツにぼろぼろのカーキのショートパンツ、〝A〟というアラバマ大のロゴが入った深紅のサンバイザーという姿で、ローンチェアに坐っていた。裸足《はだし》の両足をクーラーのうえに置き、彼を優秀なワイド・レシーバーにした、長く、針金のような脚の筋肉を見せていた。

「やあ、どうしてた、レイレイ？」とトムは言い、かつてのチームメイトに向かってほほ笑んだ。

レイモンド・ピッカルーは赤ん坊の頃からレイレイと呼ばれていた。彼の父親は吃音に悩まされていて、「レイ」と言おうとすると、いつも「レイレイ」と言ってしまったのだ。母親は「レイ」と呼ぼうとしたものの、二歳の姉が「レイレイ」と呼び始めたため、その呼び方を受け入れるようになり、やがて街の誰もがそう呼ぶようになった。レイレイはジャイルズ・カウンティ高校でフットボールの州代表になり、一九六〇年に卒業すると、アラバマ大でプレイを続けた。その後ロースクールに進み、プラスキに戻ってくると、六〇年代の後半からずっと離婚専門の弁護士として活動していた。

レイレイは唇がめくれあがってほお骨が見えるんじゃないかというぐらい歯をむき出しにして笑った。いつもいたずらを企《たくら》んでいると思わせるような笑顔で、それが彼のトレードマークだった。トムとは数年ぶりだったが、ローンチェアから立ち上がっていつものその笑顔を見せた。「こりゃあ、ぶったまげた。トミー・くそったれ・マクマートリーじゃないか」彼はそう言って釣竿《つりざお》を置くと、トムを強く抱きしめた。〈ミラー・ハイライフ〉の強い香りがトムの鼻孔を包んだ。「どうしてた？」

「元気でやってるよ、レイレイ」

レイレイは腰かけると、クーラーから〈ミラー・ハイライフ〉の缶をふたつ取り出した。ひとつをトムに向かって放ると、もうひとつのプルトップを開けた。「ビールのシャンパン（ミラー・ハイライフは発売当時シャンパンボトルのような瓶で売られたことからこう呼ばれている）はどうだ？」彼はそう尋ねると、ニヤッと笑い、缶からぐいっと飲んだ。「ちくしょう、会えてうれしいよ、トム。何年ぶりになる？」

トムは笑うと、ビールを開けた。ビールを飲むにはちょっと早かったが、ここはつきあっておこうと思った。なんだかんだいっても、これから頼みごとをしなければならないのだから。「えーと、五年になるかな。いやそのあと、タスカルーサであったスプリング・ゲーム（フットボールの春季キャンプで行われる紅白戦形式の試合）か何かで会ったかな」

レイレイはビールを一口飲むと、桟橋に視線を落として言った。「いや、あれは確か……

ジュリーの葬儀のあとだ」

トムは顔をしかめた。妻の葬儀のことはあまり覚えていなかった。握手、ハグそして痛み、すべてがぼんやりとしていた。「そうだったな」と彼は言い、胸がいっぱいになった。

「彼女のことは残念だった。いまいましい癌《がん》のやつが……」レイレイも姉と母を乳癌で失っていた。

「ドリスは……どうなんだ？」とトムが訊いた。レイレイはビールをぐいっとあおると、口のあたりを拭いて川のほうに眼をやった。

「変わりはない」とレイレイは言った。「今も介護施設にいる。今じゃすっかり呆《ぼ》けちまって、おれのこともさっぱりわからないんだ。以前は二週間に一回は『レイレイ、わたしはどこにいるの』って言ってたんだがな」彼はそう言うと苦々しげに笑った。「今じゃ、それすらもなくなっちまった。映画のなかでやってたことも試してみた。ほら、何ていったかな……」

「『きみに読む物語』」とトムが言った。

レイレイが指を鳴らした。「それだ。『きみに読む物語』。同じことをやってみた。おれたちの交際期間のことを全部書き出して、毎朝彼女に読み聞かせた。もちろん映画のようにはいかんさ。とにかく……彼女は何も思い出せず、おれも毎日行くことはやめた。今じゃ、毎週金曜日に一緒に昼食をとり、そのあとはここに来るんだ」彼はそう言うと、残りのビールを一口で飲み干した。片手で缶をつぶすと、クーラーの脇にある、同じようにつぶされたふたつの缶の隣に置いた。さらにもう一缶開けると、足をクーラーのうえに置いた。眼はまだ水面を見つめていた。「人生は不公平だな、トミー爺さんよ。おれは三十年間ドリスをひどい目にあわせてきた。秘書とは浮気のし放題だったし、馬鹿みたいに酒を飲んで、明日のこともお構いなしに事件と女のケツばかり追いかけていた。ある朝、おれは起きるとドリスに言った。もう終わりにすると。酒をやめる。ほかの女とも手を切る。全部だ。彼女は泣いて喜び、おれたちはフロリダのキーズに二回目のハネムーンに行った」彼は一口ビールを飲んだ。「戻って一週間後のことだ。デイヴィス＆エスリック雑貨店の店員が電話をしてきて、おれに言った。ドリスが店に来てるが、なぜここに来たか思い出せないと言っていると。あとのことは……、お前も知っての通りだ、トム」

レイレイは数秒間の沈黙のあと、さらに続けた。「ちくしょう。お前のほうはどうなんだ」ビールをぐいっと飲むとトムのほうを向いた。「ムッソはどうしてる？」

またトムは顔をしかめた。「死んだよ。去年、わたしの農場で山猫と戦って。わたしの命を救ってくれた。狂犬病にかかった山猫がわたしに襲いかかってきたんだ。あいつはその傷がもとで死んでしまった」

レイレイは口笛を鳴らした。「ああ、なんてこった。そいつは残念だったな、トム。くそっ、おれもあいつのことが好きだったよ」

「ムッソは誰からも好かれていた」とトムは言い、咳払《せきばら》いをした。「だが、新しい犬を飼っている。去年、ボーが白と茶色のブルドッグをくれたんだ。リー・ロイと名付けた」

レイレイはほほ笑んだ。「いい名前だ」だが、その笑みは一瞬で消えた。「ボーのためにここへ来たのか？」

トムは頷いた。

「あいつは今、クソまみれだぞ」とレイレイは言った。「くそったれなF5級の竜巻に襲われている」

「ああ、わかっている」とトムは認めた。

「ここへ来たのは、あいつの友人としてなのか、それとも弁護士としてなのか？」また歯をむき出しにして笑いながら、レイレイは訊いた。顔を白く塗り、赤い口紅をつけたら、映画の『バットマン』の悪役のひとりのように見えただろう。事実、ブライアント・コーチはレイレイのことをいつもジョーカーと呼んでいた。

「両方だ」とトムは言った。「明日の午前中には、応訴通知を提出するつもりだ」トムは一瞬間《ま》を置いて続けた。「そこで地元の弁護士が必要なんだ」

「ああ、くそっ、やめてくれ」とレイレイは言った。突然立ち上がると、トムの脇を通って栈橋まで歩いた。「ちくしょう……くそっ……だめだ！」栈橋のなかほどまで来ると大きな声で怒鳴った。

トムはレイレイが岩だらけの坂をのぼって平屋建ての山小屋に向かうのを見ていた。三十秒後に、彼は坂を下りてきた。ずっと首を振っている。右手には茶色い液体の入った大きなボトルを持っていた。

「トミー、お前はとんでもない大馬鹿野郎だ、わかってんのか？」とレイレイは言った。手にしたボトルは〈エヴァン・ウィリアムス（ウィスキーの銘柄）〉の一パイント瓶だった。

「いいのを飲んでるな」とトムは言った。

「くそっ」レイレイはそう言うと、ボトルから一口飲み、トムに差し出した。

「わたしはやめておくよ」とトムは言い、ビールを持った手をあげた。「まだこいつが残ってる」

「好きにしろ」レイレイはつぶやくように言った。彼はボトルを唇のところまで持ち上げかけたがやめて、結局、桟橋のうえに置いた。またローンチェアに深く坐り、クーラーに手を伸ばしてビールをもう一缶開けた。

「アンディ・ウォルトンの殺人の件で何か知らないか？」トムが尋ねた。

「たいしたことは知らん」とレイレイは言い、眼を細めてトムを見た。「新聞に書かれてることぐらいだ。ルイス検事長は重要な事件ではいつもかん口令を敷くのが得意だからな」

検事長自身から協力を拒まれていたので、そのことばには信ぴょう性があった。「じゃあ、アンディ・ウォルトンについてはどうだ？　彼や彼の家族について何か知らないか？」

レイレイはげっぷをすると、足元のウィスキーのボトルを拾い上げ、しばらく考えてから、また足元に戻した。「ちくしょう」彼は口を拭くと、ため息をついた。「カーティス家はアンディ・ウォルトンが現れるずっと前からプラスキに住み着いていた。それどころか、今ウォルトン農場と呼ばれている土地は、マギー・カーティスと弟のジョージが子どもの頃に育った場所だ。アンディはテネシー州マクネアリー郡のセルマー出身で、ブフォード・パッサー(七〇年代にマクネアリー郡の保安官として腐敗と戦った人物)が保安官になる前に密造酒を売ってひと財産を作った。やつは、ほかの州境ギャング団《ステート・ライン・モブ》とは違って、ブフォードと戦う代わりに、さっさと密輸から足を洗って、土地や事業の買収を始めたんだ。そしてジョージとマギーの父親が破産しかけていたところに現れて、農場とその周りの土地を全部買い取った」レイレイはそう言って笑った。太陽は雲の陰に隠れ、雷の音がはるか遠くから聞こえていた。「数分でこっちまで来るな」と彼は言った。

「アンディはどうやってマギーと結婚することになったんだ?」

レイレイはまた笑いながら言った。「老カーティスが取引の一部として提供したと言うやつもいる」そう言ってレイレイは首を振った。「おれは信じちゃいないがな。ミズ・マギーは土地やそれがもたらす地位を手放すことに耐えられなかったんだろう。老カーティスじゃなく、彼女がアンディと取引をしたんだと思う。そしてアンディはその申し出を受けた。新しい街で彼女のような妻の助けが必要だと思ったんだろう。彼女は教会で重要な地位にあったんだ。〈アメリカ革命の娘《DAR》〉のメンバーだった。金持ち女どもの集まりさ」

「弟のジョージは？」

「父親が農場を失ったとき、ジョージは医学生だった。何の力にもなれなかった」レイレイはそう言って、肩をすくめた。「ジョージについてこれだけは言える。あいつは耐え忍んで生き延びた。農場をアンディに取られて苦い思いをしただろうに、あいつは気持ちを切り替えて、父親の死後、診療所を開き、それ以来ずっとこの街に残っている。だが……」

「だが、何だ？」とトムは訊いた。

「わからん、ただ変わり者《ストレンジ・バード》だ。ずっと独身のままで、診療所から二軒隣の小さな家に住んでいる。一匹狼みたいなもんかな。時折、いろいろな場所で開かれる医療セミナーに出かける以外は、街を離れたことはないはずだ」

「十二番径の散弾銃が撃てそうかな？」とトムは笑いながら言った。

レイレイはクックッと笑った。「ジャイルズ郡の住民なら誰だろうが散弾銃ぐらい撃てるさ」

「別の容疑者が必要なんでね」とトムは言った。

レイレイは首を振ると、もう一度ウィスキーのボトルを手に取った。ボトルからぐいっと一口飲むと、口を拭った。「いや、お前に必要なのは検事長に有罪答弁取引を申し出ることだ、トミー」

雨が降ってきた。レイレイは椅子の後ろから傘を取り出して開いた。「どうやら家のなかに入ったほうがよさそうだ」

「レイレイ、お前が必要なんだ。わたしは明日の午前中に応訴通知を提出するつもりだ。そこにお前の名前を書いてもいいか?」

東のほうから激しい雷鳴が聞こえ、稲妻が空を明るくした。レイレイ・ピッカルーは傘の取っ手をトムに手渡し、その下から足を踏み出した。「おれはただのくたびれた酔いどれだよ、トム。ボーが教えてくれるだろう。おれなんかがいたら、足手まといになる。いずれにしろ、お前に必要なのは、おれみたいな離婚専門の弁護士じゃなく、刑事訴訟専門の弁護士だ。ルー・ホーンのところに行け。彼の事務所はおれの事務所から北へ一ブロック行ったところだ。あるいはディック・セルビーか。ホーンとセルビーは、いつもヘレンと裁判で戦っている」

「それは、そのふたりがいつも彼女に手玉に取られてるってことじゃないのか」とトムは言った。「お前は彼女に勝ったことがあるんだろ、レイレイ。それにこの街のことは知り尽くしている」

「ボーは有罪だよ、トム」とレイレイは言った。アルコールのせいでことばがはっきりしなかった。「やっても無駄だ。新聞を見ただろう? ヘレンはボーに死刑を求刑するつもりだ。わかってんのか」

「ボーはおれたちの友人じゃないか」

「いいや違う。お前の友人だ」レイレイはそう言うと、もう一口ウィスキーを飲んだ。眼を閉じてのどを焦がす液体に顔をしかめた。「もしおれが火だるまになって、おれがあいつに小便をかけてくれと頼んだとしても、あいつは出し惜しみするだろうよ。おれたちの関係はそんなもんだ。最後にボーと法廷でやりあったとき、しまいには裁判所の階段で殴り合いになるところだった」

「それはお前がファイターだという証拠さ、レイレイ。ボーには今、そういうやつが必要なんだ」

レイレイは笑うと、さらにウィスキーをぐいっとあおった。口の周りが濡《ぬ》れていた。「ボーに必要なのはカトリックの司祭だよ。もう帰ってくれ、トミー」

「レイレイ――」

「行け」レイレイはボトルを振って帰るようにと示した。ボトルからウィスキーがこぼれた。「帰ってくれ。面倒ごとはもうたくさんだ。ジャイルズ郡でヘレン・ルイスと戦うのはアラモの戦いに挑むようなもんだ。それなら死ぬまで飲んでたほうがまだましだよ」

「わかったよ、レイレイ」とトムは言い、降参のしるしに両手を上げた。「相棒の〈エヴァン・ウィリアムス〉とよろしくやってくれ。だが、酔いつぶれる前にひとつだけ質問させてくれ。あの人《ザ・マン》は、このことをどう思うだろうな？」

「トム、言っておくが――」

「お前が人生から逃げている姿を見たら、ブライアント・コーチは何て言うだろうな？　桟橋に坐ったまま、死ぬまで酒を飲んでる姿を見たら」

レイレイはウィスキーのボトルをトムに向かって投げつけた。トムが身をかわしてよけると、ボトルは耳の近くをヒュッという音をたてて飛んでいき、川のなかに落ちた。「さっさと帰れ」

トムは背を向け、歩き出しながら言った。「明日会おう、レイレイ。わたしはボーの事務所にいる。九時半にそこで会おう」

「いいやトミー、地獄で会おう。次にお前と会うのはそこでだ」

トムは〈エクスプローラー〉を砂利道から出しながら、まだ桟橋に坐っているレイレイを見ていた。雨が叩きつけるように降っていた。彼は何か独り言を言っているようだった。一瞬だけ、レイレイが言っていた刑事弁護士に協力してもらうことを考えた。ホーンとセルビー。が、雨がフロントガラスを激しく叩くのを見て、トムは首を振った。

レイレイ・ピッカルーは多くの問題を抱えている。酔いどれ。浮気者。何度かテネシー州法曹協会から倫理違反で戒告を受けている。聖人じゃないし、刑事法のクラスを受け持つこともないだろう。

だが、あいつは戦うことを恐れない。そして不快なやつであればあるほどいい。一旦関わったら、あいつは豚が悪臭を放つように、この裁判を引っ掻き回すだろう。そしてそこにこそ唯一受け入れることのできる結果がある。

勝利。

あいつは来る、とトムは思った。頷きながら三十一号線に入った。時間さえ与えれば……

桟橋で、レイレイ・ピッカルーは仰向けに横たわり、曇り空を見上げていた。両足を桟橋の縁からぶら下げて、鼻歌を歌っていた。雨に濡れたシャツはもう脱ぎ捨てていたので、酔っぱらっていなければ、木製のデッキは居心地が悪かっただろう。眼を閉じ、しばらくドリスのことを考えていた。キーズでの彼女の水着姿。ベッドに坐って、彼が着がえる様子を見ていたドリス。それが今は……介護施設で定期的におむつを替えている。彼はきつく眼を閉じて、秘書のボニーのおっぱいを無理やり思い浮かべようとした。が、うまくいかなかった。様々な画像がつむじ風のように次々と浮かんできたが、ほとんどは介護施設でのドリスの姿だった。彼女はゆっくりと自分が誰なのかを忘れてゆき、最後には何もかも忘れてしまった。その姿は見ていて痛ましかった。彼女がすべてを忘れたと知った日、彼は拳銃を手に、今と同じ桟橋に一晩中坐っていた。何度か銃身をくわえたが、だめだった。引き金を引くことはできなかった。

意識を失う前、彼は違う映像を見た。それは古いテレビの映像のように白黒だった。トム・マクマートリーがヘルメットの下で額に汗をかきながら、ディフェンス・ラインにつく。センターの後ろにいるトランメルがスクリメージ・ラインのレイレイのほうを見た瞬間、ボールがスナップされる。トランメルはレイレイにかすかに頷く。ボールが宙に放たれ、完璧ならせんを描いてレイレイの両手におさまる。

彼は走った。ボールは腕の下にしっかりと抱え込んでいた。

そして大きな声が、洪水のように耳に襲いかかる。五十四番の深紅《クリムゾン》のユニフォームが彼を倒した。

「ビンゴ！」遠くから声が聞こえた。「よくやった、リー・ロイ。それでいい。さあ、もう一丁いくぞ」

彼はグラウンドに横たわっていた。鼻を芝生に押し付けられ、まばたきをし、仰向けになるのもやっとで、呼吸ができなかった。そのとき、またあの声が聞こえた。その大きな声は塔のうえから聞こえた。「おい、ピッカルー。起きろ。次のプレイだ。ジョーカー、起きるんだ」

あれは神の声だったんだろうか、それともあの人《ザ・マン》の声だったんだろうか？

一九六〇年、レイレイ・ピッカルーはそれがどちらだったのかわからなかった。今、エルク川沿いの桟橋で意識を失う直前に聞いたときも、それがどちらなのかはやはりわからなかった。

11

ジャイルズ郡拘置所には、被告弁護人が依頼人と会うことのできる〝面会室〟があった。その部屋は、クローゼットほどの大きさで、待機房と同じ黄色の軽量コンクリートの壁に囲まれていた。

ふたりは、看守が去ったあと、四角い折り畳みのテーブルをはさんで、アルミ製の椅子に坐り、しばらく互いに見つめ合っていた。トムは友人の外見にショックを受けた。ボーはオレンジ色の囚人服を着ており、寝不足のせいで赤い眼をしていた。彼は両肘を机について前かがみの姿勢をとっていた。疲労の色が容易に見て取れた。ショックに加え、トムは激しい罪悪感に襲われた。ボーと会うのは一年ぶりだった。昨年の六月、ボーがヘイゼル・グリーンのトムの農場に小さな木箱に入れたリー・ロイを届けてくれたとき以来だ。

ようやく、トムが沈黙を破った。「ぼろぼろだな」

悲惨な状況にもかかわらず、ボーはクスッと笑った。その声がトムの心を温かくした。

「来てくれてありがとうございます、教授。午前中はどうしてたんですか？」

その後の数分間、トムはヘレンとの会話と、その後のリックとの協議について説明した。

エルク川まで行ってレイレイに会ったことは話さなかった。

「検事長の様子だと」首を振りながら、ボーが言った。「最初のヤマ場は予備審問になりそうですね。彼女はいつも証拠の周りに石垣を作るんです」

「ボー、電話ではあまり話ができなかった。「予備審問まで調査の開始を待つことはできない。糸口が必要なんだ」とトムは言った。「アンディ・ウォルトンが殺された夜のことで何か話せることはないか」

ボーはため息をつき、机に眼を落とした。「本当に八方ふさがりになっちまったんですね」

「ボー、君を救うために、何があったかを知らなければならないんだ。なぜ、こんなことになった」

「何があったか……教授、そいつはちょっと複雑なんです」

「話してくれ」

ボーは机に眼をやったまま、笑みを浮かべた。「去年ヘイゼル・グリーンでなぜプラスキに戻ってきて開業したかについて話したのを覚えてますか？」

「やり残したことがあると言ってたな」とトムは言った。「君の父親がクー・クラックス・クランに殺され、君は……それを見ていた」トムはことばを切った。「君はすべてを話してはくれなかった」

「今、お話ししましょう」とボーは言い、顔を上げて血走った眼でトムを見た。

「やつらが父さんを吊るしたのは、おれが五歳のときでした。おれたちはウォルトン農場に住んでいました。母さんはウォルトンのお屋敷でメイドとしてミズ・マギーに仕えていて、父さんは農場で働いていました。一九六六年八月十八日の夜、ミズ・マギーの誕生日を祝う盛大なパーティーがあったんです。母さんは遅くまでお屋敷で働いていて、おれと父さんは家にいました。おれは横になってラジオを聴きながら、野球のボールを宙に投げ上げて遊んでいた。そこにあの男たちが来た。ずっと、二十人くらいだったと言ってきたけど、十人から十二人くらいだったかもしれません。まあ、わかると思いますが、五歳の子どもには何でも大きく見えるものですから。彼らはローブをまとい、フードをかぶっていた。前庭で十字架を燃やして、出てこなければ家に火をつけると父に言いました。出ていく前、父はおれに見ちゃいけないと言った。が、おれは言うことを聞かなかった。やつらのあとを追いかけて、全部見てしまったんです。

やつらは父さんを家から空き地まで一マイル近く引きずった。その空き地には夏のあいだ、おれやほかの農場労働者の子どもたちが泳いで遊ぶ池があって、茂みに覆われていた。やつらは父さんの両手を背中で縛り、馬の背中に乗せて、空き地の端にある一本の木の近くまで馬を歩かせた。本当のことを言うと、教授、おれは父さんが木に吊るされそうになるのを見て、逃げ出してしまいたかった。そうしたかったが……足が動かなかった。悪夢を見たとき金縛りにあうじゃないですか。そんな感じだった。あいつらがロープの端を木の枝に巻き付けて、輪なわを父さんの首にかけた。なのに……おれは動けなかった。

男たちのリーダーは紅いフードをかぶっていて、その声には聞き覚えがあった。いつもアンディ・ウォルトンの周りにいたから、紅いフードの男がアンディ・ウォルトンだとわかったんです。おれは絶対に忘れない。アンディは父さんにこう言った。『ルーズベルト、クー・クラックス・クラン、テキサス騎士団は、お前がその汚れた黒い手を白人女性にかけたことを知ってるぞ』」ボーは声色を真似《まね》て言った。「父さんはアンディにつばを吐きかけて言った。『これはそんなことじゃないだろう。あんたもおれも本当はそのことがわかってるはずだ』だが、アンディは父さんがそれ以上言う前に鼻づらにパンチを浴びせた。それからアンディは父さんの耳元で何かを囁き、馬に蹴りを入れた。

その後に起きたことはよく覚えてないんです。父さんが吊るされたのを見て、おれの足は動き始めた。覚えているのは父さんの足をつかんで泣いていたこととあいつらの笑い声が聞こえたことだけです。そして気がつくとブーツが眼の前に飛んできて……」ボーはことばに詰まって、首を振った。「次に眼を覚ましたとき、父さんの姿はなかった。父さんの服が池のほとりにあった。そこで池に飛び込んで……おれは」ボーの声は震えていた。「おれは……父さんの遺体を見つけた……池の底で」

ボーはため息をついて、トムを見た。「おれは母さんにすべてを話した。けど母さんは脅《おび》えるばかりで、警察に行こうとしなかった。彼らは何もしてくれないと言って」とボーは言った。「母さんの言う通りだった。母さんが警察に行こうとしなかったから、おれは母さんの弟のブッカー叔父さんに保安官事務所まで車で連れて行ってもらった。当時、保安官はヒュー・パッカードという男だった。親切な男だったが、アンディ・ウォルトンに買収されていた。保安官はおれが誰を見たのか説明できないのなら、誰も起訴することはできないと言った。彼は笑ってこうも言いました。五歳の子どもが声に聞き覚えがあるという理由だけで、アンディ・ウォルトンを起訴したら、この街を追い出されてしまうと。それに、父さんは溺死で間違いないと言いました」

「君のお母さんは？」トムは訊いた。

「出て行きました」ボーは首を振った。「お母さんは——」

「溺死、それが結論でした」

「出て行きました」ボーがさえぎるように言った。「翌々週、おれが起きたときには母さんはいなかった。書置きすらなかった」

「どうして？」とトムは訊いた。

「よくわかりません。おれは……父さんほどには母さんとは親密な関係ではなかった。父さんが殺される前に、時々家のなかや外で遊んでいると、母さんがおれをじっと見ていることがあった。おれが何もしていないときでさえ」彼はそう言って首を振った。「だけど母さんが出て行った理由ははっきりとはわからないんです。ずっと、何かを恐れていたんだと思っていた。父さんが殺された数日後に、母さんがマーベル叔母さんと話しているのを聞いたんです。次は自分だと言っていた。『あの怪物《モンスター》はあの人と同じようにわたしに対しても絶対に死ぬまでやめようとしない』と言っていました」そう言って、ボーはまたため息をついた。「翌朝、母さんは出て行きました」

「そのあとは――？」トムは訊きかけたが、ボーが手を上げてさえぎった。

「今、話します」彼は腕を組むと、体をきつく抱きしめ、また眼をテーブルのうえに落とした。「その朝、マーベル叔母さんがまだ暗いうちにおれを起こすと、服を着て荷造りをするように言いました。おれはしばらく叔母と叔父と暮らすことになったんです。母さんのことを訊くと、マーベル叔母さんは、母さんが何日か叔母さんと叔父さんの家にいてほしいと言ったんだと説明しました。叔母は平静でいようとしていましたが、声は消え入りそうでした。まるで息も絶え絶えという感じだった。おれは何かひどいことがあったんだと思った。だけど、外に出て、ブッカー叔父さんを見るまでどのくらいひどいことなのかわからなかった。叔父は散弾銃を手にトラックのそばに立って、小屋へと通じる道を見ていた。おれは叔父がたとえナイフであれ、武器を持っている姿を見たことがなかった。叔父はブリックランド・クリーク・バプテスト教会の牧師で、いつも暴力に反対する説教をしていた。ウサギ狩りやリス狩りさえしなかった」ボーは首を振って続けた。「ところがその日は散弾銃を持っていたんです。叔母がおれを抱き上げて家から連れ出したときも、叔父はおれたちのほうを見ていなかった。銃を肩に下げて、道を注意深く見ていた。おれはトラックに乗ると、ふたりのあいだに坐った。ふたりの家へ向かう途中、彼らは一言も話さなかった。母さんについて山ほど聞きたいことがあったけど、ふたりは石のように黙ったままだった。唯一聞こえたのは、叔父が持つハンドルの振動する音でした。叔父の両手はひどく震えていました。

ふたりの家――ブリックランド・クリーク・バプテスト教会に隣接した牧師館――に着くと、叔父はおれを教会のなかに連れていき、信者席の最前列に坐って説教壇を見上げました。叔父はしばらく何も言いませんでした」ボーの唇は震え始めていた。「そして叔父は、姉《シスター》――叔父はいつも母さんのことをそう呼んでいた――は昨日の晩出て行き、叔父と叔母におれの世話を頼んでいったのだと言った。おれが母さんはどこに行ったのかと訊くと、叔父はわからないと答えた。そして叔父は好きなだけここにいていいと言いました」ボーは一息つくようにトムに視線を戻した。話しながら彼の全身は堅く強張り、まなざしは険しくなっていった。トムは一瞬だけ眼をそむけなければならなかった。「結局そこには十三年いました」ボーはようやく続けた。「母さんからは二度と連絡はありませんでした」

「気の毒に、ボー」とトムは言った。再び罪悪感を覚えた。ボーセフィス・ヘインズは彼にとって一番の親友だった。なのに、彼が母親に捨てられたことさえ知らなかった。

「このことはあまり人には話したことはありません」トムの考えを感じ取ったように、ボーはそう言った。

友人を見ながら、トムは奇妙な感覚を覚えていた。おそらく父親の死は、少年にとっては見るに堪えないほど恐ろしいことだっただろう。だが、ある意味、母親に捨てられたことよりは対処しやすかったのかもしれない。父親がリンチを受けたことははっきりとした《ブラック・アンド・ホワイト》事実だ。眼の前で起きたことだけに、その理由を説明することもできる。だが、母親に捨てられたことは……、五歳の少年に理解できただろうか。

「気の毒に、ボー。思いもよらなかった」トムにはそうとしか言えなかった。そしてそれは心からのことばだった。

ボーは頷き、眼を拭った。「叔父と叔母はおれによくしてくれました」と彼は言った。「決して両親のふりをしなかった。ああしろ、こうしろと言うことはほとんどなかった。おれを食わせてくれ、そこそこの服を着せてくれ、学校に行かせてくれた」そう言って、ボーは笑った。「それにふたりの子どものラシェルと特にブッカー・Tはきょうだい同様だった。ラシェルは年上で、美人だった。ミルクチョコレート色の肌に、ぽっちゃりとした唇で、そりゃあでかい」――ボーは両手のひらを胸にあてて言った――「おっぱいだった。今でも思い出しますよ。ある日彼女が鍵をかけ忘れたバスルームに入ってしまって、シャワールームから出てきたところに出くわした。おっぱいがバスケットボールみたいに揺れていた」そう言ってボーは笑った。トムもつられるように笑った。ふたりは小さな部屋を包んでいた緊張から解放されてほっとした。「ブッカー・Tは今も友人です」ボーは続けた。「ベイビーフェイスで、冷蔵庫みたいな体つきなんです。ベアーズのディフェンス・プレイヤーみたいに。覚えてますか、ウィリアム・ペリー（NFLシカゴ・ベアーズで活躍した選手。リフリジレーター（冷蔵庫）の愛称で呼ばれていた）を？　まあ、とにかくおれたちは切っても切れない仲だったんです」そう言って彼は首を振った。「教会を訪れる黒人たちの多くも父さんが死んで母さんが出て行ったあとはおれを避けるようになりました。まるでおれが病気で、触れたくないかのように。でも、ブッカー・Tは違った。あいつは以前と変わらずおれに接してくれた。あいつは……小学校、中学校でおれの唯一の友人だった。兄弟も同然でした」

「高校で何か変わったのか？」とトムが訊いた。

ボーは肩をすくめた。「ブッカー・Tについては何も変わりません。あいつはこれまでもこれからもずっとおれの兄弟です。変わったのはほかの連中でした。九年生のとき、身長が十八センチ伸びたんです。十年生のときには身長百九十三センチになって、体重も九十キロを超えていました。中学校のフットボールチームではベンチウォーマーだったのが、ジャイルズ・カウンティ高校の二年生のときに先発のラインバッカーに選ばれました。三年生のときにブライアント・コーチがプラスキに来て、おれのプレイを見てくれました。翌週にはグリスカ・アシスタントコーチが電話をしてきて、奨学金を提示してアラバマ大でプレイするよう誘ってくれました」

トムは、事情はよく知っているというように笑みを浮かべた。クレム・グリスカはボーの二十年前に、トム自身をアラバマ大でプレイするように誘った人物でもあった。

「君はジャズと大学の終わり頃に出会ったんだったな？」とトムは尋ねた。

「ええ、ジャズはハンツビルで育って、アラバマ大で陸上競技をしていました。彼女に会ったのはおれが膝を壊した何カ月かあとにあった運動部のパーティーでした」そう言ってボーは思い出し笑いをした。「おかしいですね。おれは、大学生活のうちでも最悪だった時期に、ジャズとあなたに出会ったんです」

トムはボーが膝をけがしたあと、ブライアント・コーチからボーと会って彼の将来について話し合ってほしいと頼まれたことを思い出した。トムはボーに自分のクラスをいくつか聴講するように言い、ボーは渋々ながら同意した。まだNFLでプレイする可能性を絶たれたことをあきらめきれず、いつも不機嫌そうだった。ボーの態度が変わるきっかけとなったのは、タスカルーサ地方検察局が、殺人事件訴訟の証拠に関する問題についてトムの助力を要請し、トムが訴訟のあいだ、検察官との連絡係にボーを指名したときのことだった。

「君以上に弁護士になりたいと強く願った生徒には会ったことがなかった」とトムは言った。

「一度、刑事裁判を傍聴したら――」

「ハマっちまった」ボーはトムのことばを引き継いだ。「陪審員が有罪の評決を下して、保安官補が被告人に手錠をかけて連れ去るところを見たとき、おれの頭に浮かんだのはアンディ・ウォルトンが同じようにされるところだった。評決のあと、大学に走って戻ったことを覚えている。その頃おれは車を持ってなくて、誰かに乗せてもらう以外は、どこへ行くにも歩くのがほとんどだったんです。ジャズのアパートメントに着いた頃には、汗を流して息を切らせていた。過呼吸にならないようにと、ジャズは何杯か水を飲ませてくれました。一旦、落ち着くと、おれは彼女にロースクールへ行くと言った。何年かかろうと、自分の成績がどうだろうと関係ない。おれは弁護士になる。弁護士だ、ちくしょう！」ボーはそう言ってこぶしを机に叩きつけた。一瞬、トムははるか昔に初めて会った二十二歳の学生の姿を眼の前に見た。エネルギーに満ちた輝く眼をした、限界を知らない青年の姿を。

「ジャズは何と？」

「彼女は、おれなら何でも望むことをできると言ってくれた。ボーセフィス・ヘインズなら望むことを何でもできる。そして彼女はそれを誇りに思うと」と彼は言い、トムの後ろの空《くう》に眼をやった。「それから彼女は初めておれに愛していると言った」ボーはため息をついた。「教授、正直なところ、おれは五歳の頃以降、誰かにそんなことばをかけてもらうのは初めてだったんです。つまり……ブッカー叔父さんとマーベル叔母さんがおれを愛していることは知ってました。けどふたりはそれを口に出すことはなかった。ブッカー・Tとラシェルは子どもだった。子どもはそんなことばを互いにかけたりはしないものです。おれはジャズのことばを聞き間違えたと思った。だから身を乗り出して、もう一度何て言ったか繰り返してくれと彼女に言ったんです。彼女は両手をおれの顔にあてて言った。『愛してる、ボーセフィス・ヘインズ。愛してる』」

沈黙が部屋を包み、トムは彼の思い出を愛《いと》おしく思った。やがて、ほとんど囁くような声でボーが言った。「おれも彼女をハグして愛してると言った、と言いたいところですが……できなかった。怖かったんだ。ただ立ちすくんでいた。虚ろな表情をして。まるでジェットコースターから降りたばかりで気分が悪いみたいに。だけど、ジャズは……がっかりしたところを見せなかった。彼女は笑っておれの耳元で囁いたんです。ルームメイトは午後のあいだは出かけてると。そう言って彼女はおれの手を取るとベッドルームに導いた……」

ボーは椅子の背にもたれるとトムの眼を見た。「おれは次の週、ロースクールに願書を出しました……あとのことはご存じの通りです」

「君はわたしの教え子のなかでも最も優れた学生だった」とトムは言った。そして懐かしい思い出から現在のことに会話を移す頃合いだと思った。トムは身を乗り出して机に両肘をつき、眼を細めてボーを見ながら言った。「ボー、はっきり言おう。君がプラスキに戻ってきて終えようとしていることは何だ？」

ボーの血走った眼は怒りに燃えていた。「父さんを殺したアンディ・ウォルトンとくそったれども全員を刑務所に入れることです」彼はそう言った。「そして父さんが殺された本当の理由を知ることです」

しばらくのあいだ、トムは何も言わなかった。たった今聞いたことを頭のなかで整理していた。

そして深く息を吸うと、この三十分間、ずっと訊こうと思っていた質問をした。「アンディ・ウォルトンが殺された夜に何があった、ボー？」

「正直なところ……」ボーは話し始めた。「はっきり覚えていないんです。おれは……」彼はそう言って、トムを見た。「軽蔑するでしょうね、教授」

「気にするな」とトムは言った。「君を弁護するためには、君が覚えていることをすべて知っておく必要がある」

ボーはため息をつくと、椅子の背にもたれかかった。「おれはファースト通りのキャシーズ・タバーンに行きました。酒を飲んでから、あの空き地に行くつもりだったんです」

「空き地というのは――」

「父さんが殺された場所です」ボーがさえぎるように言った。「父さんの命日には毎年行っています」

「キャシーズでは何があった？」

ボーは顔をしかめると、アンディ・ウォルトンとのいざこざと、その後のミズ・マギーとの会話についてトムに話した。

ボーが話し終えると、トムは大きなため息をついた。「手書きで罪の告白を記したようなもんだな」

ふたりとも笑わなかった。

「本当に『眼には眼を』という聖書のことばを言ったのか？」

ボーは頷いた。

「そしてアンディ・ウォルトンは、君の父親が殺された、まさにその木に吊るされていると

ころを発見された」

もう一度、ボーは頷いた。「エニスによれば、同じ枝だそうです。おれは保安官事務所に

捜査を再開させようとして、ことあるごとに彼にその枝のことを説明してたんです」

トムは頭を抱えた。落胆しないよう努めた。が、ヘレン・ルイスのことばが頭のなかをよ

ぎった。ボーは復讐のためにプラスキに戻ってきたのよ。

「ひどいもんでしょ、え？」とボーは訊いた。だが、トムはそのことばを無視した。

「アンディ・ウォルトンとのいざこざについて、目撃者が四人いると言ってたな。バーテン

ダーのキャシー……」

「キャシー・デュガン」とボーが言い添えた。トムは黄色いリーガル・パッドにその名前を

書いた。「そのほかは、クリート・サーティン——確かめたことはないが、こいつはおそら

くアンディと同じくクランのメンバーです——、アンディの妻のマギー、そしてアンディの

義理の弟のジョージ・カーティスです」

トムはそれぞれの名前を、ひとつずつリーガル・パッドに書き留めた。「OK、これで取

っ掛かりがつかめた。キャシーの店のあとは何があったんだ？」

ボーは肩をすくめた。「おれは事務所に〈ジムビーム〉の一パイント瓶を取りに行き、ブラブラと歩きながら今は売りに出ているフラワー通りのおれの家に行きました。とにかく自分が哀れに思えて……それにかなり酔っぱらっていました」そう言ってため息をついた「それから父さんが殺されたウォルトン農場の空き地に行ったんです。あまり覚えてないんですが、その晩そこにいたことは確かです。その前にかなり雨が降ったせいで、翌朝おれのローファーが泥だらけになってました」ボーはそこまで言うと、うつむいて机を見た。「覚えてるのは本当にそれだけなんです」

「ということは目撃者の前で彼を殺すと脅し、犯行現場にいたことを認めるんだな？」

ボーは何も言わなかった。ただ、じっと机を見ていた。

「農場へ行ったときか、あるいは……キャシーの店を出たあと、誰かと一緒じゃなかったのか？」

ボーは首を振った。「いいえ、ひとりでした」

くそっ、とトムは思った。頭のなかで問題点を整理しながら、コンクリートの床を行ったり来たりした。アリバイはない、動機はたっぷりある、そして予備審問までは見せてもらえないだろうが物的証拠も。保安官いわく〝決定的かつ圧倒的な証拠〟が。トムはすぐに疑いの余地のない結論に達した。八方ふさがりだ。

トムは席に戻ると、友人の眼を真剣に覗き込んだ。「ボー、君がわたしとリックを信頼してくれているのはありがたいが、経験のある刑事弁護人にこの件に取り組んでもらう必要がある。できればこの土地とゆかりのある人物に。誰か――」

「おれは経験のある刑事弁護人です」ボーがさえぎるように言った。「おれに必要なのはジャイルズ郡の陪審員と話すことができる優秀な法廷弁護士です。検事長と対等に渡り合うことができて、そして……おれが信頼できる人物です。地元の弁護士が必要なのはわかっています。だが、おれはプラスキの弁護士にこの訴訟を取り仕切ってほしくはない」彼はそう言ってトムの眼をじっと見た。「あなたが必要なんです」

トムが何も言えないでいると、ボーは皮肉っぽく笑って言った。「怖がってるなんて言って責めたりしませんよ。同じような状況に直面したら、おれだって怖いです」ボーは一瞬間《ま》を置いて言った。「今も怖いんです」

「ボー――」トムが話しかけたが、ボーは手を上げてそのことばをさえぎった。

「教授、おれはこの街の法曹界にはあまり友人がいません。その理由のひとつは、おれがこの街で唯一の黒人弁護士だからです。二〇一一年になった今でも、法曹界の白人の同僚とのあいだにはなんとなくぎこちなさを感じるんです」そう言って彼は肩をすくめた。「気のせいかもしれません。おれはひとりで仕事をしていて、パートナーもいないし、法曹界の社交的な集まりもほとんど無視してきました。それに訴訟にあたるときは、一切遠慮することなく攻撃し、情け容赦なくふるまってきました。そのやり方で成功したんです」彼はことばを切った。「だが、そのせいで友人はできず……妻と家族も犠牲にしてしまった」

「ジャズとはもう駄目なのか?」

ボーはため息をついた。「わかりません。今は別々に暮らしています。ジャズはハンツビルで両親と一緒に暮らしています。T・Jとライラを地元の学校に入学させて……。かなりまずいですよね」ボーは苦々しげに笑った。「おれが殺人罪で告発されたことも原因のひとつになるでしょう」

「いつから、そんなことになったんだ?」

ボーは肩をすくめた。「みんなずっと我慢してたんです。彼女は、おれが父親の殺人にこだわることを、彼女と家族にとっては正しいことじゃないとずっと考えていた。たぶん……彼女の言う通りなんでしょう。子どもたちが巻き込まれるようになって、ついに堪忍袋の緒が切れたんです」

トムは、友人の顔に苦痛を見てとり、またもや罪悪感を覚えた。昨年、彼がトムの世話をしてくれていたとき、彼自身の人生も大変な状況にあったのだ。

トムは罪の意識を何とか振り払い、話を続けようとした。「ボー、この国の有名な刑事弁護士なら誰でも、この事件を引き受けるはずだ」

ボーは眉をひそめて言った。「テネシー州プラスキの陪審員が、自分たちが選んだ検事長よりも別の州の弁護士を信じるって言うんですか？」

「そういうことはよくある話だ」とトムは言った。「O・J・シンプソンの訴訟を覚えているだろう。彼はあらゆる地域から弁護士を集めてきた」

ボーはほほ笑み、トムを見つめた。「ジュース（O・J・シンプソンの愛称）の陪審員はほとんどが黒人だったし、全員ロサンゼルス出身だった。それに主任弁護人のジョニー・コクランはLAの黒人弁護士ですよ」

「君は有名な弁護士ではジャイルズ郡の陪審員を納得させられないと言い、地元の弁護士はこの裁判を引き受けないと言う」トムはボーの考えをまとめようとするようにそう言った。

「必ずしもそういうわけじゃありません。この街の刑事弁護士の何人かは、金額さえ折り合えば訴訟を引き受けるでしょう。少なくとも地元の弁護士として誰かに協力してもらわないとならないでしょうね。ただし……」

「主任弁護人ではなくだな」とトムは言った。

「ガンファイトにナイフを持って行くつもりはありません」とボーは言い、首を振ってため息をついた。「検事長は八年前に就任してから、一度も負けていません」ボーはことばを切った。「必要なのは、ヘレンにやり込められたことがなく、この地域のことを知っていて、陪審員になる住民と同じ目線で話すことのできる主任弁護人です。あなたはヘイゼル・グリーン出身だ。ここからは直線で五十キロ弱、車なら七十キロの距離だ。あなたはタスカルーサに住んで、そこで仕事をしてますが、ルーツはこの近くですよね」

つかのま、ふたりとも何も言わなかった。やがてボーが沈黙を破った。「教授、タスカルーサから数時間離れたほかの州で死刑裁判を引き受けることが、あなたの新しい事務所にとっては苦労の種だろうことはわかっています。だから、あなたが提示する金額を支払います。おれがあなただったら、定額で二十五万ドル請求します。半分を今、残りを終わった時点で。勝ち、負け、引き分けを問わず。そのぐらいの金額は払う準備があります。金額を言ってください」

「ボー、君は金を払う必要はない――」トムはそう言いかけたが、ボーがこぶしを机に叩きつけた。

「いいえ、おれは払います。あなたはそれにふさわしい人だ。それにおれは、自分の弁護士を飢えさせるつもりはありません」

「わかった、したいようにしろ」とトムは言った。最後には怒りが勝っていた。「わたしはこの四十年間で一回しか訴訟を経験していない。わたしのパートナーは人生で一回しか訴訟を経験していない。確かにわたしはこのあたりの出身だ。そのことが少しは助けになるだろう。だが、君の友人としてアドバイスさせてもらう。もう少しじっくりと考えて、もっと経験のある弁護士を雇うべきだ」

ボーは手を合わせて、テントの形を作った。「おれは金曜日の朝に逮捕された瞬間から、このことをひたすら考えてきました。その決心は両手に手錠をかけられた直後から変わっていません。あなたが必要なんです、教授」

「なぜだ?」トムは訊いた。

「ほかに心から信頼できる人はいないんです」とボーは言った。その声は感情の昂《たか》ぶりと疲れからかすれていた。「あなたしかいないんです」

12

午後五時ちょうど、トムはホテルから東に一ブロック先にあるジェファーソン通りの赤れんがの建物の前に〈エクスプローラー〉を止めた。前庭の看板には黒地に金色のステンシル文字で〝カーティス・ファミリー・クリニック〟と描《か》かれていた。ドクター・カーティスの家を見つけるのは簡単だった。ホテルのフロント係は、正面玄関を指さすと言った。「その道を左にフットボールのフィールド二つ分行ってください。建物の前に看板があります」

午後のあいだずっと激しく降っていた雨は、まばらな霧雨になり、空気はべたつくようだった。トムは車から出て、その建物の玄関先へ続く小道を歩き出した。ドアをノックすると、右のほうから声が聞こえてきた。

「何かご用ですか?」

トムはポーチのロッキング・チェアに坐っている六十代くらいの男のほうを向いた。近づいてくるときに気がつかなかったことに少し驚いた。

「ええと……トム・マクマートリーといいます。ドクター・カーティスはいらっしゃいますか」

「眼の前にいるよ」と男は言い、自分自身を示しながら立ち上がった。「ジョージ・カーティスだ」

ふたりは握手をした。トムは医師を見下ろした。中背で、薄くなりつつある白髪混じりの髪をしていた。メタル・フレームの眼鏡をかけ、半袖のボタンダウン・シャツにカーキのパンツというカジュアルないでたちだった。手は柔らかくて小さく、握り方は弱々しかった。

「どうぞ」とカーティスは言って、彼の坐っている椅子の隣にある籐《とう》でできた長椅子を手で示した。「お坐りください。ちょうど、最後の患者の診察が終わって、レモネードでも作ろうと思っていたところなんです。あなたもいかがですか」

トムは申し出を受けた。数分後、彼はポーチでカーティスの向かいに坐ってプラスチックのカップからレモネードを飲んでいた。空気はさらにまとわりつくようになり、トムは白のワイシャツの下に汗がたまっているのを感じていた。

「それで、どういったご用でしょうか、ミスター・マクマートリー？」

「トムと呼んでください」

「わかりました」とカーティスは答えた。が、トムに同じように名前で呼ぶようにとは言わなかった。

「わたしは殺人罪で州から起訴されているボーセフィス・ヘインズの代理人として雇われています」

カーティスは何回かまばたきをした。だが表情も素振りもまったく穏やかなままだった。トムは診療所の玄関に近づいてきたときに、カーティスがポーチに坐っていたことに気づかなかったことを思い出した。彼の穏やかなふるまいは、やや困惑させられるほどだった。

「なるほど……で、なぜわたしと話をしようと？　被害者のアンディ・ウォルトンがわたしの義理の兄であることはご存じですよね」

カーティスのことばには何の感情も込められていなかった。が、トムは微妙なアクセントを聞き取った。南部の富裕層に特有のアクセント。俳優が南部の農場主を演じるときに使うような話し方だった。

「あなたは事件の数時間前、わたしのクライアントに会ったそうですね」

「ええ、その通りです」カーティスは言った。「あなたのクライアントがわたしの義理の兄を殺すと言って脅したんです。〝血をもって償《つぐな》わせる〟と言ってね」カーティスは両手の人差し指と中指でクォーテーションマークを示しながらそう言った。「彼はその約束を守ったようだな」

「そのときは、ミスター・ウォルトンの命の心配はしなかったんですか?」

カーティスは肩をすくめると、レモネードを一口飲み、トムと視線を合わせたまま言った。

「いや、それほどは。アンディは自分の面倒は自分で見ることができますから」彼はことばを切った。「正直なところ、アンディが誰かに、ましてやボーセフィス・ヘインズにあんな風に殺されるなんて信じられないくらいですよ。アンディは……タフなやつだったから」

「余命はわずかだったそうですね?」

カーティスはまたまばたきをした。「なぜそのことを?」

トムは何と答えようか考えた。ここまでのところ、ジョージ・カーティスはトムの知らないことを話していなかった。トムはアンディが癌だったことは被告側には不利な材料だと思っていた。ヘレン・ルイスが冒頭陳述で主張するのが聞こえるようだ──もし、ボーがこの復讐の機会を逃したら、二度とチャンスは巡ってこなかったのです──。が、しばらく考えた結果打ち明けることにした。「あなたのお姉さんがキャシーの店でボーに話したんです。アンディを幸せに死なせてやってくれと」

カーティスは顔をしかめた。彼が初めて感情を外に漏らした。「だからあんなに自分を責めてるのか」彼はそう言うと首を振った。「そんなことじゃないかと思っていた」と彼は言った。「アンディが吊るされているところを見てから、何も話そうとしないんだ」

「彼女は死体を見たんですか?」とトムは訊いた。それは新たな情報だった。

「ええ。消防署長によると、消防が現場に到着した数分後に、彼女が現場に現れたそうです」彼はそう言って首を振った。「今までと同じじゃいられないだろうな」

「お気の毒です」とトムは心からそう言った。「お姉さんとお話しさせてもらえませんか？」

強引だとはわかっていた。だが、マギー・ウォルトンは重要な証人だった。

「お断りします」とカーティスは言った。厳しい口調だった。「今はだめだ。まだ早すぎる」

会話がしばらく途絶えた。どちらも話さず、トムは居心地の悪さを感じた。カーティスの強いまなざしは、まるでトムのほうが取り調べられているようだった。「ドクター、ボー以外にあなたのお義兄《にい》さんを恨んでいる人はいませんでしたか？」

カーティスは肩をすくめた。「アンディはこの街では毀誉褒貶相半《きよほうへんあいなか》ばする男でした。彼を嫌う人間も普通にいたでしょう。わかってほしいんですが、彼はプラスキで育ったわけじゃありません。マクネアリー郡の出身です。多くの人が、彼の金は汚いと考えている。それにクランとの関係もある。多くの住民はまだクランのことを克服できていません。この街の人々はこれまでずっとクー・クラックス・クラン誕生の地という事実と折り合ってこなければなりませんでした。だが、それはプラスキという街が距離を置こうとしている過去なんです。アンディがテネシー支部の最高指導者《インペリアル・ウィザード》だったことは、この街にとってさらに恥の上塗りになる。だが……誰も彼に死んでほしいとは思っていない。アンディはその汚い金をこの街にしこたま落としてくれましたからね。この街の会社と、マーティン・メソジスト大学そして教会に」カーティスは含み笑いを漏らした。「昔の人は何と言ったかな？『やつはくそったれだが、おれたちのくそったれだ』この街の人間はアンディをそう見てるんですよ」

トムはカーティスが話す姿を見ていた。彼は愉しんでいる。トムはそう思った。そろそろ彼にショックを与える頃合いだ。「あなたは、医学生の頃、アンディが農場を買って、あなたの父親を破産から救ってくれたことを快く思っていなかったのではありませんか」

「誰がそんなことを？」

「レイモンド・ピッカルーです」トムは口元に笑みを浮かべながら言った。「レイレイは古い友人なんです」

カーティスは笑みを返した。だが、眼の奥は笑っていなかった。ヘレンと同じように、レイレイの名前を出すことでカーティスの心をかき乱したようだった。「マクマートリー教授、どうやらあなたはこの街のくず全員とお知り合いのようですな」

トムは歯をむき出しにして笑った。「ドクター・カーティス、何と言うか、あなたはレイレイのことがお嫌いのようですね」

「レイモンド・ピッカルーは役立たずの酔っぱらいですよ。これまでもずっとそうだった」

とカーティスは言った。ほんの少しだけ険のある口調だった。そして肩の力を抜き、ロッキング・チェアにもたれかかると両手を背中に回した。「ですが、あなたの質問に答えましょう。アンディが農場を買ってくれて、わたしはほっとしました。それが本音です。みんなほっとしました。彼は我々を救ってくれ、父は威厳を持ったまま死ぬことができた。わたしたちはみんなそのことで彼に恩があるんですよ」

くそっ、とトムは心のなかで思った。ギアを切り替えよう。

「クリート・サーティンはご存じですか？」とトムは訊いた。

「クリートのことならみんな知ってますよ」含み笑いをしながらカーティスはそう言った。

「ジョンソンズ・フードタウンの店員で、サンタクロースのような見てくれの男です。ずっとプラスキに住んでる」

「殺人のあった晩、彼もキャシーの店であなたとアンディ、そしてミズ・ウォルトンと一緒だったそうですね」

カーティスは冷ややかに笑いながら言った。「彼もそこにいました。だが、我々と一緒じゃない。クリートはキャシーズ・タバーンの常連ですよ」

「アンディがクランのテネシー支部最高指導者《インペリアル・ウィザード》だった頃、クリートもメンバーのひとりだったんですか？」

カーティスは肩をすくめ、残りのレモネードを飲み干した。「そうかもしれない。わたしはよく知りませんが」

「あなたは？」

乾いた笑みが医師の表情に変わった。「さて……」そう言って突然立ち上がった。「そろそろ失礼させていただきます。今晩はこれから教会で約束があってね。そろそろ行かないと遅れてしまう」

彼は手を差し出さなかった。

「お時間いただきありがとうございます」トムはそう言うと立ち上がった。だがカーティスはトムのほうを見ていなかった。医師は訪問客の脇を通って、診療所の玄関からなかに入り扉を閉めた。

スライド式のデッドボルトを締める音がはっきりと聞こえた。

〈エクスプローラー〉に着くと、カーティスとの会話を思い出して思わずうなじがゾクッとするのを感じた。〝マクマートリー教授、どうやらあなたはこの街のくず全員とお知り合いのようですな〟そのときはカーティスのコメントは苦し紛れに出た一言だと思っていた。しかしあらためて考えると、重大なことが隠されていたことに気づいた。

マクマートリー教授……

トムはカーティスに、自分が以前大学教授だったことは話していなかった。彼はどうしてそのことを知っていたのだろう。トムの知る限り、カーティスと会うのは今日が初めてだった。彼が、ヘレンの言っていた〈USAトゥデイ〉を読んでいれば話は別だが……

いや違う。ヘレンは検事として、ああいった記事には注意を払っていただろうし、以前からわたしのことを知っていた。

何かおかしかった。トムはまだボーの弁護士として応訴通知を提出してもいない。カーティスがトムのことを知っているはずはなかった。

おそらく検事局か保安官事務所に情報源があるのだろう、とトムは考えた。運転席に滑り込むと、イグニションを回した。彼は今朝ヘレンに会い、応訴通知を提出すると伝えた。彼女が最新の情報を遺族に伝えたのかもしれない。午後にはボーに会いに拘置所を訪れたから、保安官補がカーティスに電話をしてトムの名前を教えたのかもしれない。いずれにしろ、カーティスはトムの名前を〈Google〉で検索して、調べたのだろう。

そうに違いない、とトムは思った。車をゆっくりと進めながら、携帯電話でリックの番号を押した。パートナーの声を聴きながら、トムは診療所を最後にもう一度見た。正面の窓のブラインドの背後から自分のほうを見ている影が見えた。レイレイの言う通りだ。腕に鳥肌が立つのを感じながらそう思った。

あの医者は、〝変わり者《ストレンジ・バード》〟だ。

13

ジョージ・カーティスはマクマートリーが去るところをブラインドの後ろから覗き見て、

〈エクスプローラー〉がミズ・バトラーズ・ベッド＆ブレックファストの前で止まるまで眼で追った。これは好都合だ、と思った。亡き義兄がいつも言っていたことを思い出しながら。友は近くに置いておけ、だが敵はもっと近くに置いておけ。

カーティスはブリーフケースに荷物を詰めてから外に出ると、診療所の鍵を閉めた。二ブロック歩き、自宅の玄関を開けた。黒と白の縞《しま》模様のマチルダという名の猫が彼のほうに走り寄ってきた。だが、カーティスはボーの弁護士との遭遇について考え込んでいて、まったく相手をしなかった。

マクマートリーは彼を苛立《いらだ》たせた。その日早く、マクマートリーがボーの弁護士だと知り、彼について調べてみた。だが、そこで見たものは気に入らなかった。ジャック・ウィリストーンを相手取ったアラバマ州ヘンショーの裁判で先頭に立って巨額の賠償金を勝ち取ったのが元大学教授のマクマートリーだった。ウィリストーンの会社のトラックは、ジャイルズ郡でもアンディの会社の荷物を日常的に運んでいた。カーティスも長年のつきあいから、ウィリストーンのことをよく知っていた。誰であれ、あのウィリストーンを出し抜く男なら相当手強《てごわ》いに違いない。

数分前にマクマートリーと会ったことも、彼の心配を和らげることにはならなかった。あの弁護士はアンディの過去についてすでに知っていた。アンディがよそ者だということ、この街にふらっとやって来て、成功したごろつきだったことを。しかもカーティスに対するマクマートリーの質問にはどこか挑んでくるような含みがあった。

　自分はアンディが農場を救ったことを快く思っていないのだろうか？

　カーティスは葉巻に火をつけ、書斎で腰かけてテレビをつけた。『フレンズ』の古いエピソードが流れるなか、暗い部屋を見渡した。彼はほとんど部屋で灯りをつけることがない。頭が痛くなるのだ。だが、テレビの灯りが見慣れた光景を映し出していた。左側の暖炉のマントルピースのうえにはカジミール・プラスキの肖像画があった。右側には子どもの頃に母親が彼とマギーを乗せて揺らしてくれた古いロッキング・チェアがある。テレビの向こうにはふたつのベッドルーム――ひとつは彼の寝室、もうひとつは〝ゲスト〟用の寝室――へと続く短い廊下があった。

　ゲストルームのことを考えながら、カーティスは無意識のうちに笑っていた。あの部屋に滞在した〝ゲスト〟の数を数えると片手に収まる。だが、ひとりだけ頻繁に滞在しているゲストがいる。

　マチルダが膝のうえに這い上がってきた。カーティスはマクマートリーのことを考えながら愛猫の耳の後ろを掻いてやった。そして過去に思いを馳《は》せた……

　もちろん彼はアンディのことを快く思っていない。あのクソ野郎のことを憎んでいた。だが、農場のせいではなかった。ジョージ・カーティスはマギーのようには一家の地所のことを愛してはいなかった。もちろん、秋にはハト狩りを愉しんだし、射撃もうまかった。だが、土地というものには魅力を感じなかった。父親が苦境にあったとき、むしろ彼は出て行くことを選んだ。マギーと話したこともあった。農場を売って貰《もら》えるものさえ貰ったら、一家でナッシュビルにでも行こうじゃないか。あるいはアトランタでもどこでも……

カーティスはため息をついた。マチルダがのどを鳴らす音が聞こえた。彼は農場を守るつもりなどなかった。ただ欲しかったのは……

携帯電話がポケットのなかで鳴って新しいメールの到着を知らせ、考えを中断させられた。携帯電話を取り出すと、メッセージを開いた。

〝数分で到着する〟

カーティスはカウチから立ち上がると、ゆっくりとベッドルームへと歩いた。クローゼットの扉を開けると、スーツがかかっていたところの下の引き出しから銃のケースを取り出した。ケースをベッドまで持ってくると掛け金をはずした。

なかには三丁の銃があった。三〇 - 三〇鹿狩り用ライフル。三十八口径拳銃。そしてもちろん十二番径の散弾銃。ハト狩りのシーズンまでもう少しだった。だが、カーティスはハトのことを考えていなかった。十二番径の散弾銃を取り出すと、部屋の反対側の鏡に向けて狙いをつけた。心のなかではアンディを見ていた。ハンサムで自信過剰、頭がいいというよりは幸運な男。安全装置をはずすと眼を細め、銃身に眼を落とした。鏡のなかにもうひとりの人影を見たとき、一瞬緊張した。

「そのうちのひとつでも役に立つ日が来るとは思えない」聞きなれた声がそう言った。

カーティスは鏡のなかから見つめるもうひとつの顔に笑いかけた。

ゲストが到着した。

14

タスカルーサのザ・ストリップ（飲食店が並ぶ市内の繁華街）に陽《ひ》が沈む頃、リック・ドレイクとパウエル・コンラッドは〈バッファロー・フィル〉のパティオにある錬鉄製の椅子に坐って、チキン・ウイングを貪るように食べ、〈バドライト〉のピッチャーを分け合っていた。「ジャック・ウィリストーンは脅迫と証人買収の罪で、三年の刑を宣告され、スプリングビルの州矯正施設に服役している」パウエルはそう言うと、チキン・ウイングをプラスチック製の容器に入ったランチソースに浸してかじりついた。「受刑態度が良好なため、十八カ月の仮釈放の資格を得ている」

「ドーンを殺そうとしたやつはどうなった？」

「ジェイムズ・ロバート・ウィーラー」とパウエルが言った。「〝ジムボーン〟の名で通っている。やつはドーンを殺そうとして失敗したあと、愛車の〈エル・カミノ〉を置き去りにしたまま逃げている。ハンドルから指紋がいくつか採取された。何週間かして陸軍のデータベースにヒットがあった」

リックは眉をつり上げた。

「ああ、ジェイムズ・ロバート・ウィーラーは一九九二年から二〇〇〇年まで陸軍に所属していた。爆発物が専門だ。二〇〇〇年に退役して、その後、公的な記録はまったくない。まるでこの世から完全に消えたみたいに。ミュール・モリスは覚えてるか？」

「忘れられるかよ」とリックは言った。腕に鳥肌が立つのを感じていた。ウィリストーン裁判の重要な証人だったミュール・モリスは、裁判の二カ月前に、ファウンズデールの高速二十五号線でトラックが暴走したせいで命を落としていた。事故の公式な原因はブレーキの不良とされていたが、ミュールの従兄《いとこ》のドゥーリトルは、ミュールはトラックを新品同様に整備していたと断言していた。「彼が何か？」

「事故のあと、ミュールのトラックからはほとんど何も発見されなかったが、ファウンズデールの鑑識チームが車の残骸からいくつか、誰のものか特定できない指紋を見つけていた」

「まさか」リックはパウエルの言おうとしていることを予想するようにそう言った。「ウィーラーだったのか？」

「ビンゴ！」とパウエルは言った。「最初からドゥーの言う通りだった。ウィーラーがあのトラックのブレーキに細工したんだ。〈ケイジョン〉にいた人間に似顔絵を見せたところ、あの晩、よく似た男がレストランにいたことをウェイトレスが覚えていた。それどころかそのウェイトレスは、ミュールが若い男性と魅力的な若い女性と話しているすぐそばに、その男が坐っていたことを思い出した」

「なんてこった」とリックは言った。リックとドーンは事故の数時間前に〈ケイジョン〉でミュールに会っていた。近くのテーブルに不審な人物がいた記憶はなかったが、ミュールの話に気を取られて、あまり周りを注意していなかったのかもしれない。「ということはやつがミュールを殺したのか？」

「おれは間違いないと思っている」とパウエルは言った。「それにやつがドーンを殺そうとしたこともわかっている」

「あいつはまだ生きてると？」

「ブラック・ウォリアー・リバーからはやつを発見できなかった。そう考えざるを得ないだろうな。ウィリストーン事件でのボーの調査によって、やつがプラスキのはずれにあるストリップクラブに出入りしていたことがわかっている。おれたちはジャイルズ郡の保安官のエニス・ペトリーに連絡して、やつに関する広域指名手配を要請した。今ではアラバマ州とテネシー州のすべての保安官事務所がやつを〝最重要指名手配犯〟リストに載せている」パウエルは肩をすくめて続けた。「今のところ何も上がってきていないがな」

「やつがジムボーンと呼ばれていることはどこから聞いたんだ？」

パウエルがほほ笑んだ。「ジャック・ウィリストーンからだ。陸軍から指紋に関する情報を受け取ってから、おれとウェイドはスプリングビルに行って、ウィリストーンに会ってきた。ウィリストーンはウィーラーがジムボーンの名で通っていて、ときには縮めて〝ボーン〟と呼ばれていると言っていた」パウエルは首を振ると、残りのビールを飲み干した。「残念だが、わかったのはそれだけだ。ウィリストーンは、ジムボーンのことをただの知り合いだと言っている」

「信じるのか？」

「まさか！」とパウエルは言うと、チキン・ウイングのソースがついた両手を上げて振った。これまでの人生でリックは、アンブローズ・パウエル・コンラッドほど騒々しく、社交的な男を知らなかった。また法廷で彼ほど頭がよく、優秀な男も見たことがなかった。「つながりは見つからなかった」とパウエルは続けた。彼はさらにもうひとつチキン・ウイングを取ってかぶりつき、リックを指さした。「だが、見つけてやる。タスカルーサ郡保安官事務所と検事局が最優先でやつのケツを引っ張ってきてやる。ジャック・ウィリストーンの面会記録をチェックしてるが、今のところ怪しいところはない」

「アンディ・ウォルトンが面会に行ったかどうかわかるか？」

「すぐには思い出せないな」とパウエルは言った。「だが、アリントンの評決が出たら、チェックしておこう」パウエルはフォスター・アリントンという中学校の教師が教え子のひとりを誘拐・レイプし、殺害した罪で起訴された事件で二週間の裁判をちょうど終えたところだった。訴訟は今日の午前中に結審し、評決の言渡しが残されているだけだった。判事は今日は陪審員をすでに解散させていたので、パウエルはリックのチキン・ウイングとビールの申し出を快く受けたのだった。

「悪いな、パウエル」

「問題ないさ。ウォルトンの名前が面会簿になかったとしても、そろそろジムボーンがスプリングビルに現れる頃合いだ。やつも誰かに給料を払って貰わなきゃならないだろうからな」

パウエルはバッファロー・ウイング（鶏の手羽を素揚げにして辛味の強いソースをまぶした料理）を口に放り込み、ソースまみれの唇をうぬぼれに満ちた笑いで歪《ゆが》めた。リックはその笑いをよく知っていた。「何か考えがあるのか？」とリックは尋ねた。リック自身も笑いをこらえられなかった。

パウエルは眉をつり上げ、大きな口を開けて笑った。「ジャック・ウィリストーンもくさいメシに飽きてきた頃だと思わないか？」

「取引するのか」リックはパウエルに合わせて頷きながらそう言った。「ジャック・ウィリストーンが本当に取引に応じると思うか？」

「わからんな」とパウエルは言い、口元のソースを拭いた。だが、笑みは浮かべたままだった。「だが、アリントンの件を片付けたら、州矯正施設まで長旅をする価値はありそうだ」

15

トムが翌朝七時にボーの事務所に着くと、驚きが待っていた。しわくちゃの上着にネクタイ姿で、玄関前の階段にもたれかかるようにしている人物は、ほかならぬレイレイ・ピッカルーだった。

「お前なら、早くから仕事をしてるだろうと思ってな」とレイレイは言った。唇を曲げて、専売特許のジョーカーのような表情をした。

「手伝ってくれると思っていいのか？」

「ああ、やろう」とレイレイは言い、かつてのチームメイトに笑みを向けた。

「どうしてまた気が変わったんだ？」

レイレイは肩をすくめた。「神と相談したのさ」

「そんなタイプだとは思わなかったがな、レイレイ」

「おいおい、おれはいつだって神に語りかけてきたんだぞ」とレイレイは言った。「神が聞いてくれないだけだ」

トムは笑いながら、ドアを開けようとした。が、レイレイは手を上げてトムを止めた。

「お前の役に立つかもしれない情報がある」彼はため息をつくと、額の汗を拭った。「だが、まず朝飯が先だ」

近づくと、ウィスキーのにおいがした。「二日酔いか？」

「いいや」とレイレイは言い、通りを渡り始めた。「まだ酔ってるよ」

一分後、ふたりは、ボーの事務所のはす向かい、裁判所前広場からはちょうど二ブロック先にある、地元で人気の軽食堂〈ブルーバード・カフェ〉の奥のテーブルに坐っていた。ベーコンの油やコーヒー、パンケーキの香りがレストラン中を満たし、トムがブラックコーヒーをマグカップから一口飲むと、それらの香りすべてが胸のなかに入ってきた。

「死体は移動されていた」ウェイトレスが注文を取って離れると、レイレイが言った。

「何だって？」とトムは訊き返した。胸の鼓動が速くなるのを感じていた。

「サンダウナーズ・クラブから。アンディがよく行っていた街のはずれにある小さなストリップクラブだ。あいつはサンダウナーズの駐車場で十二番径の散弾銃で撃たれた。そのあと、死体は六十四号線を四百メートル南に行ったウォルトン農場に運ばれている。入口を入ると未舗装の道があって、そこを右に行くと小さな空き地がある」とレイレイは言い、コーヒーを一口飲んだ。「そこが、一九六六年にボーの父親がクランにリンチを受けて殺された場所だ。その空き地の周りは木々で囲まれていて、犯人はボーの父親が吊るされていたのと同じ木の枝にアンディを吊るしていた」

「犯人はどうやって農場に入ったんだ？ セキュリティがあるんじゃないのか？ ゲートかどこかに」とトムは質問を浴びせた。が、レイレイの話した何かが心の奥に引っかかっていた。そのストリップクラブの名前は……

レイレイは頷いた。「ああ、ゲートがあるし、監視カメラもある」

トムは監視カメラのことを聞いて鼓動が激しくなるのを感じた。

「警察によると、カメラのレンズは粉々に壊されていたそうだ」レイレイは首を振りながらそう続けた。「テープに最後に映っていたのは、野球のバットを振りかざすボーの醜い顔だった」

トムは両手で顔を覆った。「なんて馬鹿なことを」

「ああ同感だ」とレイレイは言った。

トムはその情報をあれこれと考えながら、拘置所でボーが言っていたことを思い出した。

「ボーは毎年父親の死んだ日にその空き地を訪れていると言っていた」

「そう聞いても驚かんよ」とレイレイは言った。ウェイトレスが来て、食べ物をテーブルのうえに置いた。

ウェイトレスが去ると、トムはベーコンを一切れフォークに刺し、それをレイレイに向けるようにして言った。「だが、ゲートやカメラがあるのにどうやってなかに入ることができたんだ？」

レイレイは肩をすくめて言った。「わからんよ。従兄弟《いとこ》の助けを借りたんだろう」

「従兄弟？」

「ボーの従兄弟のブッカー・Tだ。ジャイルズ郡とローレンス郡で多くの農場を借りている。ウォルトン農場もそのうちのひとつだ。ボーが誰にも見られずにウォルトン農場に入ろうと思ったら、ブッカー・Tの助けを借りるはずだ。賭けてもいい」とレイレイは言い、ウェイトレスがコーヒーのお代わりを入れるあいだ、椅子にもたれかかった。ウェイトレスが去ると、レイレイは顔をしかめて言った。「検事長はボーが逮捕されてからずっと、警官をブッカー・Tのケツにクソみたいにぴったり貼りつかせてるはずだ」

「死体がストリップクラブから移されたとしたら、車を使ったことになるな？」とトムは訊いた。

「おそらくそうだろうな」とレイレイは言い、肩をすくめた。「だが、ボーは恐ろしく力のある男だ。農場までの四百メートルをあいつ自身が運んだこともありうる」

「だが、吊るして燃やしたんだぞ」

「ガソリンとロープを空き地に用意していたんだろう。それからアンディのところに行ったんだ。ボーがカメラのレンズを壊したのは十一時半だ。聞いたところでは、アンディは閉店までサンダウナーズにいたそうだ。深夜一時過ぎだ。だから、ボーがアンディを撃つ前に空き地にいたことは間違いない」レイレイは目玉焼きを口いっぱいにほお張りながら言った。

「ブッカー・Tからゲートの暗証番号を聞いてたんだろう。そして十一時半にカメラを壊したあと、二時間後に車でアンディの死体を運んだ」

「それが検察側の主張だと言うのか？」とトムは訊いた。

「もちろん」

「なるほど……だとするとなぜ犯行の前に空き地に行ったんだ？」

「場所を確認するためと、監視カメラを壊すためさ」

トムは話すのをやめてパンケーキを口に運んだ。パンケーキは美味かったが、しばらく食べると手を止めた。食欲がなくなっていた。検察が証拠についてどう見ているかについてのレイレイの分析は理にかなっていた。

そしてそれは陪審員にとっても理にかなった主張となるだろう。

いやな予感を感じながらも、トムは友人に笑みを見せた。「そういったことをどうやってこんなに早く手に入れたんだ？」

レイレイはジョーカーのように歯をむき出しにして笑いながら言った。「保安官事務所とはずぶずぶの関係でね、トミー」とレイレイは言うと、プレートのうえの残りの料理を貪るように食べた。「離婚訴訟だよ。何年か前、保安官補のひとりにかなり良い条件で和解を成立させてやった。そいつはおれに借りがあるんだ」

トムは首を振りながら笑った。これこそ彼がレイレイ・ピッカルーをチームに加えたかった理由だった。「よくやった、相棒」

「まだやらなきゃならんことが、たくさんある」とレイレイは言った。笑顔は消えていた。「ブッカー・Tに会って、あいつの知っていることをすべて訊きだす必要がある」

トムは頷いた。「君の情報源は、その晩ボーがキャシーズにいたと話したのか？」

レイレイはクックックッと笑うと言った。「ああ、ボーは大勢の目撃者の前で、アンディに〝眼には眼を〟と言ったそうだ。目撃者の名前は知ってるか？」

トムは早口でその名前を言った。レイレイは手分けして話を訊こうと言った。「クリートのことはよく知っている。やつにはおれから訊こう。キャシーズに行って、キャシーに訊いてみてくれ。ミズ・マギーには当分は触れないほうがいいだろう。それから――」

「ジョージ・カーティスにはもう会って話を訊いた」とトムは言った。「確かに君の言う通りだったよ。彼は少し変わってるな」

「言わせてもらえば、あいつは間違いなく同性愛者だよ」とレイレイは言った。「プライドが高くて、カミングアウトすることができないのさ。問題はあいつがずっと偽りの人生を送っているってことだ」

トムは顎を撫でながら、その意見についてじっくりと考えた。ありうるかもしれない、と思った。だが、どこかしっくりこなかった。

「そのストリップクラブにも行って、事件のあった晩、アンディと会っていた従業員から話を聞く必要がある」とトムは言った。レイレイはまた大きく歯を見せて笑った。

「それはおれ様の仕事のようだ。そこのダンサーたちとはすでに顔見知りだからな」

「あまり愉しみすぎるなよ」とトムは言った。だが、さっき心に引っかかっていたことがよみがえってきた。「そのストリップクラブの名前は何と言った?」

「サンダウナーズ・クラブだ。プラスキ郊外の六十四号線沿いにあるしけた店だ。おれの高校の同級生でラリー・タッカーというろくでなしがオーナーをしている。八〇年代の初めくらいから営業している。ラリーに給料を払ってるのはアンディ・ウォルトンだ。賭けてもいい。アンディともうひとりの男……」レイレイは指を鳴らした。「ほら、あの野郎は何て言ったかな? 長距離トラックで一儲けした。お前んちのあたりの……ほら、トム。名前を言えばわかるはずだ。ジャック……」彼はもう一度指を鳴らした。「くそ、苗字《みょうじ》は何ていったかな。ジャック……」

「ウィリストーン」トムはレイレイのことばを引き継いだ。血が冷たくなるようだった。

「ジャック・ウィリストーンだ」

16

ボーの事務所に戻ると、レイレイは裁判所に行って事務員に探りを入れてみるつもりだと言った。彼は裁判所の職員をみんな知っていたし、どの判事がボーの裁判を担当するのかわかるかもしれなかった。レイレイは判事によって、裁判地の変更を求めるかどうかが大きく変わってくると言った。「もしハロルド・ペイジにあたったら、最悪だ。すぐに裁判地の変更を求める必要がある。ペイジは気難しい老いぼれで、ヘレン・ルイス以外は誰も気に入らないようだ。だが、スーザン・コナリーなら……まだ望みはある。スーザンは罪には厳しいが、フェアだ。そしてなによりも頭が切れる。ボー次第だが、やつも賛成するだろう」

「話しておこう」とトムは言った。ブルーバード・カフェでレイレイが言ったことにまだ動揺していた。殺害現場がサンダウナーズ・クラブ……

昨年の夏のウィリストーン事件のトムとリック側の花形証人が、サンダウナーズ・クラブに雇われていたウィルマ・ニュートンという名のストリッパーだった。彼女の夫は事故を起こしたトレーラーの運転手だった。彼女は会社に不利な証言をすることに同意していた。ジャック・ウィリストーンが課した過酷な運行スケジュールによって夫がスピード違反を強制されたのだと言って。運転手の妻が運送会社を糾弾するというのはなかなかいい作戦だった。だが、残念なことに、ウィリストーンが裁判の前にウィルマに接触し、彼女は証人席で証言を百八十度変え、夫の運行スケジュールには何の問題もなかったと証言した。幸いなことに、ボーが裁判の前日にサンダウナーズ・クラブを調べて、ジャック・ウィリストーンともう一人の男――彼の〝手下〟とボーは言っていた――が訴訟前の数週間にウィルマと会っていたことを突き止めた。その結果、ウィルマが証言を翻したときも、ボーが調査してくれた内容が反対尋問でウィルマを攻撃する材料になったのだ。

ジャック・ウィリストーンはおそらくどこかの刑務所にいるはずだ。しかし、彼の手下の男を見たのは、彼がノースポート・ブリッジからブラック・ウォリアー・リバーに飛び込んだのが最後となった。結局死体は見つからなかった。

「陪審員候補はどうだ？」とトムはやっと尋ねた。集中しようと心掛けた。裁判地については、この先の大きな懸案だ。「ジャイルズ郡の誰もがボーとアンディ・ウォルトンのいきさつを知っていることを考えると、誰が裁判官に選ばれようが裁判地の変更を申し出るべきじゃないか？」

レイレイはトムが言い終わる前に首を振っていた。「そいつは過剰反応になる気がする。どんな陪審員が選ばれようと、ヘレンが答弁を終える頃には、ボーの背景を知ることになるだろう。あいつが聖書を引用して復讐すると脅したことや、犯行のあった晩にあいつの父親とアンディ・ウォルトンが殺された空き地で目撃されていることを。復讐、復讐、復讐。検事長は、そのことばで陪審員の頭をいっぱいにするつもりだ。それにこの事件はすでに全国的なニュースになっている。週末のあいだずっと、CNNで流れていた。そのどれもがボーが五歳の頃から、クー・クラックス・クランに父親を殺されたと主張していることを報道している」レイレイはそこでことばを切った。「肝心なのは、南部全体とまでは言わないが、この州の陪審員候補はみな、ボーの過去に毒されているってことだ」

「だが、この街の住民もボーのことを知っている。彼らはずっとボーの生い立ちについて聞かされてきている」

レイレイは肩をすくめた。「彼らはアンディ・ウォルトンとクランの過去についても知っている。差し引きゼロだな。ここの住民はボーのことを好きじゃないかもしれない。だが、アンディのことも本当は好きじゃない。これも」――彼は両手を上げた――「差し引きゼロだ」

「ということは、すべては裁判官にかかっているというわけだ」とトムは言った。

「ああ、スーザンならそのまま《ステイ》。ペイジだったら、パント（アメリカン・フットボールで攻撃を放棄してキックで陣地の回復を狙うこと）に出て」彼はもう一度ことばを切った。「あとは祈るだけだ」

レイレイが裁判所に向かったあと、ボーの秘書のエリー・マイケルズがたくさんの書類を脇に抱えて会議室に入ってきた。エリーは肉付きの良い五十代の黒人女性で、二十年にわたってボーの秘書兼パラリーガル兼受付係を務めてきた。前の晩にジョージ・カーティスから話を聞いたあと、トムはボーの事務所に戻って、エリーと事件のことを話し合っていた。

トムはエリーにこのまま事務所に留《とど》まって裁判で彼とリックを助けてくれるよう頼み、彼女はためらうことなく承諾した。「あたしゃ、ボー・ヘインズが駆け出しの弁護士で、アフロヘアだった頃から一緒だったんだ。初めの頃は仕事もなくて大変だったよ」彼女はそう言うと大きな温かい声で笑った。「だけど教授、この十年は――ああ、神よ感謝します――ボーは大きな訴訟でいつも勝つか、和解を勝ち取ってきた。ボーはその和解金からあたしにボーナスを払ってくれた」涙を拭いながら彼女はそう言った。「あたしはボー・ヘインズのために働いた金で五人の子どもと二人の孫を大学へ行かせたんだ。あの男《ひと》のためなら、ガラスのうえだって裸足《はだし》で歩いてやるよ」

残念ながら、エリーは事件の日に関することは何も知らなかった。もちろん彼女は、八月十八日がボーの父親の命日だということを知っていた。そして例年通り、ボーが不機嫌だったことも。また彼女はボーがジャズと別居していること、そして事務所で暮らしていることも知っていた。「本当に残念だよ、教授。ふたりはまだ愛しあってるというのに」彼女は不満そうにそう言っていた。「ふたりとも頑固だから気づかないんだよ」

事務所は週末のあいだに、保安官事務所の家宅捜索を受けてほとんどの書類を押収されていた。だが、エリーはボーの訴訟ファイルだけは、裁判所命令がなければ触れさせないと言い張った。「あたしゃあ、はっきりと言ってやったよ。あたしが見てる前じゃ、誰にも弁護士・依頼人間《かん》の秘匿特権を破らせないってね。連中、すぐに黙りこくったよ」トムは笑い、エリーが裁判のために残ってくれたことに心から安心したものだった。

今、彼女は取り組むべき書類をトムの前にひとつずつ並べて置いていた。すべて、最初のページの中央に訴訟名が入っている。テネシー州対ボーセフィス・オルリウス・ヘインズ。

「これがあんたとミスター・ドレイクそしてミスター……ピッカルーの応訴通知だよ」エリーは〝ピッカルー〟と言うとき、口のなかにまずいものを含んでいるような顔をした。

「レイレイのことはよく思ってないようだね、エリー」

彼女は鼻にしわを寄せて言った。「あの男の息をちょっと嗅ぐだけで、あたしみたいな下《げ》戸《こ》は酔っぱらっちまうんだよ」彼女は鼻を鳴らした。「あいつをピックで突いてごらん。ウィスキーでひと樽《たる》を一杯にできるってもんだよ」

〝ウィスキー樽《シングル・バレル》のレイレイ〟、トムはそう考えて笑みを殺した。「だが、彼はいいやつだよ、エリー」

「そのことに異議はないよ。あいつのにおいが好きじゃないだけさ」彼女はほかのふたつの書類を指さした。「これがあんたとミスター・ドレイクのこの事件限定のテネシー州での弁護士免許申請書。

そしてこれが予備審問の申立書だよ」とエリーは続けた。「ミスター・ピッカルーはもうすべての書類に署名した。あとはあんたとミスター・ドレイクの署名だけだ」

トムは書類に眼を通し、心臓の鼓動が速くなるのを感じた。もう後戻りはできない。トムは書類に署名をすると、エリーに渡した。エリーはその書類を脇に抱えると、トムにほほ笑んだ。

「どうしたんだね？」とトムは訊いた。

「さあ、ケツの穴全開《ワイド・アス・オープン》でいくよ」

トムはわけがわからず、眉をひそめた。

「裁判が始まるときに、ボーがいつも言ってたことばだよ」話しながら、彼女の声は震えていた。「ボーは……いつも……両手をこすり合わせながら言うんだ『さあいくぞ、時間は限られてる』って」

そう言って涙を拭うエリーにトムはほほ笑んだ。「よし、ケツの穴全開でいこうじゃないか」

17

拘置所へ向かう道すがら、トムはリックに電話をした。

「サンダウナーズ・クラブですって？ 冗談でしょ？」興奮した口調だった。トムはこの若者のエネルギーを電話越しでも感じることができた。

「いや冗談じゃない」とトムは言った。「アンディ・ウォルトンはサンダウナーズ・クラブで撃たれて殺された。死体はウォルトン農場まで運ばれて、ボーの父親が一九六六年にリンチを受け、吊るされたのと同じ木に吊るされていたんだ」

「死体は燃やされていたとか」

「ああ」トムは拘置所に車を止め、イグニションを切った。

「いいか、リック、あまり時間がない。ボーと話し合う必要がある。パウエルとはもう話したか？」

「ええ、昨日の晩に。パウエルは、ジャック・ウィリストーンが三年の禁固刑を受けてスプリングビルの州矯正施設に服役していると言ってました。タスカルーサの保安官事務所は今も、ウィリストーンの手下を指名手配中だそうです。そいつの名前はジェイムズ・ロバート・ウィーラー、通称〝ジムボーン〟です。いずれにしろ、パウエルはウィリストーンに話を訊くときは喜んでつきあってくれるそうです。ただ、二週間続いた殺人事件の裁判がちょうど終わったところだそうで」

「アリントンの件か？」

「ええ、そうです」

「彼はそのままにしておいてやれ」とトムは言い、〈エクスプローラー〉から降りた。「だが、終わったらすぐに――」

「スプリングビルに行くんですね」

「ああ、そうだ」とトムは言った。

「教授、ジャック・ウィリストーンかジムボーン・ウィーラーが、アンディ・ウォルトン殺害に関与している可能性はあると思いますか?」とリックが訊いた。トムはジャイルズ郡拘置所の玄関ドアを開けたところだった。

「わからん」とトムは言った。「だがわたしは、偶然は信じない」

18

拘置所の面会室で、ボーは不安そうにイライラとしていた。トムがレイレイの言ったことをかいつまんで話しているあいだ、部屋のなかを歩き回っていた。彼は、レイモンド・ピッカルーが弁護側チームに加わるという事実を受け止めるのに苦労していた。

「教授、地元の弁護士が必要なのはわかってる。だが、あのクソ野郎はだめだ」トムが説明を終えるや否や、ボーはそう言って顔をしかめ、両手のこぶしを握り締めた。「最後に裁判で顔を合わせたときは、ほとんど取っ組み合いになるところだったんだ」

「君がレイレイを嫌う理由こそが、彼が必要な理由でもある」とトムは言い張った。「あいつは誰にでも喧嘩《けんか》をふっかけるトラブルメーカーだ。それにヘレンと互角にやりあって、一泡吹かせたことがある」

ボーは眉をひそめた。「彼女の離婚訴訟のことを言ってるんですか?」

トムは頷いた。「彼女はテネシー州でも最も優秀な検察官だ。彼女の元夫が離婚の際に彼女の財産をごっそり持っていこうとした。そいつの弁護士が誰だったか知ってるか？」

ボーは笑って言った。「レイレイ」

「我々がレイレイに地元の弁護士として協力を仰ぐと言ったら、検事長は卒倒しそうだったよ」

ボーはため息をついた。顔から笑みは消えていた。「わかりました、教授。あなたを信頼します。だが、離婚手続きでヘレン・ルイスとやりあうのと、死刑のかかった裁判で戦うのとはわけが違いますよ」

「ジャイルズ郡で、レイレイよりも役に立つ弁護士を誰か知ってるか？」

ボーが答えないでいると、トムは両手のひらを広げてうえに向けてみせた。

「OK、わかりました」結局ボーはそう言い、トムの向かいのアルミニウムの椅子にドスンと坐った。

「ボー、アンディ・ウォルトンが殺害された晩に、サンダウナーズ・クラブに行ったか？」

ボーは首を振った。「とんでもない。そこには去年の夏、ウィリストーン裁判の件で訊き込みに行って以来、一度も行ってません」

「確かだな？」

「ええ、絶対に」

「わかった」と満足そうにトムは言った。「レイレイが今日、サンダウナーズ・クラブに行って、従業員への訊き込みを始めることになっている。何か考えはあるか？」

ボーは頷いた。「サンダウナーズのオーナーはラリー・タッカーといいます。タッカーは今もKKKテネシー騎士団の一員です。アンディ・ウォルトンを除くと、父のリンチに関わっていたと確信している唯一の人物がやつです。タッカーが弁護側に協力してくれるとはとてもじゃないが思えませんが、レイレイならあそこに行かせるのに最適でしょう。あいつはあの店にたくさん金を落としてますからね」ボーはそう言ってため息をつくと、指を鳴らした。「バーテンダーのピーター・バーンズならもしかしたら役に立つかもしれません。あいつはおれに借りがある。二、三年前に飲酒運転で捕まったときに弁護して無罪にしてやったんです。やつがまだあの店にいるなら、話をしてみる必要があります。おそらく、あの店で何か起きていれば、あいつはそれを知ってるはずです」

「ほかには？」

「ダンサーとも話してください。アンディにはお気に入りがいたはずです」

トムはノートにメモをしてから、ボーの顔をじっと見た。話の方向を変える頃合いだった。

「なぜ、ウォルトン農場の門の監視カメラを壊したんだ？」とトムは訊いた。

ボーはため息をついた。「教授、正直なところ、よく覚えていないんです。その……ひどく酔っぱらっていて」

「昨日、君は父親の命日には、毎年その空き地に行っていると言っていた。農場にはゲートがあって、監視カメラもあるのにどうやってなかに入れたんだ」

「これまでは六十四号線沿いに車を止めて、監視カメラから十分離れたフェンスの低いところを越えて入っていました。今年はアンディが新しいフェンスを作ったんです。現代版の万里の長城みたいなやつです」

「じゃあ犯行のあった晩はどうやって空き地まで行ったんだ？」

ボーはテーブルのうえを見つめていた。「従兄弟のブッカー・Tがあそこに土地を借りていて……ゲートの暗証番号を教えてくれたんです」

トムが予想していた通りだった。が、ダメージを与え、重要な意味を持つことに変わりはなかった。「できるだけ早く君の従兄弟から話を聞く必要がある」とトムは言った。「彼の電話番号はわかるか？」

ボーは電話番号を伝えると、首を振った。「ヘレンはブッカー・Tを何らかの罪で逮捕すると思いますか？」

「わからない」とトムは言った。「が、十分ありえそうだ。不法侵入の従犯か、あるいは――」

「殺人の従犯で」とボーはトムのことばを引き継ぎ、両眼を閉じた。

19

ジョージ・カーティスは台所に立ち、ブラインドの隙間から姉を見ていた。六十九歳になり、かつては金色だった髪が真っ白になった今も、マギー・カーティス・ウォルトンは美しかった。ふたりが若かった頃、カーティスは、六歳年上の姉が農場の馬に乗っているところを見るといつも『バークレー牧場』（一九六〇年代後半のアメリカテレビドラマシリーズ）のリンダ・エヴァンスを思い浮かべたものだった。最近は、白髪を短く切りそろえ、夜のソープドラマ『ダラス』の登場人物エリー・ユーイングを思い起こさせる。

夫の殺害事件から四日が経ち、墓の脇で行われた葬儀が終わって一時間後、マギーはポーチのロッキング・チェアに坐り、革表紙の聖書を胸にしっかりと抱いていた。ひどく疲れているのが手に取るようにわかった。

葬儀をやりぬくことが姉にとって拷問に等しいということがカーティスにはわかっていた。アンディの遺体の損傷がひどかったことと、夫の残酷な死にマギーがショックを受けていたことから、カーティスは、教会での葬儀を行わないことにした。亡骸《なきがら》との対面など問題外だった。代わりに彼はメイプルウッド墓地の墓の脇で仲間うちだけの葬儀を行うことにした。温度計が三十八度を下回ったあたりを示すなか、第一長老派教会のウォルター・グリフィス牧師が葬儀を執り行い、およそ五十人の参列者——ほとんどが教会と女子青年連盟関係のマギーの友人だった——が汗をかきながら、それぞれ自分自身に風を送っていた。ヘレン・ルイス検事長、エニス・ペトリー保安官と保安官補の何人かも列席していたが、彼らがそこにいたのは、むしろ野次馬たちをなかに入れさせないためだった。長年にわたってアンディの弁護士を務めたチャールズ・ダットンとプラスキ市長のダン・キルゴアも列席していた。キルゴア市長は特に悲しそうだった。が、カーティスは、市長の暗い表情は、アンディの死を悲しんでいるというよりは、殺人事件の余波によって街が受ける悪評を心配してのことではないかと思った。

すべての参列者は、カーティスが事前に頼んでいたため、マギーには声を掛けないようにした。彼女は葬儀のあいだ、今と同じ聖書を両手で持ち、最前列の席に坐っていた。グリフィス牧師の追悼のことばが終わり、参列者が棺《ひつぎ》に近づいて弔意を表し、花を手向《たむ》け始めても、マギーは貼りついたように椅子に坐ったままだった。ぴんと背筋を伸ばし、夫の棺を虚ろな眼で見つめていた。

今もマギーは同じ物憂げなまなざしで手すり越しに夜空を見ていた。彼女の足元から広がる丘はやがて、ジャイルズ郡最大の農地へと広がっていく。それは前の世紀からずっとカーティス家の土地だった。頭上では、天井ファンが目一杯回って、少しだけポーチを涼しくしていたが、暑さは容赦なく、不愉快なほどだった。汗がマギーのほほと首を伝い落ちたが、彼女は拭おうともしなかった。

悲痛な思いを感じながら、カーティスは無理やり窓に背を向けると、ダイニング・ルームに集まった三人の男たちに眼をやった。カーティスを含め、彼らこそが、一九六六年にこの農場の北東の奥まった場所で行われたフランクリン・ルーズベルト・ヘインズのリンチ殺人に関わった最後の残党だった。

元々は十人だったが、その後、事故や病気、そして老齢によりその人数は次第に減っていった。アンディの死によって、残されたのは四人だけになった。カーティスはダイニング・ルームにいる三人と互いに眼を合わせた。それから、眼鏡を取って言った。「姉さんは死体を見てから一言も話さない」

ほかの男たちは無言のままだった。彼らの視線はしっかりとカーティスに向けられていた。

「精神安定剤を飲ませたが、睡眠薬も与えなければならないだろうな」そう言って彼はため息をついた。「あんな姉さんを見るのは初めてだ。ドリューのときでさえ……」

ドリュー・ウォルトンはアンディとマギーとのあいだに生まれた一人息子だった。優秀な成績でジャイルズ・カウンティ高校を卒業したドリューは、音楽を学ぶためにナッシュビルのリプスコム大学に入学した。十九歳のとき、彼はミュージック・ロウ（ナッシュビルのカントリー・ミュージック業界の中心地）のバーのトイレで、ヘロインの針を腕に刺した状態で横たわっているところを発見された。明らかに薬物の過剰摂取による死だった。マギーは周りの誰にも〝自殺〟ということばを口にさせなかったが、カーティスは少年が自ら命を絶ったのだとずっと考えていた。

「ドリューは黒人《ニガー》にリンチされたわけじゃねえだろ、ドク」サンダウナーズ・クラブのオーナー、ラリー・タッカーがウィスキーの飲みすぎで潰れた声で言った。南部人特有のゆっくりとした話し方でそう言いながら、むさくるしいひげを手でこすった。口元には楊枝《ようじ》をくわえている。「アンディは」タッカーはそこまで言うと、ダイニング・ルームの真ん中に進み出て、部屋のなかを見回した。「彼女の土地で殺されたんだ」彼はカーティスの眼をじっと覗き込んだ。「あんたの一家の土地だよ、ドク」

「彼はあんたのクラブで殺されたんだろ、ラリー」とカーティスは言った。

「その通りだ」とタッカーは言い、また血走った眼で部屋のなかを見回した。「あいつは殺された。問題はだな、紳士諸君よ、おれたちは何をしようとしてるかってことだ」

「何もせんよ」タッカーの後ろから声がした。タッカーは顔を見ようと振り向いた。「何も？」彼はそう言って、眼を細めて声の主を見た。

「ああ、何もしない」エニス・ペトリー保安官が繰り返した。「やつが有罪なら、ヘレン・ルイスが確実にやつを死刑にしてくれる。検事長は検察官としては負け知らずだ。それに予備捜査の結果は、ボーが間違いなく有罪だということを示している」

「おれは男の仕事をクソ女にまかせるなんてまっぴらだ」とタッカーは言い、保安官にもう一歩近寄った。話すたびに、口からつばが飛んだ。

「ヘレン・ルイスのほうがお前よりもよっぽど肝っ玉がすわってるよ、ラリー」とペトリーは言った。「おれたちがすることは何もない」

「何かっつうと、腰抜けの政治家みてえなこと言いやがって」とタッカーは言った。腰に手を置き、まだ楊枝をガリガリとかじっていた。

「もういい、ラリー」とカーティスは言った。「エニスの言うことにも一理ある」

「エニスならおれのナニだってくわえるさ」タッカーはそう言って、口を開ける真似をした。楊枝が口からぶらさがっていた。

「もう、たくさんだ」とペトリーは言った。彼はまだバッジをつけ、制服を着ており、銃のホルスターへと手をおろした。「馬鹿にするのもいい加減にしろ、ラリー」

タッカーは保安官に向かってほほ笑んだ。が、その眼は笑っていなかった。「お前の背骨は、その腹みたいにグニャグニャに柔らかくなっちまったな、エニス」そう言うと、振り向いて部屋のなかを見回した。「どうした。みんな、やっちまおうぜ！　家族や友人が手をこまねいて何もせず、あのクソ女検事にやつの死刑をまかせてるってことをアンディが知ったら、墓のなかで転げ回って悔しがるぞ。あんな女のことは放っといて、おれたちが何者なのか、どこから来たのか思い出すんだ。おれたちゃ、クランのテネシー支部のメンバーじゃないか」

ペトリーはタッカーをにらみ返した。もはや嫌悪感を隠そうともしていなかった。「おれたちはもうとっくの昔にクランを抜けているんだ、ラリー。アンディもそうだ、忘れたのか？　今も支持してるのはお前だけだ」

「気取ってんじゃねえぞ、エニス。お前が気にしてんのは、その胸のお偉いバッジだってことはここにいる誰もがわかってんだよ。どうした？　お前ぬきじゃ、あの黒人野郎《ニガー》に何もできないと思ってんのか？」タッカーは口を曲げるようにして大きく開けニヤッと笑った。「ある男を知ってるんだよ、エニス。去年、うちのクラブによく来ていた、いわゆる始末屋だ。実は今日、そいつから連絡があった。公衆電話から電話をしてきて、ヘインズを殺してやってもいいと言ってきた。あの黒人野郎《ニガー》に貸しがあるんだそうだ」タッカーはそう言うと唇を舐《な》めた。部屋を見回すと、最後にペトリーに眼を向けた。「そいつがボーを消してくれる。ここにいるおれたちは、あんたの胸の真鍮《しんちゅう》のバッジと同じくらいクリーンだというわけさ。どうした、みんな。ミズ・マギーの姿が見えないのかよ？　どうしたら、ここでもう手を引くなんて言えるんだ？」

ペトリーは一歩踏み出すと、人差し指をタッカーの胸に突きつけた。「実際問題として、お前ら無知な偏屈者のクソ野郎のおかげで、おれたちはほかの連中よりも危うい立場に置かれてるんだ」保安官は部屋のなかにいたもうひとりの男に頷き、ふたりでドアのほうに向かった。ペトリーはドアノブをつかむと、振り向いてホストであるカーティスのほうを見た。「ドク、アンディのことは残念だった。それからマギーに彼が木から吊るされているところを見せてしまって本当にすまなかった。だが、言わせてくれ。検事長にまかせて、彼女に自分の仕事をさせるんだ。プライドやら家族の名誉とかは状況を変えちゃくれない。ボーは有罪だ。死刑になるだろう。おれたちにも、ほかの誰かにもできることは何もない」

彼らが去ると、カーティスはまた窓の外を見て、保安官のパトカーが長く曲がりくねった砂利敷きの私道を六十四号線へとゆっくり向かっていく様子を見ていた。

「さて……」とタッカーが言った。「どうする、ドク？　金玉抑えて何もしないのか？」

カーティスが無言のままでいると、タッカーが続けた。「ジョージ、もしヘレンにまかせるにしても、少なくともマクマートリーの野郎はどうにかしなきゃならん。あいつこそ、ジャック・ウィリストーンが刑務所に入るはめになった元凶だ。あいつさえいなきゃ、おれのクラブはラップダンスを求めるトラック運転手で今も一杯だったんだ。マクマートリーを排除することができれば、ヘレンの仕事をやりやすくしてやることができる」

まだ窓の外を見たまま、カーティスは視線を下げて、姉に眼をやった。彼女はまだロッキング・チェアをゆっくりと前後に揺らしていた。カーティスはやっとタッカーのほうを向くと言った。「その男のことを話してくれ」

20

テネシー州ローレンス郡のはずれ、プラスキから北に五十キロほど行ったところにエスリッジという小さな村がある。この村は、南部でも最も大きなアーミッシュの居住地だった。エスリッジの住民はみなアーミッシュの伝統的な衣服を着ていた。男たちは黒いズボンに黒のジャケット、黒い帽子に顎ひげを生やし、女たちは黒と白のロングドレスを着て、頭に白い帽子《ボンネット》をかぶっていた。移動手段は一頭立ての馬車に限られ、口にする食べ物は、近くの畑で育てたものだけだった。

もし社会から身を隠そうとするなら、ここぐらい都合の良い場所はなかった。また、他人から盗んだ貴重品を隠しておくのにも最適の場所だった。さすがに警察も馬車で荷物を運ぶ男を止めて事情聴取することはめったになかった。

暗い丸太小屋のなかでは、ボーンこと、ジムボーン・ウィーラーがマッチでランターンに灯をつけ、自分自身の段取りの良さに満足して笑みをこぼした。人々はアーミッシュをほうっておく。そして多くの場合、アーミッシュは自分たちだけで生活をしている。彼が六月に〝叔母〟のマーサ・ブーハーを訪ねてやってきたとき、マーサは村人たちに尋ねられると、彼がフランクリン村から来た甥《おい》で、春先に妻とお腹の子どもを亡くしたばかりなのだと答えた。ボーンは出かけないですんだ週末には、時折家の周りの雑事を手伝っていた。それ以上のことを尋ねる者はいなかった。誰もが畑の世話や日々の雑事に忙しかったのだ。

警察は彼の写真を手に入れることができなかったため、タスカルーサとヘンショーからの説明はどれもあいまいなものだった。警察がローレンス郡を含む近隣の郡に配布した似顔絵は、ボーンとは似ても似つかなかった。似顔絵にはゴルフ・シャツにカーキのパンツ姿の、無精ひげを生やし、くすんだ金髪の大男が描かれていた。今ボーンは顎ひげをダークブラウンに染め、同じくダークブラウンの長髪にして、もちろん、アーミッシュの男たちと同じ黒い帽子にズボン、ジャケットを着ていた。おそらく保安官事務所に入っていって、道を尋ねたとしても、誰も気づかないだろう。

「どのくらいここにいるの?」ランターンを手に小屋の奥に向かうボーンにマーサが訊いた。ふたりはローレンスバーグからエスリッジへと来る車のなかでほとんど話をしなかった。アーミッシュとして育ったマーサはもともと無口で、ボーンにとっては完璧なパートナーだった。

「二時間だ」と彼は言い、ポケットのなかの携帯電話を手で探った。彼は今日の午後、ラリー・タッカーに連絡したときに、電話番号を伝えておいた。すぐに電話が来ることはわかっていた。やつらは我慢できないはずだ……

ボーンは小屋の扉から出ると、裏手の納屋に向かった。外の気温は三十度を超えていたが、ボーンは気にならなかった。彼が天気を気にすることはほとんどなかった。寒い、涼しい、暖かい、暑い、どうでもよかった。眼の前の仕事があるだけだ。陸軍の仕事が性に合っていたのもそれが理由だろう。だが、陸軍の給料はクソみたいに安い。だからジャック・ウィリストーンのような男のための始末屋になった。ボーンにとっては金がすべてだった。貧しい少年時代を過ごし、万能なる金のありがたみと人生におけるその重要性を知った。ジーザスやムハンマドといった連中を崇拝するやつらは偽善者だ。ベンジャミン・フランクリン（百ドル札に肖像が描かれているアメリカ合衆国建国の父のひとり）こそがボーンにとっての神だった。

だからウィリストーンとのパートナーシップの解消は、ボーンにとっては大いに気に入らなかった。ボーセフィス・ヘインズとマクマートリーのクソじじいが十万ドルの仕事をパーにしたあげく、ウィリストーンを刑務所送りにしたのだ。ボーンはノースポート・ブリッジから飛び降りて、何とか岸辺にたどり着いたときに、あの二人への復讐を心に誓った。そしてやっとお膳立てが整ったのだ。もちろん、復讐の喜びだけではなく、金にもなる。

ジムボーン・ウィーラーは決してただで仕事をすることはなかった。

納屋のなかに入ると、ボーンは扉を閉め、ランターンの灯り以外何もない暗闇に身をゆだねた。二頭の馬の馬房を通り過ぎ、奥まで進むと萱《かや》敷きの床にひざまずいて、床板の緩みを手で探った。それを見つけると、ランターンを床に置いてその板を引っ張った。その下にお目当てのものを見つけた。

手袋をつけてから、すべてがそこにあることを素早く確認した。ライフル二丁、十二番径の散弾銃三丁、六発装塡のリボルバー拳銃、ツールボックス一杯に入ったあらゆる大きさのナイフ、そして最後に、武器の代わりにもなる様々な工具。必要なものがすべてあることに満足し、床板を元に戻し、そのうえに立って安全であることを確認した。

やがてランターンを手に取ると歩き始めた。納屋の扉まで行く途中でポケットのなかの携帯電話が震動した。

彼は二回目の呼出しで電話に出た。しばらく聞いてから言った。「ああ、まかせろ」笑みを浮かべながら、携帯電話をポケットに戻し、家へと歩いた。思った通りだ。あいつらは飛びついてきた。

ベッドルームに着くと、マーサが下半身裸で、ベッドの縁に足を組んで坐っていた。ブラウスと帽子は着けたままだった。

「家賃を払う準備はできてる？」と彼女は訊いた。かすかな笑みが唇の端に浮かんだ。

彼女に眼をやり、ボーンはマーサが体毛を剃ることを禁ずるアーミッシュの掟《おきて》を破っているのを見て安心した。

「すぐに行かなきゃならない」とボーンは言ったが、すでにサスペンダーをはずしていた。仕事が始まるにはあと数時間はかかるだろう。それに……〝叔母〟を満足させておくことも必要だった。

四十六歳のマーサ・ブーハーはボーンよりも少しだけ年上だった。だが、アーミッシュの質素な衣服と歳の差のせいで、ボーンを甥として通すことは簡単だった。「孤独なアーミッシュの女と過ごす時間はある?」ペンシルベニアダッチ(ペンシルベニア州に移住したドイツ系移民の子孫のこと)風のアクセントでそう言うとブラウスのボタンをはずし、ボーンがこれまで愛してきたなかでも最も豊かな胸をあらわにした。それはなぜか、全乳のミルクとネブラスカ州を連想させた。

「帽子《ボンネット》はそのままにしておけ」とボーンは言った。ランターンをベッド脇のテーブルに置くと、ベッドに上がった。ボーンはその帽子《ボンネット》が好きだった……

21

ブッカー・タリアフェロ・ワシントン・ロウ・ジュニアは、みんなからブッカーと呼ばれていた父親と区別するために、生まれたときからブッカー・Tと呼ばれていた。ブッカー・Tは、ジャイルズ・カウンティ高校ではボーセフィス・ヘインズと同じチームでレフト・タックルとしてプレイし、中年にさしかかった今も、オフェンス・ラインマンとしての巨体を維持していた。「ブッカー・Tを見逃すことはありませんよ」とボーは言っていたが、その通りだった。〈レジェンズ・ステーキハウス〉――ブッカー・Tが会うことをOKした唯一の条件が夕食をおごることだった――に着いて数分後には、山のような大男がレストランに入ってくるのに気づいた。ニシキヘビのような腕に樽のような胸をし、首は木の幹のように顎につながっていた。トムが手を上げると、大男は頷いて、トムのほうに歩いてきた。

「ブッカー・T・ロウです」と彼は言い、タコだらけで硬くなった右手を差し出した。トムがその手を握ると、まるでサンドペーパーに触っているようだった。胸のポケットに〝ロウ・ファーム・システムズ〟と書かれた、汗で黒ずんだグレーのボタンダウン・シャツに、ほこりをかぶったジーンズといういでたちだった。ブッカー・Tは、トムの向かいの椅子にドスンと坐ると、大きなため息をついた。顔には疲労の色が浮かんでいた。彼が手を上げてウェイトレスを呼ぶと、肉づきの良い赤毛のウェイトレスが顔に笑みを浮かべ、せわしげに近づいてきた。

「グラス、それともピッチャー？」と彼女は尋ねた。それはブッカー・Tがここの常連だという証《あかし》だった。

「ビールですか？」疲れた笑顔をトムに向け、ブッカー・Tが訊いた。

「いいね」とトムは応じた。

「ピッチャーでくれ、ルイーズ」と彼は言った。

三十分後、ピッチャーがひとつ空になり、もうひとつが運ばれようとするあいだ、ブッカー・Tはステーキの最後の一切れにかぶりつき、首を振った。「じゃあ、トランメル（パット・トランメル。一九六一年、アラバマ大を全米チャンピオンに導いたクォーターバック）こそが、あなたが一緒にプレイしたなかで最もタフな選手ってわけですか?」トムはビール二杯で酔っぱらってしまったが、ブッカー・Tはトムが一杯飲むあいだにその倍のペースで飲み続けていた。大男は酔っぱらってはいなかったが、次第に打ち解けてきて、長年のフットボールファンだったこともあり、六〇年代前半にトムがブライアント・コーチのもとでプレイした思い出話を愉しんでくれた。トムは会話をボーの裁判のほうに向けたかったが、何かが彼を押し留めた。彼はブッカー・Tをリラックスさせ、ストレスを発散させる必要があると感じ、無理をしないほうがよいと思った。

「タフなんてもんじゃないさ」とトムは言った。「ビリー・ネイバーズ（AFLボストン・ペイトリオッツで活躍したアメリカン・フットボール選手。アラバマ大出身）は、街でトランメルを見かけると、彼と顔を合わせないように道を変えていたとよく言っていた。いやジョークだよ。ビリーとパットは仲が良かったんだ。だが、ちょっとは本音も含まれてるかもな。わたしたちはパットのことをちょっと恐れていたんだ。彼はチームのリーダー的存在だったからね」

「彼は三十歳前に亡くなったんですよね」

トムはのどを少し締めつけられるような思いがした。友人の死から四十年が過ぎていたが、いまだにそのことを話すのは辛《つら》かった。彼は頷いた。「ブライアント・コーチが泣くのを見たのはあとにも先にもそのときだけだ」

ブッカー・Tは首を振った。「伝説の一九六一年全米大学チャンピオン・チーム」彼はそう言うと、ピッチャーの残りをジョッキに注ぎ、椅子の背にもたれかかった。「さて、あなたの話を十分愉しんだところだが、ここに来たのはほかに理由があるんですよね、教授」その質問に答えは必要ないとわかっていたので、トムは次のことばを待った。ブッカー・Tはもう一口ビールを飲むと、両肘をテーブルに置き、トムのほうに身を乗り出して言った。

「検事長にケツを押さえられてるんだ」

「どうして？」とトムは訊いた。気分が重くなってきた。

「おれがボーにゲートの暗証番号を教えたから」彼は頭を振った。「今までしてきたなかでも最高に愚かな行為だったよ。だが、どうしたらわかるっていうんだ？　ボーのやつがあんな……」彼の声は次第に小さくなっていった。ジョッキの残りを一口飲んでから続けた。

「ルイス検事長は、おれを殺人の従犯で起訴するか、不法侵入のほう助で起訴するかは、ボーの裁判が終わるのを待ってから決めると言っている」

「君は彼女に何と？」とトムは訊いた。その答えを恐れながら。

「正直に真実を話した。ボーが先週の前半頃にゲートの暗証番号を訊いてきたと。彼は毎年、あの空き地に父親への弔意を表しに訪れていたとね。去年、マギーが高いフェンスをおれに作らせたせいで、これまでのように忍び込むことができなくなったんだ」彼はそう言って、一瞬間《ま》を置いた。「ノーとは言えなかった。おれとボーは従兄弟同士だ。だが、兄弟といったほうがいい。それに、ミスター・アンディはボーが何回となくあの空き地を訪れていたことを知っていた。そして何も言わなかった」

「なんだって?」とトムは訊いた。興味深い事実だった。

「間違いないよ。おれはあの土地を借りて十年になる。ボーは父親の命日には毎年、クリスマスとボーの母親《マンマ》の誕生日にも時折、あそこを訪れていた。何回か、朝おれが農場に行くと、ボーがそこにいたことがあった。体を丸めて池の土手で寝ていた。ミスター・アンディがおれと一緒だったこともあった」

「本当に?」とトムは訊いた。

ブッカー・Tは頷いた。「彼は何も言わなかったよ。ただボーを見て、ため息をついて去っていった」

「ということは君にとっては、ボーが父親の命日に空き地を訪れたがるのは驚くようなことではなかったんだね」とトムは尋ねた。

「全然。さっき言ったように、あいつは父親の命日には毎年来てたから。それに暗証番号を訊いてきたときに、今年も来るつもりなんだとわかっていたからね」

「アンディ・ウォルトンはそのことを知っていたのかね?」

ブッカー・Tは肩をすくめた。「わからない。だが、知っていたとしても驚かないね」

「先週の木曜日の夜は農場に行ったのか?」とトムは訊いた。

「いいや」

「じゃあ、君は何も見てないんだな」

「ああ、見てない」

「ほかに何か言っておきたいことはあるかね？」トムの声にはかすかにあきらめが含まれていた。

「あなたが聞きたいだろうことはもうないよ」とブッカー・Tは言い、ジョッキの残りを飲み干して立ち上がった。「おれにとっては驚くようなことじゃないが、聞きたいかい？」

「何だね」

ブッカー・Tは一ドル紙幣を数枚チップとしてテーブルに置いてから言った。「ボーがとうとうミスター・アンディを殺したと聞いても、おれは少しも驚かなかった。あいつはこれまでずっとそのことを考えていたんだ。いつかアンディ・ウォルトンを殺してやるとあいつが言うのを百回は聞いただろうな。そしてジャズも去ってしまって……」

トムは何週間か先の裁判に思いを馳せた。ブッカー・Tが証人席に坐り、ルイス検事長が毅然《きぜん》とした態度で質問をしている。〝被告人はこれまでもあなたにアンディ・ウォルトンを殺してやると言ったのですか？〞

せいぜい百回かそこらです。

「ミスター・ロウ、ボーは君が父親を殺した男のために働いていることをどう考えていたのかね？」これはトムがボーに訊こうと思っていた質問だったが、ブッカー・Tに訊いてみようと思った。しかし大男の反応を見て、トムは間違いを犯したと悟った。

ブッカー・Tはそこに立ったまま、一秒か二秒のあいだ、呆然《ぼうぜん》とトムを見つめていた。やがてゆっくりとテーブルに身を乗り出し、顔をトムから数センチのところまで近づけた。

「いいか、教授、よく聞け。おれは自分のために働いている。自分のやりたいように畑を耕作している。おれがしてるのはウォルトンに賃料の小切手を切ることだけだ。やつらのためになんか働いちゃいない。おれはやつらのケツとやつらの土地を使って金を稼いでるんだ」

彼はそう言ってトムをにらみつけた。部屋のなかの温度が一瞬で五度近く下がったような気がした。「ボーはそのことは少しも気にしてなかったよ」彼は去りかけて止まった。「従兄弟に言ってくれ。応援しているが、嘘はつけないと。おれはあいつのために刑務所に入るつもりはない」

ブッカー・Tが嵐のようにレストランを去ると、トムは手を上げてウェイトレスを呼んだ。支払いを済ませ、出口に向かうと携帯電話が鳴った。レイレイからのメールは簡潔だった。

〝サンダウナーズで悪いニュースを聞いた。話し合う必要がある。九時にボーの事務所で〟

キャシーの店に行く必要があるから、九時半のほうがいい、とトムは返信を送った。そしてため息をつくと蒸し暑い夜の帳《とばり》へと歩き出した。

22

トムがレジェンズを出た十分後にキャシーズ・タバーンを訪れると、店は客であふれはじめていた。トムはバーに向かいながら、ほとんどの客が奥の部屋へゆっくりと移動し始めていることに気づいた。そこではバンドが楽器のチューニングをしていた。窓に貼られたチラシによると、演奏は九時に始まるようだ。

トムはバーに坐り、ビールを注文して待った。今は午後八時四十五分。うまくすればレイと会うまでに、キャシー・デュガンをつかまえて話を訊くための時間が四十五分あった。

キャシーズ・タバーンはファースト通りの裁判所を一ブロック北へ進んだところにある。ボーによると、キャシーズはこの街一番のチーズバーガーを出し、週末には将来有望なカントリー・ミュージックのシンガーやバンドを招いて演奏させているという。レイアウトはふたつのエリアに分かれ、右に四つのハイ・テーブルと左に長いバーカウンターのあるフロントルーム、そしてたくさんのテーブルの前にステージが設けられたバックルームがあった。

周りを見渡してみて、トムは客の多様性に驚いた。左のバーにはおそらく二十一歳になったばかりの大学生がふたり。ジーンズにカラーシャツ――裾はパンツの外に出している――という姿で、ピッチャーのビールを分け合っている。マーティン・メソジスト大学は目と鼻の先だ。どうやらキャンパスでのパーティーの前に一杯ひっかけに来たようだ。右手には、グレーのTシャツにくすんだ迷彩のキャップ、カーキのワークパンツにブーツといういでたちの、中年とおぼしき、ひげづらの男がいた。その男は缶の〈ナチュラル・ライト〉を飲みながら、前を見つめ、物思いにふけっていた。向かいのテーブルには五十代のカップルがいた。男の顔はケニー・ロジャースのような白いひげに覆われ、ふたりともカウボーイ・ハットをかぶっていた。そのふたりの隣には少し若い、おそらく三十代のカップルがいた。

ステージ上でスチール・ギターの音量が上がる頃、ウェイトレスがトムにビールを持ってきた。キャシーズのロゴの入った白いTシャツにカットオフのブルージーンズ。大きな胸と日焼けした長い足を誇示するような衣装で、トムはふたりの大学生の視線が彼女に注がれているのに気づいた。眼にかかった茶色い髪をかき上げながら、彼女はほほ笑んだ。「ビールだけ？　食べるものも注文する？」

「ビールだけでいい」とトムは言って、笑みを返した。彼女が行こうとすると、トムは片手を上げ、バーに身を乗り出して尋ねた。「訊いてもいいかな？」

彼女は頷いた。眼には好奇心が宿っていた。

「ボーセフィス・ヘインズを知ってるかな？」

笑みが消えた。「あなたは誰？」

「トム・マクマートリー」とトムは言い、バー越しに手を差し出した。「ボーの弁護士だ」

「キャシー・デュガン」彼女はトムの手を握り、まるで獰猛《どうもう》な動物を見るかのようにトムを見た。ビンゴ！　そう思いながら、そっと質問に入らなければと自分自身を戒めた。彼女を怖がらせるなよ。

「彼が先週の木曜日にここにいたと聞いたんだが、本当かな」とトムは訊いた。

「彼はよくここに来るよ」彼女はトムだけに聞こえるように身を乗り出して言った。

「木曜日は？」とトムが訊き返した。

彼女は頷いた。「あの……そろそろ混みだしてきたから――」

「彼の相手をした？」

もう一度頷いた。「ボーは来るといつもバーに坐る。そこはいつもわたしの担当なんだ」

〝ミスター・ヘインズ〟じゃなく、親しげに〝ボー〟と呼んだ、とトムは思った。面白い……

「キャシー、ボーのことはよく知ってるのかい？」

彼女はまばたきをした。かすかにためらった。「彼がここに来るようになってから。言ったように、ここ数ヵ月、彼はよく来てたから」

別居した直後だ、とトムは思った。心配で心が痛んだ。「木曜の夜は誰かと一緒だったかな？」

彼女は首を振った。「いいや、ひとりだった」と彼女は言った。「彼はいつもひとりだよ」

「誰かと話してたかい？」

「ねえ、お客さん、見たり、聞いたりしたことは全部警察に証言した。あまり時間が――」「最後にひとつだけ」とトムは言った。「彼の相手をしてるとき、君に何か言ってなかったかな？　奇妙だとか、普段と違うと思ったことを？」

彼女は肩をすくめた。「ボーはわたしと話すのが好きだった、それでいいかい？　寂しかったんだと思う。奥さんと別居して――」彼女はそこで口ごもった。「ほかに話す人がいなかったんじゃないかな」

さらに心配で心が痛んだ。「彼は何か言ってなかったか？　たとえば――」

「先週の木曜日のことで覚えてるのは、ボーがすごくピリピリして怒ってるみたいだったことだけだよ。いつもはわたしとふざけて、わたしにその日のことを訊いたりするんだけど。他愛もない話さ。でも先週の木曜日はほとんど話さなかった。葉巻を何本か吸って、バーボンとチェイサーの水を何杯か飲んでた。それからクリートを死ぬほど脅《おび》えさせたところで、ウォルトン夫妻とドクター・カーティスが近づいてきた」彼女は身震いをして続けた。「警察に電話をしなきゃならなくなると思った」

「なぜしなかったんだい？」

「口論だけだったから。取っ組み合いになったわけじゃなかったから。言い争いだけだよ」

彼女はトムをじっと見て言った。「今考えると、警察を呼ぶべきだったようだね」

トムは諍《いさか》いのことを彼女に訊いた。キャシーはほかのみんなが話したことを繰り返した。ボーはアンディを〝血をもって償わせる〟と脅し、聖書から〝眼には眼を〟というフレーズを引用したと。

「ほかに何か話せることはないかな？」とトムは訊いた。

「ないね」とキャシーは言い、ピッチャー一杯にビールを注いだ。「クリートは先週の木曜日から来ていない。あんたみたいな人から質問攻めにされないように寄りつかなくなったんだよ」

彼女は背を向けて去って行った。トムはこれ以上尋ねることを思いつかなかった。今日はほとんど進展がなかった。

むしろかなり悪くなっていた。

「〈ナチュラル《ナッティ・ライト》〉のお代わりはいかが？」キャシーは迷彩帽にグレーのTシャツ姿の男に訊いた。

ボーンは横目でマクマートリーを見ながら頷いた。キャシーが何を話したかはともかく、老人ががっかりしているのは見て取れた。こんな風に人目につく場所に出るのは危険だとわかっていたが、それも想定内のことだった。警察が配った似顔絵は、彼の今の姿とはほとんど似ていなかった。しかも長髪に帽子、作業着という姿はアーミッシュの衣装同様、完璧な変装だった。

小屋での約一時間の〝家賃の支払い〟のあと、ボーンはマーサに、ローレンスバーグの少しはずれにあるアーミッシュの交易所まで車で送るよう頼んだ。そこから歩いてトラックを止めてあるホテルに行き、午後八時にはプラスキに着いて、マクマートリーがやってくる数分前にキャシーズに入っていた。

キャシーがビールの缶を前に置くと、ボーンは老教授のほうを盗み見た。立ち上がって財布から金を出しているところだった。帰ろうとしている、と思い、笑みがこぼれるのをこらえた。

バンドが〈エディー・レイブン〉の古いナンバー――〈アイ・ガット・メキシコ〉――のカバーの演奏を始めると、ボーンはビールをぐいっと飲み干し、マクマートリーを追って外へ出た。

面白くなりそうだ。

マクマートリーは歩道をファースト通りの裁判所のほうに向かっていた。

たやすいことだ、とワークパンツのポケットのなかのハンマーに手をやりながら、ボーンは思った。マクマートリーはジェファーソン通りを渡っていた。ボーンはハンマーをきつく握り、グリップしか見えないように頭の部分を隠して持った。左のズボンの裾から手を入れると、そこにはふくらはぎの裏に拳銃がストラップで留めてあった。ボーンはその銃を左のポケットに移した。念のため……

マクマートリーが〈リーヴズ・ドラッグストア〉を過ぎたあたりから、歩道が暗くなっていた。この通りの店はすべて閉まっている。完璧だ。ボーンはそう思いながら、ハンマーのグリップへと手を滑らせ、深く息をした。そしてカウントを始めた。一……二……

……今だ。

ファースト通りとマディソン通りの交差点にさしかかったところで、トムはポケットのなかから事務所の鍵を取り出そうとして歩道に落としてしまった。含み笑いを漏らすと、かがんで鍵を拾い上げた。そのとき、眼の端に何かが動くのを見た。慌てて振り向くと、ハンマーが襲ってきた。

本能的に腕を上げて、攻撃を防ごうとした。が、あまりにも暗く、彼の動きも遅かった。額に鋭い痛みを感じ、落下していくような感覚を覚えた。

そしてすべてが真っ暗になった……

三十秒で終わった。ボーンは裁判所前広場から西に二ブロック行ったところに置いたトラックへと急いだ。一分後にはプラスキを去り、六十四号線をローレンスバーグへと向かっていた。その道すがら、ウィンドウを開けて、まとわりつく熱く湿った空気を車外に逃がした。

一年前、タスカルーサでボーセフィス・ヘインズに睾丸《こうがん》を握り締められたときの感覚を思い出していた。あの老人がそれをやったわけではなかったが、その責任の一端を負わせてやった。これでおあいこだ。ボーンはそう思った。

だが、まだ終わっちゃいない。ヘインズとマクマートリーには多額の報酬をふいにされた恨みがある。それに車《エル・カミノ》も失ったままだ……

今日の仕事は手始めだ。

復讐が果たせて、しかもいい金にもなる。そう思いながら携帯電話を出した。番号を打つと、最初の呼出しで相手が出た。

「終わった」とボーンは言った。

第三部

23

「全員、起立！」裁判所職員が大きな声で告げた。「これよりテネシー州ジャイルズ郡巡回裁判所を開廷します」

リックとレイレイは被告弁護人席から立ち上がり、法廷の反対側でヘレン・ルイス検事長とエニス・ペトリー保安官が同じように起立するのを見ていた。彼らの後ろの法廷の両側には傍聴人が並んでいる。判事は予備審問については報道陣を締め出さなかったため、法廷はレポーターであふれかえっていた。が、判事はテレビと報道のカメラは禁止していた。リックは公判でもそうするのだろうかと思った。まず間違い《シュアリー》ないだろう。そう考えているとパウエルの得意のジョークが頭に浮かんだ。「おれのことをシャーリーと呼ぶな」映画『フライングハイ』の有名なフレーズだ。漏らしそうなほど緊張していなければ、たぶん笑っていただろう。心臓の鼓動が速く、激しく打ち、手をあてなくてもわかるほどだった。

「大丈夫か？」レイレイが右側のリックを見て訊いた。マウスウォッシュと大量のアフターシェーブローションでごまかしていたが、リックはこの地元の弁護士の息にかすかにウィスキーのにおいがするのを感じていた。ヘンショー高校のバスケットボールのコーチが同じようなにおいを発していた。あまりいい思い出ではなかった。

「ええ」とリックは言い、人であふれかえった法廷を見回した。

数秒後、スーザン・コナリー判事が大また で法廷に入ってきた。判事は、茶色のショートヘア、四十代の小柄で美しい女性だった。レイレイはリックにコナリーを判事に引き当てるかどうかが、この訴訟において弁護側にとっての最初の関門だと言っていた。リックにも異論はなかった。

「ヘンリー、被告人をなかに入れて」判事は、席に着くと指示した。

裁判所職員は背を向けると、リックの前を通って法廷の扉に向かった。数秒後、武装したふたりの警官がボーを被告人席に連れてきて、彼の手錠をはずした。

「リック」ボーはそう言うと、ハグをしてリックの肩を叩いた。それから裁判が始まって初めて、レイモンド・ピッカルーと眼を合わせた。

「なんだ、ハグはなしか？」とレイレイは言った。だが、ボーはレイレイの背後をぽかんと見つめていた。やがて、被告人席全体に眼をやって異変に気づいた。「き、教授は、どこだ？」と口ごもるように言い、取り乱したような視線をリックに向けた。

「話すと長くなります」とリックは言った。「審問のあとにちゃんと話します」

「あいつは無事だ」とレイレイが付け加え、手を差し出して、ボーの耳元で囁《ささや》いた。「おれと握手して、すべてうまくいってるようにふるまうんだ」

ボーは一瞬ためらったが、すぐに晴れ晴れとした顔になり、笑顔を作ってレイレイと握手をした。「神様、何とかしてくれ」とボーは小声で言った。

「ガブリエルが忙しいときは、神様はレイレイを遣《つか》わすのさ」とレイレイは囁き返した。

「検事長、証拠を提示する準備はできていますか?」判事は、検察席のほうを見て訊いた。

ヘレン・ルイスが立ち上がり、はっきりとした声で答えた。「はい、裁判長」

「よろしいでしょう、では始めてください」

保安官エニス・ペトリーが逮捕のときに言った通り、テネシー州がボーセフィス・ヘインズに対し予備審問で提示した証拠は、〝決定的かつ圧倒的〟なものだった。

予想通り、初めに州は、殺人の数時間前にキャシーズ・タバーンであったボーとアンディの諍《いさか》いについて話した、キャシー・デュガン、ドクター・ジョージ・カーティスそしてクリート・サーテインの証言を通して動機を証明してみせた。次にペトリー保安官は過去二十年にわたって、ボーが何度も父親の殺害事件の再捜査を開始させようとしてきたことを証言した。

次に検察側が持ち出してきた証拠のピースは、郡検察医メルヴィン・ラグランドの証言だった。彼の資格に対する質問がいくつかあったあと、ラグランドは、二〇一一年八月十九日に、アンディ・ウォルトンが至近距離から十二番径の散弾銃で撃たれたとする見解を述べた。死亡時刻は午前一時十五分頃だった。

最後にサプライズがいくつか待っていた。そのいずれも弁護側にとってはうれしいものではなかった。サンダウナーズ・クラブのオーナー、ラリー・タッカーが殺害のあった夜の監視カメラの映像を再生するために召喚された。ボーは、アラバマ大のロゴの入った〝BO－1982〟というプライベート・ナンバープレートをつけた自分の〈レクサス〉SUVが犯行現場を一時二十分に出て行くところを見て、うめき声を漏らしそうになった。さらにDNAの証拠があった。アンディ・ウォルトンのDNAと一致する血液と毛髪のサンプルが、ボーの〈レクサス〉の荷台から見つかったのだ。また散弾銃は、弾道検査をすることこそできなかったが、検察医は、ボーの車の後部座席から押収された十二番径の散弾銃が、アンディ・ウォルトンを殺害した際に使われた凶器と同じ種類であると断定できると述べた。最終的に、サンダウナーズの駐車場にあったアンディのトラックの下から発見された薬きょうは、ボーの車のグローブ・コンパートメントから押収した散弾銃の弾薬と完全に一致した。

リックが裁判長に弁護側は証人を召喚しないと発言すると、コナリー判事は短い休憩を取ると告げた。十五分後に再開されると、判事は短く、要領を得た裁定を下した。「本予備審問において、テネシー州が提示した証拠に基づき、本裁判所は、二〇一一年八月十九日に、ボーセフィス・オルリウス・ヘインズが、アンドリュー・デイヴィス・ウォルトンを不法に死に至らしめた第一級殺人に関与していると信じるに足る相当の理由があると裁定します。

本訴訟は大陪審に送致します」コナリー判事はそこで一瞬間を置いてから、椅子の背にもたれかかったまま言った。「閉廷します」

24

コナリー判事が席を立ったあと、ヘレン・ルイスが被告人席にまっすぐ歩み寄ってきた。彼女はボーを拘置所に連れ戻すために法廷に入ってきたふたりの保安官補を手で制した。「紳士諸君、証拠について聞いたかしら」と彼女は言い、それぞれに数秒眼をやってから、ボーを見た。「ほかの訴訟とは違って、今回は何も隠すところはない。ここまで単純明快で、白黒はっきりした事件は見たことがないわ」そう言って、彼女は笑った。が、そのまなざしは険しく、とげとげしかった。「終身刑で手を打ちましょう。ただし、罪状認否手続き前に受け入れるならね。ミセス・ウォルトンはこの取引なら応じるそうよ。この事件の凶悪な性質を考えると、率直に言ってかなり気前がいいほうだと思うけど」ボーを見つめたまま、彼女はそう言った。

ボーは彼女のまなざしを受け止めて言った。「ノーだ」その声は低く、動揺は見られなかった。「取引はしない」

ヘレンはリックをちらっと見てから、ボーに視線を戻した。「今聞いたことは忘れてあげましょう、ボー。時間をあげるから、弁護士さんと話をするのね」

「折り返し電話をします」リックはそう言って割って入り、ボーがこれ以上ヘレンを見ないですむようにボーの前に立った。

「罪状認否前に知らせてちょうだい」とヘレンは言った。「スーザンは一週間以内に大陪審を開くはずよ。大陪審が起訴を決定するのは間違いない。罪状認否はその数日後になるでしょう。まだ時間はあるわ、弁護士さん。でもたっぷりあるわけじゃない。罪状認否でボーが無罪を主張するなら、こちらから取引を申し出ることは二度とないわ」

「裁判は九月後半になるかな？」とレイレイが言った。

ヘレンはまた笑みを浮かべ、レイレイのほうを見て言った。「あら、レイレイ、あなたがいたことを忘れてたわ。審問中はずいぶんと静かだったじゃない」

レイレイは例のジョーカーのような笑顔を見せて言った。「おれはこそこそ嗅ぎまわるのが得意なんでね、ヘレン。それにあんたらの言ったことが、とんでもないでっち上げだってわかってるからな。この郡の陪審員は、今日あんたが話したたわ言でボーが有罪を認めるなんて思っちゃいないよ」

「でっち上げですって？」とヘレンは言い返した。彼女の声音は高く、喜びに満ちていた。

「最近はどのくらい飲んでるの、レイレイ？」

「あんたの元の旦那ほどじゃないよ」とレイレイは言った。さらに大きく口を広げて笑った。

「ブッチのやつは、いい酒が好きでね」彼はそう言うと、声を低くして続けた。「ライフスタイルを維持できるのはあんたのおかげだってきっと感謝してるよ」

ヘレンの白い顔が真っ赤になり、両手のこぶしを握り締めた。「このろくでなし――」

「落ち着けよ、検事長」レイレイは彼女のことばをさえぎり、傍聴席に集まった報道陣を顎で示した。「騒ぎにしたくはないだろ」

ヘレンは素早く体を引くと、リックのほうを見た。「罪状認否までに知らせてちょうだい」

25

ジャイルズ郡拘置所は冷房が効いていたが、今にも火がつきそうな緊張感にあふれていた。ボーは、面会室の狭い空間をリックとレイレイを交互ににらみながら、ふたりの前を行ったり来たりしていた。やがて両手を腰において、リックを見つめて言った。「いったいどうなってるんだ?」

「火曜日の夜に裁判所前の広場の近くで教授が襲われたんです」リックは平静な口調を保ちながら言った。ボーが眼を大きく見開き驚いた顔をすると、リックは手を上げて制した。「教授は大丈夫ですが、重傷を負っています。あばらを何本か折って、激しい脳震とうを起こしました。それに右膝のじん帯を痛めて、ほとんど歩くことができません」リックはことばを切った。「五日間入院していましたが、今はもう退院しています」

「なぜ言ってくれなかった——？」

「教授の命令です」リックはボーのことばをさえぎるように言った。「予備審問の前にあなたを動揺させたくないと言って」

　ボーはコンクリートの床を見下ろして言った。「教授は今どこに？」

「ヘイゼル・グリーンの農場にいます。医者が言うには一カ月は安静にしている必要があるそうです」

「なんてこった」とボーは言い、頭の後ろを掻きながら眼をつぶった。「裁判には出られないかもしれないじゃないか」全員がその可能性について考えていると、ボーが眼を開いて言った。「何があった？」

「犯行のあった夜にあなたの相手をしたキャシーズ・タバーンのウェイトレスから話を聞いたあとに、路上で背後から襲われたんです」リックは坐ったまま、落ち着いた口調で答えた。

「キャシー？」とボーは言い、顎を掻いた。

「いい友達を持ってるな、ボーセフィス」とレイレイが割って入ると、ボーは指を突きつけた。

「訊きたいときは、おれが質問する」とボーは言った。その眼は怒りに燃えていた。

「冗談もわかんねえのかよ」とレイレイはやり返した。

「お前がこの部屋にいることが信じられないんだよ」とボーは言い、指をレイレイに突きつけたまま、視線をリックに戻した。

「教授は、レイレイを地元の弁護士として参加させることについてあなたの了解を得たと言っていました」リックはそう言って、引き下がらなかった。「教授は言っていました。この裁判はどぶ川のなかでナイフを振り回して戦うようなものだから――」

「おれの出番ってわけさ」レイレイがリックのことばを受け継いだ。そして大きく口を広げた例の笑顔を浮かべた。

ボーはレイレイのほうを向くと、しばらく彼を見つめていた。「去年裁判所の階段でお前のケツを蹴っておけばよかったよ」彼はやっとそう言った。

「なぜしなかった？」とレイレイは訊いた。

ボーは頭を振って、小声で悪態をつくと、また行ったり来たりを始めた。一分近くそうしてから、レイレイのほうを見て言った。「お前から見て、どのくらいまずい？」

「温めなおした犬のクソほどまずいな」とレイレイは言った。「だが、構わんよ。おれはあのクソ野郎のことは好きじゃなかったからな」

「おれが殺したと思ってるのか？」

レイレイは肩をすくめた。「もしそうだとしたら、お前が大手を振って歩くのを見るほど喜ばしいことはないよ」

「おれは殺《や》っていない」とボーは言った。

「わかった……いいだろう」とレイレイは言った。「良心との葛藤を抱えながら取り組むのはごめんだからな」

二秒ほどの沈黙のあと、ボーは何とか弱々しい笑みを浮かべ、椅子に腰かけた。「いいだろう。で、どこまで話した？」と彼は言い、リックを見た。リックは同じようにレイレイを見て頷き、始めるように促した。

「トムが襲われた夜、おれはサンダウナーズ・クラブに行って、犯行のあった夜にアンディが接触した人間に話を訊こうとした」彼は眼を細めてボーを見た。「お前がトムに言った通りだったよ、ボー。アンディにはお気に入りの女がいた」

「で？」両肘をテーブルのうえに置き、ボーが訊いた。

「女は消えた」

26

ラリー・タッカーは不安だった。アンディが殺されてから二週間になるが、ダーラ・フォードが仕事に出てこないのだ。ダーラはこれまでずっと、彼が最も信頼を置いてきたダンサーのひとりだった。こんなことは彼女らしくなかった。それに加え、売上げにも影響が出はじめていた。信頼が置けるだけではなく、ニキータ——ダーラのステージネームだ——は、最も人気のあるダンサーでもあった。常連客の何人かは、ダーラが去って三日もすると姿を見せなくなった。さらにそれに続く客も出るだろう。

「何か聞いてるか？」ラリーは充血してかすんだ眼をカウンターの向こうにいるピーター・バーンズに向けて言った。木曜日の午後十時四十五分。本来なら書き入れどきだったが、店内は客もまばらだった。

「いえ」ピーターは、ジョッキを乾いたタオルで拭きながら答えた。「ダーラらしくないすね。金にはうるさかったのに。それにこの仕事をやめるようには見えなかったです。うまくやってたのに」

「ああ、そうだな」とラリーは言った。「おれもだよ。あいつがいなくなって売上げもがた落ちだ」ラリーは〈バドワイザー〉の瓶に入った残りを飲んだ。「このあたりに家族はいないのか？」

「知る限りではいないすね」とピーターは言った。〈バドワイザー〉をもう一本取り出し、ふたを取ってラリーの前に置いた。

「くそっ」とラリーは言い、首を振るとビールをぐいっとあおった。

「ミスター・ウォルトンが彼女に大金を残したってのは、本当すか？」とピーターは訊いた。

ラリーは肩をすくめた。「アンディはこの数カ月はまともに頭が働いてたとはいえないからな。何があっても驚かんよ」

「まあ、思いつくのはそんなところっすかね」とピーターは言った。

「そうだな」とラリーは言い、さらにつぶやくように言った。「くそっ」

それからおよそ三時間後、日付が変わって金曜日の深夜一時半、ピーター・バーンズは一九九七年型〈フォード・レンジャー〉の運転席に坐り、冷えた〈ミラー・ハイライフ〉を飲んでいた。六缶パックのうちの残りの五缶は助手席に置いてある。ラジオからはケニー・チェズニーのお気に入りのナンバー、〈ノー・シューズ、ノー・シャツ、ノー・プロブレム〉がかかっていた。

ピーターはまだ仕事着のままだった。カーキのショーツ、裾を出したままのネイビーブルーのゴルフ・シャツにサンダルを履き、薄くなりつつあるくすんだブロンドの長髪に色褪せたアトランタ・ブレーブスのキャップをかぶっていた。顔には二日分の無精ひげが生えている。彼はその無精ひげを掻いてからまたビールを飲んだ。

そしてアパートメントの二階を見上げた。部屋に灯りはついていない。だが、それはいつもと変わらなかった。ダーラは恐ろしく質素な生活をしていて、本を読むとき以外は決して灯りをつけようとしなかった。だから、部屋にいる可能性はあった。が、それはないだろうとピーターは思った。この二週間、何度もダーラに電話をしていたが、応答はなかった。そしてラリーと同様、ピーターも心配していた。だが彼は同時に――決してラリーには言わなかったが――わくわくもしていた。

ピーターはビールの残りを飲むと、助手席のカートンを手にした。それからトラックのドアを開けると、重い足取りでダーラのアパートメントに向かった。心臓の鼓動が高まっていた。

彼とダーラの関係は、彼が普段口にしているものとは違っていた。ラリーには知られたくなかった。彼が知ったら絶対に気に入らないとわかっていた。ラリーはサンダウナーズの女すべてとやりたい放題だったが、男のスタッフには決してダンサーに手を触れさせなかった。用心棒のビッグ・スティーブはゲイだったので問題にはならなかったが。だが、セイント・ピーター――ダンサーたちは彼のことをそう呼んだ――は異性が好みだったので、裸で踊っている女を一日中見ても興味がないふりをするのは大変だった。

何年かするうちに、彼はニキータことダーラを含む何人かと関係を持ったが、ピーターはすぐにダーラはほかの女とはどこか違うことに気づいた。ダーラは賢かった。もちろん学があるという賢さではなかった。彼女はシェイクスピアを引用したり、毎晩古典文学を読んだりはしない。しかし、街で生きていくための賢さを持っていた。どうやったら金を稼げるかを知っており、どうやって金を貯《た》めるかを知っていた。そしてピーターは、彼女はサンダウナーズにそう長くはいないだろうといつも感じていた。

サンダウナーズに雇われているどのダンサーも、何らかの物語を抱えていた。医師を目指して勉強中の学生もいれば、看護師、ヘアドレッサー、女優、脚本家を目指す者もいる。何でもありだった。どの物語も素晴らしい話に聞こえたが、ピーターは彼女らが夢をかなえるのを見たことはなかった。ピーターは思っていた。金のために裸で踊ることは、魂を殺すことなのだと。彼女たちは目的――学校に入学すること、昼のクラスに通うこと、あるいは目標とする分野の仕事につくこと――を胸に抱いて働き始める。だが、夜にポールに体を押し付けて踊ることで徐々に心をすり減らしていくのだ。コカインやメタンフェタミン、酒などと同様、次第に女たちは服を脱ぎ、自分の二倍も歳を取った、加齢臭をまき散らし、ひまし油のようなにおいの息をする男たちの顔に胸をこすりつけても平気になっていく。

だがダーラ・フォードは違った。彼女はドラッグはやらなかったし、アルコールもセブン・アンド・セブン（〈シーグラム セブンクラウン〉と〈セブンアップ〉を使ったカクテル）を一杯と決めていた。彼女はこれを一晩かけて少しずつ飲み、ピーターは〈セブンアップ〉だけを注ぎ足した。毎晩、ダーラの目的は同じだった。全力を尽くしてできる限り多くの金を稼ぐ。そのために彼女は常にベストのショーを提供し、クラブの誰も彼女《ニキータ》のようには踊れなかった。彼女はラップダンスのリクエストが最も多いダンサーだったし、スイート＆ナスティことタミー・ジェントリーとスモーキーことウィルマ・ニュートンを除くと、二階のＶＩＰルームで大金を稼ぐことのできる唯一のダンサーだった。

VIPルームで、ダーラが金のために体を売っていることはピーターも知っていた。彼女自身がよく口にしていたのだ。「ごく一部の限られた人間だけが試食できるのよ」彼女はそう言っていた。「そして本当の金持ちだけが常連になるの」

アンディ・ウォルトンはその条件にぴったりだった。七十代の孤独な億万長者は、夫婦仲も冷え切り、安らぎを求めていた。

ピーターはダーラがどれほどの金を貯め込んでいるのかは知らなかった。だが、ある晩、彼女のアパートメントのベッドで愛を交わしたあと、彼女は夢をかなえるための頭金に、あと一万ドルだけ足りないのだと漏らしたことがあった。

「メキシコ湾沿いの街で最高のオイスター・バーを開くのが夢なの。待っててね」と彼女は言っていた。

ダーラのアパートメントのドアに近づくまでに、ピーターはもうすでに二缶目のビールのふたを開けていた。ノックをした。そうするのが礼儀だと思った。だが、答えがないことはわかっていた。二年前にダーラが渡してくれた鍵を取り出すと、ドアを開けた。

灯りはなく、音もせず……ダーラもいない。

彼女は去ったのだ、ピーターはそう思った。無意識に笑みがこぼれ、映画『グッド・ウィル・ハンティング』のラストシーンを思い出した。ベン・アフレックがマット・デイモンの家に行くが、彼はそこにいない。アフレックは、友がついに先へ進んだことを知って笑みを浮かべる。

キッチンに入ると、テーブルのうえにメモがあった。九センチ×十三センチのインデックス・カードに手書きの文字が書かれてあった。メッセージは簡潔で、要領を得ていた。

「セイント・ピーター、わたしはここを出る。どこに行けば見つかるかはわかってるわよね。来てくれたらうれしい。来れないなら、アパートメントに残したものは好きに処分して」

ピーター・バーンズは眼を閉じた。まだ笑みが唇に浮かんでいた。彼女はついに夢をかなえたのだ。

アンディ・ウォルトンとの約束はついに果たされたのだ。

ピーターは最後の夜をダーラのアパートメントで過ごすことにした。六缶パックの残りのビールを飲みながら、ダーラが契約していた三つのチャンネルのうちのひとつで『となりのサインフェルド』を見た。それほど酔っていなかったが、ベッドルームのマットレスに横になって、今後の選択肢について考えた。

彼は生まれてからこの方、ずっとジャイルズ郡で暮らしてきた。大学には行かず、たまにナッシュビルに行くことを除くと、ほとんど街を離れたことはなかった。一度だけ海沿いの街に行ったことがある。高校時代に春休みの旅行でアラバマ州のガルフ・ショアに行ったのだ。

どこでもウィスキーは注げる。そう考えながら、ピーターはメキシコ湾のエメラルド・グリーンの海に思いを馳せた。

眼をつぶると、潮の香りを嗅ぐことさえできた……

翌朝起きたときは、二日酔いだった。だが気分はよかった。ダーラほど質素にしていたわけではないが、かきあつめれば多少の金はある。海辺の街に行って、新しいアパートメントの前払金にあてるには十分だろう。それさえありゃあいい。彼はそう思い、興奮に笑みを浮かべた。本当にやってやる、と彼は自分に言い聞かせた。本当にこの街を出るんだ。

ピーターは自分のアパートメントに着くと、文字通り、車から飛び出した。もう振り向かない、と彼は思った。勢いを失いたくなかった。大家に電話をして、荷造りをしたあと、街を出る途中でサンダウナーズ・クラブに寄るつもりだった。

日が暮れるまで牡蠣《かき》を食ってやる。

彼が自分の部屋――マーティン・メソジスト大学の学生に人気の大型アパートメントの一階――の鍵を探っていると、背後から声をかけられビクッとした。

「ミスター・バーンズ？」

ピーターが振り向くと、シャツにネクタイ姿の若い男が近づいてきた。シャツの一番うえのボタンをはずし、ネクタイはゆるんでしわだらけだった。学生？　はじめはそう思った。

が、男が近づくにつれ、そうではないとわかった。男は充血した眼で黄色いリーガル・パッドを持っていた。

「あんた誰だい？」とピーターは訊いた。腕を組み、勢いが邪魔されたことに苛《いら》ついていた。

「リック・ドレイク」と男は言った。「ボー・ヘインズの弁護士です。少しお話しできますか？」

「今、忙しくてね、若いの」とピーターは言った。「実のところ、もうこの街を離れるところなんだ」

「一晩中、駐車場で待ってたんです」とリックは言った。「サンダウナーズで捕まえようとしたんですが、いつ電話をしても『忙しい』とのことだったので」

「いずれにしろ、あそこじゃあ話はできない」とピーターは言った。「うるさすぎるし」そう言ってほほ笑んだ。「それに気が散ってしょうがないだろ」

リックは笑みを返した。「こんなところまで押しかけてすみません。僕の依頼人が以前あなたにここで会ったらしく、住所を教えてくれたんです」

「それで、一晩中ここで待ってたのか？」とピーターは訊いた。

「深夜から」とリックは答えた。「その頃に仕事を終えて、帰ってくると聞いていたので」

「いつもはな」とピーターは言った。「だが、昨日はちょっとお愉しみがあってね」そう言って笑った。まったくの嘘ではないはずだ。彼は幸運を手にしていた。今、口にしたのとは違った種類のお愉しみだったが。

リックはくすっと笑った。「わかります、ですが、見失ったまま逃げられるんじゃないかと不安だったんです。それに今から街を出ようとしているなら——」

「わかった、どのくらい力になれるかわからないが」とピーターは言い、鍵を鍵穴に差し込んだ。「少なくともコーヒー一杯分ぐらいは話を聞いてやるよ」

「ありがとうございます」とリックは言うと、安堵《あんど》のため息をついた。「本当に助かります」

27

「アンディのことは昔から知ってた」ピーターはやけどするほど熱いコーヒーのカップをリックに手渡しながらそう言った。リックはカップを受け取ると、何をすべきか確かめるようにまばたきをした。七時間も〈サターン〉のなかに閉じ込められ、心が意識と無意識のあいだをさまよっていたので、運転席以外ならどこだろうとうれしかった。体がだるく、疲れていたが、何とか気力を取り戻さなければならないとわかっていた。ピーター・バーンズは重要な証人だった。「それにボーのことも前から知っている」とピーターは続けた。

「ボーは何年か前にあなたを弁護したと言っていました」

ピーターはくすっと笑った。「ああ、マリファナの所持と飲酒運転でね。飲酒運転は二回だ」

目だったから、刑務所に行く可能性もあった。だが、ボーが弁護してくれて裁判に勝ったん

「ヘレン・ルイスは検事長になって一度も負けていないと聞きましたが」とリックは言った。

心の底でかすかな望みを抱きながら。

「ヘレンじゃない」とピーターは言った。「彼女のアシスタントのひとりだった。その晩のことはよく覚えてないんだが、呼気検査では0・09mg／lしか検出されず、辛うじて酔ってるって程度だった。検査をうまくごまかしたんだ。だってフェアじゃないだろ。一日中ほろ酔いで働いてるんだぞ。おれは素面《しらふ》のときより、ビールやマリファナをちょっとやったあとのほうがまっすぐ歩けるんだ」そう言って笑うと、コーヒーを一口飲んだ。リックも同じようにコーヒーを飲んだ。カフェインが体のなかに入ってくるのを感じた。「ボーはこっちにもチャンスがあると言い、案の定勝利した」ピーターは頭を振った。「おれにとっちゃあ、ボーは今も恩人だ」

「ボーは、報酬の代わりにあなたが情報を提供することに同意したと言っていました」

ピーターは頷いた。「ああ、実際に提供したよ。去年、アラバマであった訴訟に関係していたストリッパーに関する情報をボーに伝えたんだ」

「ウィルマ・ニュートン」とリックは言った。

「ああ、そうだ」

「実はあれは僕が担当した事件でした」とリックは言った。「ウィルマは重要な証人で、ここプラスキで働いていたので、ボーの力を借りたんです」彼はことばを切った。「ウィルマに何があったんですか?」リックは尋ねた。「その後見かけないので――」

「ウィルマはもうあの店にはいないよ」とピーターは言った。「それに、そのことについては話したくないんだ。あのクラブの人間はみんなウィルマのことが好きだった。あれは……悲しい出来事だったよ」

なんてことだ、とリックは思った。ピーターからもっと聞きたかったが、自分を制した。集中しろ。ここに来たのはそのことを訊くためじゃないだろ。

「犯行のあった晩、アンディ・ウォルトンを見かけましたか」

ピーターは頷いた。「ああ、見たよ。アンディはあのクラブの常連だったからな。かなり長い時間いたのを覚えてる」

「彼はその晩、ダーラ・フォードというダンサーとも会っていた。そうですね?」

「ああ、そうだ。ダーラのステージネームはニキータだった」

「だった?」とリックは訊いた。「どうして……」

「くそっ」ピーターはそう言うと、立ち上がってコーヒーをカップに注いだ。「言い間違えた。彼女のステージネームはニキータだ」

「もういないんですか?」とリックが訊くと、ピーターは眼を閉じた。

「ほかに訊きたいことはあるか、若いの？」とピーターは言った。明らかに動揺していた。

「アンディがダーラに会うようになってどのくらいになるんですか？」ピーターは席に戻るとため息をつき、肩をすくめた。「おそらく一年……いや十カ月かな」彼はもう一度肩をすくめた。「たぶんそのくらいだ」

「事件の晩に何があったんですか？」

「警察に言った通りだ。アンディはその晩十一時頃にクラブにやって来た。おれとビールを一杯飲んだあと、ダーラと二階のVIPルームに行った」

「ミスター・ウォルトンはどのくらいの時間ミズ・フォードとVIPルームにいたんですか？」

「一時間かそこらかな」とピーターは言った。「前後するにしても十五分ってところだろう」

リックはコーヒーを一口飲んだ。疲れていたが、油断せず、一言一句聞き逃さないようにした。「その部屋に上がって、その……何をするんですか？　つまり……」

「セックスをするのかって訊きたいんだろ？」とピーターは言った。唇を歪めてニヤッと笑った。歯のあいだに隙間があった。

リックもつきあって笑った。「で、その……どうだったんですか？」

「公式の答えは、もちろんノーだ」

「オフレコでは？」

「やってたさ。彼がくるといつもだ」ピーターはコーヒーカップの把手をいじりながら言った。「わかってやれよ。アンディ・ウォルトンは自ら認める〝女好き〟だったからな。家庭じゃ何も得られなかったから……」

「どのくらいの頻度で来てたんですか？」

「一週間に二回か、三回ってところだな」

「いつも同じパターンで？」

「ほとんどは。ビールを一、二杯飲んでおれとだべってから、ダーラと二階に上がるのさ」

「健康のことで何か言ってませんでしたか？」

「いいや」とピーターは言い、床を見つめた。「だけどダーラが……」

「何ですか？」とリックは答えをせかした。何かに近づいていると感じていた。

「アンディが殺される何週間か前に、ダーラがクラブを出るときに泣いてたんだ。どうしたって訊いたら、何かが起きようとしてるって言っていた。何か大変なことが。それが何かは言わなかったが、ミスター・ウォルトンが何とかするつもりだと言っていた」

「アンディは誰かが自分を殺そうとしているというようなことを言ってましたか？」

ピーターは首を振った。「いいや、何も言ってなかったよ。おれたちはいつもくだらない話をするだけだったから。彼はクラブへ来て、憂さを晴らすのが好きだった。ほとんどの時間はダーラと過ごしていた」

「ミスター・バーンズ、ダーラはどこにいるんですか？　彼女に会おうとしてるのに、クラブの誰も彼女の居場所を知らないんです」

ピーターは立ち上がると、コーヒーの残りをシンクに流して空《から》にして言った。「彼女はもういない」

「どういう意味ですか？」とリックは尋ねた。

「言った通りだよ。彼女はいなくなった」ピーターはため息をついた。「えーと、名前をもう一度教えてくれないか？」

「リック・ドレイク」

「OK、リック、名刺は持ってるか？」

リックは財布のなかを探して、ピーターに差し出した。

ピーターはその名刺をじっと見て言った。「いいか、おれはこの事件とは一切関係ない。ボーは以前おれを助けてくれたから、彼の力にはなりたい。だが、おれはアンディ・ウォルトンのこともすごく好きだった。彼は友人だし、大事な客だった。もしボーがアンディを殺したのなら、自分のしたことの報いを受けるべきだ」

「ミスター・バーンズ、おことばを返すようですが、アンディ・ウォルトンは、KKKテネシー騎士団の最高指導者《インペリアル・ウィザード》だったんですよ」とリックは言った。そのことばからは憤慨と疲労が聞いてとれた。「彼と彼の仲間は四十五年前にボーの父親を殺したんです」

ピーターは肩をすくめ、リックが感情をあらわにしたことにも動じなかった。「だがアンディは逮捕されていない、違うか？」

「だからって、なかったとは言えません」とリックは言った。「僕にはこの街の人たちのことがわかりません。ボーはあなたを助けた。ボーセフィス・ヘインズがいなければあなたは刑務所に入っていたはずです。彼はこの街のたくさんの人を助けた。なのに、どうしてこんなにもすぐに彼を見捨てるんですか？　アンディ・ウォルトンの罪はいったい全体どうなったって言うんですか」

「終わりか？」ピーターはあくびをしながらそう言った。

「関係ないって言うんですね？」とリックは言った。手を腰において、バーテンダーをにらんでいた。「誰も……気にしないみたいですね」

「誰もそんな時間はないのさ、若いの。プラスキの住民もほかの場所の連中と同様、金を稼がなきゃならんからな。今回の事件は、事態を面倒にするだけだ。ボーの裁判のせいで、今後どれだけの店が廃業に追い込まれるかわかるか？　アンディが死んでからのこの一週間で、おれが受け取るチップがどれだけ減ったかわかるか？」リックが黙っていると、ピーターは指をリックの胸に突きつけた。「嘘じゃない。いいか？　おれだけじゃない。このあたり全体の売上げが落ちてるんだ。わかってくれ。勝ち、負け、引き分け。有罪か無罪か。そんなことはどうでもいいんだ。住民たちはさっさと終わってほしいと願っている。悪いが――」

「ミスター・バーンズ、どうしてもダーラ・フォードと話さなければならないんです。どうすれば――？」

「連絡する、それでいいだろ？」

リックは抗議をしようとしたが、ピーターが手を上げて制した。「おれにできるのはそれだけだ」とピーターは言った。「もう行かなければ」

彼は玄関に向かって歩き、ドアを開けると、出て行くようにリックに身振りで示した。玄関口でリックはもう一度抗議しようとした。が、言えることは何もなかった。「携帯電話にかけてください」そう言うのがやっとだった。

28

十五分後、リックとレイレイは〈ブルーバード・カフェ〉の奥のテーブルに坐っていた。

「やつは電話してくるよ」レイレイは足を組み、自分のマグカップからコーヒーを一口飲むとそう言った。「ボーほどはバーンズのことは知らんが、やつがお前をアパートメントに入れたことを考えると、おれなら電話してくるほうに賭ける」

リックは頭を振って言った。「どうですかね。僕が、アンディがクランだったとか、ボーの父親を殺したとか一席ぶっちまったから。あれでかなり怒らせてしまったかもしれない」

「気にすんな」レイレイはベーコンをかじりながらそう言った。「考えすぎだ、坊主。ピーターは気にしちゃいないさ。やつは思ったことを言っただけだ」

「彼が言ったように、街の人たちは本当にこの件を、さっさと終わりにしたいと思ってるんでしょうか？」

「本音はやつの言う通りだろう。プラスキには逃れられない過去がある。クラン誕生の地というせいで、市庁舎に人種差別主義者《レイシスト》の頭文字のRが大きく血で描かれてるようなもんだ」レイレイは冷ややかに笑った。「ボーの裁判が全国的に報道されれば、〝テネシー州プラスキ、クー・クラックス・クラン誕生の地〟ということばがうんざりするほど繰り返されることになる。マスコミは裁判を煽《あお》り立てて、南部連合の旗を玄関先に掲げるジャイルズ郡の家々や、クランの連中が裁判所前広場を行進する映像を流そうとするだろう。ボーが有罪か無罪かなんて大した問題じゃない。あいつが自由の身になろうが、死刑になろうが、プラスキの街はいずれにしろ被害を被《こうむ》ることになる。緋色《ひいろ》のRの文字がまた輝くことになる。営業中のプレートをひっくり返して、一日、街を閉鎖することはできるが、全国的なうねりに抗《あらが》うことはできない」レイレイはそう言うと、コーヒーを一口飲んだ。「バーンズは本音を話したんだ」そう言って、レイレイは例のジョーカーのような笑みを浮かべた。「それでもやつは電話をしてくると思うがね」

「だといいんですが」とリックは言った。が、自信はなかった。「彼だけがダーラ・フォードにたどり着く唯一の道ですから」

「そいつはどうかな。彼女はあそこの女の子の何人かと親しかったようだ。今晩、もう一度サンダウナーズに行って、様子を見てこよう」

「レイレイ……」リックは疑わしげにテーブルの向こうの新しいパートナーを見た。

「仕事だよ、約束する。彼女を見つけなきゃならないんだろ?」

リックは頷いた。「ええ、そうですが……」

「じゃあ、おれが行く」

「僕も行きます」とリックは言った。

「おいおい、だめだ。おれはラリー・タッカーとは長年のつきあいだ。それにサンダウナーズに行くのも初めてじゃない。おれならうまくなじめる。予備審問でヘレンに言ったように――」彼はそこまで言うとジョーカーのような笑みを浮かべ、マグカップからコーヒーを飲んだ。「おれはこそこそ嗅ぎまわるのが得意なんだ」

「わかりました」とリックは言い、ウェイトレスがブルーベリー・パンケーキにベーコンとスクランブルエッグをのせた、ほかほかのプレートを眼の前に置くのを、椅子の背にもたれかかって見ていた。「でも、気をつけてください。教授に起きたことを考えると……」と口ごもった。

レイレイはズボンの前ポケットを叩くと言った。「レイレイ様にはいつも九ミリの友達が一緒だからな」そう言うと、パンケーキにかぶりつきながら訊いた。「トミーの具合はどうなんだ？」

リックは首を振ると、口いっぱいに含んだスクランブルエッグを飲み込んだ。「昨日の予備審問のあと、電話をしたんですが、出ませんでした」

「かなり悪いようだな」とレイレイは言った。

「癌《がん》の治療をちょうど終えたところなんです」とリックは言った。レイレイは顔をしかめた。

「ええ」リックは続けた。「膀胱《ぼうこう》癌なんです。治療はうまくいって、もう一年も再発はしていません。ですが、ここへ来る前に何日か内視鏡検査を受けていました」

「なんてこった」とレイレイは言った。「じゃあ――」

「教授はしばらく外れることになるでしょう」リックはそうまとめた。恐怖心と不安を感じていた。

レイレイは自分の食べ物を見下ろした。そしてクスッと笑うと、いつもの笑みを浮かべて言った。「お前が考えてるよりも早く帰ってくるさ」

「あなたは教授と一緒にブライアント・コーチのもとでプレイしたんですよね」とリックが訊いた。

レイレイは頷いた。「全米チャンピオンになる一年前、一九六〇年の卒業だ」と彼は言い、眼を細めた。「わかるだろう、あのチームの連中――トム、リー・ロイ、ビリー、ベニー、ダーウィン、パット……」彼は首を振った。「おれたちは特別だった。おれたちもほかの連中と同じように人生でもがき苦しんできた。だが、おれたちはあきらめないんだ」彼はそう言ってまた首を振った。「おれたちと同じ経験をすることは……できないだろう。きっと無理だ。あの人《ザ・マン》がテキサスA&M大学を率いていたときにジャンクションに行った連中《ジャンクション・ボーイズ》のことは知ってるだろう（ブライアント・コーチがテキサスA&M大学のコーチだった一九五四年にテキサス州ジャンクションで行われた十日間のキャンプを耐え抜いた選手たちのこと。二〇〇一年に書籍となり、翌年にはESPNでドラマ化された）。誤解しないでほしいが、あいつらは間違いなくタフだった。ビーブス（ジャンクション・ボーイズのひとりだったジーン・ストーリングスの愛称）はおれたちのアシスタント・コーチだったしな。そうさ、だがおれたち五八年、五九年、六〇年、六一年の選手には勝利以外の選択肢はなかった。あの人は勝利を求めた。おれたちをチャンピオンにすると宣言したんだ。塔のうえからあの人に見つめられ、あの人の声を聞いた。おれたちは目の前のあの人に勝たなきゃならなかった。おれはワイド・レシーバーで、飛んできたボールをキャッチできずに、いつも悔しい思いをしていた。集中しすぎて、ボールの縫い目まで見えるほどだった」レイレイは皿のうえの卵をフォークで突っつくと、そのフォークをリックに向けた。「これまでの人生で何度あきらめようと思ったことか。だが、そうする前に……、立ち去るか、やろうとしていることをあきらめる前に……」彼はそこで間《ま》を置くとまばたきをした。フォークを持つ手が震えていた。「あるいは引き金を引く前に、いつもあのしわがれ声が頭のなかに聞こえるんだ。『立ち上がれ、ピッカルー。立ち上がるんだ、このくそったれ』」レイレイは眼を拭うと、右手をテーブルに叩きつけた。コップの氷が音をたて、リックは思わずテーブルから身を引いた。「すまん」とレイレイは言った。リックは何と言っていいかわからなかった。テーブル越しに伝わってくる激しさにたじろいでいた。そして初めて、レイレイ・ピッカルーがチームに加わったことをうれしく感じていた。

「とにかく」スクランブルエッグをほお張り、フォークで歯をこすりながらレイレイは続けた。「今は倒れているかもしれないが、トミーは必ず戻ってくる。おれたちには……」彼は素早く顔を引くと言った。「それしかできないんだ」

29

アラバマ州ヘイゼル・グリーンは、アラバマとテネシーの州境から南へ数キロのところにある小さな町だった。一九六七年、ヘイゼル・グリーン高校トロージャンズは、州代表の武骨なセンター、リッキー・クラークと痩せた二年生のシューティング・ガード、スタンリー・スタフォードに率いられ、アラバマ州2Aバスケットボール・チャンピオンシップに優勝した。ある年代のヘイゼル・グリーンの住民の多くは、五〇年代と六〇年代の高校スポーツについてふたつの出来事が記憶に残っていると言うだろう。ひとつはスタンリー・スタフォードが六七年の州チャンピオンシップで終了間際のジャンプショットを決めたシーン。

そしてもうひとつがポール・"ベア"・ブライアント・コーチが一九五九年にトム・マクマートリーのプレイを見るためにトロージャン・フィールドを訪れたことだ。それは十月下旬のホームカミングの日のことだった。トロージャンズはスパークマン高校と郡のチャンピオンシップを争う大事な試合を迎えていた。空気は涼しく爽やかで、観衆の多くはホット・チョコレートの入った紙のカップを手にしていた。その週の初めから、ブライアント・コーチが試合を見に来るかもしれないといううわさがずっと流れていた。そのせいで、スタンドはキックオフの一時間前から満員になり、人々は偉大な男が本当に来るのか確かめようと周りを見回していた。

彼は第一クォーターのなか頃にやって来た。審判は、ブライアントが到着したという知らせを聞いて、文字通り試合を止めた。ブライアント・コーチは黒のキャデラックに乗り、前後に州警察のセダンを従えていた。パレードはスタジアムの前で止まり、エッブ・ハンソン校長によると、ブライアントは車が完全に止まる前に、後部座席から降りてきたという。ハンソン校長はブライアントと握手をし、両校の観客が立ち上がって拍手をするなか、スタジアムにエスコートした。ヘイゼル・グリーン高校のバンドが突然、アラバマ大学の応援歌〈アラバマ〉の演奏を始めた。その日の様子をとらえたモノクロの写真によると、ブライアント・コーチはダークスーツにワイシャツとネクタイ姿で、寒さをしのぐために黒のコートを着て、頭にはトレードマークである千鳥格子のフェドーラ帽をかぶっていた。

ハンソン校長は、四名の州警官に左右と背後を守られながら、ブライアント・コーチをスタジアムへと導いた。最終的に、ブライアントとその取り巻きは五十ヤードラインの前のホームスタンドに坐った。

ブライアント・コーチは、事前に頼んでいた通り、その日プレイを見に来た少年の両親であるマクマートリー夫妻のあいだに坐った。トムは、フィールドからその光景を見ながら、審判のひとりが別の審判に囁いているのを聞いていた。「おい、見ろよ、すごい人気じゃねえか」ブライアント・コーチはトムの父と握手をし、母のほほにキスをしていた。

実際にはヘイゼル・グリーン高校《トロージャンズ》は十七対十四でその試合を落としたのだが、試合後にそのことを話題にする者はいなかった。人々はブライアント・コーチがスタジアムに来たことと、彼が見ていた前半の八分間のことばかりを話した。

その八分間でトム・マクマートリーは相手クォーターバックを三度サックしたほか、スクリメージ・ラインの後ろで二度タックルを決めて相手のファンブルを誘い、パスをインターセプトし、フィールド・ゴールをブロックした。トムの父サットは、スタジアムの歓声とブライアントのしわがれ声のせいで、彼の言っていることをほとんど聞き取れなかったが、のちにトムに、何度も「素晴らしい《スタッド》」と言っているのが聞こえたと語った。「それに」サットは眼をむきながら言った。「彼はほとんどの時間、母さん《マンマ》の話を聞いていたんだ」

当然のように、ハンツビル・タイムズの新米レポーターの撮った三人の写真が、スポーツ欄のトップページを飾った。トムの父はその写真こそ、ことばで説明するよりも、その日の出来事を鮮やかに切り取っていると言っていた。写真のなかで、トムの父は背筋をピンと伸ばし、腕を組んで、一心に試合に集中していた。ブライアント・コーチはうれしそうに笑いながら、フィールドを指さし、ブライアントに何か話しかけているトムの母、レネのほうを向いていた。

翌日の午後、マクマートリー家のキッチンテーブルで、ブライアント・コーチはアラバマ大学でフットボールをプレイするための奨学金をトムに提示した。

何十年か前に父が坐っていたのと同じ椅子に坐り、トムは両肘をテーブルのうえに置いて額《がく》に入った新聞の写真を手にしていた。指で三人の顔――父、ブライアント・コーチそして母――をなぞりながら、人生においてこの三人こそが今の自分に最も影響を与えた人たちだということをあらためて感じていた。昨年のヘンショーでの裁判のときのように、今でも彼らのことばが聞こえてくることがある。彼を励まし、亡くなってずっと経ってからも彼を教え導いてくれる。キャシーズ・タバーンを訪れたあとに襲われ、まだ傷の残る顔を撫でながら、そしてあばらのあたりに巻かれた包帯を感じながら、今も母のことばが聞こえてきた。水晶のように澄んだ、断固とした声で、まっすぐに語りかけてきた。「いじめに屈してはだめよ……」

トムが五年生のとき、眼の周りにあざを作って帰って来たことがあった。七年生にいじめを受けたのだ。ランチを奪われ、やりかえそうとしたが顔にパンチを受けた。何とか防ごうとしたが、だめだった。その少年はトムよりも体が大きく、力も強かったため、こてんぱんにやられてしまった。家に帰りつくと、恥ずかしさのあまり、父親と顔を合わせたくなくてずっと顔を伏せていた。母親が、彼がベッドルームで泣いているところを見つけ、抱きしめると眼元にキスをした。それから、トムの大好物のエッグ・カスタードパイを作ってくれた。ふたりで甘い紅茶と一緒にパイを食べたあと、母親はトムの両肩をつかんでトムの眼をじっと見た。彼女は遠回しな言い方はしなかった。「トム、その子がまたあなたをいじめたら、棒で叩きのめしてやりなさい、わかった?」

「わかったよ、母さん《マム》」とトムは言った。母親のまなざしの激しさに脅えて、質問することすらできなかった。

「止められるまで叩くのをやめてはだめよ」

トムはごくりとつばを飲み、頷いた。翌日、学校でトムは、落ちていた木の枝でジャスティン・レッドベターの顔を殴り、顎と鼻の骨を折ってハンツビル病院送りにした。その日の午後、夫のサットとともに校長室に呼ばれたレネ・マクマートリーは、レッドベターがまたランチを奪おうとしたので、トムは〝母親に言われた通りのことをやった〟のだと、ハンツン校長に言った。

ハンソン校長がトムを停学にするしかないと言うと、トムの母親は腰に手をあててこう言った。「冗談でしょ。そんなことはさせないわ」

狼狽《ろうばい》したハンソン校長は、助けを求めてサットを見た。「サット、わたしは校長だ。彼女に何をすべきか口出しされる筋合いはない」

しかし、トムの父はただ腕を組んで、ニヤニヤ笑っていた。「エッブ、おれは第三軍でジョージ・パットン将軍のために戦った。君が始めようとしている戦いに身を投じるくらいなら、パットン将軍の命令に背くほうがまだましだ。おれが君なら、この学校のいじめ問題に取り組むよ。妻に喧嘩をふっかけたくはないからね」

トムは二日間の自宅待機を命じられたが、停学とはならなかった。その後トムは、エッブ・ハンソンがトムの母を見かけると、いつも避けるように別の道を歩くことに気づいていた。

ジャスティン・レッドベターとの一件以来、ヘイゼル・グリーン高校では、トムにちょっかいを出す者はいなくなった。それどころか、この五十年近く、トムに喧嘩をしかける者などいなかった。彼は百九十センチ、九十キロになっていた。得点を許すことは罪だと信じるほど、ディフェンスについて世界一厳しいコーチのもと、アラバマ大でフットボールをプレイした。

だが、今誰かが彼に戦いを挑もうとしている。

彼を襲撃したのが誰であれ、アンディ・ウォルトン殺害に関し、ボーセフィス・ヘインズに罪を着せたのと同一人物であることは間違いなかった。それ以外に説明がつかなかった。プラスキのダウンタウンは決して暴力沙汰の多い場所ではなかった。

だが誰も彼の考えに耳を傾けなかった。ヘレン・ルイスは見舞いに訪れてくれたが、ボー以外の誰かがアンディ・ウォルトンを殺したという説を一蹴《いっしゅう》した。「まだ頭がはっきりしていないいんじゃないの、トム。もっとじっくりと考えてみなさい」

彼はたっぷり時間をかけて――農場でまるまる一週間かけて――考えてみた。だがその思いは強くなるばかりだった。ボーセフィス・ヘインズは殺人の罪を着せられたのだ。そしてその犯人は真実を隠ぺいするためには手段を選ぶつもりはないようだ。そのためにトムに瀕《ひん》死《し》の重傷を負わせる必要があるのなら、そうするつもりなのだ。フェアプレイなど気にしちゃいない。いじめっ子――ジャスティン・レッドベターと何ら変わりはない。

彼らに教えてやるときが来た。

トムは足を引きずってリビングルームに行くと、新聞記事の入った額縁を暖炉のうえに置いた。それから杖《つえ》を使ってバランスをとりながら、じりじりと家の奥へと進んだ。ベッドルームには銃のケースが壁にかかっている。掛け金をはずすと、レミントンの鹿狩り用ライフルと三十八口径の拳銃をホルスターとともに取り出し、ベッドのうえに並べて置いた。トムはライフルを手に取ると、部屋の隅の鏡に照準を合わせた。スコープを覗き込みながら、母親のことばをまた思い出していた。

自宅待機の明ける最初の日、トムは母親になぜ棒を使えと言ったのか尋ねた。そのときの母のことばは今でも覚えている。「いじめに屈してはだめよ、トム。いじめっ子というのは他人を屈服させようとする人たちなの。彼らは愚かで自分自身のことをわかっていない。彼らのアイデンティティは他人を抑圧することによってもたらされるのよ」彼女はことばを切ると、眉をひそめ、嫌悪感もあらわにトムの肩越しに眼をやった。「そしてそれに対抗する方法はひとつしかないわ」

「戦うんだね」とトムはそう言って、母のことばを引き継いだ。が、母はさらに眉をひそめ、両手のこぶしをテーブルのうえに下ろした。

「違うわ。あざを作って帰ってきた日、あなたはもう戦っていた」

「だから……棒を使うんだね」

彼女は頷いた。「いじめっ子はいつも自分の都合でしかものを考えない。ルールに沿ってプレイをせず、フェアプレイの精神なんて気にしない。喧嘩に棒を持ち出せば、相手がどんなに大きいかとか、どんなに強いかなんて関係なくなる」そして彼女はトムが決して忘れられないことばを言った。「いじめっ子が恐れるのは二種類の人間だけ。彼らを恐れない者……そして彼らに屈さない者よ」

トムはホルスターを腰に装着し、拳銃をそこに収めた。それから、ライフルのストラップを肩に掛けると、ゆっくりとキッチンへ向かって歩き出した。

何とかキッチンにたどり着くと、出窓の外にふたりの男が見えた。彼らは黒の〈ダッジ・チャージャー〉にもたれかかり、発泡スチロールのカップからコーヒーを飲んでいた。

トムはライフルと拳銃をキッチンのテーブルのうえに置くと、再び杖を使って、湿気に満ちた屋外に出た。暑い太陽が顔と腕に降り注ぎ、まぶしさのあまり眼を細めて訪問者を見なければならなかった。

「教授」パウエル・コンラッドがそう言って手を差し出した。パウエルはブルーのボタンダウン・シャツにジーンズ、〈レイバン〉のサングラスといういでたちだった。「ひげを伸ばしてるんですか？」

トムは頷き、パウエルと握手をした。「医者の指示なんだ。肌を刺激しないようにとね」

「いやいや、ひどい顔だな」ともうひとりの男が言った。トムはほほ笑むと、その男をあらんかぎりの強さで抱きしめた。

「ウェイド、元気だったか」

「退屈してたよ、トム」彼はそう言うと薄くなってきた白髪混じりの頭——最近ではほとんどが白髪になってきた——に手をやった。黒のジーンズに、黒のTシャツ。ふさふさした口ひげは髪の毛と同じ色だった。トムはいつも、ウェイドが映画『ロードハウス／孤独の街』でサム・エリオットの演じたキャラクターに似ていると思っていた。

「引退したというのに、このためにわざわざ復帰してくれたのか?」とトムは言った。

「そう言うと思ったよ」ウェイド・リッチーはタスカルーサ郡保安官事務所に三十年勤め、昨年引退していた。トムとは長年にわたっての友人で、証拠に関して重要な問題を抱えた捜査のいくつかでトムが保安官事務所に協力したことがあった。トムは、ウェイドこそがこの郡で最も優秀な殺人事件担当捜査官だとずっと考えていた。「保安官事務所は、ジムボーンのやつを逮捕しようとやっきになっている。それに連中はいつもあんたの言うことを信頼してる」

「空騒ぎかもしれない」とトムは言った。

ウェイドは肩をすくめた。「かもしれない……が、やってみる価値はある」

トムは頷くと、パウエルのほうを向いた。「頼んでいたものは手に入ったか?」

「ええ」パウエルはポケットに手を入れると、書類を取り出した。

「それで?」

パウエルはほほ笑むと言った。「興味深いですね」

「わかった、じゃあ」とトムは言った。「仕事の時間といこう」

30

リックは自分の携帯電話の音で眼を覚ました。ベッドからよろめきながら降りると、ナイトスタンドのうえの電話をつかんだ。右うえに表示された時間は午後二時だった。くそっ……五時間も眠ってしまった。〈ブルーバード・カフェ〉での朝食のあと、ホテルで軽く仮眠を取ってから、街に戻るつもりだったのに。ため息をついた。発信者のIDは知らない番号だった。

「もしもし」とリックは言った。低いしわがれ声になっていた。

「ドレイクか？　ピーター・バーンズだ。サウダウナーズのバーテンダーの――『スライディング・ダウン・ア・ポール』の作者じゃないほうのな」

眠気が一瞬で吹き飛んだ。ペンと紙を探して、慌てて周りを見回した。「ああ、電話をありがとう」

「おいおい、ひどい声だな」

「すまない」とリックは言った。「寝てしまったんだ」

「もう少し、頭をはっきりさせといてくれよ。ダーラ・フォードと話したいなら、おれのアパートメントに来てくれ。十五分で出発するぞ」

「出発？　どこへ……？」

「とにかく来いよ」ピーターはそう言うと電話を切った。

十五分後、リックはピーターのアパートメントに着いた。デジャヴュだ、と彼は感じながら、昨日の晩、八時間を過ごしたのと同じ場所に車を停めた。急いでシャワーだけ浴びてホテルを飛び出し、途中で〈コカ・コーラ〉を何とか口にした。道中、携帯電話でもう一度教授に連絡しようとしたが、あいかわらず電話に出なかった。いったいどうしちまったんだ？リックは戸惑いながら、〈サターン〉から降りて、ダッフルバッグを脇に抱えたバーンズが近づいてくるのを見ていた。

「ガソリンは満タンにしただろうな？」とピーターは言い、リックの車の後部座席にバッグを投げ入れ、助手席に乗り込んだ。

「どうするつもりなんだ？」とリックが緊張した面持ちで尋ねるなか、男——基本的にはまったく知らない男——はラジオをいじり始めていた。

「なんだ、おい。この車を買ったのはいつなんだよ？　クリントンが大統領だった時代かよ。弁護士はみんなベンツを運転してんだと思ってたぜ。iPod用のUSBポートはどこだ？」

「ない」とリックは言った。まだバーンズが車のなかにいることに戸惑っていた。

「しょうがねえな、CDはあるか？」

「えーと……グローブ・コンパートメントにいくつかある。あの、ミスター・バーンズ――」

「運転してくれればいい。道はおれが教える」

「いったい……どこへ？」とリックは尋ね、一瞬ためらってから、バックで駐車スペースから出た。

「デスティンだ」ピーターは窓を下ろし、吠えるようにそう言った。

「デスティン？」リックが訊き返した。「デスティン……フロリダの？」

ピーターがもう一度叫んだ。「レッドネック・リビエラ（フロリダ沿岸地域の俗称）だよ。あんたがこの恐竜みたいなおんぼろのギアを入れさえすりゃ、すぐに殻付きの牡蠣《かき》にありついて、ライムの入った〈コロナ〉を飲めるってわけさ」彼はそう言うと腕時計を見る仕草をした。が、そこには時計はなかった。「九時間ってとこだ！」

リックは車を停めた。「フロリダの端までずっと運転させようって言うのか？」

「おれのぽんこつじゃ、バーミングハムにも行けやしない。それにどんな交通手段を使っても二百から三百ドルはかかっちまうからな。その点あんたなら無料《ただ》ってわけだ」

「僕にいったい何のメリットが？」

「ダーラ・フォードと話したいんだろ？」

「ああ、だけど――」

「OK」とピーターは言い、指で窓の外を指し示した。「じゃあデスティンへ行こうぜ」

リックはシフトレバーに手を置いたまま迷っていた。狂ってる、と彼は思った。

「おっ、いいね！」とピーターが叫び、グローブ・コンパートメントからぼろぼろのジョージ・ストレイトのCDを取り出して、ディスクをプレイヤーに入れた。

ジョージ・ストレイトが〈オーシャン・フロント・プロパティ〉を歌い始めたところで、リックはやっと車を動かした。狂ってる、ともう一度思いながら、車を六十四号線へと向けた。

そして南へと向かった。

31

ボーンはサプライズが嫌いだった。

これは、まったくもって気に入らなかった。ドレイクの〈サターン〉がサンダウナーズ・クラブのバーテンダー、ピーター・バーンズを助手席に乗せてアパートメントから出ていくのを見ながらそう思った。ボーンは、駐車場の奥の隅に停めていた車をゆっくりと動かしながら、これはいったいどういうことなのかと考えた。

マクマートリーを襲撃したあと、ボーンは身をひそめていた。依頼人によると、襲撃は望んでいた通りの効果をもたらしていた。老教授は傷を癒すために街を離れ、裁判に現れるかどうかも怪しかった。たとえ現れたとしても百パーセントの状態ではなく、あの小僧には荷が重すぎるだろう。

ボーンは警察が数日もすれば襲撃者の捜索をあきらめるとわかっていたので、プラスキを離れ、エスリッジにあるアーミッシュの居住区でマーサ・ブーハーの〝甥〟の役割を演じ、日中は雑用をこなし、毎晩〝叔母〟のマーサに〝家賃〟を支払っていた。居心地はよかったが、落ち着かなかった。そろそろゲームに戻る頃合いだ。

彼は今朝、プラスキに再び現れ、ドレイクが〈ブルーバード・カフェ〉にいるところを見つけた。その後、ドレイクがホテルに戻ったまま、事務所に行かなかったことには少し驚いた。だが今日は金曜日だ。まっとうに暮らしている世間の連中は仕事をするはずだ。おそらくあの小僧は、今日はホテルで仕事をしているのだろう。あるいはタスカルーサに帰ろうとしているのかもしれない。新しい雇い主は、裁判は大陪審が起訴を決定するまでは、宙に浮いた状態だと言っていたので、しばらくは何もすることはないと思っていた。

間違いだった。〈サターン〉が州間高速道路六十五号線に入って南に向かうのを見ながらそう思った。いったいどこへ行こうというんだ？

四百ヤード後方で安全な距離を保ちながら、ボーンも六十五号線に入った。そして携帯電話を取り出すと、雇い主に電話をかけた。

32

スプリングビルのセント・クレア矯正施設の所長は、親切にも彼らのために職員用の会議室を使わせてくれた。刑務所内を歩き回るほどには十分に回復していないと思い、トムは渋々ながら、パウエルに車椅子を押させることに同意した。セキュリティを通過したあと、刑務官に導かれて長い廊下を進んで会議室の扉を開けた。なかに入る前に、トムはパウエルを見上げて言った。「ウェイドから何か連絡は？」

三人は農場で別れ、トムとパウエルがトムの〈エクスプローラー〉でスプリングビルに向かう一方で、ウェイドは〈ダッジ・チャージャー〉でプラスキに向かっていた。

「まだ何も。でもウェイドのことですから、何か情報をつかまない限りは、電話もメールもしてきませんよ」

トムは頷いて、深呼吸をした。「よし、行こうか」

パウエルがトムの車椅子を押して会議室に入ると、なかで囚人が待っていた。

ジャック・ダニエル・ウィリストーンはトムが記憶していたよりも痩せていた。かつてはきれいに剃っていた顔は、今は白髪混じりのほおひげに覆われていた。ダーク・グリーンの囚人服を着た今も、強さとパワーをたたえた雰囲気を醸し出し、椅子にまっすぐ坐って顔を上げ、視線をゆっくりとトムとパウエルに交互に注いだ。最後に、彼はトムに視線を向け、腕を組んだ。

「これはこれは、スーパースターのお出ましじゃないか」とウィリストーンは言った。「マクマートリーだったな？」

トムは頷いた。「ミスター・ウィリストーン、どうやら……元気そうだな。痩せたんじゃないか？」

「実を言うとそうだ。食うもんと言えばクソみたいなサンドウィッチにクソみたいなシチューばかりだからな、体重も落ちるってもんだ」とウィリストーンは言い、眼を細めてトムを見た。「何があった、マクマートリー？　バスにでも轢《ひ》かれたのか？」

「ハンマーだ」とトムは言った。「頭とあばらをハンマーで殴られた。防ごうとして膝のじん帯を損傷した」

ウィリストーンは眼を細めたまま、トムを見ていた。「そいつは……お気の毒にな」そう言って彼は視線をパウエルに向けた。

「コンラッド」とウィリストーンは言った。「また会えてうれしいよ」

ウィリストーンの隣に、不自然なまでに日焼けした肌に、油っぽい髪をした男が坐った。男は会議室の外で、グレゴリー・ゾーンと名乗っていた。ウィリストーンの刑事弁護人のひとりでトムとパウエルに依頼人との面会を認めたのも彼だった。もちろん、会話の中心は懲役期間を短縮するための取引についてになるはずなので、面会を認めさせるのは簡単なことだった。

「さて紳士諸君、ミスター・ウィリストーンは君たちの質問を受けることに同意した」とゾーンは言った。形式ばってイライラさせる物言いだった。「だが同意したのはそこまでだ。もし、質問が不適切だと感じたら、すぐに打ち切って、君らには帰ってもらう。理解したかね？」パウエルによると、ゾーンは飲酒運転の訴訟で名を揚げたイタリア系の弁護士だということだった。やたらと怒鳴り散らすがおつむのほうはからっきしというタイプだ。大きな訴訟になればなるほど有罪答弁取引をしたがる傾向にあり、ウィリストーンの脅迫と証人買収に関する訴訟でもそうしようとしたが、そのことで彼を非難する者はいなかった。ウィリストーンに不利な証拠が山のようにあったからだ。

「ありがとう、グレッグ」とパウエルは言った。が、視線はウィリストーンに向けたままで、ゾーンを無視していた。「だが我々は、このミーティングが、ミスター・ウィリストーンが我々に便宜を図ってくれるための機会とは見ていない。が、彼が役に立つ情報をくれた場合は、彼に何かしてやれるかを考えてもいいと思っている」パウエルはそこでことばを切った。視線は依然としてウィリストーンに向けたままだった。「理解したかね？」とパウエルはゾーンのセリフを真似た。その声と瞳からは強い意志が容易に感じ取れた。

ウィリストーンは笑みを漏らした。「どちらか煙草を分けてくれないか？　ニコチンが入ったほうが、頭が働くんでね」

「ミスター・ウィリストーン、喫煙は認められていない――」とゾーンは言いかけてやめた。

パウエルが〈マルボロ〉の箱を胸ポケットから取り出し、テーブルのうえを滑らせた。そしてライターをゾーンに向けて放った。少し強すぎる、とトムが思った通り、ゾーンはライターをテーブルのうえに落とした。

「火をつけてやってくれるか、グレッグ？」パウエルは動揺を見せず、トムのほうを見て言った。「八十三番ならキャッチしてましたね」

トムはほほ笑まずにはいられなかった。〝八十三番〟とは、アラバマ大の若きワイド・レシーバー、ケビン・ノーウッドのことだ。パウエルは会議室に来る前、所長にウィリストーンから話を引き出すために煙草を与えてもいいかを尋ねていた。所長はただ「ご自由に」と答えた。

「ノーウッドか？」とウィリストーンが言い、火のついた煙草を吸った。パウエルが頷いた。

ウィリストーンの隣で、ゾーンは顔を真っ赤にしていた。彼は依頼人からも検察官からも無視されていた。

煙草の煙が部屋を満たし、トムは息を吸おうと車椅子の背にもたれた。パウエルは両肘を机のうえに置いて言った。「これは取引だ、ミスター・ウィリストーン。あんたの昔の相棒ジムボーン・ウィーラーがテネシー州のジャイルズ郡に現れたと信じるに足る理由がある。

我々はあの男がそこでもマクマートリー教授に対する襲撃を含め、複数の犯罪に関与していると考えている。そしてジムボーンがアラバマ州ファウンズデールでの殺人事件とタスカルーサでの殺人未遂事件に関与していると見て、やつの逮捕を最優先に掲げている」パウエルは一瞬間《ま》を置いた。「我々はあんたが彼につながる情報を持っていると見ている」

「なぜそう思う？」煙草の灰をゾーンのコーヒーカップに落としながらウィリストーンが訊いた。

「去年ヘンショーであった民事裁判のとき、ジムボーン・ウィーラーはヘンショー郡裁判所であんたの近くに坐っていた。やつがプラスキの郊外にあるサンダウナーズ・クラブであんたと一緒にいるところも何度か目撃されている」

ウィリストーンは煙草を深く吸うと、煙をテーブル越しにパウエルのほうに吐き出した。表情には何も浮かんでいなかった。「で、質問は何だ？」

「アンディ・ウォルトンについて知っていることを教えてくれ」とパウエルは言った。

ウィリストーンは肩をすくめ、また煙草の灰をゾーンのカップに落とした。「アンディは七〇年代にひと財産を築くと、ローレンスバーグで製材事業に乗り出した。ウォルトン・ランバーだ。やつはテネシーやケンタッキーの様々な地域に製材を輸送するために運送会社を必要としていた……」ウィリストーンはまた肩をすくめた。「うちにとっちゃ、当時最もでかい契約のひとつだった。それまでも二十年近くビジネスをしていたが、ほとんどがアラバマ州かミシシッピ州の東側に限られていた。ウォルトン・ランバーのおかげで市場が倍近くに広がり、ほかにも五、六件の契約に結びついた」彼は煙草をくわえたが、ふかさなかった。「ウォルトン・ランバーとの契約を得たことで商売が軌道にのった」ウィリストーンは視線をテーブルに落とした。〈マルボロ〉は爪楊枝《つまようじ》のように口元からぶら下がっていた。

「なぜあんたと?」とパウエルは訊いた。「多くの運送会社のなかで、なぜあんたの会社だったんだ?」

ウィリストーンはテーブルから眼を上げると、パウエルをにらみつけた。「うちが最高だったからだ。最も早く、頼りになり、コストに見合うだけの価値があったからさ」

「以前からアンディとは関係が?」

「ほとんどなかった。やつがマクネアリー郡で州境《ステート・ライン・モブ》ギャング団をやってた頃に、名前だけは知っていたが、やつが運送会社を探し始めるまで、おれたちに接点はなかった」

「どうやって彼が運送会社を探してることを知ったんだ?」とパウエルは訊いた。トムはパウエルの巧みな尋問テクニックに感心していた。質問はごく自然だったので、ウィリストーンはほとんど戸惑うことなく質問に答えていた。だが、徐々に核心に近づいている。トムはそう思った。あと二、三の質問で……

「おれたちには共通の友人がいた。ラリー・タッカーだ。おれがやつのクラブの頭金を貸してやって——」

「サンダウナーズ・クラブのことか？」パウエルが途中でさえぎった。ウィリストーンは頷いた。

「ああ、そうだ。とにかく、ラリーはおれに借りがあった。アンディとラリーは、ふたりがクランだった頃からの知り合いだ」

「ここ何年かもアンディとは連絡を？」

「ああ」とウィリストーンは言い、煙草を吸った。「もちろんだ。彼は大口の顧客だったからな。秋にはいつもやつの農場でハト狩りをしたもんだ。アラバマ大とテネシー大のフットボールの試合があるときは、一年おきにノックスヴィルで盛大なパーティーを催してくれた。試合がバーミングハムやタスカルーサであるときは、お返しにこちらでパーティーを開いてやった」

「ジムボーン・ウィーラーは？」とパウエルは訊いた。「彼とはいつ知り合った？」パウエルが話の方向を変えたことにトムはまた感心した。

ウィリストーンは笑って、煙草を何回かゾーンのカップのふちで軽く叩いた。が、もう灰は落ちなかった。話を引き延ばしている……「さあ、どうだったかな。二、三年前かな」

「どうやって知り合ったんだ？」

「覚えてないな」

パウエルはウィリストーンをにらみつけた。「グレッグ、君の依頼人に、我々がここに来た理由を思い出してもらう必要があるようだな」

「彼が思い出せないというんなら、本当に覚えていないんだろう」とゾーンは言い返した。

ウィリストーンは煙草をコーヒーカップのなかに落とすと、まだ机のうえにあった箱から〈マルボロ〉を一本取り出した。ゾーンはその煙草に火をつけ、ウィリストーンは煙を宙に吐きだした。「次の質問は？」と彼は言った。

「あんたとジムボーン・ウィーラーの関係を説明してくれ」

「ただの知り合いだ」

「去年のヘンショーでの裁判のときはなぜ法廷に？」

「覚えてないな」

「彼に……仕事をしてもらったことは？」

「覚えている限りではない」とウィリストーンは言った。

パウエルは腕を組み、失望にため息をついた。「お決まりのセリフを繰り返すだけか、あ、ジャック？ よっぽど刑務所が気に入ったようだな」

「クソが」とウィリストーンは言った。

「そのことば、そのまま返すよ」とパウエルは言い、立ち上がろうとした。「行きましょう、教授。言ったでしょ、こいつと話しても無駄だって」

だが、トムは動かなかった。ジャック・ウィリストーンをにらみつけていた。ウィリストーンも視線をまっすぐトムに返していた。最後に、ウィリストーンが笑った。「マクマートリー、たわ言はそれくらいにして、何が知りたいのかはっきり言ったらどうだ?」

トムがパウエルに頷くと、パウエルはテーブル越しに書類を何枚か滑らせた。

「何だ、これは?」とウィリストーンは言い、書類をめくり始めた。

「この矯正施設の面会簿だ」とパウエルは言った。「そこには日付と訪問者の名前、そして訪問者が会いに来た受刑者の名前が書かれている。ほかにも訪問者の入所時間と退所時間もある。マーカーをしているのがあんたに会いに来た人物の名前だ」

「なるほど……」とウィリストーンは言った。「で、何が知りたい?」

「なぜ、ラリー・タッカーは二〇一一年七月二十日にあんたに面会に来た?」とトムが訊いた。「その書類の三枚目だ」

「金だ」ウィリストーンは書類を見ることなく答えた。

「もっと詳しく話してくれ」とトムは言った。興奮から来る心のうずきを感じていた。金は大きな動機になる。

「クラブの収入が去年から半分近く減ってると言っていた。大きな理由がうちのトラックが来なくなったせいだと」

「どういう意味だ?」とトムは訊いた。

「去年、お前らのせいで会社がつぶれたからだ。うちの会社は百人以上の運転手を抱えていた。毎週二十五人から五十人のドライバーが、六十四号線を使って、プラスキやコロンビア、ローレンスバーグにあるアンディ・ウォルトンの会社を行き来していた。うちの会社は六十四号線をよく使っていたから、連中はサンダウナーズにもよく立ち寄っていた。〈テネシーン・トラック・ストップ〉（二十四時間営業のトラック用ドライブイン）までは三十分もかかるから、ドライバー連中は仕事を終えたら、サンダウナーズでビールを何杯か飲んで裸を見てから、仮眠室で一時間ほど仮眠をとって翌朝の仕事に備えるのさ。飲みすぎた連中は、酔いが醒《さ》めるまで駐車場で休んでいたが、ラリーは気にしなかった」ウィリストーンは煙草を素早く吸った。「だが、去年の六月にすべてが変わっちまった。おれが逮捕され、連邦がおれの会社に対する徹底的な捜査を開始して、九十日間の営業停止をくらった」彼は肩をすくめた。「九十日は長い。ドライバー連中は支払いを受けられなくなって……」ウィリストーンはことばにつまり、煙草の最後の一服を吸い込むと吸殻をゾーンのコーヒーカップに落とした。「辞めていった連中を責めることはできん。あいつらも食ってかなきゃならんからな」

「じゃあ……連邦の捜査のせいでウィリストーン・トラック運送会社は倒産したと言うんだな？」

「実際には違う。そこにいるマクマートリーがおれの会社をつぶしたんだ」と彼は言うと、苦々しげに笑った。「ヘンショーの裁判で陪審員が九千万ドルの評決を出したせいで、おれの会社は倒産せざるを得なくなった」

「少しでも気休めになるかわからないが、結局我々が受け取ったのは保険の上限額だ」とトムは言った。

「いや、それは関係ない。おれはむしろ九千万ドル払って、事業を続けたかった。だが、うちの会社は目一杯金を借りていて、そこにおれが逮捕され、さらに連邦の捜査が入って……そんなことがいっぺんに起きて耐えきれなかった」彼は箱からもう一本煙草を取って口にくわえた。「悲しいことに、うちの記録はまったくきれいだった。連邦の連中はドライバーたちから何も訊きだせなかった。何ひとつだ。あの馬鹿げた評決がなければ、事業を続けていられたんだ」ウィリストーンはテーブル越しに眼を細めてトムを見た。「貴様のせいだ、このクソ野郎。あのとき貴様が法廷に現れたせいだ」

「タッカーは何を望んだ？」とトムは尋ねた。会話の方向を元に戻そうとした。

「融資だ」とウィリストーンは言った。「いくらかでも貸せないかと」ウィリストーンはゾーンのほうに身を乗り出した。彼の弁護士は新しい煙草に火をつけた。「やつはドライバーがなぜ店に来なくなったのか知りたがっていた。評決とおれの逮捕のことは知ってたが、倒産のことは知らなかったようだ」ウィリストーンは煙草の煙を吐きだした。「だから悪いニュースを教えてやったよ」

「それで彼は手ぶらで帰ったのか？」とトムは訊いた。

「ああ、施しを求めてここにやってくる連中と同じさ」

「なぜタッカーはアンディ・ウォルトンに頼まなかった?」

「ラリーに訊けよ」とウィリストーンは言った。

「タッカーが来たとき、ほかに何か問題を抱えてると言ってなかったか?」とトムは訊いた。

「いいや、金のことだけだ」

「ジムボーン・ウィーラーの名前は話に出なかったのか?」とパウエルが訊いた。

ジャックは首を振った。「いいや」

「ミスター・ウィリストーン、数えてみたんだが、奥さんと息子さんを除くと、あんたに一番会いに来てるのは、アンディ・ウォルトンだ。間違いないか?」とトムは訊いた。

ウィリストーンは肩をすくめた。「さあな」

「彼は二〇一一年三月一日を最初に、四回来ている。最後に来たのは八月十一日、殺される一週間前のことだ」

「そう言うんなら、そうだろう」ウィリストーンは言った。

「その書類の最後のページを見ろ」

ウィリストーンは煙草をカップに置くと、書類を最後までめくった。彼は書類を離して見てから、次に近づけて見た。遠近両用眼鏡が必要なようだった。そして笑った。

「何がおかしい?」

「お前らのことさ」とウィリストーンは言った。「OK、見たぞ」

「二〇一一年八月十一日にアンディ・ウォルトンの名前があるだろ？」

「ああ」

「なぜその日、彼はここへ来たんだ？」

「その日のことはよく覚えていないな。アンディが最初に来たときは、ほかの運送会社について山のように質問してきた。誰がいいとか、おれなら誰を推薦するかとか、避けるとしたら誰かとか。そんなくだらんことだ。うちがつぶれてから、いろんな連中がアンディのところに行って仕事を欲しがったそうだ。だが、ここ何回かは……」ウィリストーンは言いかけてやめると、笑みをこぼした。

なぜ、笑った？　トムは不思議に思った。

「ここ何回か、あいつは刑務所での生活について聞きたがった。どんな扱いをされるのか？　食事は？　眠れるか？　そういったことだ。何ていうか……」ウィリストーンはまた言いかけてやめた。

「何だ？」トムは答えを迫った。

「何ていうか、やつはここに来ることを心配してるようだったな。つまり刑務所に」

トムはパウエルをちらっと見た。何かをつかみつつあった。面会簿によると、〝ここ何回か〟というのは、八月一日と十一日のようで、いずれもアンディが殺される前、一カ月のあいだのことだった。パウエルはトムに向かって頷くと質問を続けた。

「なぜそんなに刑務所生活について知りたいのかは、言ってなかったか?」

「いや。何も言っていなかった。ただ……おれの窮状についてアンディがそれほど関心を持ったのが奇妙だなと思った」ウィリストーンは笑うと、素早く煙草を吸った。「アンディとは三十年来の友人だが、やつはおれ同様タフなやつだ。何よりもまずビジネスのことを考える。金儲けだ。おれたちが一緒のときも、話すのはビジネスのことだけだった。そしてふたりともそれが気に入っていた。最初に来て運送業者について話したあと、やつがおれに会いに来る理由はもうなかった。ここに来て、おれの刑務所ライフについて山のような質問をしたところで、何の得にもならなかったはずだ。ただ、もし……」

「もし、彼が同じ状況に置かれることを心配しているのでなければ」とトムがことばを引き継いだ。

ウィリストーンは頷いた。「それ以外、説明できない」

「彼はKKKテネシー騎士団の最高指導者《インペリアル・ウィザード》だった頃のことは話したか?」

ウィリストーンは首を振った。「一度も。おそらく彼にとってはすぐにでも忘れたい人生の一部なんじゃないか。まあ、おれは知ってたがね」

「彼は一九六六年にフランクリン・ルーズベルト・ヘインズという黒人を殺したことについて何か言ってなかったか?」

ウィリストーンは視線をテーブルに落として言った。「特には」そして視線を上げると、眼を細めてトムを見た。「そういえば、やつが面会に来たときに『まずい決断は、たいていがまずい結果をもたらす』と言ってたな」と言って、ウィリストーンは笑った。「もちろん、そんなことはわかってたがね。やつの言う通りだよ」

「あんたの知る限り、アンディはジムボーン・ウィーラーのことを知っていたのか？」とトムは尋ねた。

ウィリストーンは卑しい眼つきで笑った。「アンディは誰でも知ってたさ」

トムはまたウィリストーンをにらみつけた。茶番につきあうのはもうたくさんだった。

「遊びにつきあってやる気分じゃないんだ、ミスター・ウィリストーン」

「お前の気分なんて知ったことかよ、マクマートリー。貴様にひとつ言っておこう。ここから出たら、おれはすべてを取り戻す。最後の一セントまでな。おれに勝ったなんて思うなよ。ちょっと回り道させられただけだ」

「だがここを出たら、ジムボーンが金を受け取りに貴様のところに来るんじゃないのか？」

トムは声を落として訊いた。「ミュール・モリスの車のブレーキに細工するのにやつはいくら請求した？　ドーン・マーフィーを殺すのにはいくらだ？　やつはただで請け負ったのか、それとも金を請求したのかな？」トムは車椅子から身を乗り出すと、両手をテーブルのうえに置き、ウィリストーンから数センチというところまで顔を近づけた。四人のすえたにおいがした。「賭けてもいい、やつは金を請求したはずだ。あんたは資金難に陥ったせいで、まだ支払いはできてないんじゃないか?」トムはさらに声を落として、囁くように言った。「もうひとつ賭けてもいいぞ、この〝地獄〟を出たら最初に会うのは」――トムは地獄というところで両手の指でクォーテーションマークを示しながら言った。「ジムボーンになるということに。しかもやつがあんたを見限れば、もっと〝地獄〟を見ることになるってこともな」

「もう十分だ」ゾーンはそう言うと、ウィリストーンの肩に手を置き、トムを指さした。「マクマートリー教授、どうか坐っていただき、わたしの依頼人に対する嫌がらせをやめてもらおう」

「細かいことにイライラするなよ、グレッグ」とパウエルが言った。視線はウィリストーンに向けたままだった。「ミスター・ウィリストーン、協力するのがあんたにとって一番の得策だと思うぞ」とパウエルは言った。椅子に坐ったままで、事務的な口調だった。

ジャック・ウィリストーンはゆっくりと立ち上がると、笑みを浮かべ、やがて静かに笑った。「お前らは、自分のことを頭がいいと思ってるようだが」彼はそう言うとトムのほうを向いた。笑みは消えていた。「もっと注意して見てみろよ、爺さん。あんたの欲しがってる答えはすぐ眼の前にある。見えてないだけさ」彼はため息をつくと続けた。「がっかりだな、マクマートリー。くそったれのヨーダにゃ、ボーンのようなストームトルーパーで十分だ」

「ミスター・ウィリストーン――」パウエルが続けようとした。

「行くぞ、ゾーン」とウィリストーンがさえぎった。「こいつらにはもううんざりだ」

ゾーンが立ち上がり、ウィリストーンを先導して会議室から出ようとした。そこをトムが手を上げて制した。「まだだ、ジャック。もう二つ、三つ訊きたいことがある。このリストの最後まで確認する必要がある」そう言うと、トムは机のうえの面会簿を指さした。

「わたしの依頼人はもう終わったと言っている、ミスター――」

「すぐ済ませる、グレッグ」トムがさえぎった。「この面会簿には、あんたが収監されてから、これまでに全部で五人の人物があんたに会いに来ていると記録されている」

「それがどうした?」ウィリストーンは低くうなるようにそう言った。「おれは人気者なんでね」

「あんたの奥さんのバーバラ、息子のバートン、ラリー・タッカー、アンディ・ウォルトン、そして……もうひとり名前がある」

ウィリストーンは肩をすくめた。「はっきり言えよ、マクマートリー」

トムはテーブル越しにリストを差し出すと、探していたページをめくった。名前のうえに指を置くと、ジャック・ウィリストーンをじっと見た。「二〇一一年六月十日、ひとりの女性が十時半頃に訪れている。十時三十二分に入って、十時四十五分には出て行った」トムは時間の書かれた部分を指で軽く叩いた。「見えるか?」

「ああ」

「あんたの言う通りだ。眼の前にあったな。違うか?」とトムは言い、ウィリストーンに向かってほほ笑んだ。

「フォースでも使ったか?」とウィリストーンが言った。

「この女は誰だ?」とパウエルが問いただした。トムのほうをちらっと見ると、トムが頷き返した。パウエルはテーブルに身を乗り出し、マーカーされた名前のうえに指を置いた。

「マーサ・ブーハーとは誰だ?」

33

〈ボートハウス〉はデスティン港にあるオイスター・バーだ。建物の外にあるウッドデッキの席があくのを待つあいだ、リックは、海越しに見えるリゾート施設、〈ホリデイ・アイル〉を見つめていた。店はオカルーサ島に渡る橋の手前のビーチにあった。素晴らしい。ヨットがゆっくりと港内を進み、メキシコ湾へ向から様子を見ながら彼はそう思った。肩を叩かれるのを感じ振り向くと、ピーターが〈コロナ〉のロングネック瓶を持って立っていた。「求めよ、さらば与えられん、だ」と彼は言って、リックに冷えたビールを渡すと、港に眼を向けた。

旅はそれほど悪くはなかった。リックもそう認めざるを得なかった。〈サターン〉は無事に走りぬいた。途中、バーミングハム市街を出たところとアンダルージアの二ヵ所で休憩をしただけだった。アンダルージアでは、ピーターに促されて六缶パックの缶ビールを買った。ピーターはそのうちの五本をデスティンへ渡るミッドベイ・ブリッジに着く前に飲み干していた。リックは一本だけ取ったが、それも飲み切っていなかった。ピーターから眼を離すわけにはいかなかったからだ。

ふたりは、〈ボートハウス〉から何軒か離れた〈フィッシャーマンズ・ワーフ〉に車を止めた。そこのバーでビールを飲んだあと、車を置いて、ボートハウスまで九十八号線を百メートルほど歩いた。

「ダーラはどこだ？」とリックはピーターに訊いた。ふたりはともに木製の手すりに両肘を置いて眼の前の暗い海を見つめていた。リックは、陽光の下では海はエメラルド・グリーンに見えることを知っていた。だが、今は午後十時三十分。海は暗く、不吉な雰囲気をたたえていた。

「こっちに向かってる」とピーターは答えた。「焦るなよ」彼はビールを一口飲むと言った。「素晴らしいだろ？」

リックは頷いた。昨年の秋、デスティンにはドーンと週末の小旅行で訪れていた。ふたりは〈ホリデイ・アイル〉に泊まって、〈フィッシャーマンズ・ワーフ〉で夕食をとった。ウェイトレスは〈ボートハウス〉でビールを飲みながらバンドの生演奏を聴くことを薦めてくれた。車は駐車場に置いたまま歩いていけばいいと言われ、ふたりはそうした。今夜、リックとピーターがちょうどそうしたように。リックとドーンは、今まさにリックとピーターが立っている場所に立って、手をつないでとりとめのない話をしていた。

「おい、大丈夫か？」とピーターが訊いた。

リックはまばたきをして、この思いもよらぬ旅の相棒を見つめた。まるで初めて会ったかのように。ピーターは三日分の茶色い無精ひげを生やし、ぼさぼさのダーティー・ブロンドの髪はこめかみと後頭部のあたりが薄くなっていた。ハワイアンシャツとぼろぼろのショートパンツにサンダル。リックは、荷造りをするどころか、着替える暇もなく、グレーのスラックスに白のボタンダウン・シャツ、ノー・ネクタイで、袖をまくり上げていた。

「ああ、大丈夫だ。ちょうどガールフレンドのことを考えていたんだ」

「なるほどな」ピーターはそう言うと、わかったというように頷いた。

「まあ、何て言うか……ここまで送ってくれて本当に感謝してる。助かったよ」

「ダーラはいつになったら、ここに来るんだ？」しびれを切らせて、リックは尋ねた。

ピーターは何か口にしたが、ちょうどバンドが〈スウィート・ホーム・アラバマ〉のイントロの演奏を始め、レストランのなかと外から沸き起こった歓声にかき消された。

「イェーイ」とピーターも叫び、リックの背中を叩いてレストランのなかを見るように促した。大学生くらいの美しい女性たちがステージの前で前後に体を揺らしていた。まるでタイミングを見計らったように、ウェイトレスがショットグラスふたつとソルトシェイカー、そしてライムをふたつトレイに載せてふたりのもとに持ってきた。

ためらうことなく、ピーターは塩を手首のところに振りかけてそれを舐《な》め、それからショットグラスを手に取った。それを一息に飲み干すと、頭を振ってライムを口に入れた。「テキーラ！」と叫び、もうひとつのグラスをリックに持たせるとリックの手首に塩を振りかけた。「飲めよ、兄《あん》ちゃん。あんたのおごりなんだから、せめて一杯ぐらいつきあえよ」

何だそりゃ、と思いながら、リックは手首を舐め、ショットグラスを口に運び、ライムをかじった。

「それでこそ男だ」とピーターは言った。そしてリックに身を寄せて言った。「ガールフレンドのことは忘れて、一夜限りの相手を探そうぜ。どうだ？」

「ダーラは？」リックは、咳《せ》き込むようにことばを吐きだし、やっとそう言った。テキーラの味がのどを焦がした。

「彼女は来るよ」とピーターは言った。どこかあいまいな口調だった。「だけど彼女が来るまでは……」彼はそう言うと、ビキニにジーンズのカットオフ姿の女性のグループのほうを身振りで示した。彼女らが飲酒の認められる二十一歳だとしても、ちょうどなったばかりだろう。「愉しもうぜ。どうだ？」

三十分後、ふたりはレストランのステージに一番近いテーブルに坐っていた。ピーターは二ダースの牡蠣《かき》を注文したが、それを食べようともせず、隣のテーブルに椅子を移動させていた。ビキニ姿の大学生たち——ジャクソンビル州立大学女子学生クラブの四人組で、授業が始まる前の最後の旅行をビーチで愉しんでいるということだった——は、ピーターのサンダウナーズ・クラブの話に大騒ぎをしていた。あるいはビールも酒もピーターがおごってくれるので彼の話に我慢しているかのどっちかだろう。その金は全部リックのクレジットカードで払われるのだが。

三百ドルは使ってるぞ。牡蠣をカクテルソースに浸してクラッカーのうえに置き、口のなかに収めながらリックはそう思った。彼は口のなかの牡蠣を二本目のコロナで流し込み、椅子の背にもたれた。電話を取り出し、eメールと留守番電話をチェックしようとしたが、バッテリーが切れていることに気づいた。

くそっ。慌ててプラスキを飛び出してきたため、携帯電話に充電するのを忘れてしまい、しかも充電器をホテルのドレッサーのうえに置いてきてしまった。ピーターのほうを盗み見ながら、リックはトイレに立った。ダーラ・フォードは本当に現れるのだろうか、ひょっとしたらバーンズに騙《だま》されているんじゃないだろうか、と思いながら。リックのような人間を手玉に取ることに人生を捧げてきた、ストリップクラブのバーテンダーが仕組んだ詐欺。もしかしたらそうなのかもしれない。だが、ほかに選択肢があっただろうか？

席に戻ると、バンドはジョン・アンダーソンの〈ストレート・テキーラ・ナイト〉を演奏していた。が、リックには何も聞こえていなかった。彼はほとんど手を付けていない牡蠣の皿を見た。腹は減っていなかった。

「ビールのお代わりは？」ウェイトレスが背後から叫んだ。リックは親指を上げる仕草《サムズ・アップ・サイン》をして頼んだ。一瞬まばたきをして、隣のビキニの女の子たちがいなくなっていることに気づいた。ピーターの姿もなくなっていた。

　坐ったまま四方八方を見回し、狂ったようにピーターの姿を探した。どこに消えちまった？

　彼は立ち上がってバーのなかをくまなく眼で追った。が、見つからず、人であふれた店内を歩き回った。隅から隅まで探したが、どこにも姿はなかった。

　リックは呆然としながら、体を投げ出すように席に坐った。「僕と一緒に来た男を見なかったか？　ハワイアンシャツとショートパンツで無精ひげを生やした男を？」彼は〈コロナ〉を彼のテーブルに持ってきたウェイトレスに訊いた。

「女の子のテーブルで話していた男のこと？」と彼女は言い、今は誰もいないテーブルを指さした。

「ああ」とリックは言い、頷いた。「彼を見なかったか——」

「出てったわよ」

ウェイトレスは去っていき、リックはその場に立ち尽くした。信じられなかった。彼はやっと席に着いた。ピーターは行ってしまった。あいつをここフロリダのデスティンまで運んでやったのに、まんまと逃げられてしまった。どこに消えたのか見当もつかなかった。隣のテーブルの女の子のひとりとしけこんだのか？　それとも、リックがトイレに立つのを見て、さっさと逃げ出したのか？

くそっ。リックは冷えた〈コロナ〉の瓶を額に押し当て、眼をつぶった。バンドはウィリー・ネルソンの〈ウィスキー・リバー〉の演奏を始めていた。こんなにぴったりの曲はなかった。ビールの半分を一息に飲むと、ボトルをテーブルに叩きつけた。

すべてが無駄になった。この旅行すべてが。騙されたんだ。眼を離したらすぐにいなくなると気づくべきだった。

リックはさらに二口ビールを飲むと、ウェイトレスにお代わりを持ってくるよう合図を送った。一瞬、ボーセフィス・ヘインズのことが頭をよぎった。冷たい拘置所にひとり、罪に押し流されそうになっている姿が眼に浮かんだ。ボーは教授とリックに厚い信頼を置いてくれていた。そして教授が倒れた今……

……なのに僕はメキシコ湾のオイスター・バーで飲んだくれてる。

リックはウェイトレスがビールをテーブルに置く前に彼女の手から奪い、勢いよく一口飲んだ。あまりにも勢い込んだため、鼻にかかるほどだった。ボトルをテーブルに置くと、泡が吹き出し、テーブルにこぼれた。

「くよくよしてても、何も始まらないよ」と背後から声が聞こえた。振り向くとひとりの女性がほほ笑んでいた。背は低く、おそらく百六十センチもないだろう。黒のタンクトップにカーキのローカット・ショーツ、琥珀《こはく》色の日焼けした肌、そして同じように茶色い瞳のその女性は興味深そうにリックを見ていた「弁護士さんね？」と彼女は訊いた。リックが頷くと、彼女は向かいの席に坐った。

「あなたは――？」

「ダーラ・フォードよ」彼女はリックのことばをさえぎり、小さな手を差し出した。

リックは信じられず、戸惑いに満ちた眼で彼女を見た。やがて安堵の思いが血管にあふれると、スラックスで手を拭いて、テーブル越しに差し出した。

「リック・ドレイクです」そう言ってダーラの手を握ると、彼女はしばらくのあいだその手を離さなかった。

「ミスター・ドレイク、どうやら……話し相手が必要なようね」

34

四百八十キロ離れた、セント・クレア矯正施設のAブロックでは、ジャック・ウィリストーンが折り畳み式のベッドに横になり、コンクリートの天井を見つめていた。消灯時刻が過ぎてから三時間経っていたが、眠れなかった。

マーサ・ブーハーについての質問にはできるだけ答えた。「古い友人だ。何年か前にナッシュビルで会った。〈トッツィー〉というブロード通りにある有名なバーのバーテンダーだった」彼女とはウィリストーンがミュージック・シティ（ナッシュビルの別名）を訪れたときに、〝一緒に過ごした〟が、ここ何年かは会っていなかった。彼女はニュースを聞いて励ましに来てくれたんだ。なんとも、優しいじゃないか、とウィリストーンは説明した。

それは全部本当だった。が、ひとつだけ些細《ささい》な点を省略していた。共通の友人がよろしく言っている、と彼女は言ったのだ。出所したら会うのを愉しみにしていると。

マーサはそれだけ言って帰った。会話が記録されていたとしてもまったく問題なかった。だが、その意味は明らかだった。そしてマクマートリーが予想していた通りだった。

ボーンはおれに会いに来る。ウィリストーンにはわかっていた。そのときにもし支払いができなければ……

ウィリストーンは眼を閉じた。パニックに陥っている自分を認めたくなかった。マーサが来てからいろいろなことがあった。

ウィリストーンはある人物にボーンを紹介した。ボーンも馬鹿じゃないから、新しいクライアントが誰から紹介されたかはわかるはずだ。だが、問題は、それで十分かどうかだ。

ウィリストーンはベッドのうえで片肘をつき、鉄格子の外をじっと見た。マクマートリーが彼を刑務所に入れた。これまでも、頭のいいビジネスマンや狡猾《こうかつ》なビジネスマンを相手に商売をやってきたが、彼を出し抜いた男はマクマートリーだけだ。

彼のことだからいずれすべてを悟るだろう。ウィリストーンは含み笑いをした。そうなればボーンも死ぬか、一生刑務所で過ごすかのどちらかだ。いずれにしろ、ボーンはおれに手を出せない。

ウィリストーンはマクマートリーのために謎に答えてやることもできた。しかしそうすれば、自らボーンを裏切ることになる。マクマートリーが失敗すれば、ボーンは間違いなくウィリストーンに向かってくるだろう。新しいクライアントを紹介したことも無駄になる。支払いをしないことも問題だが、あからさまに裏切るとなるとまた別だ。自ら死を選ぶようなものだった。

だから、彼は中立の立場で、マクマートリーがすべてを悟るのを願っていた。マーサ・ブーハーは間違いなくその一部だ。マーサはマクマートリーをボーンへと導くだろう……

……やつがマーサを見つけ出せば。

だが、手掛かりは彼女だけではない。ほかにもある。

ほかにも……やつらのすぐ眼の前に。

35

ボーセフィス・ヘインズは胸をコンクリートの床へと下げた。「四十五！」監房のなかの誰かに聞かせるように声に出して言った。さらに五回、腕立て伏せをすると、今度はプランク（腹筋を固めて板のように体をまっすぐ伸ばした姿勢を保つトレーニング）に切り替えた。五分間、肉体的に疲労を感じるまで続けると、コンクリートの床に崩れるように倒れ込み仰向けになった。

裁判がマスコミの関心を集めていたため、ペトリー保安官はボーを一般の収容者と同じ房には移動させず、待機房に留まらせることにした。その決定はボーにとってもありがたかった。彼もジャイルズ郡拘置所の常連客とつきあいたいとは思わなかった。だが、もう二週間も収容されていたので、退屈で単調な生活にほとんど耐えられなくなっていた。監房は真っ暗だったが、暗さには慣れた。その小さな空間は死ぬほど静かで、日中は絶え間なく聞こえる騒音も刑務官が消灯を告げると治まった。ボーは天井を見つめ、教授がヘイゼル・グリーンで傷を癒していることをなるべく考えないようにした。おれの失敗だ、と彼は思った。このごたごたに教授を引きずり込むべきじゃなかった。ボーはため息をつき眼を閉じた。ジャズ、T・Jそしてライラの顔が頭に浮かび、心が痛んだ。彼らは面会に来ていなかった。だが、正直なところほっとしていた。息子や娘にこんな場所で会いたくなかった。そしてジャズ……彼女の失望と恥辱に満ちたまなざしを見ることには耐えられないだろう。おれはみんなを失望させてしまった……

ボーは寝返りをうって、腕立て伏せの姿勢を取ると、さらにもう一セット始め、悲観的な考えを頭から追い払おうとした。十回まで達したところで、スライディング・ドアの開く音がした。刑務官が夜の見回りをしているのだと思い、ボーは腕立て伏せを続けた。が、ローファーが眼に入ったところでやめた。それは刑務官の靴ではなかった。

「少しいいか、ボー?」けだるそうな、だがなじみのある声が問いかけた。

ボーは素早く立ち上がると眼の汗を拭いた。暗い部屋のなかでまばたきをすると、ダン・キルゴア市長の丸い顔が見えた。市長は薄くなりつつある白髪をたたえた首の太い男で、普段は満面の笑みを顔に貼りつけていた。

だが今は笑っていなかった。

「何ですか――」

「リラックスしてくれ」と市長は言い、机に備え付けられたメタル製の椅子に坐った。「ずっと来ようと思ってたんだが、マスコミの連中がいる面会時間には来たくなかったんでね」

「はあ……ありがとうございます。どうも」とボーは言い、市長の向かいに坐った。

ダン・キルゴアはプラスキの市長を十二年務めていた。市会議員だった頃、キルゴアは一九八九年のKKK集会ボイコットで重要な役割を果たし、市長になってからは絶えず進歩的な政策を取ってきた。

「ボー、ここで話すことが君に不利に扱われることはない。わたしはすでに検事長に話し、彼女も了解してくれた」

ボーはほほ笑んだ。「わかりました」

「信じるかどうかは君の勝手だが、自由に話してもらっていい」

ボーは肩をすくめた。「なぜここに？　市長」

「罪を認めるよう君に頼むためだ」

一瞬、聞き間違えたのかと思った。「何ですって？」

「まだ時間はある。検事長の申し出た取引に応じるんだ。そのほうが……もうひとつの選択肢よりはましだ」

「おれはやっていない」とボーは言った。「司法取引をするつもりはない」

「ボー、証拠が――」

「おれははめられたんだ、市長」

キルゴアは悲しげにほほ笑んだ。「君がそう言うなら、そうなんだろう。ボー、プラスキは……この二十年で大きく変わった。それも良い方向に。君もそれに重要な役割を果たしてくれた。君はわたしたちが積み上げてきたものを本当に無駄にしたいのか？」

「おれはアンディ・ウォルトンを殺していない。この街を救うために牢屋《ろうや》のなかで朽ち果てるつもりはない。父さんはおれが五歳のときにリンチを受けて殺された。おれはそれをやった男を見たんだ。なのに、この街の誰も、何ひとつしちゃくれなかった。あんたもだ、市長」

「ボー――」

「最後まで言わせてくれ。誰もおれのために腰を上げちゃくれなかった。なぜだかわかるか？　みんな怖いんだ。あんたのようにな。アンディ・ウォルトンがおれの父親を殺した容疑で逮捕されたら、プラスキはまたクランの街に逆戻りになるからだ」

「ボー、わかってるはずだ。それは違う」

「いいや違わない！」ボーは叫び、こぶしをテーブルに叩きつけた。「今、あんたはチームのためにおれに犠牲になれと言っている。やってもいない罪を認めろと言うのか？　なぜそんなことをしなきゃならないんだ、市長？　この街がいったいいつおれの肩を持ってくれた？」

キルゴアはため息をつくと立ち上がった。狭い空間を行ったり来たりしながら言った。

「あいつらが来るんだぞ、わかってるのか？」

「クランのことか？」とボーは言った。

キルゴアは頷いた。「わたしのオフィスには一日中、クランの様々な団体からの電話が殺到している。九月の中旬から十月の終わりまで、来る日も来る日もクランが集会の許可を求めてきているんだ」

ボーは何も言わず、キルゴアが歩き回り、不満をぶちまけるのを聞いていた。

「ヘリテージ・フェスティバルをさらに大規模にしたものになる」市長は様々なKKのシンパが年に一回ジャイルズ郡裁判所前広場で開催する集会を例に挙げて言った。彼はもう一度ため息をつくと、両手をポケットに入れた。「彼らだけじゃない、全米黒人地位向上協会《NAACP》も電話をしてきている。マスコミも……まるであらゆるサーカスが集まってくるようだよ」

「街の様子はどうなんだ?」とボーは訊いた。

キルゴアは両手をポケットから出すと言った。「みんな、どうしたらいいかわからないんだ、ボー。つまり……悪気はないんだが、君はどう見ても有罪に見える。しかも、奥さんが街を出て、大学を辞めたとあっては……わからんよ。みんな麻痺《まひ》してしまっている」

ほぼ一分間、ふたりは無言だった。やっとボーが言った。「すまない、市長。だが、やっていないことで罪を認めるわけにはいかない」

ダン・キルゴアは厳かに頷き、立ち上がった。スライディング・ドアのところまで行くと言った。「わたしこそすまない、ボー」

外の廊下に出てきた市長の顔がすべてを物語っていた。

「駄目だった?」とヘレンが尋ねた。

キルゴアは頷いた。「彼はやっていないと言っている」

「逮捕された人間は誰もがそう言うわ」

「ボー・ヘインズはそこらへんにいる犯罪者とは違うぞ、検事長」

彼女は同意のしるしに頷いた。「ええ、そうよ、市長。彼はそこらへんにいる犯罪者じゃない。二〇一一年八月十九日にアンディ・ウォルトンを平然と殺し、死体をウォルトンの農場まで運んで、父親がクー・クラックス・クランに吊るされたのと同じ木に吊るしたのよ」

キルゴアはニヤニヤと笑いながら言った。「テレビ受けはよさそうだな、検事長。裁判のあとはどうするつもりだ？　知事にでも立候補するのか？」

ヘレンは何か言いかけたがやめた。市長に言わせておくことにした。

廊下を重い足取りで進みながら、市長はため息をついた。「この裁判の勝者は君だけだ、検事長。街は傷つく。ボーも負ける。たとえ彼がどうにかして裁判に勝ったとしても、やはり彼も多くのものを失う。大学にも傷がつく。ほかならぬヘレン・ルイス以外はみんな負ける」彼はそう言うと、彼女に顔を向けた。「君の勝ちだ。たとえ裁判に負けても、君は勝つことになる。忌々《いまいま》しいことに君はそのことがわかっている。この裁判は君を全国的に有名にするはずだ」

「信じないかもしれないけれど、市長」と穏やかな口調でヘレンは言った。「ボーを起訴することに何の喜びも感じていないの。彼を死刑にするという考えを愉しんでいるわけじゃない。ボーセフィス・ヘインズはこの州でも最高の弁護士のひとりよ。彼のことはとても尊敬している」

「彼はやってないと言っている」とキルゴアは言った。

「でも彼はやったのよ」とヘレンは答えた。一切の疑いのない口調だった。「証拠は決定的よ。もしボーの有罪に少しでも疑問があったら、彼を起訴したりしない。そう……彼はやったのよ」彼女はそう言うと、胸の前で腕を組んだ。「ごめんなさい、これがわたしの仕事なの」

キルゴアは頷いた。デジャヴュを見ているようだった。そして言った。「わたしこそすまない」

36

ふたりはダーラが着いた五分後には〈ボートハウス〉を出た。バンドに近すぎて話ができず、ほかに空いている席もなかったのだ。リックが勘定を済ますと、ダーラはリックの手を取って人込みのなかを出口へと向かった。

数分後、ふたりはボートが並ぶ桟橋を歩いていた。〈ボートハウス〉のバンドが演奏する音楽が背後からかすかに聞こえてくる。ダーラはまだリックの手を取ったままで、リックもどうしたらいいのかよくわからなかった。彼はフラフラしていて、アルコールとピーターを見失ったパニック、そしてここ何日かの疲労とストレスのせいで頭がぐるぐる回っていた。潮の香りのする空気を吸い込むと、無意識のうちに腕が震えるのを感じた。

「来てくれてありがとう」とリックは言い、混乱した頭をここに来た目的に向けようとした。

「こちらこそ」と彼女は言い、港を望む白いベンチに腰掛けた。リックは左右をちらっと見た。周りには誰もいないようだった。〈ボートハウス〉の外のバーを、ビールを持ってうろついている者も何人かいたが、彼らには聞こえないはずだった。ダーラはまだリックの手を握ったまま、隣の席を叩いた。「坐って《ポップ・ア・スクアット》」と彼女は言い、リックはほほ笑んだ。彼の母親も彼を坐らせようとするときによくそう言った。

　リックはベンチに坐り、まだダーラが握っている右手――今は両手で握っていた――を意識した。

「わたしに手を握られるのはいや？」とダーラは訊いた。唇にしわを寄せ、気分を害したようなふりをした。

「あー……いえ……」

　ダーラはリックをこぶしで叩くと笑った。「リラックスして、弁護士さん。からかっただけよ」彼女はリックのほうに顔を向けると、左膝を彼に触れるようにしてベンチのうえに置き、もう一度彼の右手を両手で包んだ。「ごめんなさい、癖なの」

「癖?」とリックは訊き返し、ダーラを見た。海から吹く風が彼女の髪を揺らした。が、彼女は直そうとしなかった。

「べたべたしちゃうこと。八年もダンサーをやってたから」――彼女はそう言って、リックにほほ笑んだ――「わかるでしょ、男性のこと」

「男性のどんな?」とリックは訊いた。

「男の人はみんな触りたがるじゃない」

リックが眉をひそめると、ダーラはクスクスと笑った。「やだ、セクシャルなお触りじゃなくてよ。みんな好きでしょ」彼女は声を落とすと眼を細めた。リックは温かいものを感じて、何とか撃退しようとした。

「体が触れ合うこと」と彼女は言った。「こんな風に」そう言って彼女は互いに握った手を持ち上げた。そして左手を彼の腕に滑らせ、肩のうえに置いた。「それからこんな風に」

リックはほほが赤くなるのを感じ、暗がりに感謝した。

「ほとんどの男性はこんな風に触れられることに飢えている」と彼女は続け、指をリックの首まで走らせた。「少なくとも……クラブに来る男の人たちはそうみたい」

「アンディ・ウォルトンは?」

笑みがダーラの表情から消えた。「特に好きだったわ」と彼女は言った。「ミスター・ウォルトンは……哀れな人だった」

「何についてですか?」とリックは訊いた。

ダーラは肩をすくめ、彼のほうに身を乗り出すと、自分の手をリックの手でくるんだ。

「すべてよ。彼は余命わずかだったの。知ってた?」

「膵臓癌、ですよね」とリックは言った。

ダーラは頷いた。「彼はすぐには話してくれなかった。彼が来た最初の何回かは、バーの奥に坐って話をするだけだった。彼はわたしと話すのが本当に好きだったの。そのうち……彼がわたしの触り方が好きだってわかったの」

「どんな風に……?」リックは口ごもった。客にどうやって触るのかをストリッパーに訊くことはロースクールでは教わらなかった。

「こんな風に」と彼女は言い、リックのほうを向いた。「髪に軽く触れたり、手を握ったり、腕と腕をからめたりするの」彼女はリックのほうに身を乗り出した。リックはまばたきをして、焦点を合わせようとした。

「あなたは最後には、その何て言うか……」リックはまた口ごもった。

「彼のために裸で踊ったかってこと?」

「ええ」とリックは言い、彼女から眼をそらした。

「もちろん」と彼女は言った。「最後にはね……」そう言って、肩をすくめた。「わたしのダンスの仕方はほかの娘《こ》たちとは違うの。ほかの娘《こ》たちはTバック姿で跳ね回って、おっぱいをお客の顔に押し付けては、数秒ごとにラップダンスに誘うの」彼女はことばを切った。

「ラリーはいつもそういった盛り上げ役も何人かは必要だって言ってた。背が高くて、胸の大きなスタイルのいい娘《こ》たちよ。ポールダンスをして、仕事帰りに立ち寄った日雇い労働者やトラックドライバーから小金《こがね》を集めるの。クラブが儲けるためにはそういった娘《こ》も大切なの。そのおかげでムードも盛り上がって、わたしの魔法もうまくいくのよ」彼女はそう言うと、興味深そうにリックを見た。彼が何も言わないと、彼女は尋ねた。「どんな魔法だか知りたくない？」

「その……」リックはダーラの茶色い瞳を見つめたが、眼をそらし、水面をゆっくりと漂っているボートに焦点を合わせた。「訊くことであなたを侮辱したくないんです。それが何なのかはよくわかってるので」

「じゃあ言ってみて」とダーラは言い、リックのほうに身を寄せると肘で彼の脇腹をついた。

「照れないで。弁護士さん」

「それは……その」とリックは言い、肩をすくめた。「今あなたがやってることです。触り方や話し方。あなたの香りや……」

「わたしのこと好き？」とダーラは訊いた。

「ええ、とても」とリックは答えた。

彼女はほほ笑んだ。「それが魔法よ。最高レベルのストリッパーでいることはほかのビジネスと少しも変わらない。関係を作ることがすべて……そしてわたしはそれが得意なの」ダーラは肘をベンチの背に置いて、片手をリックの肩に置いた。

また温かいものを感じ、リックは立ち上がろうとした。片方の足がすっかりしびれてしまい、よろめいて海に落ちそうになった。くそっ……

後ろではダーラが笑っていた。

リックは彼女を見下ろすと、額の汗をぬぐった。自分を取り戻す必要があった。「アンディは癌のことをあなたに話していたんですよね」

「あなた可愛いのね、自分でわかってる？」彼女はほほ笑むと言った。「ガールフレンドがいるんでしょ」

「ミズ・フォード、お願いです……僕は……」

「ミズ・フォード？　やだぁ……」彼女は眼を細めると、腕を反対の肘にからめた。顔には笑みが広がっていた。「好きになっちゃいそうよ、弁護士さん」

リックがまた抗議しようとすると、ダーラはあくびをしながら両腕を頭のうえに伸ばした。「クラブにはVIPルームがあるの」と彼女はやっと言った。「ミスター・ウォルトンからダンスのリクエストがあると、そこに連れて行くのよ。VIPダンスは三十分で百ドル。でもミスター・ウォルトンはお金のことなんか気にしてなかった。彼は二、三時間、わたしを踊らせた。彼ひとりしかお客がつかなかったのに、一日六百ドル稼ぐこともよくあった。女の子たちは一晩中ポールダンスとラップダンスを踊って二百ドルしか稼いでいないというのに」彼女はそこまで言うと首を振って、腕を組んだ。「とにかく、一カ月くらいして癌のことを話してくれたのよ」

「いつのことだったか覚えてますか？」

ダーラは肩をすくめた。「そんな前じゃない。たぶん、夏の初め、五月頃だと思う」

「どのくらい悪いって言っていました？」

「末期だとだけ。いつだったか、あとどのくらい残されてるかはわからないって言ってた気がする。一年かもしれないし、数カ月かもしれないと」

リックは頷いた。彼女に続けさせるんだ……

「彼は哀れな男だと言いましたよね」とリックは言った。「なぜ、そう思ったんですか？癌だからですか」

「ううん。それも大きなことなんだけど、ほかにもあった。ミスター・ウォルトンは……何か重荷を抱えていたみたい。秘密って言ったらいいのかしら」

リックは胃がぎゅっと縮まるように感じ、一歩、彼女に近づいた。「秘密？」

ダーラは頷くと、ベンチのうえで身を乗り出し、両肘を膝のうえに置いた。彼女が何も言わないので、リックは彼女を促すように言った。「彼はその秘密を教えてくれたんですか？」

「そんなに詳しくは」やっと彼女は言った。

「どういう意味ですか？」リックは迫り、再びベンチに坐った。

彼女は水面に視線を移した。「ミスター・ウォルトンは人生でたくさんの悪い行いをしてきて、怖くなったんだって言ってた」

「何が怖いんですか？」

「死ぬことが」彼女はリックに視線を戻し、そう言った。「彼は死ぬことを恐れていたの。真実が彼とともに死んでしまうと言っていた」

「真実？」

「彼のしたことよ」

堂々巡りになっていた。「彼は何をしたんですか？　その悪い行いについて彼は話しましたか？」

今度はダーラが震えた。「彼がクランだった頃にやったと言ってた。ある男を殺したと」

彼女はことばを切ると、両腕で膝を抱きしめた。「過《あやま》ちだと言っていた。責任があると」

「誰のことなのか言ってましたか？」

ダーラは首を振った。「ううん、言わなかった。でも、わたしもプラスキに長いこと住んでるから、いろいろと聞いてるわ。あなたも知ってるでしょうけど、ボーセフィス・ヘインズの父親がミスター・ウォルトンの農場でリンチを受けて殺されたといううわさは聞いていた。だから、彼に訊いたの」

「何と……訊いたんですか?」とリックは尋ねた。無意識のうちにベンチのうえで彼女に詰め寄っていた。

「うっかり口走ってしまったの――さりげなくとかじゃ全然なくて。こう言ったの。『ミスター・ウォルトン、ボーセフィス・ヘインズの父親が、あなたがクランを率いていたときに殺した男なの?』って」

「彼は何と?」

「最初は何も言わなかった」とダーラは言った。「見たこともないような悲しい表情をただ浮かべていた。それから頷いたの」ダーラはことばを切って頭を振った。「奇妙な感じだった。まるでその部屋にわたしはいないような。それから……」

「それからどうしたんですか?」リックは尋ねた。

彼女は涙を拭った。リックは初めて彼女が泣いていることに気づいた。「それから彼は告白するつもりだって言った」

リックは血液が体から流れ出るような感覚を覚えた。「何を?」

ダーラはリックのほうを向いた。新たな涙がほほを伝い落ちた。「彼は告白するつもりだって言った。真実を埋もれさせるわけにはいかないと。それから」――彼女はことばに詰まった――「わたしに何かしてくれるって言った。わたしが海沿いの街に行く手助けになるだろう特別なことを」彼女はことばを切った。「彼には海辺の街に行ってオイスター・バーを開く夢のことを何度も言ってたの。案の定、彼が死んだ次の月曜日に、彼の弁護士から電話があった。事務所に行って何かを受け取るように言われたの。事務所に着くと、弁護士はマニラ封筒を渡してこう言ったわ。『ミスター・ウォルトンがこれを直接あなたに渡すように依頼しました』車に戻って、マニラ封筒のなかを見ると小さな封筒が十通入っていた。アパートメントに帰って、その封筒をひとつひとつ見ると、どの封筒にも一万ドルが入っていた」彼女はことばを切った。「十万ドルよ」彼女はそこまで言って、リックを見た。「次の朝、デスティンに向かったわ」

ほぼ一分間、リックは何も言わなかった。アンディ・ウォルトンはストリッパーに十万ドルを遺言で贈っていた。彼のような男にしてみれば、はした金なのだろう。だがそれでも……立派な行いだ、とリックは思った。心のなかに持っていた彼のイメージとは一致しなかった。「その晩のことに話を戻しましょう。彼は告白するつもりだと言ってたんですね」リックは言った。「その会話があったのはいつのことですか？」

ダーラは肩をすくめた。「彼が死ぬ二週間前よ」

「彼はほかには何か言ってませんでしたか」

彼女は頷いた。また新たな涙が眼からあふれそうになる。「彼に会った最後の何回かと同じ警告をわたしにしたわ」

「どんな？」

「誰にも……言っては……いけないと」彼女の唇は感情の昂《たか》ぶりから震えていた。リックは腕に鳥肌が立つのを感じていた。

「それで？」リックは尋ねた。

ダーラは胸の前で腕をきつく組んで唇をかむと、眼を落とした。

「ミズ・フォード。アンディ・ウォルトンがルーズベルト・ヘインズを殺したと告白するつもりだということを誰かに話したんですか？」

ゆっくりと彼女は頷いた。

「誰ですか？」とリックは訊いた。

「ラリー」とダーラは言った。鼻をすすり、頭をリックの肩に傾けるようにして言った。

「ボスに話したの。ラリー・タッカーよ」

37

ボーンはふたりをボートハウスのデッキから見ていた。彼はなるべく手を触れないようにして〈バドライト〉を持っていた。リック・ドレイクとピーター・バーンズが二軒隣で飲んでいるあいだに買った〈フィッシャーマンズ・ワーフ〉のTシャツを着て、アラバマ大クリムゾン・タイドのロゴマークの〝A〟の文字が入ったぼろぼろの赤いキャップに、トラックのダッフルバッグにあったカーキのショートパンツと古いサンダルという姿だった。不揃《ふぞろ》いのひげと眼のあたりまで深くかぶった帽子のせいで、完全に客に溶け込んでいた。

　まずいぞ、と彼は思った。ドレイクはもう少なくとも四十五分はあのストリッパーと話している。しかも会話は盛り上がっているようだ。ドレイクは、何度もベンチの前を行ったり来たりしながら、女に質問をしている。

　やつは何かをつかんだんだ。ボーンは依頼人に定期的に電話をし、メールも送っていた。今のところ、依頼人からの指示は追跡を続け、見たことを報告するようにとのことだった。彼は携帯電話を左のポケットから取り出し、メールを打った。彼らは四十五分も話している。それにあのガキは興奮しているようだ。ボーンは携帯電話をポケットに戻して待った。

ドレイクがトイレに行っているあいだに、バーンズがひとりこっそりとレストランから出てきたとき、ボーンはあのガキが騙されたのだと一瞬思った。バーンズは栈橋へ降りてどこかへ消えてしまった。彼がどこに行ったのかはわからなかったが、彼の受けた指示はドレイクに張りついていることだった。

　今晩はたぶんもう終わりだろうと思っていた。ドレイク同様、無駄な旅に終わったと思っていた。バーンズが去った数分後に、駐車場の影からニキータが現れるのを見るまでは。ボーンはサンダウナーズ・クラブに何度も訪れていたので、すぐに彼女だとわかった。ニキータ——本名は知らなかった——はストリッパーにしては、いつも比較的地味な格好をしていて、そのギャップがクラブでの彼女を際立たせていた。そのおかげで今夜もすぐに彼女だとわかった。

左ポケットの携帯電話が震え、ボーンはそれを取り出した。視線は決してニキータとドレイクからはずさなかった。スクリーン上のメッセージに眼を落とすと、体温が数度下がるように感じた。

女は殺せ。弁護士も必要なら。

ボーンは鼓動が高まるのを感じながら、メッセージを繰り返し読み直した。予想していたものとは違った。だが……

ふたつ目のメッセージがそのメッセージのうえに現れた。

見映えを良くしろ。

ボーンは笑った。いつもそうしているさ。

時計をちらっと見てから、周囲を見回した。もう深夜一時を過ぎていた。〈ボートハウス〉の外をうろついている客が何人かいたが、この周りには誰もいなかった。眼下の桟橋は、ドレイクとストリッパー以外は人っ子ひとりおらず、小さなライトが照らしているだけだった。

完璧だ、と彼は思い、ビールを軽く一口飲むと、瓶を手すりのうえに置いた。ボーンはショートパンツの前に挟んである銃の感触を確かめた。ポケットは三十八口径の銃には小さかったので、ショートパンツの前の腰のあたりに挟み、ゆったりとしたTシャツで隠していた。

ゆっくりと、そして静かに、ボーンは木製の階段を桟橋へと降りて行った。ストリッパーとドレイクは、ふたりとも駐車場から〈ボートハウス〉に行った。階段の最後の段を降りると、ふたりが見えた。

ドレイクの人生もおしまいだ、そう思いながら、ボーンは階段の背後の影のなかに隠れた。弁護士を殺すこと――彼はもうそう決めていたのだが――も必要だろう。あのガキとマクマートリーのおかげで、去年、大損をさせられた。それに愛車の〈エル・カミノ〉の件もある……

彼はショートパンツから銃を取り出して待った。ふたりはこの階段を使って駐車場に戻るはずだ。そのときに……

彼は銃をひっくり返して銃身を握った。銃床で殴りつけて気を失わせ、自由の利かなくなった体を港に放り込むつもりだった。新聞の見出しが眼に浮かぶようだ。「溺死事故で若い男女が死亡」ボーンは笑い、待った……

38

「ちょっと、あなたに話してんのよ」ダーラはそう言うと、手を握り締めてこぶしを作り、リックの腹を軽く叩いた。「ラリーがミスター・ウォルトンの殺害に関係してると思う?」

リックは、最初に訊かれたとき、まったく聞いていなかった。海に眼をやったまま、その質問を考えてみた。ラリー・タッカーがルーズベルト・ヘインズのリンチ殺人に加わった十人のひとりだとすると、彼にはアンディ・ウォルトンの告白を止めようとする理由がある。動機。ラリー・タッカーには動機がある。彼は犯行現場のサンダウナーズ・クラブのオーナーでもある。機会。リックは胸のなかで心臓が高鳴るのを感じていた。もうひとつの説を見つけたかもしれない……

「ミスター・ウォルトンが告白するつもりだということを、いつミスター・タッカーに話したんですか?」

「ミスター・ウォルトンがわたしに話してくれた夜よ」

「殺される二週間前ですね?」

ダーラは頷くと、恐怖のあまり眼を大きく開いた。「まさかラリーが――?」

「わかりません」リックはさえぎった。「が、ミスター・タッカーが関与している可能性はあると思います。僕らはボーセフィス・ヘインズの弁護人です。彼は殺人で逮捕されましたが、無罪を主張しています。もし、ボーが無実だとしたら――」

「誰か別の人間がやった」ダーラはリックのことばを引き継いだ。「そしてあなたはそれがラリーかもしれないと思うのね」

「ラリーとアンディはクランのメンバーだったんですか？」

ダーラは腕を組み、肩をすくめた。「知らない。知ってるのはふたりが友人だというだけ……」彼女は言いかけてやめると、手を口にあてた。「ほかにもあるのね。そうか……ミスター・ヘインズのお父さんはクランに殺された。そしてミスター・ウォルトンはそのうちのひとりだった」彼女はそこまで言って、眼を大きく開いた。「ラリーもそのひとりだというのね」それは質問ではなかった。

「ええ」とリックは言った。「だけど、今はまだ証明できません。もし彼がクランのメンバーだとして、アンディが告白しようとしていることを知ったら……」

「ああ、なんてこと。わたしのせいよ」とダーラは言った。「わたしが彼に話したから」震えた声でそう言うと、ベンチに坐り込んだ。彼女は腕を組むと、前後に揺れ始めた。

「あれほどミスター・ウォルトンがわたしのためにしてくれたのに……」

「あなたのせいじゃありません」とリックは言い、彼女の隣に坐った。「それに……」彼はため息をついた。「まだ、ただの仮説です」

しばらくのあいだ、ふたりはただそこに坐っていた。腕を組んで水面を見つめていた。聞こえるのはダーラが鼻をすする音だけだった。やがて彼女が涙を拭いながら言った。「彼がいなくても、ここで店を開いていたはずよ」彼女はきっぱりとした口調で言った。「あと二年もあれば十分なお金もたまっていた。パトロンは必要なかった」彼女はため息をついた。

「でも彼は助けてくれた。わたしにそんなことしてくれる人は今までいなかった。もし、わたしが彼の死に少しでも責任があるのなら……」

「彼は癌だったんです」とリックは言った。「長くはなかった」

彼女は頷いた。「でも……そういうことじゃないの」

「わかります。でも自分を責めちゃいけない。あなたは自分が正しいと思ったことをした。そうするしかなかったんです」そのとき、ある考えが雷のようにひらめいた。「保安官事務所か検事局の人間にこのことを話しましたか？　アンディが告白をするつもりだと言ったことやあなたがラリー・タッカーにそのことを話したことを？」

「訊かれなかったわ。彼らが知りたかったのは、ミスター・ウォルトンと一緒だった最後の晩にわたしが何を見たかってことだけ。供述書にサインするように言って、また話を聞くと言ってた。その前に街を出てきちゃったんだけど」

リックは海のほうに眼を向けると、暗い水面の奥深くをじっと見つめた。ラリー・タッカーが我々の探している殺人犯なのだ。リックはそう思った。そうに違いない……

「すっかり遅くなっちゃった」とダーラは言い、リックを現実に引き戻した。

「ミズ・フォード、今夜は時間をいただいて本当にありがとうございました。とても助かりました」

彼女はリックを見て、ほほ笑んだ。「今日は泊まるところはあるの、弁護士さん？」

リックは眉をひそめた。「ミズ・フォード、僕は本当に――」

「安心して、誘惑するつもりはないから。でも、あなたがずっとミズ・フォードって呼ぶのなら、そうしなきゃならないかも」彼女はそう言って笑った。「来て」とダーラは言うと、リックの手を取った。

疲れ切った足で、リックは彼女のあとを追った。


あいつらはどこへ行くんだ？　ストリッパーとドレイクは彼のほうではなく、反対の方向に歩き始めた。

ボーンはあとを追おうとした。が、すぐに冷静になって立ち止まり、何が起きているかを悟った。桟橋はひとつながりになっていて、どれもこの階段につながっている。ひと回りして、ボートを見たあとにここに戻ってくるつもりなのだ。

ボーンは深く息をすると、手をショートパンツで拭った。我慢だ、と彼は思った。我慢だ。


「どこに行くんですか？」とリックは尋ねた。なぜ、階段を上ってハイウェイのほうに行くのではなく、反対に桟橋の先に降りて来たのか知りたかった。

「わたしん家《ち》よ」とダーラは言った。

リックは質問しようとしたが、ダーラが不意に立ち止まり、右手で指し示しながら言った。

「ジャジャーン」

それは平底ボートだった。フォグランプがひとつ灯《とも》されている。そのボートは黄褐色の船体に緑の装備が施されていた。船腹に〝スウィートネス〟という船名が描かれている。

「どう？」期待に満ちた声でダーラが訊いた。

「これが君の家？」とリックは尋ねた。ピーター・バーンズがふたつのシートのうえに大の字になって寝ていた。眠っているか、酔いつぶれたかのどちらかだろう。ダーラは船のなかに降りると手を差し出した。

「やだ、そんなわけないでしょ」とダーラは言った。「わたしのボートよ。わたしの家はあそこ」そう言って〈ホリデイ・アイル〉のほうを指さした。リックは笑わずにはいられなかった。今日はとことんまで、とんでもないことになりそうだ。

くそっ……

ボーンは、ふたりがボートに乗るのを見て歩き出した。やがて駆け出したが遅かった。ボートだと？　ストリッパーはボートを持っていた。なぜそんなことが？　彼は彼女が駐車場からレストランに入るのを見た。どうすればボートを持っているなんてわかるというんだ？

銃を持って桟橋へ駆け下りた。眼をあらゆる方向に素早く動かした。ほかのボートに人はいない。ドレイクとストリッパーを乗せたボートは桟橋を離れ、港の闇に溶け込み始めている。ボーンは銃を二人に向けた。サイレンサーを使えば、誰にも気づかれずに……

「ミスター・ウィーラー!」

殺人者は自分の名前を呼ぶ声に慌てて周囲に眼をやった。白髪混じりのひげに黒いカウボーイ・ハットをかぶった男が彼の胸に銃を向けていた。

「ジムボーン・ウィーラーだな?」その男はボーンのほうに歩み寄ってきた。「銃を置いて、ひざまずくんだ」

ボーンは狂ったように左右に鋭い視線を送った。

「逃げられんぞ、ジムボーン」と男は言った。「それとも縮めてボーンと呼んだほうがいいか?」

どうやっておれを見つけた? ボーンは驚いた。何とか落ち着こうとした。「貴様は誰だ?」

「ウェイド・リッチー、タスカルーサ郡保安官事務所から来た」男はそう言うとバッジを見せた。「お前を逮捕する」

男が灯りの下に踏み出してくると、ボーンはウェイドが『ロードハウス/孤独の街』や『トゥームストーン』に出ていた頃のサム・エリオットに似ていることに気づいた。

「残念だが今日はその日じゃない」とボーンは言った。

そしてデスティン港へ飛び込んだ。

39

「やつに当たったはずだ」ウェイドは電話に向かって早口で言った。「二発撃った。一発は足に当たったはずだ」

「間違いなくウィーラーだったんだな」とトムは訊いた。その声は警察のサイレンにほとんどかき消されそうだった。ジムボーン・ウィーラーが港に飛び込んでから二十五分が過ぎていた。現場はデスティン市警の警官とオカルーサ郡保安官事務所の保安官補であふれかえっていた。

「間違いない」とウェイドは言った。「名前を読んだらすぐに振り向いたし、それらしく見えた。身長は同じくらいで、ひげを生やしていた。帽子を目深にかぶっていたので眼まではよく見えなかったが、あれは間違いなくやつだ」

海上には警察のボートが三艘《そう》、港のなかをゆっくりと動いて捜索していた。船上の警察官があらゆる方向をライトで照らし、そのうちのひとりは拡声器で呼びかけていた。「ミスター・ウィーラー、出てきなさい。あなたは包囲されている。今すぐ海から上がりなさい」

「わかった、ウェイド。引き続き連絡を頼む」とトムは言った。「ウィーラーは去年の夏、ノースポート・ブリッジから飛び降りて、ブラック・ウォリアー・リバーを泳いで逃げおおせている。やつはしぶといぞ」

ウェイドは警察のライトが港のあらゆる方向を照らしているのを見ながら言った。「やつがこの港から逃げられるとは思わんな、トム。両岸は警官で包囲している。あのクソ野郎が半魚人でもない限り、逃げられやしない。やつを捕らえるか、あるいは死体がメキシコ湾の海底を漂っているかだ」

電話の向こうのことばが途切れた。トムは情報を整理していた。「リックはどうした？」

とトムはやっと訊いた。

「彼はストリッパーとボートで港を離れた。おれがウィーラーを撃ったときにはもうだいぶ離れていたから、銃声は聞こえなかったかもしれない」

「彼女とボートで行ったのか？」

「ああ」とウェイドは答えた。

「リックを探すんだ、ウェイド。もしウィーラーがどうにかして生き延びていたら……」

「了解《テン・フォー》」とウェイドが答えた。「日が昇るまでには見つける」

40

太陽が東の水平線からちらっと頭を出すと、リックは眼をしばたき、両手で左のふくらはぎの筋肉をつかもうとした。いたたた……足がつった。痛みで叫びそうになるのをこらえながら身をよじったところ、ボートのクッションが敷かれたシートのうえから床に転がり落ちてしまった。足をまっすぐに伸ばそうとしたが、筋肉が完全に固まって動かず、床のうえで身もだえた。

「大丈夫か、若いの？」背後の暗闇から声が聞こえた。リックは振り向いて眼を見開いた。アドレナリンが体に流れ込む。何だ……？　誰だ……？　彼は眼を細めた。仰向けになってふくらはぎをつかみながら、頭上の桟橋にしゃがみこんで自分を見ている黒い影に眼をやった。筋肉を激しくこすったが、まだ強張《こわば》ったままだった。リックは唇をかんだ。

「足がつったのか？」声が尋ねた。

「ええ」リックは何とか答え、ふくらはぎを猛烈にこすると足の強張りがゆっくりとほぐれ、次第に治まってきた。リックは素早く息を吸うと言った。「あなたは？」

「ウェイド・リッチー」男はバッジを素早く見せながら言った。「タスカルーサ郡保安官事務所の捜査官だ」

リックは眉をひそめた。「タスカルーサ?」

ウェイドは頷いた。「うちの事務所はジムボーン・ウィーラーの捜索範囲を拡大したんだ」と彼は言った。「君のパートナーは、ジムボーンがバーンズと君を尾行するんじゃないかと考えた。そこでおれが昨日の晩から君を追ってデスティンまで来たんだ」そう言って彼はため息をついた。「やつを見つけたよ」

「僕のパートナー?」リックは頭を掻きながら、立ち上がろうとして両手をシートのうえに置き、体を起こした。左足に体重をかけようとしたときによろめいた。「教授が僕のあとを尾行するように言ったんですか?」リックは暗闇に眼をならそうとまばたきをした。リックの背後で太陽がゆっくりと昇り、周囲は秒刻みで明るくなっていった。ピーター・バーンズはリックの向かいのシートでまだ酔いつぶれていた。大きないびきをかき、何が起きているかまるで気づいていなかった。

「ああ、トムのアイデアだ。そしてうまくいった。ウィーラーはここに現れ、やつを捕らえた……はずだ」

リックは体が冷たくなるのを感じた。「やつがここに? なんでまた……?」

「やつは君とあの女性を見張っていた。君たちがボートに乗り込むと、やつは桟橋に駆け下りて、君たちを撃とうとした。だが、わたしのほうが先にそこに着いた」

「なんてこった」とリックは言った。「ちっとも知らなかった。僕は……」彼はふくらはぎがまた強張るのを感じた。シートにドスンと坐ると、両手で筋肉をさすった。「ジムボーン・ウィーラーがここにいた」リックはそう言いながらも、まだ信じられなかった。

「ああ、そうだ」

「どうやってやつだとわかったんですか？」

「栈橋で彼の名前を呼んだら、振り向いた。彼の名前で話しかけたが、訂正しようとはしなかった」

「何があったんですか？　やつはどこに――」

「港に飛び込んだ」ウェイドはリックのことばをさえぎるように言った。「市警の警官と郡の保安官が地域一帯を一晩中捜索している」ウェイドは水面を指さし、眼を細めて周囲を見回した。リックは多くの警察のボートが港を行き来していることに気づいた。

「何かわかったことは？」

ウェイドは首を振った。「まだだ。わたしの撃った弾丸《たま》が当たったはずだから――」

「死んだかもしれない」とリックが言った。無意識のうちに体が震えていた。

「たぶん」とウェイドは言ってから、言い直した。「きっとそのはずだ。どうして浮かび上がってこないのかわからないが、やつが水のなかから頭を出すところも見ていない」

「銃声が聞こえなかったなんて信じられない」うなじを掻きながらリックは言った。

「メキシコ湾から風が吹いていたから、聞こえづらかったんだろう。気にするな。ところで、あの女性はどこに？　ウィーラーについて警告しておく必要がある」

リックは桟橋の前に建つ、小さな二棟建ての家《デュプレックス》を指さして、ふらつく足で立ち上がった。

「あそこに」

41

リックは、ウェイド・リッチー捜査官がダーラにジムボーンのことと昨晩ふたりの命が危険にさらされたことを話しているのを聞いていた。

「用心のため、ここ数週間は警護担当者にあなたを見張らせます」ウェイドは最後にそう言った。「お話しした通り、ウィーラーはおそらく死んだものと思われますが、確実だとわかるまでは念のために警備を手配します」

「ありがとう」とダーラは言った。どこか現実味のない口調だった。

「大丈夫ですよ」とリックは言った。が、そう言いながら自分の声に不安がにじんでいるのがわかった。

ウェイドはコーヒーカップを階段に置くと、立ち上がった。「車に乗っていくか、坊主」と彼は訊いた。声にはどこか急いでいるような様子があったので、リックも立ち上がった。

「ええ」

ダーラはまだ階段に坐ったまま、両手を顎に置いていた。リックは彼女の視線に合わせてしゃがみこんで言った。

「裁判であなたに証言してもらうことになります。告白のこととあなたがそれを誰に話したかについて」

ダーラは頷いた。「わかった」と彼女は言った。感情を抑えた口調だった。「召喚されたら、真実を話すわ」彼女はそう言うと、さよならも言わずにリックの脇を通って去っていった。

彼女が去るのを見ていると、腕をつかまれた。「そろそろ行くぞ、坊主」とウェイドは言い、手を放すと桟橋から去っていった。

リックはため息をついて眼を閉じ、港からの風を期待した。が、風は吹いてこなかった。むしろ、空気は熱く、肌に貼りつくようだった。彼は湿った空気を吸い込んだ。

生きてるだけでもラッキーだ、と彼は思った。

だが、総じて言えば、この旅は成功だった。ダーラ・フォードは重要な証人になるはずだ。アンディ・ウォルトンとラリー・タッカー殺害を結びつける証拠をもっと手に入れる必要はあるが。九時間のドライブ、〈ボートハウス〉での三百ドルの散財、四十八時間ほとんど寝なかった極度の疲労、そして歩くのもままならないほどの左のふくらはぎの痙攣《けいれん》も価値があったのだ。

ボーセフィス・ヘインズの弁護に進展が見られた。検察に対抗しうる仮説が形をなしつつあった。

リックは幸運に感謝しなければならないとわかっていた。だが、足を引きずって桟橋を離れながら、リック・ドレイクは感謝も幸運も感じていなかった。この四十八時間の出来事にただただ呆然としていた。彼の執念は報われた。が、もう少しで致命的な結果となるところだった。彼の忍耐は報われた。が、もう少しで彼と罪のない女性が撃たれ、殺されるところだった。

まるで安全ネットなしで綱渡りをしているような感覚に襲われた。去年、ヘンショーの裁判でウィルマ・ニュートンが証言を変えて以来、初めて怖かった。リック・ドレイクは恐怖を感じていた。

42

「ひげで印象が変わるのね」とヘレンが言った。瞳は愉快そうに輝いていた。「無骨そうな感じになる」

「好きで伸ばしてるわけじゃないよ」とトムは言った。何とか笑顔を作り、ほほの紫がかったあざを撫でた。

「お気の毒に、トム」と彼女は言った。「路上強盗はプラスキではめったにないのに」彼女は声を落として言った。「だから関わらないように言ったでしょう」

「じゃあ君はわたしに対する襲撃がボーの裁判と関係してることを認めるんだね?」トムは腕を組むと彼女の眼をじっと見た。

エニス・ペトリー保安官がヘレンの隣に坐っていた。だが、まだ一言も発しておらず、トムも握手をしたときを除いて彼と眼を合わせていなかった。トムは今朝、保安官事務所に電話をして、ジムボーン・ウィーラーに関するニュースがあると伝えた。二時間後に事務所を訪れ、ヘレンと保安官に会うことにした。会議室のテーブルの真ん中にはトムの携帯電話が置かれ、スピーカーフォンにしてウェイド・リッチーも参加できるようにしていた。

「いいえ」とヘレンは言った。「何も認めてない。あなたの財布は盗まれていたから、路上強盗と見るのが妥当ね。でも――」彼女は指の爪で机を叩いた。「わたしは、偶然は信じない。あなたがこの街に現れてボーの代理人になった。すると、わたしが地区検事になって初めて、プラスキのダウンタウンで路上強盗事件が起きて、あなたがその被害者になったう」

……」彼女はそこまで言って、頭を振った。「とても奇妙なことだということは認めましょう」

「それは寛大なことで」とトムは言った。とげのある口調だった。

「新しい情報があるって聞いたけど」とヘレンは言い、両肘をテーブルのうえに置いた。

トムは頷いた。「ああ、わたしのパートナーのリック・ドレイクが金曜日にフロリダのデスティンに行って、ダーラ・フォードに会ってきた。アンディが殺された晩に会っていたサンダウナーズ・クラブのダンサーだ」

ヘレンは頭を少し回すと、一瞬、保安官と眼を合わせた。どうやらダーラ・フォードが街を去ったことを彼女は知らなかったようだ。「なるほど……」

「リックはあとをつけられていた」とトムは言った。「アラバマ州で多くの重罪事件の容疑者となっているジムボーン・ウィーラーがリックをデスティンまで尾行して、彼とミズ・フォードを殺そうとした」

ヘレンは顔をしかめた。「話して」

スピーカーフォンからウェイドが大きなはっきりした声で割って入った。自己紹介はすでにすませていたので、ウェイドは単刀直入に彼がリックを尾行した経緯から始め、ウィーラーが港に飛び込んだことまで説明した。

「そいつは見つかったのか?」とペトリー保安官が訊いた。自己紹介をしてから初めて発したことばだった。

「いや」とウェイドは答えた。「オカルーサ郡保安官事務所とデスティン市警が五十六時間捜索を続けているが、まだ何も見つかっていない。彼らは〈ホリデイ・アイル〉の周辺もあたっている。港の向こう岸で、ミズ・フォードが住んでいるデュプレックスもそこにある。だが、今のところ何も見つかっていない。現時点での結論としては、ウィーラーは溺死したと思われる」

ヘレンは手を叩いて言った。「では以上ね。彼は溺死した。ありがとう、リッチー捜査官。よくやってくれました。知らせてくれて感謝します」

「ことはそう簡単じゃないんだ、ヘレン」とトムが割って入った。「まず、ウィーラーは去年、タスカルーサのノースポート・ブリッジから飛び込んで生き延びている。ブラック・ウォリアー・リバーでも溺れなかったんだ。タスカルーサでの現時点での結論ではそうなっている。だから我々は、彼が逃げおおせたという可能性もあると思っている」

ヘレンは肩をすくめた。「OK。じゃあ、彼は生きていて、デスティンにいる。そして捜査当局が彼を探している。で、我々に何をして欲しいの？」

「ふたつ頼みたいことがある」とトムは言った。やっとこのミーティングの目的にたどり着いた。事前の打ち合わせ通り、ウェイドがまず説明した。

「ルイス検事長、ウィーラーを捕らえることはできませんでしたが、トムの読みは当たりました。リックのあとを追えばウィーラーが現れる。我々はジャイルズ郡保安官事務所にリックとトムに警護をつけるように要請したい」

ヘレンは笑った。「はっきりさせましょう」と彼女は言い、トムを見て腕を組んだ。「トム、あなたは百パーセント有罪のボーセフィス・ヘインズを弁護するという実現不可能な任務を遂行するあいだ、わたしたちに警護をしろと言ってるの？」

トムはほほ笑んだ。「実際のところ……その通りだ。君の結論には同意できないが……頼んでいるのはそういうことだ。もしジムボーンが生きていた場合、彼は間違いなくプラスキに戻ってくる。そうなったら、彼を捕らえる最善の方法は、わたしとリックの周りに誰かを配置しておくことなんだ」トムはそこでことばを切った。「ジムボーンを捕まえれば、わたしを負傷させ、リックを殺すために彼を雇った黒幕も捕まえることができる。その人物を見つければ、アンディ・ウォルトンを殺した真犯人もわかるはずだ」

ヘレンはもう一度笑った。「大学教授を長くやりすぎたんじゃない、トム。あなたの言ってることはすべて、やたらと複雑なロースクールの事例研究みたいに聞こえる。わたしはその説には賛成できない。ジムボーン・ウィーラーがあなたとドレイクをつけまわすのは、彼が、去年タスカルーサで、あなたたちふたりのせいで死にそうな目にあったからでしょう。アンディ・ウォルトン殺害とジムボーンとのあいだにはなんの関係も見いだせない。逆にすべての証拠はあなたの依頼人が殺害犯だと示している」彼女はそう言うと、首を振ってため息をついた。「あなたとあなたのパートナーのために、まあこの街の警官全員をつけてあげたいくらいだけど、その種の無駄な追いかけっこに割くだけのマンパワーはないの。そうでしょ、エニス」

ペトリーは机を見下ろしたまま言った。「ええ、検事長《マァム》」

「もうひとつは？」とヘレンが訊いた。

「いいだろう」とトムは始めた。ヘレンの拒絶にもひるまなかった。「ジムボーンは、去年の夏、タスカルーサの運送会社経営者ジャック・ウィリストーンとサンダウナーズ・クラブで会っていたことがわかっている。ウィリストーンは今、アラバマ州スプリングビルの矯正施設で刑に服している。彼は、ジムボーンが彼や彼の会社のために働いたことはないと言っていたが、我々はウィリストーンが逮捕され、その後会社が倒産したことで、ジムボーンに金を払えていないんじゃないかと考えている。セント・クレア矯正施設の訪問記録を見たところ、我々の把握していない名前が見つかった」トムは間《ま》を置いた。「マーサ・ブーハー」

ヘレンは肩をすくめた。「それで？」

「だが、ウィリストーンは、ブーハーはただの古い友人だと言っている。何年か前にナッシュビルで会ったんだそうだ」トムはそう言うと唇を舐めた。「我々はブーハーがジムボーンの知り合いだという可能性があると考えている。おそらくジムボーンのメッセージをウィリストーンに伝えるために矯正施設に行かされたんだろう」

「考えすぎよ、トム」ヘレンは顎を掻きながらそう言った。「ロースクールの陰謀渦巻くファンタジーの世界に戻ったほうがいいんじゃない」

「そうかもしれない」笑いながらトムは認めた。「だが、そいつはまだひっくり返していない石なんだ」

「ペトリー保安官」ウェイドがスピーカーフォンから割って入った。「我々はマーサ・ブーハーを探し出すためにジャイルズ郡保安官事務所に協力してほしい。我々の予備捜査でナッシュビルの住所がわかったが、電話はつながっていない。ほかに手掛かりがないんだ。ウィリストーンはブーハーと〈トッツィー〉というバーで会ったと言っている。そこでその店の人間に話を訊いてみようと思ってるんだが、まだそこまで手が回っていない」

「うちの保安官事務所には――」とヘレンが話し始めた。が、保安官が割って入った。

「できる限り協力しよう、リッチー捜査官」ペトリーは断固とした口調で言った。

ヘレンがペトリーに眼を向けた。が、彼は彼女の視線をまっすぐ受け止めた。トムはその様子を見ていた。保安官はここまでは明らかに検事長に従っていた。だが、トムの要請に協力するかどうかは保安官が決めることだった。トムは保安官がブーハーに対する態度を明確にしてくれたことに満足した。

「ほかに何かある、トム?」とヘレンは訊いた。怒りを隠そうともしなかった。

「ああ」彼は再び笑みを浮かべ言った。「コーヒーをおごらせてくれないか?」

43

ふたりは〈リーヴズ・ドラッグストア〉のテーブルに坐り、湯気の立っているブラックコーヒーのマグカップを前にしていた。

「本当にひげで印象が変わるのね」笑いながらヘレンは言った。

トムは肩をすくめた。無意識に顔の横にも生えてきた白いほおひげを搔いていた。「君は笑顔が素敵だ」とトムは言った。「それをもっと見せるべきだな」

「彼は取引に応じるべきよ、トム」とヘレンが言った。笑顔を消して本題に戻った。「終身刑。もうひとつの選択肢よりはましでしょ。それにこの街を悪評から救うことにもなる」

トムは首を振った。「だめだ」店のなかを見回すと、子どもたちがコーンアイスを食べていた。年配の女性はコークフロートを相手にスプーンで格闘している。「わたしはここが好きだ」と彼は言った。

「プラスキ、それともこの店?」

トムは肩をすくめた。「両方だよ。故郷を思い出させる」

「タスカルーサ?」ヘレンは訊いた。信じられないというように。

トムはクスクスと笑い、首を振った。「いや。今住んでいるのはタスカルーサだが、わたしが思い出したのは子どもの頃の故郷だよ。わたしはヘイゼル・グリーンで育った。州境の町だ。若い頃、両親は週末にドライブをして時間をつぶし、わたしもよくついていったものだ。土曜日や日曜日の午後、わたしたちは車に乗っていろいろなところに行った。よくフェイエットビルに行って、〈レイチェルズ〉でランチやディナーをとったよ」

ヘレンはほほ笑んだ。「いいところよね」

トムは同意するように頷いた。「そしてときどき、ここにも来た。今そこにいる子どもたちと同じように、アイスクリームと五セントのソーダ・ファウンテンを食べたものだ」トムはそう言って子どもたちを指さした。「父は戦争に行き、母は数学と歴史の教師をしていた。ふたりはよく話をしていた。父は戦争の話をし、母はしきりに質問をして父を困らせていた……」彼のことばは次第に小さくなっていった。

「あなたは結婚してるの、トム？」

トムはその質問に驚いたようにヘレンを見た。「していた」と彼は言った。「妻は四年前に亡くなった」

「ごめんなさい」と彼女は言った。「どのくらい――？」

「四十二年だ」トムはさえぎるように答えた。マグカップを両手で持っていた。しばらくのあいだ、どちらも何も話さなかった。彼が妻を亡くしたことを話すとよくこうなった。言わば死者に対する黙とうの時間だ。

「君は、ヘレン？　再婚は……？」

彼女は鼻を鳴らした。トムは質問をやめ、彼女にほほ笑んだ。「わたしは結婚には向いてないのよ、トム。ブッチはいつも言ってた。わたしは仕事と結婚したんだって。たぶん彼の言う通りね」彼女はため息をついた。「でもそのことばには苛《いら》つく。結婚だけがわたしの唯一の失敗よ」

「まだ遅くないさ」とトムは言った。だがヘレンは腕を組み、眼を細めた。世間話は終わりだ。

「何がお望みなの、トム？」

「この訴訟に司法取引はありえない、つまり評決まで行くということを君に知っておいてほしい。議論の余地はない」

「とっくにわかってるわ」と彼女は言った。「肉体的に裁判に耐えられるの？」

トムは歯を食いしばった。「何とかするさ。それからダーラ・フォードがアンディ・ウォルトンはボーの父親の殺害を告白するつもりだったと、わたしのパートナーに言ったそうだ。それも君に伝えておこうと思ってね」

「二重の伝聞証拠ね」とヘレンは言った。「証拠に採用されるといいけど」

トムはヘレンを見つめた。「君の関心はそれだけか、ヘレン？　ボーの命がかかってるんだぞ」

「ボーはアンディ・ウォルトンの命を冷酷に奪ったのよ。気にしなきゃいけないのは、被害者であるアンディ・ウォルトンの命でしょ」

「ダーラが言うには、アンディから、彼が告白しようとしていることについて黙っているように言われたそうだ。だが、彼女はラリー・タッカーに話した」

ヘレンはまばたきをし、唇をギュッと結んだ。「いつ？」

「アンディが殺される二週間前だ」

「それでも何も変わらない。依然としてあなたは藁《わら》にすがろうとしてるだけよ」

そう言うと彼女は立ち上がり、トムもあとに続いた。トムは、ポケットから折りたたんだ紙を取り出し、ヘレンに手渡した。

「これは何？」と彼女は尋ねた。

「セント・クレア矯正施設の面会簿の一ページだ。全体は事務所に戻ったら渡そう」

彼女は眉をひそめて言った。「わかったわ……」

「面会簿にはジャック・ウィリストーンに会いに来たすべての訪問者が記録されている、ヘレン。……ラリー・タッカーの名前もある。彼はウィリストーンに二〇一一年七月二十日に会いに来ている。アンディ・ウォルトンが殺されるおよそ一カ月前のことだ」

ヘレンはその書類を見ながら言った。「なぜこのことをわたしに知らせるの？」

「なぜなら、この街にはボーセフィス・ヘインズに公正な裁判を受けさせたくないと思っている連中がいるからだ。わたしはもう少しで殺されそうになり、わたしのパートナーは辛うじて死を逃れることができた」

「わたしに何をしてほしいの、トム？」とヘレンは訊いた。

「もうすでに頼んだよ。そして君はノーと言った」

「警護をつけろってこと？」彼女はまた鼻を鳴らした。「本気で言ってるの？　ここはテネシー州のジャイルズ郡なのよ。そんなことのために人員は割けない」

「なら、州兵に要請すればいい」

ヘレンは面白がるようなふりをして眉を上げた。「冗談でしょ」

「クランの連中は裁判のあいだ、ここに集まる許可をすでに申請している。今朝の新聞に載っていた。彼らは大挙してやって来るだろう。事態はますます混とんとするばかりで……どんどん危険な状況になっていく」

「彼らはただの道化師よ、トム」

「そうかもしれない、だが、ならなぜここに集まる？　君は考えたことはあるか？」

「彼らがここに集まるのは、長らく会っていなかったかつてのリーダーが、復讐を求める黒人に殺されたからよ。人種的な対立による単純な憎悪犯罪《ヘイト・クライム》よ。クランの連中はこの手のごたごたが大好きなの。忘れちゃったの、トム。同じことがタスカルーサやバーミングハムで起これば、彼らはそこにも現れるでしょ」

「そうかもしれない。だが弁護士が襲われたりするかね？」

「ラリー・タッカーがあなたを襲わせたとほのめかしてるように聞こえるけど」彼女は面会簿をトムの顔の前で振りながら言った。「彼は今もクランなの？」

「ラリー・タッカーはクランだ」とトムは言った。「一九六六年にはアンディとともにその一員だった」

「証明できないわ」

「おそらく無理だろう。だがわたしも君もそれが真実だということを知っている」

「アンディ・ウォルトンは七〇年代にクランをやめている」平静な口調を保ってヘレンは言った。「クランのこの事件への関与はあなたの依頼人の動機だけよ。ボーセフィス・ヘインズは、一九六六年にアンディ・ウォルトンとその一味のクランが彼の父親を殺したと信じ、四十五年後の二〇一一年八月十九日に、復讐のためにアンディ・ウォルトンを殺した」

「その主張は君の冒頭弁論で大きなインパクトを与えるだろうな、ヘレン。だが、この裁判はそんなに簡単にはいかない。だからこそ君と話したかったんだ。アンディ・ウォルトンは膵臓癌《すいぞうがん》を患っていて、余命いくばくもなかった。彼は死ぬ前に四十五年前の殺人にけりをつけるつもりだったんだ。だがそうなると、ラリー・タッカーのように、今もこの街で暮らしている仲間たちも裁きを受けることになる」

トムは両手を広げ、笑みを浮かべながら言った。「そういった連中のうちの誰か、おそらくはラリー・タッカーがジムボーンを雇ってアンディを殺し、真実を闇に葬った可能性が高いと考えている」

ヘレンは含み笑いをし、首を振った。「ただの作り話ね。陪審員は喜ぶでしょうけど。でも問題がある。ジムボーン・ウィーラーやラリー・タッカーをアンディ・ウォルトン殺害に結びつける物的証拠がないじゃない。すべての証拠はボーを指してるのよ」

「彼ははめられたんだ」とトムは言った。その声からは激しい怒りが漏れていた。「わからないのか？」

彼女が答えないでいると、トムは腕を組んだ。顔からは笑みが消えていた。「ヘレン、アンディ・ウォルトンは癌だった。彼が死ぬ前に正しいことをしようと考えたとは思わないか？　天国の門をくぐるときに、血で汚れた手ではいたくないと考えたと」

彼女は頭を振った。「トム、あなたは底抜けのお人よしね。アンディ・ウォルトンはそんな人間じゃない。少なくともわたしの知っているアンディは」

「君は意外かもしれないが」トムはそう言うと、立ち上がって五ドル札を机のうえに投げた。「物事っていうのは、いつも見かけほど簡単に白黒《ブラック・アンド・ホワイト》がつけられるわけじゃないんだ、ヘレン」

44

深夜一時三十分ちょうど、扉に二〇三と書かれた収納用クローゼットの灯りが点《つ》いた。これまでの三日間と同じように。外からクローゼットのなかを覗くことはできないため、通りかかった人間もなかで灯りが点いたことには気がつかないはずだった。

いずれにしろ、こんな時間には誰も起きていないだろう。コンドミニアムの管理人は午後五時ちょうどには帰ってしまう。部屋のいくつかは宿泊客で埋まっていたが、それほど多くはなかった。各オーナーにはコンドミニアムごとに一台分の専用ガレージに加え、収納用のクローゼットが与えられている。収納用のクローゼットの扉を毎晩閉めるよう促す注意書きが壁に貼られていたが、ときに住民は忘れることがあった。

時折、ティーンエイジャーの女の子が部屋と続いている収納用クローゼットのドアを通って泳ぎに行き、走って帰って来たときに閉めるのを忘れてしまう。あるいは父親が日用品を求めてハイウェイを走り回って荷物を詰め込み、その荷物を階上《うえ》のコンドミニアムへ運ぼうとして、扉を閉め忘れるのだ。

ジムボーン・ウィーラーは自分の幸運を思い出しながら、そういったシナリオに思いを馳せていた。彼は泳ぎが得意だった。〈ボートハウス〉のある桟橋から港の向かい側まではおよそ九百メートル。フットボールのフィールド十個分だった。ボーンはなるべく水中にもぐったまま、二十五分で泳ぎ切った。文字通り、現場がパトカーで覆いつくされる直前のことだった。

彼は岸辺の〈ルイジアナ・ラニヤップ〉という名のレストランに着くと、ガルフ・ショア・ドライブの歩道を歩き始めた。が、あまり時間がないことがわかっていたのですぐ走り始めた。何とか失《な》くさずにすんだ帽子を後ろ前にかぶり、深夜過ぎにジョギングに出てきた男を装って、警戒されないことを願った。幸いなことに歩道では誰とも出会わなかった。

最初、ボーンは車を盗んで街から出ようと考えた。だが、サイレンの音を聞き、その計画を断念せざるを得なかった。しばらくのあいだ、どこかに身を潜めていなければならず、そのための目立たない場所を探し始めた。しばらく歩くと〈ホリデイ・アイル〉のあちこちに見られるコンドミニアムと同じく、前庭にテニス・コートとプールを備え、メキシコ湾を背にした白い建物を見つけた。

それ以上に幸運だったのは、扉の開いたクローゼットを見つけたことだった。できるだけ平然を装って入口を通った。一部屋ごとにクローゼットが並んで連なっている。ボーンは隠れる場所を探して歩き回った。扉には番号が書かれていた。ひとつずつ開くかどうかを確かめ、二〇三と書かれたクローゼットで当たりを引き当てた。彼は素早くなかに入って扉の鍵をかけると、スペースのほぼ半分を占めているオレンジ色の空気注入式のボートの背後に隠れた。

いつオーナーが扉を開けるかわからないので、ボーンは二十四時間以上、クローゼットのなかでほとんど動かずに過ごした。だが、やがて体を動かす必要がでてきたことから、クローゼットのなかを探り、再び当たりを引き当てた。灯りのスウィッチの隣にふたつのフックがあり、それぞれに鍵のセットが掛けてあった。そのひとつにはキーレス・エントリー装置がついていたので、車のキーだとわかった。そのキーには〝ポルシェ〟という文字が刻印されていた。

ここはいったいどういう場所なんだ。ボーンは驚いたが、最終的にオーナーだけが利用できるプライベート・コンドミニアムなのだろうと結論づけた。おそらく裕福なオーナーのひとりが、メキシコ湾に旅行に来ているあいだ、街中《まちなか》を乗り回すためのポルシェをずっとここに置いているのだろう。

もうひとつのセットには色分けされた三つの鍵がついていた。永遠にクローゼットのなかにいるわけにはいかないので、ボーンは扉を開けて外に出た。日曜日の深夜一時三十分だった。周囲には人気《ひとけ》がなかったので、ボーンはクローゼットから鍵を取り、どの鍵が合うか確かめてみた。オレンジの鍵が合った。

心臓の鼓動が高まった。ボーンはガレージの扉を見た。二〇三という文字が書かれている。彼はほかのふたつの鍵をよく見た。ひとつがクローゼットの鍵なら、このうちのもうひとつは部屋につながるドアの鍵に違いない。そしてビーチ用のがらくたが詰まったクローゼットを二十四時間以上、誰も開けなかったことを考えると……

……そいつらはここにはいない、ボーンはそう考え、笑みを浮かべた。

彼は二階に上がると、ほかのふたつの鍵を使って二〇三号室の鍵を開けようとした。紫の鍵はだめだった。が、緑の鍵を試したところ、ドアが開いた。

ビンゴ！　そう思いながら、ボーンは誰もいない部屋を素早く調べた。ベッドルームとバスルームがふたつずつ。冷蔵庫には食料とビールが入っていた。そしてバスルームには歯ブラシやかみそりなどの生活必需品が揃っていた。このコンドミニアムのオーナーが誰であれ、定期的に訪れていることは間違いなかった。

主寝室には夏物の衣類が詰まった引き出しがあり、そのバスルームにはビーチキャップの入った棚があった。

オーナーがいつ現れてもおかしくないとわかっていたが、同時に深夜二時に訪れてくることはないと思った。できるだけ少ない灯りだけを点け、仕事に取り掛かった。

まず、はさみを見つけて、髪を切り始めた。おおかたを切り落とすと、かみそりとシャンプーで頭を剃った。すべてが終わるのに一時間かかった。素早くシャワーを浴びたあと、はさみでひげを切り、さらにかみそりで剃った。すべて終わると、彼はミスター・クリーン（P&G社の洗剤等に使われているキャラクター）のようになった。引き出しで見つけた、ゆったりとした運動用のショートパンツと〝ザ・バック・ポーチ《The Back Porch》〟と書かれたXLサイズのTシャツを着た。それからキッチンに向かうと、ピーナッツ・バター・サンドウィッチをふたつ作り、三分もしないうちに平らげた。そしてキッチンを片付けると、ベッドルームに行き、二時間だけ眠ることにした。太陽が昇る前にはもとどおり部屋に鍵をかけて、クローゼットに戻った。

深夜一時三十分に部屋に行き、食事、シャワー、ひげそりを済ませたあとに二時間の睡眠をとるというルーティンを二日間繰り返した。クローゼットのなかに一日中いることの最もつらい部分はトイレだったが、幸いなことにビーチ用のバケツがいくつもあった。彼は、日中はバケツで用を足し、深夜になるとコンドミニアムに持って行ってトイレに流した。

自分を何者かに喩《たと》えるとするならば、ジムボーン・ウィーラーは逆境に強い人間《サバイバー》だった。

そして、三日目の夜、そろそろ運も尽きてきたと感じた。このコンドミニアムの居心地がいかによかろうと、オーナーは定期的に訪れているので、そろそろやって来てもおかしくなかった。ルーティンを終えたあと、ボーンは部屋を片付けると、〝デスティン《Destin》〟と青い文字で書かれた色褪せたカーキの帽子に、黒い運動用のショートパンツとTシャツを着て、階下《した》へと降りて行った。オーナーとは靴のサイズが合わなかったので裸足《はだし》だった。だが、誰もそのことに眉をひそめたりはしないだろう。結局のところ、ここはメキシコ湾岸《ガルフ・コースト》なのだ。誰もが一日中裸足で歩き回っている。

クローゼットを深夜二時ちょうどに開けると、ボーンはもうひとつの鍵をフックからはずし、扉を閉めた。考えられるターゲットはひとつだけだった。クローゼットから三つ通路をはさんだ先のガレージにある深紅のポルシェ911だ。注意深くかつ自信たっぷりに、ボーンはガレージのゲートを開け、スポーツカーに乗り込んだ。

マニュアル・シフト万歳！　ボーンはそう思いながら、ポルシェをバックでガレージから出した。

最後まで用心を怠らないよう、ガレージに戻ってもう一度ドアボタンを押すと、閉まり始めたドアをくぐって外に出た。三分後、深紅のポルシェは九十八号線を走っていた。帽子をかぶり、ひげをきれいに剃った姿は、このあたりで多く見かける休暇中の医師のようだった。万が一、誰かの注意を引いたとしても、夜遅くに〈クリスピー・クリーム・ドーナッツ〉を買いに行こうとしているか、〈AJ，s バー〉で若い男を漁《あさ》る年増女を求めて車を走らせていると思うだろう。そのどちらにもぴったりのいでたちだった。

ボーンはウィンドウを降ろすと、ラジオのスウィッチを入れ、リラックスした。聞こえてきたニュースに関心を引かれ、ボリュームを大きくした。

「今日、テネシー州プラスキの大陪審は、弁護士のボーセフィス・オルリウス・ヘインズを、著名な実業家であり、起業家でもあるアンドリュー・デイヴィス・ウォルトン殺害容疑で起訴しました。かつてクー・クラックス・クラン、テネシー騎士団の最高指導者《インペリアル・ウィザード》だったウォルトン氏は、八〇年代と九〇年代に多くの投資を行ったことで注目されるようになり、『南部のウォーレン・バフェット』として〈ニューズウィーク〉の表紙を飾ったことでも知られています。著名な法廷弁護士であるヘインズは、一九六六年に父親をKKKに殺されたことに対する復讐からウォルトンを殺害したとされています。ジャイルズ郡巡回裁判所裁判官のスーザン・コナリー判事がこの裁判の担当に任命されました。罪状認否は金曜日に行われると見られています。ひとつ確かなことは、この事件が訴訟となることで、世界中の注目がプラスキに集まり……」

まだ続いていたが、ボーンはつまみを古いカントリー・ミュージックを専門に流す局に回した。聞くべきことはすべて聞いた。

事態は良い方向に進んでいる。彼の雇用主を含め、プラスキの誰もが、ボーンは死んだと思っているだろう。誰も彼のことなど期待していない。そしてそのことは大きなアドバンテージとなる。

今でも去年の報酬を受け取るつもりだった。だが、あのときのことを考えると、金より何より、マクマートリーとドレイクに何とか復讐をしたかった。ボーセフィス・ヘインズにも去年タスカルーサで会って以来、貸しがあった。無意識のうちにボーンは、去年ボーセフィス・ヘインズにちぎれそうになるまで握り締められた睾丸《こうがん》に痛みを覚えた。「わかってるだろうが、神《ジーザス》は助けに来ちゃくれんよ」彼はボーンの顔に銃を突きつけてそう言い、「ガンファイトにナイフ」を持ってきたと言って彼に恥をかかせた。

ボーンは右手で睾丸の位置を調整すると、頭上のスウィッチを押してポルシェの屋根《トップ》を降ろした。車がミッドベイ・ブリッジをゆっくりと渡ると、チョクタハッチー湾から吹く潮風が鼻孔をくすぐった。ボーンは深く息を吸った。

去年、やつらはおれを捕まえられなかった。やつらは文字通り、おれの急所を握った……が、やつらはおれを捕まえられなかった。そして今回もだ。ボーンはデスティンがある意味罠《わな》だったのだと悟った。誰かが、ジムボーンが現れることを予想して、ドレイクを尾行していたのだ。

そしてもう一歩で捕まるところだった。もう一歩で……

ジムボーン・ウィーラーは含み笑いをすると、首を振った。じっくり時間をかけよう。場所も慎重に選ばなければならない。だが、最終的にはすべてを手にするだろう。

マクマートリー……ドレイク……ヘインズ。

ボーンはその皮肉に笑いそうになった。プラスキでは、一カ月かそこらでボーセフィス・ヘインズの生死を決する裁判が行われる。裁判は陪審員の評決にかかっている。

だが、ボーンのなかではすでに評決は決まっていた。勝ち、負けあるいは引き分けのいずれだろうが、マクマートリー、ドレイクそしてヘインズは死刑を宣告される。薬物注射でもなければ、ガス室でも電気椅子でもない。

必要なあらゆる方法を使って……

ボーンの手によって。

第四部

45

ジョージ・カーティスが新しい患者を受けることはめったになかった。開業して四十年以上になるが、ずっと扱える範囲でしか仕事をしてこなかった。しかしときには例外もあった。そして今回はそのひとつだった。

その女性は予約なしにやって来た。診療所の受付を長年務めるダブゼイは、カーティスが新しい患者を診《み》ることはほとんどないとその女性に告げ、予約患者が途切れるまで待たなければならないと言った。その女性はカーティスの古い友人の紹介で来たと言い、待つと答えた。

彼女は昼まで待った。ダブゼイが一時間の昼食休憩で外出すると、カーティスは彼女を診察室に招き入れた。その女性が魅力的でなかったら、帰ってもらうようダブゼイに言っていただろう。だが彼女は中西部の農場娘のような美しさを持っていた。長く茶色い髪に茶色い瞳。くるぶしまでの長さの濃紺の地味なワンピース。カーティスは美しい女性のためなら、五分だけ話を聞いてもいいと思った。それに、彼女にはどこか見覚えがあった……

診察室で、彼女ははっきりと用件を告げた。カーティスはすぐに見覚えがあった理由を悟った。

「君は……ここにいるべきじゃない」彼はそう言うと、立ち上がって彼女の前を行ったり来たりした。ことばにならないほど動揺していた。「我々の共通の友人はこんな危険な真似をするほど馬鹿じゃないはずだ。警官は君の写真を街中に回覧している。君の存在に気づいてるんだ。彼は電話をするべきだった」

「我々の共通の友人は、ここの誰も、わたしが誰かはわからないと言っている。知ることは不可能だと。それにもし誰かがわたしのことを知っていたとしても、ほかにあなたにメッセージを告げる方法はなかった。彼は携帯電話を失くしたから」

カーティスは歩くのをやめ、両手を腰にあてた。「いいか、彼らは君のことに気づいてるんだ。なぜかはわからないが、気づいてる」彼はため息をついた。「で、メッセージは？」

「彼は生きている。そしてゲームを終わらせる準備ができたと」

「それだけか？」

「ええ、あなたが喜ぶだろうと言っていた」

カーティスは眼にかかった銀色の髪の房を手で払い、再び歩き出した。「それは喜ばしいことだが……」彼は突然立ち止まると眼を閉じた。何かを考えながら、足早に診察室の外に出た。受付簿を見ると、顔を両手で覆った。「君は彼女に自分の名前を告げたのか！」カーティスは叫び、やがて崩れるように坐り込んだ。「なんて馬鹿なことを。彼女に名前を告げるなんて！」

「言ったように」──その女性は冷静な口調で言った──「我々の友人は、ここの誰も、わたしが誰なのかは知らないはずだと言ってる」

カーティスは受付簿を見た。真ん中あたりにダブゼイの筆跡で「マーサ・ブーハー」と書かれていた。彼女は診察室に呼ぶときに名前が読めるよう、いつも自分で患者の名前を書くようにしていた。

くそっ。ダブゼイは決して勘が鋭いほうじゃないから、まだ気づいていないかもしれない。あるいはすでに気づいていて……

「ここまでどうやって来た？」

「バスよ。今朝の八時にエスリッジからバスに乗った」

カーティスは腕時計を見た。十二時三十分。ダブゼイは三十分もすれば戻ってくる。

「五時のバスでエスリッジに帰るわ」とマーサは言った。

「危険すぎる」とカーティスは言い、鍵をポケットから出した。「バス乗り場からここまで誰も気づかなかったとしても、戻るときには気づかれるかもしれない」

彼はマーサの腕を取って診察室の外に連れて行くと、ブラインド越しに外を見た。こちらに来る者も、路上を走る車もいなかった。はす向かいの歯科医院以外には近くの私道にも車はなかったが、歯科医院の患者が気づいているかもしれなかった。素早く、鍵をマーサの手に押しつけて言った。「いいか、わたしの家はこの通りの並びの二軒先にある。一四〇四番地だ。できるだけさりげなくわたしの家に行き、この鍵を使って」――彼は大きな金色の鍵を指さした――「玄関を開けるんだ。わかったか？」

　彼女は頷いた。

「鍵をかけたら、灯りは点けるな。冷蔵庫のなかのものは好きなだけ食べていい。家に注意を向けられるようなことは一切するな。わかったな？」

　もう一度、マーサは頷いた。

「わたしは六時過ぎには帰るから、そのときに君を家まで送る方法を考えよう。いいな？」

「ええ――」

「行け」とカーティスは言うと、正面玄関のほうへ彼女を押した。

　カーティスはマーサが歩道を彼の家のほうに歩いて行く姿を見つめていた。ずっと心臓が激しく脈打っていた。彼女が家のなかに入ると、ゆっくりと息を吐いた。そして電話をつかみ、番号を押した。

　電話の相手がことばを発する前に、カーティスは話し始めていた。声に恐慌が現れるのを隠そうともしなかった。

「問題が生じた」

46

マイケル・キャプショーはバーミングハムでアラバマ州でも最大の弁護士事務所に勤める特許専門の弁護士だった。五年前、マイケルは、子どもがふたりとも大学を卒業したあと、自分自身と妻のためにずっと欲しかったものを買った。

メキシコ湾岸の2ベッドルーム付きコンドミニアム。

彼は以前からデスティンの〈ホリデイ・アイル〉が気に入っていた。同僚の多くがこの地域に別荘を買っていたこともあった。ガルフ・ショア・ドライブにある所有者専用のコンドミニアムはまさに彼がずっと求めていたものだった。広々とした駐車場に加え、車一台分のガレージが各オーナーに与えられている。マイケルはコンドミニアムに常に車を置いておきたかった。そうすれば、好きなときにいつでも飛行機でやって来て、着いたら車を運転することができる。

彼はコンドミニアムを購入した一年後、深紅のポルシェを買った。

また専用の飛行機――ツイン・エンジンのセスナ――も購入した。彼とリサは金曜日の午後三時にセスナに乗り、午後四時半にフォート・ウォルトン飛行場に着陸し、タクシーを使って五時にコンドミニアムに到着した。

コンドミニアムへ来るのは一カ月ぶりだった。スーパーマーケットまでの道のりが混雑していないことはわかっていた。ポルシェでひとっ走りする言い訳を探していたこともあり、マイケルはリサとガレージへと向かった。ガレージに着くと彼は眉をひそめ、左右を見回して、自分が正しい場所にいることを確かめた。

「ダーリン、車はどこ?」とリサが訊いた。

マイケルが収納クローゼットを開けると、脇のフックに掛けてあった車のキーがなくなっていた。彼は妻にどう答えるべきか悟った。

「盗まれた」彼はそう言いながら、すでに携帯電話の九一一のボタンを押していた。

47

スリーピー・ヘッド・インはどう考えてもローレンスバーグで最高のモーテルとは言えなかった。だが、ボーンは何年か前にオーナーの頼みを聞いてやったことがあったことから、そのお返しに、いつでも無料で部屋を利用することができた。監視カメラがないのも好都合だった。

ボーンが金以外のものを見返りに仕事をすることはめったになかったが、困ったときに隠れる場所があることはありがたかった。これまでと同様、今夜も役に立った。

スリーピー・ヘッド・インには部屋が十二あったが、どの部屋にも同じ内装が施されている。クイーンサイズのベッド、木製の椅子付きの古めかしい机、そしてバスルーム。どの部屋も消毒剤のレモンの香りで満たされていた。

ボーンは椅子に坐って、ドアの近くに立つジョージ・カーティスを見つめていた。カーティスは青白い肌をした痩せた男で、軟弱で生気のない顔つきをしていた。眼鏡をかけ、薄くなった頭頂部をサイドからもってきた白髪で隠そうとしている。ジーンズにゴルフ・シャツというカジュアルないでたちだったが、どこかおどおどとして神経質そうだった。さらに手がひどく震えていたため、何秒かおきに右手で左手を抑えなければならなかった。

「ドクター、やっと会えてうれしいよ。あんたのことはラリーからよく聞いている」

「ラ、ラ、ラリーがわたしのことを話すはずはない」とカーティスは言った。

ボーンは肩をすくめた。「ああ、そうかもな。何て言っていたか忘れちまったし、今はどうでもいい」彼は間《ま》を置いてから続けた。「何があったか話してくれ」

カーティスはバスルームのほうを指さした。閉まった扉のなかから水の流れる音が聞こえていた。「か、か、彼女が今朝現れて、わたしに会いたいと言った。彼女はうちの受付係のダブゼイと話をして、ダブゼイが彼女の名前を受付簿に書き留めた」カーティスはそこまで言うと、震える手で口元を拭った。「警察は店や事務所を一軒一軒訪ね、彼女の写真を見せてマーサ・ブーハーという名前の女性に注意するように呼び掛けている。うちの受付係が働きすぎでぼんやりしてない限り、間違いなく気づいているはずだ。今日は何も言ってなかったが、そのうち言ってきても不思議じゃない」カーティスはそう言って眼をこすった。その眼はストレスか寝不足のせいで充血していた。おそらくその両方だろう、とボーンは思い、笑いをこらえた。ジョージ・カーティスが、ボーンのような男とこれまでに話をする機会などなかったことは明らかだった。

「とにかく」とカーティスは続けた。「マーサは、そのあとはずっと診療所から二軒先にあるわたしの家に隠れていた。通りが暗くなってから、ここへ向かったんだ」

「なぜマーサが警察のレーダーに引っかかったかわかるか?」とボーンは訊いた。答えはわかっていたが、確かめたかった。

カーティスは首を振った。「わからない。だが、彼らは数週間前から彼女の名前と写真を回覧している」彼はことばを飲み込んだ。「それに連中はあんたの名前と似顔絵も回覧している」

ボーンは笑みを浮かべた。「おれの似顔絵はこんな風だったか?」と尋ね、両方の親指で自分自身を指した。

カーティスは首を振った。「いや。似顔絵のあんたには髪があった。それにもっと若く見えた」そう言うと、また右手が震えだした。彼は左手で抑えて深く息を吸った。「ミスター・ウィーラー、そろそろ終わりにする頃合いだ。事態は……」彼は再びことばを飲み込み、緑色のビニールカーペットに視線を落とした。ボーンはまた笑いをこらえた。「手に負えなくなっている。警察が迫っている……ミッションは中止したほうがいい」

ボーンはゆっくりと首を振った。「中止するつもりはない。もう引き返せないし、ここまであまりにも多くの労力を費やしてきた」

カーティスは激しく首を振り、ボーンに近づいた。「いずれにしろボーセフィスは終わりだ、ミスター・ウィーラー。ヘレン・ルイス検事長は死刑を求刑するだろう。そして数年のうちに刑は執行される。君は保険だったんだ。もう中止する頃合いだ」

「いいや、だめだ、ドクター」とボーンは言い、椅子から立ち上がった。「ボーセフィス・ヘインズのせいで、この十四カ月間に多くの金を儲けそこなった。確かにやつはおしまいだ。だが、あわよくばやつの弁護士も殺すつもりだ。ドレイクとマクマートリー。やつらにも借りがある」

「ミスター・ウィーラー、君は金を受け取って人を殺す始末屋だ。我々は君を雇った。君は我々のために働いている。そのわたしが中止にすると言っているんだ」

「いいや違う、ドクター。ボーンは自分自身のために働く。そして何であれ、あんたはおれのやろうとすることに対して金を払うことに同意した。ここでやめるつもりはない」彼はそう言うと、腰のあたりから三十八口径の銃を取り出し、ジョージ・カーティスに向けた。

「いいか……あんたはおれたちが始めたゲームを終わらせるのを助けるか」——彼は撃鉄を起こした——「さもなければ、この銃口の奥にあるものを見ることになる」

バスルームのドアが音をたてて開き、マーサ・ブーハーが出てきた。カーティスは、恐怖のあまりひどく取り乱した眼で彼女をちらっと見てから、彼女がボーンのそばを通ってベッドのうえに横になるのをじっと見た。マーサは裸だった。「ドクター」と彼女は言った。「今すぐ、あの肉体《からだ》が欲しいの」

「行くよ」とカーティスは言うと、ボーンのほうを見た。

「何らかの計画を思いつかない限り」とボーンが言った。「ヘインズが拘置所にいるあいだは手を出せない。週末や裁判期間中に裁判所や、どこかに連れて行かれるとしても、警官の警護がついているだろうから、やつを尾行するのもリスクが高すぎる。似顔絵がたいして似てないにしても、少しでも関連性に気づかれたらおしまいだから、ダウンタウンで見られるようなリスクを冒すわけにもいかない。しかも、プラスキは小さな街だし、おれはよそ者だ」ボーンはことばを切った。「何かいい考えはないか、ドク」

「中止するんだ」カーティスはほとんど囁《ささや》くような声で言った。マーサ・ブーハーがベッドの縁からさっと動き、カーティスのベルトのバックルに手を置いた。ゆっくりと、ベルトをはずし始めた。「何を……?」抵抗しようとしたが、ボーンの拳銃の冷たいスチールの感覚を額に感じた。

「そのままマーサにやらせておいて、質問に答えるんだ、ドク」とボーンは言った。マーサ・ブーハーはベルトをはずすと、ジーンズのボタンをはずし始めた。

「わ……わたしは……」カーティスが口ごもるうちに、ジーンズと下着が床に落ちた。

マーサはカーティスの硬くなったペニスをしっかりとつかんだ。カーティスは眼を閉じた。めまいを感じていた。

「今日はランチの時間に会ってくれて本当にありがとう、ドクター・カーティス。お金を払えなくて申し訳なかったわ。これで何とか埋め合わせができればいいんだけど」

マーサの指が、しっとりと濡れた口の感覚に替わり、前後に動いた。カーティスの膝から力が抜けていった。マーサは彼をベッドに坐らせ、そのまま作業を続けた。

「ドクター・カーティス、保険に加入してない患者にはいつもこうしてるの？」と彼女は訊いた。

カーティスは〝保険〟ということばを聞いて、眼を見開き、眼の前の光景にもう少しで吐きそうになった。ボーンが銃を持ったまま、もう一方の手で携帯電話のカメラを医師のほうに向けていた。

「やめてくれ！」カーティスは慌ててベッドから立ち上がったが、ボーンも一歩踏み出して、カーティスの額にもう一度銃を押しつけた。ボーンはほほ笑むと、ニュースキャスターのような口調で話し始めた。

「プラスキで長年ホームドクターを務めるドクター・ジョージ・カーティスが今日、脅迫および暴行ならびに第三級強姦罪で逮捕されました。ある映像により医療サービスと引換えに性的行為を受けていることが明らかになったのです。ドクター・カーティスは現在、テネシー州医療委員会の調査を受けており、医師免許を失うことになると見られています。かつては輝かしかった彼の名声も、地に墜ちることになるでしょう」

「この人でなしが」とカーティスが言うと、マーサはバスルームに戻って扉を閉めた。

「こんなもんじゃすまんぞ」とボーンは言った。「いいか、どうやったらボーセフィス・ヘインズに近づいてやつの頭に弾丸《たま》をお見舞いできるか考えるんだ」

「不可能だ」カーティスはやっとの思いでそう言うと、下着とジーンズを探した。「あんたが自分でそう言ったんじゃないか」

「考えるんだ、ドク。さあ。どうやったらヘインズに近づけて、しかも目撃されずにすむ？」

カーティスはその答えに気づき、まばたきをした。ボーンが笑みを浮かべた。「最初からわかってたんだな」とカーティスは言った。

「ああそうさ、ドク。ここに来る途中で裁判についてのニュースを聞いたときにひらめいた。だがあんた自身にも気づいてほしかったんでね」

「やつに近づくことができて、誰にも見られない。つまり――」

「ああ完璧だ」とボーンは言い、会話を締めくくった。「だが、そのためにはひとつやってもらいたいことがある」

「わかっている」とカーティスは言った。「あんたが今録画した映像と引換えだ」

「いいだろう」とボーンは言い、手を差し出した。

ジョージ・カーティスの体は、恐怖と安心が入り混じった感情で震えていた。が、何とかボーンと握手をした。「取引成立だ」

48

月曜日の朝、ジャイルズ郡裁判所の門が開く前から、広場は白で覆いつくされていた。少なくとも三百人のクー・クラックス・クランのメンバーが裁判所を取り囲み、全員が白いローブとフードを被《かぶ》っていた。その多くは〝アンディ・ウォルトンに正義を〟あるいは簡潔に〝正義を〟と書かれた看板を持っていた。

〈リーヴズ・ドラッグストア〉の店内からその光景を見ていたエマ・ジーン・ウェイツは、自分の眼が信じられなかった。生まれてからずっとプラスキで暮らしてきて、組織化された、多くのメンバーが参加するKKKの集会も見てきた。そういった集会のほとんどは、南部連合やKKKの慣習に従って行われていた。何年か前は、七月のネイサン・ベッドフォード・フォレスト将軍の誕生日に行われた。フォレストは、KKKの初代総司令《グランド・ウィザード》だった。別の年には一月のロバート・E・リー将軍の誕生日に集まったこともあった。だが、エマ・ジーンは裁判が行われている最中に裁判所の前にKKKが集まったことは思い出せなかった。あったとしても、これほどの規模ではなかったはずだ。

「まるでグリシャムの『評決のとき』みたいだね」と声に出して言った。

「本当に」という声がエマ・ジーンの後ろから聞こえた。「少なくとも連中は『ボーを電気椅子に』とは叫んでないけどね」

エマ・ジーンは声のするほうを向いた。「あら、いらっしゃい、ダブゼイ、今日は、ドクター・カーティスは？」

「今週は診察しないつもりみたい。それで、わたしに処方箋を届けに来させたの。先生もこの馬鹿騒ぎに嫌気がさしたんじゃない」

エマ・ジーンは頷くと、再び窓の外を見た。

「責めちゃだめよ。きっとつらいはずだから。裁判を傍聴するつもりなのかしら？」

ダブゼイは首を振った。「無理ね。先生は証人として召喚されているから。証人は傍聴することはできないの」

「そうなの？」エマ・ジーンはもう一度ダブゼイのほうを向いて訊き返した。エマ・ジーンは、そのとき初めてダブゼイが何かに悩んでいるようだということに気づいた。眉間にしわを寄せ、考えごとをしているようだった。

「ええ」とダブゼイは答えた。まだ窓の外のクランを見ていた。

「ねえ、大丈夫？」とエマ・ジーンは訊いた。「顔色が悪いわよ」

「大丈夫」とダブゼイは言った。「ちょっとびっくりしただけ。いつも、クランが集まるときはダウンタウンにはいないようにしてるから」

「みんなそうよ」とエマ・ジーンは言った。「いつもは一日我慢すればいいけど、今回は、一週間は続きそう。一週間も店を閉めるわけにはいかないもの」

「その通りね」ダブゼイは同意した。まだ窓の外を見ていた。彼女は発泡スチロールのコーヒーカップを持っていたが、まだ口をつけていなかった。

「本当に大丈夫？」エマ・ジーンが尋ねた。

「ええ、大丈夫よ、エマ・ジーン」とダブゼイは言い、カップに口をつけた。一口であまりにも多く飲もうとしたため、やけどするほど熱いコーヒーがのどの奥にあたり、声をあげそうになった。咳き込みながら、ドアに向かって歩き始めた。「もう診療所に戻らなきゃ」

エマ・ジーンが何か言う前に、ダブゼイはもうドアを出て歩道にいた。ドクター・カーティスの診療所は、一ブロック先の東ジェファーソン通りにある。なので、エマ・ジーンは受付係がその方向に行くと思っていた。

しかしダブゼイは〝カーティス・ファミリー・クリニック〟のほうには行かず、ファースト通りのほうに向かった。

どこへ行くの？　エマ・ジーンは疑問に思った。そして直感に突き動かされるように声に出して言った。「何か変ね」

ダブゼイ・ジョンソンは胸のなかで鼓動が激しく打つのを感じていた。この週末のあいだずっと、何かが気になっていた。だが、三十分前までは、それが何なのかわからなかった。八十五歳になってますます物忘れがひどくなり、何と言おうとしたのか忘れたり、前の日に何をしたのか覚えていなかったりといったことが多くなった。金曜日にあった何かが気になっていたが、その朝、職場に着くまでそれが何かわからなかった。

受付簿を見て、金曜日のページがないことに気づいた。それどころか、ドクター・カーティスは受付簿そのものを新しいノートと取り換えていた。それはおかしかった。受付簿のノートは四十ページからなり、一カ月経つか、最後まで使い切ったときに交換するのが普通だった。九月分のページはまだ残っていたのに、ドクター・カーティスはすべて交換してしまった。

そのとき気づいた。あの予約なしの患者だ。金曜の朝にやってきた女のことを思い出してそう思った。ダブゼイは彼女の名前を書き留めたとき、どこか聞き覚えがあると思った。マーサ……マーサ何とか。朝は忙しかったので、やがてそのことは忘れてしまった。秋になり、診療所は患者──特に幼稚園や就学前の子どもたちを持つ若い母親──でごった返していた。

ドクター・カーティスは昼休みの時間に彼女を診察すると言っていた。だが、ダブゼイが〈リーヴズ・ドラッグストア〉でサンドウィッチを食べて帰って来たときには、彼女はもういなかった。ドクター・カーティスに彼女のことを訊くと、彼は肩をすくめて、ほかの患者で忙しく診てやる余裕はなかったと答えた。

ならば、なぜ彼女が最初に来たときにそう言わなかったのだろう？　ダブゼイはその女性が美しかったからだと思っていた。ドクター・カーティスはずっと独身だったが、間違いなく――少なくともダブゼイの見たところでは――異性愛者だった。彼女は女性の患者が診療所から帰る際に医師が女性の後ろ姿をあがめるように見つめたり、診察のときに女性の胸の谷間をちらっと見下ろしたりするところを見ていた。金曜日に来た女性は美しかった。少なくともドクター・カーティスは彼女を帰らせる前に、話をしたがったはずだ。では、どうしてこの週末のあいだ、ずっと気になっていたんだろう？

マーサ……、ダブゼイは心のなかで考えた。そして口に出して言った。「マーサ……」

彼女は夫のスティーブから夕食についての電話を貰うまでは、そのことを忘れようとしていた。だが、電話に手を伸ばしたとき、チラシが眼に入った。それは机のうえの雑誌の下に隠れていた。スプリングフィールド保安官補が三週間ほど前に置いていったものだ。ダブゼイはチラシをつかむと、写真に眼をやった。引き伸ばした古い運転免許証の写真。写真の下に書かれた名前を見て、心臓が止まりそうになった。マーサ・ブーハー。

「この女性を見かけたら、直《ただ》ちに保安官事務所にご連絡ください」チラシの下のほうにそう書いてあった。

ファースト通りを歩きながら、ダブゼイはそのチラシをハンドバッグから取り出し、もう一度その写真を見た。そしてその下に書かれた名前を。マーサ・ブーハー。

彼女だ。金曜日に来たあの女だ。ダブゼイは自分が賢い女ではないことをわかっていた。だが、妊娠して高校を中退したあとに、GED（一般教育修了検定）を取得し、マーティン・メソジスト大学で准看護師の資格を取るくらいにはしっかりしていた。その資格のおかげで彼女は患者の受付をするだけではなく、薬品の管理や採血、病歴を記録することもできた。彼女は賢くはないが、馬鹿でもなかった。何事にも少し時間がかかるかもしれないが、馬鹿ではなかった。

あれは彼女だ。金曜日にやってきたのはマーサ・ブーハーだ。

彼女は携帯電話を取り出した。ドクター・カーティスに話さないことに罪悪感を覚えたが、彼は、今週はずっと診療所には来ないし、煩わせたくなかった。いずれにしろ、医師がそういったことには関心を示さないとわかっていた。きっとこのチラシも見ていないのだろう。

今日電話があったら話そう。彼女はそう決めた。そしてチラシに書かれた番号にダイヤルした。

49

午前八時四十五分、法廷は静まり返っていた。カメラはなく、レポーターもいなかった。検察側のテーブルに一番近い列に坐ったマギー・ウォルトンの後ろには傍聴人もいなかった。

トムはひげを掻いた。これまでずっときれいに剃っていたので、ひげが生えているのは心地よいとはいえなかった。傷はほとんど治っていたが、赤みがかった痕が残っていて、ひげはそれを隠すのに役立っていた。車椅子を使わないですむぐらいには回復していたものの、歩くときにはまだ杖《つえ》を必要としており、その杖を弁護人席の後ろにこれ見よがしに置いていた。膝は外科的手術を受けない限り、これ以上良くはならなかったが、裁判が終わるまではすべて後回しにすることにした。今は、杖と鎮痛解熱剤《アドビル》を目一杯服用してやり過ごすしかなかった。

トムはほとんど人のいない法廷を見渡し、最後にミセス・ウォルトン――ボーは彼女のことをミズ・マギーと呼んでいた――に眼を向けた。豊かな白髪をした美しく人目を引く女性だった。足首までの長さのドレスを着て、喪に服している女性として完璧な装いだった。胸を張って坐り、膝には聖書らしきものを置いている。悲しみに暮れる、夫を失った妻の役を演じているに違いない、とトムは思い、ミズ・マギーのいでたちとあの聖書は彼女自身のアイデアなのか、それとも検事長が陪審員に向けて演じさせているのだろうかと考えた。

リックは裁判の準備として何度かミズ・マギーと面談しようと試みたが、何度電話しても彼女が掛け直してくることはなかった。最後には、ドクター・ジョージ・カーティスが今度電話をしてきたら警察に通報すると言ってくる始末だった。

見られていることがわかっていたかのように、彼女はトムのほうに顔を向け、見つめ返してきた。現行犯で見つかってしまったな。トムは無理に笑みを浮かべたが、彼女はまったく反応を仕草に表さなかった。代わりに彼から顔をそむけると、自分自身に向かって何かつぶやいたようだった。トムには「ずうずうしい」と言っているように思えた。

「彼女はグラスに入った冷たい水のようでしょう？」ボーがトムの肩に手を置いてそう言った。

「まるで北極のようだ」とトムは言い、友人に向かってほほ笑んだ。ボーは濃紺のスーツに白のワイシャツ、ライトブルーのネクタイをしていた。囚人服ではない姿のボーを見るのがうれしかった。「調子はどうだ？」とトムは訊いた。

ボーは肩をすくめた。「緊張しています。ロッキング・チェアがたくさんある部屋で、長いしっぽを踏まれるんじゃないかとひやひやしてる猫の心境ってところですかね」と彼は言った。「ですが監房から出られてほっとしています」彼はそこでことばを切った。「あなたがここにいるなんて信じられません、教授。襲われたあと、あなたはてっきり……」

「法廷から遠ざけたいのなら、やつらはわたしを殺すべきだったな」とトムは言った。

ボーは、涙が浮かびそうになり、眼をそらした。

「ボー、我々は何とかここまでたどり着いた。だが、この裁判のほとんどはリックが担当する。冒頭陳述、尋問そして最終弁論。わたしは、今週は副操縦士に徹する。体のほうが

――」

「あなたがここにいてくれるだけでうれしいんです。教授」ボーはトムのことばをさえぎった。「それで十分です」

「恐ろしく静かですね」リックが弁護人席にやって来て言った。チャコール・グレーのスーツにブルーのワイシャツ、赤いネクタイという姿の彼は、顔色もよく、戦う準備は整っているようだった。

「すぐに変わるさ」とトムは言った。「陪審員が席に着いたら、秋の土曜日のブライアント＝デニー・スタジアムのようになる」

テネシー州の法律では、陪審員選びをマスコミに公開することは禁じられていた。「ただし、陪審員が選出されたら、テレビの放送を認めるつもりです」コナリー判事はその日の朝早くにそう告げていた。

トムはヘレン・ルイス検事長が異議を唱えなかったことに驚いた。法廷にテレビカメラが入ることに関して彼が調べたところでは、陪審員は、裁判が世界中で注目されていることを

意識すると、注意深くあろうとすると言われている。その最もよい例はO・J・シンプソンの裁判で、陪審員はシンプソンの夫人殺害に無罪を言い渡した。だが、トムにはわかっていた。この裁判が全国的なニュースになるという事実を、ヘレンは喜んでいるのだ。

「レイレイはどこだ？」とトムは言い、周囲を見渡した。彼らの地元弁護士の姿はどこにもなかった。「ここはあいつの出番だっていうのに、どうなってんだ」裁判は陪審員選びから始まる。そして弁護側は、その判断をレイレイ・ピッカルーの考えとアドバイスに頼ることになる。トムはレイレイに弁護人席に一緒に坐って陪審員候補を見てほしいと思っていた。トムとリックはこの街ではよそ者だが、レイレイはコミュニティの一員だった。

「わかりません」とリックは言った。

トムは腕時計をちらっと見た。午前八時五十二分。始まるまで八分しかない。手元のリーガル・パッドに眼を落としたが、書いてあることが頭に入ってこなかった。思案に暮れていると、腕を引っ張られるのを感じた。見上げるとヘレン・ルイス検事長と眼が合った。

「最後のチャンスよ。終身刑。服役態度が良好なら三十年で仮釈放の権利を得られる。これが最後のオファーよ」ヘレンはまるでマシンガンから発射するように司法取引を申し出た。

トムはテーブルにもたれかかり、ボーの耳元で取引の内容を囁いた。一切ためらうことなく、ボーは首を振った。ヘレンのほうを見ようともしなかった。

「ノーだ」トムは彼女のほうを見てそう答えた。

「お好きなように」とヘレンは言った。だが、彼女の口調は、ボーが拒絶したことを少しも不愉快に思っていないようだった。それどころか、彼女の声にどこか嬉々《きき》としたものを感じ、思わず身がすくんだ。トムはもう一度、O・J・シンプソン裁判のことを考えずにはいられなかった。勝ち、負け、引き分けにかかわらず、ヘレン・ルイスはこの裁判を通じてこの国で最も有名な法律家のひとりになるだろう。

「教授、ボー、見てください！」リックが囁くような声で叫び、法廷の入口を指さした。トムとボーが振り向くと、正面入口の扉にレイレイ・ピッカルーが立っていた。その右側には、彼の腕をつかむジャスミン・ヘインズの姿と、さらにその後ろにはひょろ長い十代の少年の姿があった。

「なんてこった《オー・マイ・ゴッド》」ボーは小声でそう言うと、夢じゃないことを確かめるかのようにまばたきをした。肩に手が置かれているのを感じ、トムのほうを見た。トムは彼を正面扉のほうに軽く押した。「行け」とトムが声に出さず口の形だけで伝えた。ボーは震える足を何とか動かそうとした。

旧姓ジャスミン・ヘンダーソン――ボーは初めて会ったときから彼女のことをジャズと呼んでいた――は、ミルクチョコレート色の肌に茶色いウェーブのかかった髪を肩のあたりで切りそろえていた。上品な濃紺のドレスを着て、オレンジのコサージュを胸元にしていた。

「その……とてもきれいだよ」ボーは何とかそう言った。

ジャズはほほ笑んだ。が、眼には涙があふれていた。「勝って」と彼女は言った。

もう自分を抑えることができず、ボーは彼女を引き寄せた。彼女は彼の腰に腕を回した。

「ありがとう」と彼は言った。「ありがとう、来てくれて」

「ライラは母さん《マンマ》とハンツビルにいる」彼女は彼の耳元で囁くように言った。「あの娘《こ》にはまだ早すぎるから……でも、T・Jは連れて来たわ」

ボーは別居中の妻の後ろに十代の息子の姿を見た。握手をしようと手を差し出した。が、少年は父親を強く抱きしめた。「愛してるよ、父さん。僕もここにいるから」

「殺してないんだ」とボーは言い、最初にT・Jを、そしてジャズを見た。「おれは彼を殺してない」

ジャズは頷き、涙を拭った。「わかってる。レイレイがあなたははめられたと言っていた。あなたは検察の性急な判断の犠牲になったんだって」

ボーはレイレイ・ピッカルーをちらっと見た。彼はトムとリックとともに陪審員リストを調べていた。ボーが声をかけようと思ったそのとき、裁判所職員の声がナイフのように法廷の空気を切り裂いた。「全員起立！」

検事と弁護人らが立ち上がり、ジャズはボーのほほにキスをした。「愛してる」と彼女は言った。

「おれも愛してる」とボーが言った。彼が最後に彼女を抱きしめると、リックは彼女とT・

Jを最前列の席に案内した。

「着席してください」とコナリー判事が言った。全員が彼女の指示に従うと、判事は咳払いをして判事席に据え付けられたマイクを通して話した。「それでは、ここにテネシー州対ボーセフィス・オルリウス・ヘインズの裁判を開廷します。州側の準備はよろしいですか？」

「はい、裁判長」ヘレン・ルイスが言った。

「弁護側の準備はよろしいですか？」

「はい、裁判長」とトムは言った。

「よろしい。では」判事はそう言うと、職員のほうを見た。「陪審員候補をなかに入れてください」

「どうやって彼女をここに連れて来たんだ？」陪審員候補がゆっくりと入ってくるあいだ、トムは囁くようにレイレイに尋ねた。

「彼女の離婚弁護士は誰だと思う？」とレイレイは言い、いつものジョーカーのような笑みを見せた。

「レイレイ、それはまずい」

「落ち着けよ、トミー。ふたりは別居してるだけだ。彼女はまだあのくそったれを愛している。だが」――彼はウインクした――「ふたりが結局別れることになったとしても、彼が死刑になるかどうかは、ミセス・ヘインズにとっちゃ最大の関心事だろう。おれを信じろ。死刑監房にいる男から生活費を分捕《ぶんど》るのは簡単じゃないからな」

トムは頭を振ると、思わずほほ笑んでしまった。「なんでまた、心温まる時間を作っておいて、台無しにするようなことを言うかね」

「プレゼントさ」とレイレイは言った。「さあ、ボーセフィスのためにお仲間の陪審員を選んでやろうじゃないか」

50

午後四時までかけて彼らは陪審員を選び終えた。男性が八人、女性が四人。十一人の白人に対し、黒人はひとりだけ。唯一のアフリカ系アメリカ人の陪審員はデルレイ・ベンダーで、ボーが彼の自動車修理店を利用していないことを恨みに思っているかもしれないため、弁護側の〝どちらでもない〟リストに載っていた男だった。

「これがおれの陪審員か」とボーは囁き、証人席と向かい合う十二の椅子に座ろうとする陪審員を見つめた。「棺桶《かんおけ》を選び始めたほうがよさそうだな」

「ドリーム・チームというわけにはいかないが」レイレイが囁き返した。「ウッディ・ブルックスは悪くない。彼は白人でもう引退してるが、かなりのリベラルだ。おれの近所に住んでいて、覚えてる限りじゃ、オバマのサインがある唯一の家だ」ボーはミスター・ブルックスが着席するのを見つめた。白髪の男は、席に着くとボーに冷たい視線を向けた。

「どうだかな」とボーは言った。

「ミリー・サンダースンもOKだ」レイレイは続け、ボーも頷いた。彼もミリーのことはよく知っていた。彼女はジャイルズ・カウンティ高校の公民の教師だった。T・Jがハンツビルの高校に転校していなければ、ミリーの授業を受けていただろう。四十代半ば、赤毛で緑の瞳をしたミリーは、笑顔の素敵な美しい女性だった。「賭けてもいい。ヘレンはミリーを忌避リストに載せていたはずだが、彼女の前で忌避権を使い果たしてしまったんだ」とレイレイは続けた。

五分後、コナリー判事がその日の休廷を告げ、翌朝に冒頭陳述を始めると言った。

「もう少し時間があれば、ジムボーンを見つけられたかもしれないんだが」陪審員が席をはずすとトムは言った。「わたしは今でもやつがラリー・タッカーの依頼で犯行に及んだとにらんでいる。ジムボーンを捕らえることができれば、やつは取引に応じるはずだ」

「その線で進めようとしても、判事は一切の申立てを拒絶するだろうな」レイレイはそう言って扉に向かうと、リックのほうを見た。「まずは冒頭陳述だ」

「どこに行く?」とトムは尋ねた。

「ここでのおれの仕事は終わりだ。陪審員は選んだし、おれの脳みそはへとへとだ。飲みに行くよ。ひさしぶりに女でもひっかけるかもな。明日の朝、会おう」

「レイレイ……」扉の閉まる音がトムの声をさえぎった。

「行かせましょう、教授」とボーが言った。「あいつの言う通りです。あいつの役目は終わりだ」

だが、トムはそのことばを聞いていなかった。法廷を出てロビーでレイレイに追いつくと、階段を下りる前に腕をつかんだ。「どうしたんだ、レイレイ？　今夜、明日の準備をするためにお前が必要だ」

「いいや、トミー。今必要なのは、ラリー・タッカーがボーの父親を殺した一味のひとりだと証明することだ。そうすりゃ、ダーラ・フォードの証言も少しは補強されるし、ラリーが犯行に及んだ明確な動機にもなる」とレイレイは言った。「ラリーこそが鍵になる。そのことはお前もわかってるはずだ。殺人はやつのクラブで起きた。動機を示すことができれば、起訴事実に対する合理的な疑いを陪審員に抱かせることができる」彼はトムの肩を叩いた。

「おれにまかせろ、トミー。だが、ボーの事務所で無駄な時間を過ごすつもりはない」彼は間《ま》を置いてから言った。「いくつか電話をしなきゃならんからな」

ふたりは互いに頷き、レイレイは階段を下り始めた。

「おい、レイレイ」とトムは声をかけた。

「ああ」

「気をつけろよ」

51

ノックの音を聞き、ジョージ・カーティスは驚いて立ち上がった。彼はマチルダを膝においてカウチで眠っていた。猫は甲高い声を上げてカーティスの膝から飛び降りた。彼は猫のことをまったく気にしなかった。

腕時計を見る。九時三十分だった。こんな夜中にいったい誰だ? カーティスは玄関まで行くと、ブラインドの隙間から外を覗き見た。制服を着たエニス・ペトリー保安官が玄関口に立っていた。手にはフォルダーのようなものを持っている。いい話じゃなさそうだな、とカーティスは思った。だが、遅らせても無駄だ。デッドボルトをはずすと、扉を開けた。

「どうした、エニス」と彼は言い、保安官をじっと見た。「何かあったのか?」

「ジョージ、話したいことがある」

二分後、ふたりは〈フォルガー〉のインスタントコーヒーが入ったマグを持っていた。ペトリーはマグを両手で持ってコーヒーを一口飲んだ。「ありがとう。美味いな」

「大変な一日だったな」とカーティスは言った。ペトリーが何を話したいのかまだわからなかった。

「ああ。ボーの裁判で一日中、検事長と法廷にいた。ところでジョージ、マーサ・ブーハーとは誰だ？」

「誰だって？」とカーティスは訊き返した。うなじに冷たいものを感じていた。くそっ、ダブゼイのやつ……

「マーサ・ブーハーだ」保安官が繰り返した。「先週の金曜日に来たはずだ。ダブゼイによると、新しい患者だったそうだな。そしてあんたは、普段は新しい患者を受け付けていない」彼はことばを切った。「だが、ミズ・ブーハーは診たそうじゃないか」

眼鏡の奥で、カーティスの心は千々《ちぢ》に乱れていた。この件は慎重に扱わないといけない。

「エニス、ぼんやりとしか覚えていないんだが、確かに診てほしいという女性と金曜日の昼休みに話をした記憶がある。だが、結局、時間がないと言って断った」

「ダブゼイはいつも新しい患者には予約で一杯だと言うそうだ。だが、あんたがミズ・ブーハーに会うと言ったそうじゃないか」

カーティスは肩をすくめた。「だから何だと言うんだ？　先週の金曜日のことでわたしが覚えているのは、予約の患者で一杯だったってことだけだよ。わたしはもうじき六十五歳になる。昨日何があったのかさえもほとんど覚えてられないんだ。患者についてはカルテに記録してるから、症状については思い出すことができる。だが、わたしは君の言っているその女性を診てないから、彼女に時間がないと話したこと以外は何も覚えてないよ。なぜその女性がそんなに重要なのかね？」

エニスは持っていたフォルダーから引き伸ばされた写真を取り出した。「なぜなら、マーサ・ブーハーは三つの州で指名手配されているジムボーン・ウィーラーことジェイムズ・ロバート・ウィーラーという男の重要証人と目されているからだ。ウィーラーは、アラバマで起きた殺人事件とフロリダで起きた殺人未遂事件の第一容疑者とされていて、十四ヵ月前にはサンダウナーズ・クラブで目撃されている。保安官事務所は、この一ヵ月間、マーサ・ブーハーの写真を街中に回覧している。あんたの診療所のダブゼイにも一枚渡してある。ダブゼイはその女性の名前を受付簿で確認し、その女性が写真の女とそっくりだったと言っている」

カーティスは写真をじっと見た。「すまない、エニス。知らなかったんだ。わたしは患者を診るときは自分の世界に入ってしまうから。それにダブゼイはそういった細々《こまごま》とした書類はわたしには見せないんだ」

「じゃあ、あんたが先週の金曜日にその女と会っていたとき、あんたは我々が彼女を探していることを知らなかったんだな」

カーティスは頷いた。「けど、今思い出したよ」と彼は言い、ほほ笑んだ。「彼女は……きれいな女性だった。だからダブゼイに彼女を診ると言ったんだ」

「きれいだったから？」

カーティスは両方の手のひらを差し出すようにして言った「有罪を認めるよ。きれいな女性と話したくて、自分で診ると言ったんだ」

ペトリーは頷いた。カーティスのことばを信じているのかどうかはわからなかった。「彼女とはどのくらい話した？」

カーティスは肩をすくめた。「たぶん五分くらい。確かこの地区の別の医者を推薦したと思う」

「彼女はプラスキの出身なのか？」

しまった、とカーティスは思った。やりすぎてしまった。「えーと……いや」彼は言った。

「わたしがそう思っただけだ」彼はそこでことばを切った。自分の答えに満足するように。誰だってそう思うだろ？

「彼女は車で来たのか？」

「いやわからない」

「ダブゼイは車を見た覚えはないと言っている。彼女の机の位置だと、私道に車が入って来て診療所の裏の駐車場に入るときは眼に入るそうだ。それに彼女は患者の車のメーカーやモデルをほとんど覚えている。見慣れない車は見なかったし、なかったと言っている。昼食に出るときも、診療所の前に車は止まっていなかったそうだ」

「ああ、その女性は、車は運転していなかった」とカーティスは言った。もう一度、両方の手のひらを差し出した。「晴れた日には、この街の多くの患者もここまで歩いてくるからね」「ジョージ、我々は調べたんだ。マーサ・ブーハーはあんたの診療所から半径五キロ以内のどの家にも住んでいないし、客として滞在してもいない」

カーティスは肩をすくめた。「じゃあ、友達の車に乗せてもらって来たんだろう。あるいはタクシーかもしれんな」

「この地域じゃ、そんな朝早くから走っているタクシーはない」とペトリーは言った。

カーティスはマーサ・ブーハーがバスでプラスキまで来たことを知っていた。が、そのことを口にしたくはなかった。両手を広げて手のひらをうえに向けて言った。「お役に立てそうもないな、エニス。彼女が美人だったこと以外は思い出せないんだ」

「我々は彼女がバスで来たとみている」とペトリーは言い、カーティスの眼を見つめた。

「それは興味深いね、エニス」とカーティスは言った。退屈そうに、あくびをするふりをした。「だが、それがわたしと何の関係があるのかな?」

ペトリー保安官はゆっくりと立ち上がり、カーティスの脇をかすめるように通って玄関へ向かった。ドアノブをつかむと、指を鳴らし、肩越しにカーティスを見て言った。「おっと、忘れるところだった。ジョージ、なぜブーハーの名前が書かれた受付簿を捨ててしまったんだ? ダブゼイが言うには、受付簿はいつも月末までは、とっておくそうじゃないか。だが、彼女がけさ出勤してきたときにはなかったそうだ」

「コーヒーをこぼしてしまったんだ」とカーティスは言った。

「なるほどね」ペトリーはそう言って頷いた。そしてドアを開け、カーティスのほうを見ることなく言った。「ジョージ、これだけ訊かせてくれ。ジムボーン・ウィーラーはラリーがアンディの葬式の晩に話していた始末屋なのか？」

カーティスは、ペトリーが玄関口で待っているあいだ、二秒ほどことばを失った。あらゆる力をかき集めるようにして言った。「いいや、違う。エニス、神にかけて誓う」

エニス・ペトリー保安官は振り向いてカーティスを見つめた。

「神にかけて誓うよ」とカーティスは繰り返した。

カーティスとの対決のあと、ペトリーはパトカーのなかで数分間坐っていた。ジョージ・カーティスの家を見つめていた。あの馬鹿、嘘をつきやがって……

カーティスは汚い男だ。ペトリーはそのことを知っていた。だが、同時につかみどころのない男でもあった。受付簿にコーヒーをこぼしたと言ったように、すべてに対していつも答えを用意している。どっちがいい？　ペトリーは自らに問いかけた。ジョージが嘘を言っていて、彼とラリーがジムボーンを雇っていたとしたら、おれ自身も逃れることができる。

どちらにしろ、おれは逃れることができる。

ため息をつくと、ペトリーはパトカーを動かした。ひとつだけわからないことは、これがどうアンディ・ウォルトンの殺害に関係しているのかということだった。ボーの弁護チームが、ジムボーン・ウィーラーの事件への関与を口にするときにいつもルイス検事長が言っていたように、犯行現場にあったすべての物的証拠はボーセフィス・ヘインズがアンディを殺したことを示しているのだ。

ペトリーの携帯電話が鳴った。助手席にあった電話を取った。「もしもし？」

「保安官、バス・ステーションのロニー・デュプリーです。保安官事務所から要請のあったビデオの件で電話しました」

「何だって？」とペトリーは訊いた。

「ビデオです。スプリングフィールド保安官補が、金曜日の乗降客の監視映像を見せてほしいと言ってきたんです」

「OK、ロニー。電話してくれてありがとう。で、どうした？」

「彼女を見つけました」とロニーは言った。興奮と誇らしさで声が高くなっていた。

「何だって？」

「チラシの女です」とロニーは言った。「彼女がテープに映ってました」

52

火曜日の朝、トムは法廷に入ると、報道陣のカメラが戻って来ていることに気づいた。彼らは裁判を一秒逃さずフィルムに収めようと準備を整えていた。法廷を見渡すと、一階にもバルコニー席にも、空席はひとつもなかった。満員御礼だな、と思いながら、脚を引きずって弁護人席へ向かった。弁護人席では、リック・ドレイクが冒頭陳述の概要に眼を通しているかたわらで、ボーが冷静な面持ちで坐っていた。

「有名になる準備はできたか？」とトムは言った。リックは神経質そうに笑った。彼は冒頭陳述を深夜遅くまで練習し、暗記していた。

「模擬裁判チームの教え《マントラ》は覚えてるか？」とトムは言った。

「落ち着け、ゆっくり、アンディ」リックはそう言うと、深く息を吸った。

「覚えていてくれてうれしいよ」とトムは言い、リックの背中を叩いた。模擬裁判の大きな大会の前、トムはいつも生徒たちに「落ち着け、ゆっくり、アンディ」とつぶやくようにアドバイスしていた。それにはリラックスさせるための視覚的な効果があった。アンディ・グリフィス（米国のコメディ俳優）がテレビ番組の『メイベリー110番』でバーニーやオーピーに話すように、落ち着いてゆっくりとした話し方で陪審員に語り掛ければ、リラックスして自信にあふれているように見せることができるのだ。

「レイレイから何か連絡は？」とリックが尋ね、トムは首を振った。

「いや、ない。だが来るはずだ」とトムは言った。

「うわさをすれば影ですよ」とリックは言って、背後の法廷の扉を指さした。トムが振り向くと、レイレイ・ピッカルーが弁護人席に向かって歩いてきた。彼はうつむいて、両手はポケットに入れている。

「重役出勤だな、相棒」

「そんな気分じゃないんだ、トミー」とレイレイはうなるように言った。

彼はふたりの脇を通り過ぎると、ボーの隣にドスンと坐った。以前と同じように、リックは強いマウスウォッシュとアフターシェーブローションの香りをかぎとった。だが、その下にあるアルコールのにおいを完全には隠せていなかった。

「昨日の晩は何か成果はあったのか？」とトムは訊いた。

レイレイはトムのほうに顔を向け、充血した眼で見ると言った。「まだだ。だが、近づいている」

53

火曜日の朝、陪審員が席に着く頃には、ジャイルズ郡裁判所前の広場は、白いローブとフードの海で覆いつくされていた。KKKの団員《クランズマン》たちは、それぞれのリーダーが〝支部《ブリゲイド》〟と呼ぶ集団ごとに分かれていた。

その朝、ローレンスバーグ支部のクランズマンは全員、ローレンスバーグ・チャーチ・オブ・ゴッド教会に集まり、二時間前に、裁判所前広場の南側にあるサム・デイヴィス（南北戦争において「南部の英雄少年」として知られる南軍の兵士）の像の前で教会のバスから降りた。バスでの移動中、フードをはずしている者もいたが、ほとんどは被ったままだった。カメラで顔を映してほしくない者が大半のようだったし、彼らはみな、そこら中にカメラがあることを知っていた。

そのうちのひとりがスリーピー・ヘッド・インのオーナー、キャピー・リンボーだった。リンボーはガールフレンドにフロントをまかせて、この集会に参加していた。リンボーはもうすぐ六十になるが、七〇年代にはKKKのメンバーだったことがある。だが、リーダーが替わり、活動の方向性も変わっていったことで飽きてしまい、一九八二年には脱退し、その後思い出すこともなかった。黒人を憎む団体に関与していることに、何のメリットもないと気づいたのだ。何といっても、黒人もモーテルを必要としているのだから。スリーピー・へッド・インは、金さえ持っていれば、誰でも泊めた。肌の色や人種、宗教、性的指向を気にすることはなかった。彼の五十九年の人生で学んだことのひとつは、金こそがすべてであり、それ以外はすべてクソだということだ。

そして今朝、バスに乗ったのも金のためだった。常連客のひとりが集会に参加したいと言い、誰からも話しかけられたくないので、一緒に来てほしいと言って、かなりの金を払ったのだ。

うなじの汗を拭いながら、リンボーは、バスでの移動中、彼の隣に坐り、今も一緒に行進しているその客のほうを向いた。「地獄よりも暑いんじゃないか、なあ?」

ドクター・ジョージ・カーティスから渡されたフードの下で、ジムボーン・ウィーラーは頷いた。「まだまだ暑くなるさ」

54

ヘレン・ルイス検事長は、三十分をかけて強力かつ効果的な冒頭陳述を行った。彼女はボーの殺害動機に焦点をあてて州側の主張を繰り広げ、さらにフローチャートを使ってボーに不利な物的証拠をリストアップし、段階を追って入念に説明した。彼女は主張を締めくくろうとしていた。

「陪審員のみなさん、これは復讐殺人です。被告人ボーセフィス・オルリウス・ヘインズは、アンディ・ウォルトンに対する燃えるような憎しみを四十五年にわたって持ち続けていました。みなさんは、被告人がアンディ・ウォルトンをいつか殺してやる、と何度も誓っていたことを彼の従兄弟から聞くことでしょう。その〝いつか〟は二〇一一年八月十九日に訪れました。その夜、キャシーズ・タバーンで被害者と激しい口論をしたあと、被告人はその憎悪をもはや抑えることができなくなったのです。彼は自らの手で裁きを与えることを決意し、アンディ・デイヴィス・ウォルトンに復讐を果たしたのです」ヘレンはそこで間《ま》を置いて、弁護人席を——特にボーを——にらみつけた。「わたしは自信を持って言えます。陪審員のみなさんは、山ほどある被告人に不利な証拠や証言を見聞きしたあと、彼が殺人罪で有罪だと納得するはずです。ありがとうございました」

ヘレンは大またで自信たっぷりに検察側のテーブルに戻り、席に着いた。

「ありがとう、ルイス検事長」コナリー判事は言った。そして弁護人席に向かって頷いた。「被告弁護人、冒頭陳述を」

リックは立ち上がると、手をつかまれていることに気づいた。眼をやると、ボーが真剣なまなざしで見つめていた。その眼は黒く、深夜のデスティン湾の水面を思い出させた。「いつも通りだ、リック。いつも通りにやるんだ。君らしく」

リックは頷くとまばたきをした。胸のなかに興奮があふれだすのを感じ、これを打ち消そうとした。いつも通りに、と自分に言い聞かせた。いつも通りに……

「それでは始めさせていただきます」とリックは言った。そのあと弁護人席の前へと進み出た。「裁判長」彼はコナリー判事を見た。「検事長」視線をヘレン・ルイスに向けた。彼女はリックを通してその先を見るかのように見つめ返してきた。「陪審員のみなさん」彼は、ゆっくりと、この裁判を左右する十二人の男女に眼を向け、教師のミリー・サンダースンと眼を合わせた。「この事件にはふたりの被害者がいます。ひとりは言うまでもなく、アンドリュー・デイヴィス・ウォルトンです。もうひとりは……ボーセフィス・ヘインズです。ミスター・ヘインズ、立っていただけますか」

ボーは百九十五センチの堂々たる体で立ち上がった。リックは被告人席まで歩くと、片手をボーの体に回した。模擬裁判の大会のとき、教授からはいつも、刑事裁判のときは必ず被告人の体に手を置くようにと指導されていた。弁護人が被告人に触れているところを陪審員に見せることは重要だった。それはつまり、被告人がどんなおぞましい罪で起訴されているにしても、それでも被告人がひとりの人間であることを陪審員が知ることになるからだ。

「彼がボーセフィス・ヘインズです。一九六六年八月、クー・クラックス・クランのテネシー騎士団が彼の家の庭で十字架を燃やしました。そして、ボーの父親フランクリン・ルーズベルト・ヘインズを出てこなければ家に火をつけると言って脅し、出てきた彼を八百メートル離れた空き地まで引きずって連れて行ったのです」リックはそこで間《ま》を置いた。「そこで彼らはボーの父親を蹴り、殴り、そして……吊るしました。ボーセフィス・ヘインズはそのとき五歳でした。五歳……です。そんなむごたらしい悲劇を見るにはあまりにも幼すぎました」リックはそこまで話すと、前の晩のリハーサル通り、ボーを坐らせた。「しかし、彼はなじみのある声を聞きわけることのできるくらいの年齢にはなっていました。ボーの父親にリンチを加えた男たちはクー・クラックス・クランのローブとフードをかぶっていました。外見では誰なのかはわかりませんでしたが、ボーはそのうちのひとりの声を知っていたのです。ボーはウォルトン農場で育ちました。彼の父親は農場で作業をし、母親は屋敷でミセス・ウォルトンのお世話をしていました。五歳のボーセフィス・ヘインズはそれまでにも毎日、アンディ・ウォルトンの声を聞いていたのです。彼にはそれがアンディ・ウォルトンの声だとわかりました。しかし、当時の保安官は、五歳の少年のことばを頼りにミスター・ウォルトンを起訴しようとはしませんでした」

リックはもう一度間《ま》を置くと、被告人席から移動して、陪審員の眼の前にあたる法廷の中央の吹き抜け部分に立った。「ルイス検事長の言ったことは間違いではありません。ボーセフィス・ヘインズは四十五年間、父親の殺害という悲劇とともに生きてきました。それがどんな思いなのか想像できるでしょうか？」リックはボーをちらっと見て、十二人の陪審員に眼を戻した。もう一度、ミリー・サンダースンと目を合わせた。「彼の人生をもっと詳しく見てみましょう。ボーセフィス・ヘインズはここプラスキの小学校、中学校へ進み、ジャイルズ・カウンティ高校を卒業しました。彼は奨学金を得て、アラバマ大学に進学し、ポール・〝ベア〟・ブライアント・コーチのもとでフットボールをプレイしました」ウッディ・ブルックス――レイレイがオバマに投票したと言っていた陪審員――が胸の前で腕を組み、頷いていた。「その後、彼はアラバマ大のロースクールに進み、クラスの上位十パーセントに入る成績で卒業しました。バーミングハムの大手法律事務所やナッシュビルのいくつかの法律事務所からも採用のオファーを受けましたが、それらをすべて断りました。ロースクールに足を踏み入れたそのときから、ボーセフィス・ヘインズはいつもここへ戻ってくることを考えていました。プラスキへ。彼の故郷へ」リックは視線をウッディ・ブルックスに向けたまま、効果を狙うように右に二歩動いた。「二十五年間、ボーはジャイルズ郡で弁護士として活動し、そこにいる彼の妻ジャスミンと、ここプラスキで暮らしてきました」リックは弁護人席からわずか一メートルほどの傍聴席の最前列にT・Jとともに坐るジャスミン・ヘインズを身振りで示した。誰に指示されるでもなく、ジャズは立ち上がると、手すりから身を乗り出し、ボーの肩に手を置いた。彼女は、今日はハンター・グリーンのドレスを着ていたが、前の日と同じオレンジ色のコサージュを胸元につけていることにリックは気づいた。ボーが妻の手をぎゅっと握ると、彼女は席に戻った。

リックは、ジャズの行動に驚きながらも感謝し、陪審員がこの時間にひたれるようにしばし時間を置いた。十二人の眼は今、被告人の妻に向けられていた。そしてミリー・サンダースンは口元を閉じたまま笑みを浮かべていた。ひとりだけでいい、とリックは思った。ボーが有罪となるには全員一致でなければならないのだ。もしひとりでもボーが無罪だと信じたなら、裁判所は審理無効を宣言し、ボーが勝利することになる。レイレイが示唆していたように、ミリーがこの陪審員団の鍵を握っているとリックも感じていた。

しばらくしてから咳払いをし、リックは陪審員に視線を戻した。「過去十年間、ボーセフィス・ヘインズは雑誌〈スーパー・ロイヤーズ〉にテネシー州の弁護士トップ五十人のひとりとして掲載されてきました」リックが弁護人席に戻ると、トムが雑誌を手渡した。「しかも二〇〇六年にはこの雑誌の表紙も飾っています」リックは陪審員にも見えるように雑誌を持ち上げた。表紙には、チャコール・グレーのピン・ストライプ・スーツを着たボーの写真があった。写真のなかのボーは、今まさにリックが立っているところ、法廷の中心に立っていた。「表紙にはこうあります。〝正義のブルドッグ、プラスキのボーセフィス・ヘインズ〟」

リックはそこまで言って一息つき、そのことばが染み込むのを待った。「この記事は、法廷での彼の英雄的な活躍に加え、彼がなぜプラスキに戻って来たかについても詳しく述べています。彼はこう言っています。『わたしは父を殺した人間に正義の裁きを受けさせるためにプラスキに戻って来た。彼らがひとり残らず刑務所に入るまでは休むつもりはない』」

リックは雑誌を机に戻すと、再び陪審員のほうを見た。「ボーセフィス・ヘインズは彼が故郷に戻って来た理由を決して隠していませんでした。ですが、ルイス検事長は間違ったことばを使いました。彼は復讐のために戻って来たのではありません。彼は正義のために戻って来たのです。彼は弁護士です。この州でも最高の弁護士のひとりです。彼は誰よりも知っています。正義が法廷でなされることを。正義が……あなた方の手でなされることを」リックは両手を陪審員に向けて差し出した。「ボーの使命は常に、あなた方の前で彼の父親を殺した人物に答えを示すことでした。そして、ここプラスキで家族とともに暮らしてきたこの二十五年間、彼は、ただそれだけのために、父親の死について、休むことなく調べてきたのです」

リックはそこまで言うと、弁護人席の近くまで歩いた。「ボーセフィス・ヘインズは無罪です。彼がこの法廷にいるあいだ、そしてこの訴訟のあいだも、彼は無罪です。今も、そしてこれからも無罪なのです。検察が」――リックは強調するようにヘレン・ルイスを指さした――「彼が二〇一一年八月十九日にアンディ・ウォルトンを冷酷に殺したと、あなた方全員に対し、合理的な疑いの余地なく証明するまでは。わたしは、州側がこの義務を果たすことはできないと確信しています」

リックは陪審員に近づいた。「ルイス検事長が彼女の時間の大半を費やして説明したのは動機についてでした。検察はあなた方に、ボーセフィス・ヘインズが――その人生をまさにこの法廷で法を実践してきた男が――、自らの手で裁きを下したことを信じるようにと言いました」リックはことばを切り、検察席をにらみながら続けた。「検察は無視することにしたのです。ほかにもアンディ・ウォルトンを殺す動機を持っている人物がいることを」リックはそのことばを数秒間宙に漂わせてから、陪審員のほうを向いた。「アンディ・ウォルトンの生きている姿を最後に見たのは、サンダウナーズ・クラブのダンサー、ダーラ・フォードです。ダーラは証言台に立ち、みなさんにミスター・ウォルトンが殺されるちょうど二週間前、彼が一九六六年のボーの父親のリンチ殺人を告白するつもりだと言ったことを証言するでしょう。一九六六年にアンディ・ウォルトンがルーズベルト・ヘインズを殺すのを助けたKKKのほかのメンバーにとって、再び自らの手で裁きを下すのに残されていた時間は、二週間しかありませんでした。アンディ・ウォルトンを黙らせ、ボーセフィス・ヘインズにその罪を着せるための時間は」

リックは二歩下がると、その情報が陪審員の心に染み入るのを待った。「結論を出す前に、すべての情報に耳を傾けてください。この話にはふたつの側面があります。ふたつのまったく異なった側面が」彼はそこでことばを切った。「そしてふたりの被害者がいるのです。それはアンディ・ウォルトンと……ボーセフィス・ヘインズです。ありがとうございました」

リックは軽く頭を下げると、弁護人席に戻った。机の下でボーが肘で彼を軽くついた。

「よくやった《グッド・ジョブ》」とボーは囁いた。

リックは左のほうを見た。レイレイはぼんやりと前を見つめていた。レイレイの肩越しに、リックは教授の視線を受け止めた。彼はよくやったというように頷き、リックも頷きを返した。すべての種はまいた。実を結ぶかどうかは証人にかかっていた。

「ルイス検事長」リックの考えをさえぎるように、コナリー判事が言った。「最初の証人を尋問してください」

55

エマニュエル停留所は、テネシー州エスリッジにあるグレイハウンド・バスの停留所で、四十三号線沿いのアーミッシュの居住区のちょうど中心部にあった。ハンク・スプリングフィールド保安官補は、停留所の前でパトカーにもたれかかり、早口でウェイド・リッチー捜査官とパウエル・コンラッドに話していた。スプリングフィールドは、前の晩ほとんど眠れず興奮気味だった。ロニー・デュプリーがプラスキのバス停留所で撮っていたテープには、先週の金曜日にマーサ・ブーハーが午前八時四十五分にプラスキに着いたことが記録されていた。スプリングフィールドは、デュプリーの助けを借りてバスのスケジュールを調べ、ブーハーが乗ったバスが午前八時ちょうどにエスリッジを出て、その後プラスキ、フランクリンに停まってナッシュビルまで行ったことを突き止めた。

「そこで、彼女がここでバスに乗ったのなら」――パウエルはハイウェイの両脇に広がる農場を身振りで示しながら言った。そのいくつかではアーミッシュの男が畑を耕していた――

「ここに住んでいるはずだと考えたんだな。彼女はなぜここでバスに乗ったのか？　ここで降りたというならその理由はわかる。特に彼女が旅行者なら。だが、朝の八時にここから旅を始めた理由は何かと考えれば……」彼は両手を広げて手のひらを差し出した。

「よくやった、ハンク」頷きながら、ウェイドは言った。

「ほめるのは彼女を見つけてからにしてください」と彼は言った。「おれとウェイド捜査官用にも彼女の写真を持ってるな？」

「よし、それじゃあ」とパウエルは言い、両手を叩いた。

スプリングフィールドは頷き、パトカーの助手席からフォルダーを取った。「ブーハーの写真とジムボーンの似顔絵です。おれの勘では、ジムボーンはここに彼女と潜んでいるはずです」と彼は言った。「つまり、考えてみたんです。ジムボーンが身を隠そうとしたら、アーミッシュに紛れ込むことほど最適な方法はないんじゃないかと。やつがいかに巧みに姿を変えてきたかや、キャシーズ・タバーンではひげを生やしているところを目撃されていることを考えると、間違いありません」

彼らは互いに見つめ合った。それぞれの強い思いが手に取るようにわかった。スプリングフィールドの言う通りなら、三つの州で指名手配されている男を見つけるのはもう間近だった。「銃は持ってるな？」パウエルは腰のホルスターを叩きながら訊いた。検察官であるパウエルは、普段は銃を持ち歩くことはなかったが、今回は特別だった。スプリングフィールドは銃を二丁持っている。ウェイドはジャケットの前を開けて、グロック41を腰のあたりに装着しているのを見せた。

パウエルは頷いた。「じゃあ、始めようか」

56

予備審問と同様、ヘレン・ルイスは動機を明らかにすることから始めた。彼女は、キャシーズ・タバーンでの諍《いさか》いの目撃者四人——キャシー・デュガン、クリート・サーテイン、ジョージ・カーティスそしてマギー・ウォルトンも——を順番に尋問した。ミセス・ウォルトンの証言は特に効果的だった。彼女はほかの三人がバーを去ったあとのボーとの個人的なやりとりについても陪審員に説明した。「わたしは、ただボーに夫を放っておいてほしかったんです」とマギーは言った。「ですが、アンディが死に瀕《ひん》していることを知ったことで、ボーは追いつめられてしまったのかもしれません」トムは被告人の心理描写に関する意見の陳述だとして異議を申し立て、コナリー判事はこれを認めた。が、ダメージは明らかだった。

その日の終わりには、トムにもわかっていた。ボーセフィス・ヘインズがアンディ・ウォルトンを殺す十分な動機を持っていることに、陪審員が一点の疑いも心に抱いていないことを。

「裁判の最初の日はいつも被告人に不利な状況になるものだ」コナリー判事が陪審員に休廷を宣言したあと、トムは落胆するボーにそう囁いた。「わかってるだろうが」

「ええ、わかってます。次第によくなることを願うだけです」ボーはそう言うと保安官補に連れられて行った。

わたしもだよ、とトムは思い、眼を閉じて頭を抱え込んだ。だが明日じゃない。明日、検事長は物的証拠を持ち出してくるだろう。彼女の主張のなかでも最も強力な部分だ。よくなるどころかさらに悪くなる、とトムは思い、眼を開けるとブリーフケースに書類を詰め始めた。

57

午後六時までに、スプリングフィールド、ウェイドそしてパウエルの三人は、エスリッジのアーミッシュの居住区をほとんど調べ尽くしていた。よいニュースは多くの住民がマーサ・ブーハーの写真を確認したことで、彼女のキャビンも特定できたことだった。悪いニュースは、この一週間、コミュニティの誰もマーサ・ブーハーを見ていないことで、キャビンの捜索でも何も発見できなかった。基本的に何もない家だった。

住民の何人かがブーハーの甥のことを覚えていた。みな、〝大きな男〟だったと言い、ここ何ヵ月かのあいだ滞在するようになったと証言したが、誰も男の風貌を覚えておらず、似顔絵からその男がジムボーンだとは特定できなかった。

最後に最も有意義な情報を得ることができた。ブーハーの隣人、リンダ・ウィタカーが、マーサが先月何回かローレンスバーグに行っていたと話してくれた。マーサは彼女の甥を馬車に乗せて出かけ、ひとりで帰って来たという。

日も暮れ始め、三人はスプリングフィールド保安官補のパトカーの周りに集まり、発泡スチロールのカップからコーヒーを飲んでいた。最後にパウエルが、三人が考えていることを口にした。「ローレンスバーグに網を張る必要があるな。もし、ジムボーン・ウィーラーがまだ活動を続けているなら、そこにいるはずだ」

「ああ、そうだな」とウェイドは同意した。

同じように頷くと、スプリングフィールドはローレンス郡保安官事務所に電話をかけた。

58

スリーピー・ヘッド・インの一〇七号室では、ジムボーン・ウィーラーがクランの衣装を脱いで、ベッドに腰かけていた。マーサ・ブーハーは彼の隣に横たわっていた。

「で、どうだったの……？」と彼女は訊いた。

ボーンは肩をすくめると、リンボーが帰り道のコンビニエンス・ストアで買った〈ブッシュ・ライト・ドラフト〉の六缶パックからひとつ取った。彼はぐいっと飲むと、マーサに差し出した。が、彼女は断った。

「難しい……が、不可能じゃない。やつらは今日、東側の出入口から出てきた。おそらくこれからもそこを使うと見ている。やつらは入るときも東側から入っている。そして、ヘインズの事務所があるのも東側だ」ボーンはそう言うと、缶からもう一口飲んだ。「いろいろな要素がある。彼らの周りにはそれなりの数の群衆がいてくれる必要があるが、多すぎると近づけない。ヘインズが法廷に出入りするときには保安官補が付き添っているし……」彼は肩をすくめた。「わからん。裁判は、あと二、三日は続くはずだから、少なくとも四回から六回はまだチャンスがある」

「十分に近づけなかったらどうするの？」

ボーンは首を振るとビールの残りを飲み干して言った。「近づくさ」

59

メルヴィン・ラグランドは一九八一年からジャイルズ郡の検察医をしていた。ラグランドは背が高く、痩せていて、カーキのパンツに、胸ポケットにペンを二本さした白のボタンダウン・シャツがトレードマークだった。水曜日の朝、検察側はラグランドを最初の証人として尋問した。彼はいつものいでたちに紺のブレザーと赤のネクタイを合わせ、過去三十年間に何百回も証言してきたと誰にも期待させるような、落ち着いた面持ちで証人席に着いた。

ヘレンは、経験を積んだ外科医のように系統立てて、ラグランドの検察医としての経験と、何千もの事例で死因と死亡時刻を判断してきた専門性について説明した。彼の法医学における見識を確かなものとしたあと、ヘレンは直接、核心に迫った。

「ドクター・ラグランド、あなたはアンディ・ウォルトンの遺体の検死解剖を行いましたか？」

「はい、検事長《マァム》。二〇一一年八月十九日の朝、アンディ・ウォルトンの遺体がわたしの研究所に運ばれてきて、わたしが検死解剖を行いました」

「アンディ・ウォルトンの死因について、あなたの意見を陪審員に説明していただけますか？」

ラグランドは視線を十二人の陪審員の坐る席に向けると、椅子から身を乗り出して話しかけた。「ミスター・ウォルトンは頭部を銃で撃たれた結果、死に至りました」

「ミスター・アンディ・ウォルトンを殺した銃の種類を特定することはできましたか？」

ラグランドは頷いた。視線はまだ、陪審員に向けたままだった。「十二番径の散弾銃です。ミスター・ウォルトンの車の下から発見された薬きょうが十二番径の鹿撃ち用のバックショットでした。わたしは銃弾の射入口と射出口を十二番径のバックショットと比較しました。両者は一致しました」

「死亡推定時刻についても結論に至ることはできましたか？」

「はい。サンダウナーズ・クラブで、午前一時にミスター・ウォルトンの生きている姿を見たという証人の証言と、被告人であるミスター・ヘインズの車が午前一時二十分に出ていったところを捕らえた監視カメラの映像をもとに考え、わたしはミスター・ウォルトンが午前一時十五分前後に死んだものと結論付けました」

ヘレンはドクター・ラグランドに向かって頷いた「ありがとうございます、ドクター。質問は以上です」

「反対尋問は？」コナリー判事は弁護人席を見て尋ねた。

トムとリックはドクター・ラグランドには反対尋問はしないとずっと前から決めていた。反対尋問をしても、得られるものはなかったからだ。「現時点ではありません」とトムは言った。「ただし、被告側の立証までドクター・ラグランドを再尋問する権利を留保します」

「いいでしょう」とコナリー判事は言った。「証人は一旦下がって結構です。ただし、ドクター・ラグランド」――コナリー判事は彼のほうを見た――「街からは出ないように」

「この十二年間、一度も街を出たことはありません、裁判長」とラグランドが言い、陪審員の笑いを誘った。

少し笑みを浮かべながら、コナリー判事は検察席に眼を向けた。「次の証人を呼んでください、検事長」

検察側が次に尋問したのは、ナッシュビルにある州法医学研究所のドクター・マラカイ・ワードだった。ドクター・ワードは弾道学を専門とする科学者だった。ヘレンは、彼の専門家としての信頼性を十分説明したあと、特定の散弾銃が犯行に使われたかどうかの判断が困難であることを、陪審員に説明させた。ドクター・ワードは、散弾銃の場合、薬きょうのなかの鉛の散弾には発射時に線条痕が残らないため、いわゆる〝発射物〟がどの特定の散弾銃から発射されたかを知る方法はないと証言した。ただし、空の薬きょうが回収できれば、真鍮《しんちゅう》製の底部にあるエキストラクター（発射済みの薬きょうを引き出すための火器の部品）・マークから、その薬きょうが特定の散弾銃で使われたかを判断することはできると証言した。ヘレンは仰々しい態度で質問を中断すると、証拠品の置かれた机からプラスチックの袋を手に取って、ドクター・ワードに手渡した。

「ドクター・ワード、我々はアンディ・ウォルトンの殺害現場から発見された空の薬きょうと、捜査で押収した特定の散弾銃とを比較するように依頼しましたね？」

「はい。あなたから提出されたボーセフィス・オルリウス・ヘインズの名で登録されている散弾銃と比較しました」

「ミスター・ヘインズはこの裁判の被告人だということはご存じですね？」とヘレンはボーを指さして言った。

「はい」

「では、あなたが検査をした結果わかったことを陪審員に話してください」

ドクター・ワードは身を乗り出すと陪審員を見た。「空の薬きょうとミスター・ヘインズの名前で登録されている散弾銃とを検査した結果、完全に一致することがわかりました。空の薬きょうのエキストラクター・マークがミスター・ヘインズの散弾銃と一致したのです」

ほぼ一斉に、すべての陪審員がボーに眼を向けた。サンダウナーズ・クラブの監視カメラの映像を除くと、あらゆる物的証拠のなかでも、この証拠は最悪だとトムは思った。ボーの散弾銃から発射された空の薬きょうが、アンディ・ウォルトンが殺された数メートル以内で発見されたのだ。

「ありがとう、ドクター・ワード。わたしの質問は以上です」

トムは簡潔かつ要領を得た反対尋問を行った。「ドクター・ワード、アンディ・ウォルトンを殺した鉛の発射物、つまりわかりやすいことばで言えば、鹿撃ち用の弾丸《バックショット》は見つかったんですね？」

「はい、そう理解しています」

「ですが、その弾丸そのものは検査していないんですね？」

ワードは頷いた。「はい、お話ししたように、発射物の弾道を特定することはできません。そんなことをしても無駄なんです。散弾銃は線条痕を残しませんので」

「ということは、アンディ・ウォルトンを殺した弾丸が、あなたが検査した薬きょうから発射されたものかを確かめる方法はない」

「その通りです」

「ではドクター、アンディ・ウォルトンを殺した弾丸が、ボーセフィス・ヘインズの散弾銃と結びつけられた空の薬きょうから発射されたものかどうかを判断することはできないんですね？」

ワードは肩をすくめて言った。「ええ、その通りです」

「ありがとうございます、ドクター・ワード。質問は以上です」

60

午後三時三十分、ヘレンは、手短に済ませると約束したうえで、ブッカー・T・ロウを召喚した。ボーの従兄弟が大きな体を引きずるように重い足取りで証人席に向かうあいだ、トムはこの日も満員となった傍聴席に眼をやった。彼は三日間を通してジャスミン・ヘインズがどの服にも胸元にオレンジ色のコサージュをつけていることに気づいていた。今朝、好奇心からジャスミンにコサージュのことを尋ねた。「一九八九年にKKKがアーリアン・ネイションズとともに行進を行ったとき、ここプラスキの人たちはすべての店舗や事務所のドアにオレンジのリースやリボンを掲げたの。オレンジは国際的に兄弟愛を表す色。ボーとわたしもそのとき抗議したひとりだった。だから……今回もメッセージを送ろうと思って」

トムは、それがさりげないながらも素晴らしいアイデアだと思った。そして法廷のバルコニー席に眼をやると、ほかの多くの人々もオレンジを身にまとっていることに気づいた。白人、黒人を問わず、何人かの女性がジャスミンのコサージュを真似ていた。メッセージは受け入れられている……

トムは最後に検察側テーブルの後ろの傍聴席の最前列に眼をやった。そこではマギー・ウォルトンが、この日も夫を失い喪に服す妻のいでたち——黒のドレス、黒の手袋、そして膝のうえには聖書——で坐っていた。トムは、被害者の妻と被告人の妻とのあいだのコントラストに心を打たれずにいられなかった。黒い衣装に白髪で、彫像のように坐っているマギーに対し、胸元にオレンジの花をあしらい、ティーンエイジャーの息子と手をつないで坐るジャスミン。このシーンがテレビでどのように映し出されているのか想像しようとした。ジャスミンと息子のT・Jはマギーよりも同情を集めるだろう。たいしたことはないかもしれない。だが、被告側にとってこの二日半が最悪だったことを考えれば、何であれ、得点をあげることができたのはありがたかった。

ヘレンのことばの通り、ブッカー・Tに対する質問は一時間もかからなかった。ヘレンはまず、ブッカー・Tがウォルトン農場の門の暗証番号をボーに教えていたことを証言させた。

「では、被告人はアンディ・ウォルトンが殺された夜に自由に農場に入ることができたんですね？」

打ちひしがれたような口調で、ブッカー・Tは同意した。

次にヘレンは、ブッカー・Tに彼とボーとの関係を質問した。ブッカー・Tは彼とボーが従兄弟同士で、彼の父が死に、彼の母が街を去って以来、同じ家で育てられたと証言した。最後にヘレンは、ボーが、いつかアンディ・ウォルトンを殺すと〝何度も〟言うのを聞いていたと証言させた。彼は、ボーが最後にそのことばを言ったのがいつだったかは正確には思い出せないが、昨年のことだったと言った。それから、ブッカー・Tは肩をすくめると、自ら進んで証言した。「あいつはいつもそう言ってたよ」

傍聴席にざわめきが起きた。トムはジャスミンが、被告人席の後ろの最前列で息子の手を握っているのを見た。法廷の向かい側に眼をやると、マギー・ウォルトンが腕を組み、ひとり満足そうにボーを見つめていた。

「質問は以上です」とヘレンは言った。これ以上の終わり方を求めることはできないとわかっていた。はじめはブッカー・Tが自ら進んでボーに不利な証言をしたことにトムは怒りを覚えた。眼の端では、ボーが机の下でこぶしを握り締めているのが見えた。

そのとき、トムはブッカー・Tのことばがきっかけを与えてくれたと悟った。トムは反対尋問を始め、席を立つ時間さえも惜しむように最初の質問を口にした。

「ミスター・ロウ、ボー・ヘインズがアンディ・ウォルトンを殺してやると口にしたとき、あなたは警察に通報しなかったんですか？」

ブッカー・Tは首を振った。「いいや、しなかった」その声には困惑と怒りが混じっていた。

「どうしてですか？」

「異議あり、裁判長」ヘレン・ルイスが立ち上がった。彼女の苛《いら》ついた表情が、その質問が核心をついていることを物語っていた。その答えを陪審員の前で得ることさえできれば、ポイントをあげられるはずだとトムは確信した。「ミスター・ロウがこれら過去の機会にミスター・ヘインズを通報しなかった理由は、本訴訟とまったく無関係です」

「棄却します」コナリー判事は、まるでヘレンがハエであるかのように手で払う仕草でそう言った。「あなたがこの扉を開いたのですよ、検事長。質問を認めます」

「ありがとうございます、裁判長。ミスター・ロウ、質問は覚えていますか？」

「ああ、大丈夫だ」と彼は言った。その低い声が法廷中に響き渡った。トムはテレビを見ている人にとってはその声が牧師のように聞こえるだろうと想像した。「ボーがミスター・ウォルトンを殺すと言ったことを、警察に通報したことは一度もない。なぜなら、ボーがそんなことをするとはまったく考えなかったから」

可能な限りのポイントをあげることができたので、残りの質問は、ボーが父親の殺された空き地を訪れる理由に焦点をあてた。〈レジェンズ・ステーキハウス〉で会ったときに話したように、ブッカー・Tは、その空き地が、〝父親が殺された日に毎年ボーが訪れている場所〟だということを知っていたと話した。

最後に、トムは証拠品の置かれたテーブルに歩み寄り、十二番径の散弾銃を手に取ると、これを両手のひらのうえにおいて、最初に陪審員に、次にブッカー・Tに見せた。「ミスター・ロウ、この銃に見覚えがありますか？」トムは、銃床に描《か》かれたイニシャルに親指を置いて言った。

「ああ、もちろんだ」ブッカー・Tは笑いながら言った。「ボーの散弾銃だ」

「なぜ、ボーの銃だと？」

ブッカー・Tは銃床を指さした。「そこにボーのイニシャルがある。〝B・A・H〟と」ブッカー・Tはそう言った。「おれがボーにやったんだ。ステンシルでイニシャルを描いて、あいつがプラスキに戻って来て弁護士事務所を開いたときに贈った」

視線を陪審員に向けたまま、トムは次の質問をした。「ミスター・ロウ、ボーがウォルトン農場のその空き地にいるのをあなたが見たとき、彼がその銃を持っていたかどうか知っていますか？」

ブッカー・Tは笑みを浮かべると、直接、陪審員を見て言った。「いつも持っていたよ」

「なぜいつも銃を持っていくのか訊いたことはありますか？」

「訊く必要はなかった。その理由はわかっていたから。あの農場には野生の動物がいるんだ。山猫や鹿、蛇なんかがね」

「あなたも農場での作業中に銃を持ち歩くんですか？」

ブッカー・Tはもう一度、陪審員を見て言った。「いつも持ってるよ」

トムは頷くと陪審員を見て言った。「ありがとうございます、ミスター・ロウ。質問は以上です」

61

ローレンスバーグ中に張った網には何もかからなかった。スプリングフィールド保安官補とウェイド、パウエルはローレンスバーグの動員可能な保安官補とともに郡内をくまなく捜索したが、ジムボーン・ウィーラーのいる痕跡はまったく見つからなかった。

水曜日の午後六時、彼らは前の日に捜索を始めた場所で、捜索を終えることにした。スリーピー・ヘッド・インだ。

ほとんどの客が現金で支払い、身分証明書を提示する必要のないスリーピー・ヘッド・インはジムボーンにとって理想的な隠れ場所のように思えた。二日とも、すべての部屋を捜索したが、ジムボーンにつながる手掛かりは見つからなかった。

「やつはもう去ったんだろう」駐車場の砂利を蹴りながら、スプリングフィールドは言った。「もっとでかい獲物を求めて」

ウェイドは頷いた。が、パウエルは頭を素早く引き、うなるような声を上げた。

「じゃなければ、今日までに見つかっているはずだ」とウェイドが言った。だが、パウエルはまた低くうなると歩き始めた。両手はポケットに入れたままだった。

「で、どうする?」とスプリングフィールドは訊いた。声には明らかに敗北感がにじんでいた。「そろそろプラスキに戻らなければならない」

ウェイドは頷くと、手を差し出した。「協力に感謝するよ、保安官補」

「あんたらはどうするんだ?」車のキーを取り出しながら、スプリングフィールドが言った。

ウェイドはパウエルのほうを見た。パウエルは、ひざまずいて、沈みゆく太陽を見つめながら、足元の石を駐車場の向こうに投げていた。「おれはもうしばらくこの近くを捜索しようと思う」

　スプリングフィールドは頷くと、ウェイドのほうに身を乗り出して近づいた。「彼は大丈夫か？　この何時間か、ほとんどことばを発してないぞ」

　ウェイドはほほ笑んだ。「大丈夫さ。あれが彼のやり方なんだ」

　スプリングフィールドが駐車場を出ていくと、ウェイドはパウエルの隣にしゃがみこんだ。

「で、兄弟、どうするんだ？」

　パウエルはさらにいくつか石を投げると、やっと立ち上がり、両手をジーンズで拭った。

「あんたは捜査官だ、ウェイド。あんたはどう思う？」

「何かに気づいたんだろ。おれがアドバイスするようなことはない。言ってみろよ、兄弟。眼を見ればわかるさ。どうするのか聞かせてくれ」

　パウエルはゆっくりと頷くと言った。「通りの向こうに〈ハドル・ハウス〉があるだろ？」

　ウェイドは立ち上がると振り向いた。〈ハドル・ハウス〉の赤と青のネオンが見えた。「ああ」

「あそこに行って、卵とコーヒーを注文してくれ。この駐車場が見えるブースを取るんだ。駐車場から出ていくやつを見かけるか、不審なやつがこのあたりをうろついていたら、電話をしてくれ」

「あんたはどうするんだ」

　パウエルは低くうなると、スリーピー・ヘッド・インのほうを見て言った。「おれは部屋を取ってくる」

62

キャピー・リンボーは、砂色の髪をした検察官に部屋を貸した。顔からは決して笑みを絶やさなかった。「今夜のお泊まりにうちを選んでくれて光栄です」とリンボーは言った。「お友達はどちらに?」

「彼らは帰ったよ」とパウエルは言い、二十ドル紙幣を三枚、カウンターに投げた。

リンボーは金を受け取ると、それをキャッシュ・レジスターに入れた。そしてルームキーをカウンターのうえに滑らせた。最近のほとんどのホテルのようなカードキーではなく、錆《さ》びた銀色の鍵だった。「一一〇号室です。敷地の裏手になります」と彼は言った。「ごゆっくり」

パウエルは鍵を手に取るとそれを調べた。手のなかで何度も転がしてから、リンボーを見て言った。「ミスター・リンボー、何か不審なものを見たら、部屋に電話をしてくれ」

「喜んで、検事さん。言ったように法執行機関の方にうちに泊まっていただけることほど光栄なことはありませんから」

パウエルは彼にほほ笑み言った。「だろうね」

パウエルがロビーの建物から去ると、リンボーは、裏手のガレージに向かった。タスカルーサから来た検事と捜査官はほぼ一時間かけてガレージをくまなく捜索し、その後捜査官は去り、砂色の髪の検事の野郎は部屋を取ることにした。リンボーも馬鹿ではない。捜査官が近くにいることはわかっていた。〈ハドル・ハウス〉に入っていったのを見ていたからだ。検事が宿を気に入って、部屋を取ることにしたわけではないこともわかっていた。

ガレージは芝刈りの道具で散らかっていた。そのなかにはリンボーが五年前に買って、モーテルの芝を刈るために使っているジョン・ディアー社製の乗用芝刈り機もあった。ほかにも草刈り機や様々な色のペンキ缶、電動式とガス式のリーフブロワー（落ち葉を吹き飛ばして集める機械）などがある。芝刈り機の隣の右手の壁にはバールが掛けてあった。リンボーはそれを素早くつかんだ。二分以上はフロントデスクを留守にすることはできない。特に、あの検事が嗅ぎまわっているとあっては。

ガレージの中央には一九六九年製のオレンジの〈ダッジ・チャージャー〉があった。『爆発！ デューク』（米国のアクション・コメディ・テレビシリーズ）が放映された数年後に買ったものだった。自慢の愛車を見ながら無意識にほほ笑むと、運転席のドアを開けて乗り込んだ。検事と捜査官はふたりとも車も捜索したが、どちらもそれに気づくほど近づいて見ることはなかった。リンボーはアクセルの近くの床を指でまさぐり、カーペットを引き上げた。その下に、ガレージのコンクリートの床が見えた。長年住んできて、床にはあちこちにひび割れがあったので、〈ダッジ・チャージャー〉の下の床のギザギザの亀裂に気づく者はいなかった。多くのひび割れのひとつでしかなかった。リンボーはバールを亀裂に差し込むと強く引いた。顔を近づけ、コンクリートブロックをどけてその下を覗き込んだ。

リンボーが三十年前にスリーピー・ヘッド・インを始めたとき、連邦とのあいだで税金に関するトラブルがあった。隠れる場所が必要だと考え、連邦の捜査官が調査に来たとき、あるいは最悪の場合、彼を逮捕しに来たときに隠れるための部屋をガレージの下に造っていた。さらに、クランのメンバーであることを考えると、いわゆる〝セーフルーム〟を造っておいても損はないと思っていた。

その部屋は一メートル五十センチ×二メートル四十センチで、人間ふたりがぴったりと収まる広さだった。なかを覗き込むと、懐中電灯の光が直接目に向けられ、眼をそらして、視力を取り戻すようにまばたきをした。

「どうした?」とボーンが下から尋ねた。

リンボーが再び眼を向けると、三十八口径のリボルバーの銃身が彼に向けられていた。ボーンは銃をしっかりと持っていたが、いつもは冷静なまなざしも、ほぼ二十四時間外を見ていないせいで、血走って狂気じみていた。

「タスカルーサから来た検事が部屋を取った。今晩は泊まるつもりだ。捜査官のほうは通りの向こうの〈ハドル・ハウス〉に陣取っている」

「くそっ」とボーンは言った。

「そりゃこっちのセリフだ。すぐにここを出るんだ。指名手配犯を匿《かくま》ってるとバレたら――」

「黙れ。戻って、いつも通りふるまうんだ。クランの衣装はトランクのなかか？」

「ああ」

ボーンは頷いた。「よし、いいだろう。いいか、明日の朝、バスに乗る前に、クランの衣装を着て、モーテルの前を歩いてほしい。伸びをしたり、屁《へ》をこいたり、歩き回ったりして、連中に見せるんだ。それからガレージのなかに入ってこい。おれは準備をしておく」

「どういうことだ――？」

リンボーは口ごもった。が、ボーンは手を振ってさえぎった。

「心配するな。おれにまかせておけ。車のキーをおれに預けて、ここを出ていくんだ」

「車のキーを？　いったい何を――」

「いいからやれ、この野郎」

リンボーは車のキーを穴のなかに落とすと、ボーンの狂気じみた眼を覗き込んだ。何か言おうとしたが、ボーンのまなざしがそれを許さなかった。

「明日の朝、会おう」とボーンは言い、懐中電灯を消した。

一瞬、リンボーはあの女のことを考えた。彼女もあのなかのどこかにいるはずだ。だが、暗くて見えなかった。眠っているのか？　彼は不思議に思った。そして寒気を覚えた。死んでるのか？

「リンボー、おれに撃たせるなよ」とボーンが言った。その声は氷のように冷たかった。

リンボーはコンクリートブロックを元に戻し、明日がジムボーン・ウィーラーを見る最後の日になるようにと心のなかで祈った。三十秒後、彼はロビーのカウンターに戻った。離れたときと何も変わっていないことを確かめようと、ロビーを見回すあいだも、心臓の激しい鼓動がおさまらなかった。客はおらず、駐車場に入ってくる車もなかった。ポケットから〈マルボロ〉を取り出すと、外に続く扉へ向かった。新鮮な空気とニコチンが心地よかった。長い夜になりそうだ。

パウエルは一一〇号室に入ると、あらゆるものを徹底的に調べた。ベッド、シャワー、そして壁さえも。一〇九号室とつながっていること以外は、この部屋に関して心配なところはなかった。念のため、一〇九号室につながったドアに鍵がかかっていることを確認してから、ウェイドに電話をかけた。

「どこにいる？」

「〈ハドル・ハウス〉の奥のブース。コーヒーを飲んで、レーズントーストを食べている。

部屋はどうだ？　フリーＷｉ－Ｆｉがあるといいな」

パウエルは笑った。「無料のＬＡＮケーブルがせいぜいだな。ところで、ウェイド、リンボーのやつはフランスの娼婦《しょうふ》なみに怪しいぞ。もう少し、敷地内を調べてみるつもりだ。何も出てこないかもしれない……が、何かがずっとおれのアンテナに引っかかってる。どこかおかしい。そう感じるんだ」

「了解《テン・フォー》。指示があるまでここにいる」

パウエルはエンドボタンを押して、次にリックに電話をかけた。

「何かわかったか？」とリックが訊いた。

「いや、まったくだ」ブラインドの隙間から外を見ながら、パウエルは言った。モーテルの裏手は雑草と低木の生えた庭に面していた。その部屋からはほとんど景色が見えず、さらに悪いことに、ロビーから最も遠かった。「まったく手掛かりはない。ローレンス郡をくまなく調べたというのに」パウエルはそう言うと、部屋から夜の冷たい空気へと踏み出した。

「どうするつもりだ？」とリックは尋ねた。「タスカルーサへ戻るのか？」

パウエルは歩道を進み、ロビーがまた視界に入るように角を曲がった。ロビーの向こう、通りを挟んで〈ハドル・ハウス〉の赤と青のネオンと、ブースに坐っている人影が見えた。パウエルは頷いてみせた。だが、遠すぎたため、ウェイドはその仕草に気づかないようだった。「いや、あきらめるのはまだ早い。今晩もローレンスバーグを探ってみるつもりだ。ここには何かあるんだ……」パウエルは視線をロビーの建物へと動かし、キャピー・リンボーが外に出てくるところを見た。モーテルのオーナーは左右を見渡してから煙草に火をつけた。パウエルは暗闇のなかを二、三歩あとずさった。「何かおかしなことが。そっちのほうはどうだ？」と彼は尋ねた。裁判が始まっていることは知っていた。「うまくいってるのか？」

長い沈黙があった。そして重苦しく、冷静な口調でリックは言った。「いや、まずいな」

63

ラリー・タッカーにはアリバイがあった。

「やつはタミー・ジェントリーと一晩中一緒だったんだ」とレイレイは言い、両手を振り回すと、ボーの事務所の会議室にある磨き上げられたマホガニー製のテーブルにバーボンを飛び散らせた。トムとリックは眼を大きく開いて彼を見ていた。「一晩中だ、くそったれ」

「どうやって、それを――？」リックが訊こうとしたが、レイレイは手を上げてさえぎった。

「それはどうでもいい」とレイレイは言い、ことばを濁した。「タッカーを尋問して、アンディが告白しようとしていたことを知っていたかどうか訊きだしたところで、ルイス検事長がやつのアリバイをおれたちのケツに突っ込んできたら、何にもならん」

「レイレイ、落ち着くんだ」とトムは言った。友人がこんなに動揺するところを見たことがなかった。この二日間、寝てないんじゃないだろうかと思った。

「これが落ち着いていられるか」レイレイはそう言うと、バーボンのボトルを手にした。

「絶体絶命だ、トム。完全に追い詰められちまった」

64

木曜日の午前七時三十分、キャピー・リンボーは、モーテルの外に出て、煙草に火をつけた。彼はクー・クラックス・クランのローブを着て、脇にフードを挟んでいた。幸いなことに、タスカルーサの検事を除くと、昨晩の宿泊客はメンフィスに向かう途中のトラック運転手ひとりしかおらず、その客もすでにチェックアウトしていた。KKKの式服を着て歩き回ることは、商売上は望ましいとは言えなかったが、リンボーはボーンが金を払って頼むことにはそれだけの価値があるとわかっていた。〈キャメル〉を深く吸うと、モーテルの周りをさっと見回した。ふたりの眼が今も自分を見ていることを意識しながら。捜査官の覆面パトカーは通りの向こうの〈ハドル・ハウス〉の駐車場にまだ止まっており、検事もきっと敷地内のどこかから見ているだろう。ちゃんと見てろよ、ガキども、と思いながら、笑みを浮かべ、頭のうえで両手を伸ばした。

まるまる一分間待ってから、リンボーは煙草を地面に落として踏み消した。やがて見せつけるかのように、フードをじっと見てからそれを被った。そしてモーテルのなかに戻ると、ロビーを通って裏手のガレージに向かった。

「やつを見ろ」パウエルが低くしゃがれた声で電話に向かって言った。昨日は一睡もしておらず、コーヒーを飲みたくてたまらなかった。

「ああ、見ている」とウェイドは言った。「今朝、クランの集会に行くとは言ってなかったぞ」

「訊かなかったからな」とパウエルはつぶやくように言った。

「ガレージのドアが開いている」とウェイドは言った。「出かけるに違いない」

「やつが動くんなら、おれたちも動くぞ」とパウエルは言った。疲れているにもかかわらず、血管にアドレナリンが流れ込むのを感じていた。プラスキだ、と彼は考えた。やつはプラスキに行くつもりだ。

「よし行くぞ」とウェイドは言った。

一分もしないうちに、リンボーのオレンジ色の〈ダッジ・チャージャー〉は、ハイウェイに向かっていた。

ウェイドは車を動かすと、モーテルの前に停めた。パウエルはウェイドが差し出したコーヒーをため息とともに受け取りながら助手席に乗り込んだ。「ありがとう、相棒」

ウェイドとパウエルは、ハイウェイに乗って四百メートルも走るとリンボーの車に追いついた。「少し、下げてくれ」とパウエルは言った。やけどするほど熱いコーヒーをすりながら、カフェインとアドレナリンが混じり合うような感覚を味わっていた。前方には、リンボーの白いフードの後ろ姿が〈ダッジ・チャージャー〉の運転席から見えていた。パウエルは突然クスクスと笑い始め、やがて声をあげて笑い出した。

「何がそんなに可笑《おか》しいんだ？」ウェイドはコーヒーを一口飲みながら訊いた。

「いや、何でもない」そう言いながらも、顔は笑いをこらえて歪んでいた。「ただ、おれたちが〝リー将軍《ゼネラル・リー》（〈ダッジ・チャージャー〉の愛称）〟を追いかけてるのに気づいていたか？」

ウェイドはパウエルをちらっと見て、視線を道路に戻した。しまいには、頭を振って笑い始めた。「なるほど……周りから見たらどう見えるかって考えたんだろ」

パウエルは頷くと、激しく笑いながらも何とかことばを口にした。「まるでロスコーとイーノスだ（『爆発！　デューク』に登場する悪徳保安官の二人組。毎回主人公ボー・デュークの愛車であるオレンジ色の〈ダッジ・チャージャー〉とカーチェイスを繰り広げる）」

まるまる一分間、ふたりは笑い続けながらも、〈ダッジ・チャージャー〉と一定の距離を保って走った。

笑いが収まった頃に、〈ダッジ・チャージャー〉がウィンカーを出し、その近くにバスが見えてきた。バスは、教会の前の駐車場に停まっており、車体の横には〝ローレンスバーグ・チャーチ・オブ・ゴッド教会〟と書かれていた。三十人から四十人の白いローブとフードをまとったKKK《クランズマン》の団員たちが駐車場のバスの周りにたむろしている。ステップを上がり、バスに乗り込もうとしている者もいた。

「まさか……？」〈ダッジ・チャージャー〉が教会の入口を入っていくのを見ながら、ウェイドはそう言った。

「ああ」パウエルは頷いた。またアドレナリンが襲ってくるのを感じながら。「連中はプラスキに行くつもりだ」

65

木曜の朝、レイレイ・ピッカルーは法廷に現れなかった。前の晩の状態を考えると、驚くことではないとトムは思った。が、それでも失望した。

どうしたんだ、レイレイ。古いチームメイトを地元の弁護士として参加させたことに初めて後悔の念を覚えた。あいつは最後の最後に怖気《おじけ》づいてしまったんだ。

「レイレイから何か連絡は？」リックが訊いた。陪審員がひとりずつ法廷に入って来ていた。トムはリックを見た。彼の若いパートナーは、裁判の後半戦を迎える法廷弁護士に特有の血走った眼をしていた。

「いや、何も」とトムは言った。杖を使ってバランスを取りながら席に着くと、疲労がどっと押し寄せるのを感じた。膝はズキズキと痛み、〈アドビル〉ももう慰めにはならなかった。今日で終わるだろう、とひとりつぶやいた。遅くとも明日には。泣き言を言うんじゃない、老いぼれ。

リックに質問をしようとしたとき、ポケットのなかでトムの携帯電話が震えた。できるだけ平静を装って――陪審員に携帯電話をチェックしているところを見せたくなかった――、携帯電話を取り出すと、テーブルのうえの彼とリックのあいだに置いた。メールのメッセージが見えるようにスクリーンをタップした。スクリーンをちらっと見て、息が詰まるような感覚を覚えた。

メールの送り主はレイレイ、そしてメッセージは簡潔だった。〝ジョージ・カーティスとラリー・タッカーが、ボーの父親のリンチの現場にいたことを証言してくれる証人を見つけた。午後には連れて行く〟

トムはリックを肘でつっつくと、スクリーン――何秒か経ったせいで暗くなっていた――をもう一度タップした。彼の若いパートナーの眼が大きく開いた。「じゃあ、これを調べてたんですね」とリックは囁いた。

トムは頷くと、証人席に視線を戻した。必死で笑いをこらえていた。どうしてレイレイを疑ったりした？

ボーの弁護士になって初めて、トムは光明が見えたような気がした。

もしレイレイが、本当にジョージ・カーティスとラリー・タッカーが一九六六年のボーの父親のリンチ殺人の現場にいたことを証言する証人を見つけたら、アンディ・ウォルトンが告白をしようとしていたことは、殺害の大きな動機となる。そして動機があれば……

トムはまた笑いをこらえた。胸のなかでは心臓が早鐘のように打っていた。

……勝てるかもしれない。

66

ローレンスバーグ・チャーチ・オブ・ゴッド教会のバスがジャイルズ郡裁判所前の広場に到着した頃には、時刻は午前九時十五分になっていた。ボーセフィス・ヘインズと弁護士たちはずっと前に到着して裁判所のなかに入っているだろう。

ジムボーン・ウィーラーはクランズマンの一団の後ろについてバスを降りた。ミッションを成功させるには一発で決めなければならなかった。だが、それで十分だった。一発でも撃てるだけまだましだ。特に昨日一日中、スリーピー・ヘッド・インのセーフルームで過ごしたことを考えると。彼は、昨晩わずか数秒で作り上げた計画に満足していた。

スリーピー・ヘッド・インに泊まった検事と〈ハドル・ハウス〉で見張りをしていた捜査官がバスを追ってプラスキまで来ていることは知っていた。ローレンスバーグの郊外一・五キロのあたりで、バスの最後列の座席から、黒の覆面パトカーが尾行しているのが見えたのだ。ボーンにはそれがあのふたりであることがわかっていた。そして白いフードの下で笑みを浮かべた。どうだ、見つけてみろ。彼はそう思った。

今、広場で数百もの白いフードに白いローブの男たちに囲まれ、ボーンは計画の第二段階の開始を待っていた。

オレンジの〈ダッジ・チャージャー〉のトランクのなかで、キャピー・リンボーはもう十《じゅう》分《ぶん》待ったと思った。トランクの奥のレバーを下げると、カーペットが張られた壁に身をもたせかける。すると、壁が車の後部座席へと倒れた。強張った手足を動かしてできるだけ素早く動き、這って開口部をくぐった。マーサ・ブーハーがすぐあとに続いた。彼は開口部を閉めるとゆっくりと起き上がり、周囲を見回した。駐車場は車で一杯だったが、人影はなく、誰からも見られる心配はなかった。「行くぞ」と囁いた。ボーンが後部座席の助手席側の床に置いていったキーをつかんでドアを少しだけ開けて車の外に出ると、ブーハーにも同じことをするように身振りで指示した。そしてドアを閉めると、キーレス・エントリー・ロック・ボタン――彼は車を少しだけ現代風に改造していた――を押して、できるだけ何もなかったかのように、車であふれた駐車場をレオ・ジェイコブス牧師の居宅の前に止めてある〈シボレー・シルバラード〉に向かって歩いた。

鍵のかかっていないトラックのフロントシートに乗り込み、床のマットの下からキーを取り出しながら、リンボーは家の正面の大きなはめ殺し窓のブラインドの隙間からじっと見つめているジェイコブス牧師を見た。牧師が頷くと、リンボーも仕草で答えた。マーサ・ブーハーがトラックの助手席に乗り込むと、キーを回した。

チャーチ・オブ・ゴッド教会のレオ・ジェイコブス牧師は、リンボーが知るなかでも、あらゆる面で素晴らしい人物だった。優れた説教師であると同時に、献金を集めるためなら危険もいとわない男だ。二〇〇二年にジェイコブス牧師が就任してから、礼拝の出席者数は二倍に増えていた。

しかし、ジェイコブス牧師は、独身だった——二〇〇六年に妻を肺癌で亡くしていた——ため、職業柄なかなか満たすことの難しい欲求を抱えていた。

そのためこの三年間、ジェイコブス牧師は、アン・レイノルズと毎週木曜日にスリーピー・ヘッド・インの一〇六号室で会っていた。アンの夫はトラック運転手でめったに家に帰ってこなかった。リンボーはその偽善的な行為を理解し、そのすべてを受け入れた。キャピー・リンボーにとって、日曜日に福音を説く聖職者が、毎週木曜日に既婚の教区民のひとりと不倫をすることは、十分に理解できることだった。リンボーは、人は偽善行為を早く受け入れれば受け入れるほど、より早く真の幸福を見つけることができると考えていた。

いずれにしろ、ジェイコブス牧師はリンボーに借りがあった。ボーンが彼のトラックを隠す場所が必要だと言ったとき、リンボーは、配当を受け取るときが来たと思った。右手を上げて挨拶をすると、リンボーは〈シボレー・シルバラード〉のギアを入れ、車寄せから出て行った。

　その背後で、ジェイコブス牧師ははめ殺しの窓のブラインドを閉めた。


「どう思う？」とウェイドが訊いた。

　ふたりはプラスキまでバスを追いかけ、今は広場の東側にある〈リーヴズ・ドラッグストア〉の前に車を停めていた。

　パウエルは低いうなり声を上げげながら、フロントガラスの外を見つめ、やがて、ため息をついた。「すまない、相棒。どうやら無駄足だったようだ。おれは……」彼はそこまで言って、頭を振った。ドアハンドルをつかんだが、すぐに手を離して言った。「だが、誓うよ。何かがおれのアンテナに引っかかったんだ。何か臭うんだ。いったいなんで、リンボーのやつはこのピエロどものパレードに参加するんだ？」彼は広場を見渡した。そこでは今では何百ものクランズマンが行進をしていた。

　ウェイドは〈リーヴズ・ドラッグストア〉のドアを指さして言った。「来いよ、相棒。コーヒーでも飲もうや。カフェインを取れば眼も開くかもしれん」

　パウエルはウェイドのあとについて歩道に降りると、もう一度広場全体を見渡した。「ウェイド、時間の無駄かもしれないが、ローレンスバーグの保安官補に電話をして、オレンジの〈ダッジ・チャージャー〉がまだ教会の前に駐車してあるか確認してもらえないか？」

「わかった。何を考えてる？」

パウエルは低くうなり、そして言った。「もしこの広場で誰かを殺したいと思ったら、白いフードとローブを着るんじゃないかと思ったんだ。鳥のように空からでも見ない限り、誰が撃とうとしてるかなんてわかりゃしない」

「相棒、本当にコーヒーを飲んだほうがいいぞ。おれたちはキャピー・リンボーが車に乗るのを見たんだぞ。やつは教会まで車を運転してきて、バスに乗った。やつ以外には誰もいなかった」

「やつはずっと、クランのコスチュームを着ていた。おれたちはやつの顔は見ていない」

しばらくのあいだ、ウェイドはパウエルを見ていた。やがて、ため息をつくと頷いた。

「確かに」彼はそう言うとパトカーに歩み寄り、開いた窓から手を入れて、無線のマイクをつかんだ。「ああ、ローレンス郡保安官事務所の電話番号を教えてくれ」とウェイドは怒鳴るように言った。

「ウェイド」とパウエルは言った。その声は寝不足のせいでかすれていた。「車のなかを捜索させるんだ」

「捜索令状を取る相当な理由がないぞ、相棒。何の罪でやつを捜索するんだ」

「指名手配犯の隠匿」とパウエルはかすれた声で答えた。「公共の場所への駐車違反でも何でもいい。あの車に誰か乗ることができたかどうかを確認するんだ」

「何を探すんだ」とウェイドは訊いた。

「トランクだ」とパウエルは答えた。「トランクか後部座席に別の人間が車のなかにいたことを示すものがないか調べるんだ。それからスリーピー・ヘッド・インに誰かを行かせてくれ。もしリンボーがフロントにいたら、別の誰かが教会まで車を運転したことになる。別の誰かがここにいることに」パウエルはそう言うと、クランズマンたちを指さした。今、彼らの大部分は広場の南に集まり、〈ロスト・ジュエラーズ〉とサム・デイヴィスの像の前をうろついていた。

「パウエル、馬鹿げてる」

「やってくれ、相棒」とパウエルは言い、ドラッグストアの前の錬鉄製のベンチに歩み寄るとそこに坐った。疲れきっていた。が、こんな嫌な予感を最後に感じたのがいつだったか思い出せなかった。検事として、そして法律家として、彼は自分の直感を信じるべきだと学んできた。そしてパウエルは何かがひどくおかしいと感じていた。

67

予想通り、木曜日の検察側の最初の証人はラリー・タッカーだった。ボーの〈レクサス〉が午前一時二十分に駐車場から出ていく監視ビデオの画像を見せたあと、ヘレンはタッカーに殺人のあった晩にどこにいたかを尋ねた。

「うちのダンサーのひとりのタミー・ジェントリーの家にいました」さらに彼は付け加えた。「タミーとつきあって一年になります」

簡潔、明瞭かつ効果的だ、とトムは思った。

午前十一時三十分、ボーの〈レクサス〉の荷台から発見された血液と毛嚢《もうのう》がアンディ・ウォルトンのものと一致するというDNAの専門家の証言で検察側の主張を締めくくったあと、ヘレン・ルイス検事長は法廷に向けて告げた。「裁判長、検察側からは以上です」

68

コナリー判事が昼食のための休廷を宣言した。だが、トムは法廷を離れたくなかった。レイレイが今にもこの裁判で最も重要な証人を連れてくるとあっては。彼はリックにサンドウィッチを買いに行かせ、自分は弁護人席で待つことにした。坐っていると膝がひどく痛み、これ以上耐えられなかったので、立ち上がって動き始めた。杖を使って二階のロビーをぶらぶらと歩き、最後には立ち止まって窓の外に眼をやった。

広場に集まったクランズマンの数に思わず息を飲んだ。これに匹敵するKKKの行進や集会について聞いたこともあったが、実際に見るのは初めてだった。トムはいくつかの店の入口や窓にオレンジ色のリボンがつけられていることにも気がついた。それどころか、広場をよく見ると、KKKの白いローブとフードを着ていない人々の大半がオレンジ色を身にまとっていた。トムはジャスミンのコサージュのさりげない才気を再び思い出しながら、笑みを浮かべた。

「まるでサーカスね。そう思わない？」

トムはとげとげしい声のするほうを見た。マギー・ウォルトンが彼の後ろに立っていた。昨日までの三日間と同様、彼女は黒の地味なドレスを着て、黒の手袋をつけていた。顔にはうっすらと化粧をし、額には年齢からくるしわが現れていた。しかし、彼女の隣に立つと、トムは彼女の持って生まれた美しさを認めざるを得なかった。

トムの答えを待つことなく、マギーはつけ加えた。「アンディならこんなことは嫌がるでしょうね」マギーは腕を組んで、トムの隣に立った。「彼は、人生の最後の三十年はクランから距離を置くように努めていた」彼女はため息をついた。「なのに、彼らはここにいる。

アンディの死を、彼らの大義に対する支援を集めるための口実として利用している」

「実に残念だ」とトムは言った。ほかに何と言ってよいかわからなかった。「あちこちで見かけるオレンジのリボンについてはどう思います？」

彼女はあざ笑うように言った。「馬鹿げてる。嵐のなかで傘をさすようなものよ。みんなクランを無視すればいいのに。何になるの？　オレンジを身にまとって、殺人犯を支持したら街が少しでも良く見えると思ってるのかしら？」彼女はそこでことばを切った。「馬鹿よ。ボーの奥さんのように馬鹿げたコサージュなんかつけて」

トムは眉をひそめて、彼女のほうを見た。

「あら、気づいてたわよ。彼女、自分のことを頭がいいと思ってるみたいだけど」マギーは気取った笑いを浮かべると、もう一度ため息をついた。「何もかも腹立たしい」彼女の口調は歯切れがよく、険しかった。「ボーが罪を認めれば、この騒ぎを終わらせることもできるのに」

「彼は認めませんよ、ミセス・ウォルトン。ボーはご主人を殺していません」

彼女は冷笑を浮かべながら首を振った。「結局、彼はガス室送りになるわ」

「致死注射です」トムは訂正した。「テネシー州では致死注射によって死刑を執行しています」

「何でもいいわ」

トムは彼女の口調の冷たさにむっとした。「誰かほかの人物が殺したとはまったく思わないんですか?」とトムが訊いた。

「思わないわ」とマギーは答えた。その声には疑いの余地はなかった。「ボーがやったのよ。これ以上確かなことはない」

「本当にそう思ってるんですか?」とトムは言った。「アンディがボーの父親の殺人を告白しようとしていたことを知っていましたか?」

マギーは眉をひそめると、両手を腰に置いた。「今まで聞いたなかでも一番ばかばかしい話ね。なぜ、アンディがやってもいないことを告白するというの?」

彼女はまったく知らなかったか、極めて優秀な女優かのどちらかだ、とトムは思い、この点を攻めてみた。「ミセス・ウォルトン、ダーラ・フォードがアンディの殺される二週間前に、彼がボーの父親、ルーズベルト・ヘインズを殺したことを告白するつもりだと聞いています。彼女はそのことを証言するはずです。面白いと思いませんか? 彼が告白をしようとしていたとしたら、多くの人間がアンディを殺す動機を持っていたことになる」彼はそこで間《ま》を置くと続けた。「たとえば、あなたの弟さんとか……」彼はそのことばを漂わせたまま、歩き去った。

法廷に入ると、ガラスのドア越しにマギー・ウォルトンの反応を見た。彼女は両手を腰に置いたまま、ショックで口を開いたままだった。

レイレイの証人が、彼女の弟がボーの父親の殺害に関与していたと証言したときにも、同じリアクションを見ることができればいいのだが。

69

木曜日の午後、最初に弁護側の証人として証人席についたダーラ・フォードは、ストリッパーにはまったく見えなかった。むしろ、紺のスーツと肩のあたりで切りそろえた茶色の髪のせいで、裕福なビジネスウーマンのように見えた。彼女は、一時間をかけて、自身の人生を陪審員に要約して説明した。プラスキでの高校時代から始め、大学に行く十分な金がなかったためにまずウェイトレスの仕事をしたこと、そしてサンダウナーズ・クラブでダンサーをしていたことまで。リックはそのすべてを訊きだした。彼女がストリッパーをして貯めたお金のこと、アンディ・ウォルトンとの関係、そしてアンディから遺贈を受けた十万ドルのこと。リックは最後に、ダーラの今の目標がデスティンでレストランを起業することだと訊きだした。

ダーラが証言しているあいだ、トムはマギー・ウォルトンのほうを見ずにはいられなかった。彼女は検察席の後ろに、これまでと同じように冷静な態度で坐っていた。ダーラの証言が彼女を苛立《いらだ》たせていたとしても、そんな素振りはまったく見せなかった。聖書を持ってまっすぐ前を向き、証人席に眼をやろうともしなかった。マギーはアンディとダーラの関係を知っていたのだろうか、とトムは考えた。おそらく知っていたのだろう。マギーは夫に裏切られても、慣れ親しんだ生活を引き続き与えてくれるのなら、見て見ぬふりをするタイプの女性なのだと、トムは見て取った。

直接尋問のあいだ、ダーラは常に落ち着いて自信に満ち、感じのいい印象を与えた。何よりも彼女は信頼できる印象を与えている、とリックは思った。ダーラは、自分はサンダウナーズ・クラブで〝ストリッパー〟をしていると言って、自分の職業について率直に語った。

「わたしの仕事はお金をもらって服を脱ぐことです。そしてそのことを大変得意にしていました。常連客のリストには少なくとも十五人の男性と……二人の女性がいました」

リックは、アンディ・ウォルトンの人生の最後の二週間におけるダーラとアンディの関係について尋ね、直接尋問を締めくくろうとした。

「ミズ・フォード、アンディ・ウォルトンはあなたにルーズベルト・ヘインズを殺したことを話しましたか？」

「異議あり、裁判長」とヘレンが言った。「伝聞証拠です」

コナリー判事はリックに眼を向けた。リックはためらうことなく答えた。「裁判長、ミスター・ウォルトン自身に不利となる供述は、伝聞証拠の例外にあたります」

「棄却します」とコナリーは言った。「証人は質問に答えてください」

「はい」とダーラは言った。リックにではなく、陪審員に向かって。「彼は殺人に対して責任があると言っていました。そして真実が決して明らかにならないことを心配していました」

「なぜそのことを心配していたのでしょうか？」

ヘレンが立ち上がった。「裁判長、もう一度申し上げますが、質問はまったくの伝聞証拠を求めています」

リックは、今度はコナリー判事が答えを求める前に反応していた。「裁判長、この一連の質問はすべて、ミズ・フォードにミスター・ウォルトンがした、自分に不利となる供述について思い出してもらうためのものです。また、我々はミスター・ウォルトンの供述から、その供述内容の真相を探るためではなく、ミズ・フォードの心理状態を知るためにこの質問をしています」

コナリー判事は数秒考えてから、リックに頷いた。「続けてください」

「ミズ・フォード？」リックが答えを促した。

ダーラはもう一度陪審員に眼を向けて言った。「彼は膵臓癌《すいぞうがん》でした。末期です。どのくらいの時間が残されているのかは彼にもわかりませんでした。彼は真実が彼とともに死んでしまうことを恐れていました。彼は誤りを正したいと言っていました」

「その〝誤りを正す〟ということがどういう意味なのか言っていましたか？」

ダーラは頷いた。「彼は告白するつもりでした」

「ミスター・ウォルトンとのその会話はいつ行われたのですか？」

「八月の初めです。彼が亡くなる二週間くらい前でした」

「ミズ・フォード、ミスター・ウォルトンがルーズベルト・ヘインズ殺害を告白するつもりだということを誰かに話しましたか？」

「はい」とダーラは言った。

「誰ですか？」とリックは尋ねた。

「ボスに」ダーラはそう言うと陪審員をちらっと見た。「ラリー・タッカーです」

「あなたがミスター・タッカーに話したのはいつですか？」

「ミスター・ウォルトンがわたしに話したのと同じ晩です」

「アンディ・ウォルトンが殺される二週間前ですね」

ダーラは頷いた。「はい、その通りです」

「ミズ・フォード」リックは、陪審員のほうに眼をやりながら続けた。「ラリー・タッカーとアンディ・ウォルトンはクー・クラックス・クランだったのですか？」

「わかりません」とダーラは言った。

「質問は以上です。裁判長」とリックは言った。

状況を考えると、これが自分のできるベストだとリックは思った。彼は同意を求めてパートナーのほうを見た。が、教授はリックを見ていなかった。代わりに彼は、法廷の後ろで、たったいま開けられた両開きのドアを見ていた。リックは教授の視線を追い、その先にあるものを見て思わず安堵の念を覚えた。チャコール・グレーのスーツに白いワイシャツ、そして深紅《クリムゾン》のネクタイをしたレイレイ・ピッカルーが扉の前に立っていた。

ヘレンは反対尋問をダーラ・フォードが知らないことに焦点をあてて行った。ダーラはアンディ・ウォルトンが殺される一時間前まで一緒にいたが、彼が殺害されたところは目撃していなかった。彼女は誰が彼を殺したのか知らなかった。その晩、彼女がサンダウナーズ・クラブを出るときには、ラリー・タッカーはとっくに帰ったあとだった。最後に彼女が覚えていたのは、アンディ・ウォルトンがゆっくりと歩いて、サンダウナーズ・クラブの駐車場に止めたピックアップ・トラックに向かう姿だった。

ダーラは質問のこの部分に答えるあいだ、アンディ・ウォルトンが殺される前の最後の瞬間を思い浮かべ、実際に涙を浮かべていた。明らかに動揺していた。

ヘレンが反対尋問を終えると、リックはこれ以上ミズ・フォードには質問はないと言った。証人席から下りるとき、ダーラはリックに素早くウインクして法廷の外に出て行った。

「弁護側は次の証人を呼んでください」

トムはレイレイのほうを向いた。「お前の証人はロビーにいるのか?」彼は囁くようなかすれた声で訊いた。証人が裁判所にいて、証言の準備ができているのかとトムが尋ねたとき、レイレイはただ頷くだけで何も言わなかった。もちろん、ヘレンがダーラに反対尋問をしているあいだは、ふたりは話をすることはできなかった。

レイレイは首を振った。「いいや、トミー・ボーイ」

「何だって?」トムは胃がひっくり返りそうになるのを覚えた。「ここに来てるといったじゃないか」

「ミスター・マクマートリー」とコナリー判事が声を荒げて言った。明らかに苛立っていた。「次の証人を呼んでください。陪審員が待っていますよ」

「レイレイ、証人を連れてくるんだ」とトムは言い、レイレイの肩を強くつかんだ。「リックがダーラに証言させて、お膳立てを整えた。タッカーとカーティスがボーの父親が殺されたときにあの空き地にいたことを証言する証人を見つけたのなら、今その人物を尋問する必要がある」

「そいつはここにいる」とレイレイは言った。

「なら連れて来てくれ、お願いだ」トムは囁くどころか、声を荒げていた。法廷での行動に関して長く守って来たルールのひとつを破っていた。冷静さを失っていた。

「できない」レイレイはそう言って立ち上がった。

トムも立ち上がった。膝の痛みも忘れ、両手でレイレイの腕をつかみ、旧友の体を揺すった。気でも狂ったのか？「できないとはどういうことだ？　何を言ってる？　どうしたんだ？」

コナリー判事が小槌《こづち》を机に叩きつけた。「ミスター・マクマートリー、どうしたのですか……？」コナリーは続けたが、トムは聞いていなかった。

「なぜなら、おれが証人だからだ」とレイレイが言った。「おれだ。レイモンド……ジェイムス……ピッカルー」

トムはよろめいて彼からあとずさった。何か言おうとしたが、ことばが出てこなかった。

コナリー判事が再び小槌を鳴らし、トムは隣でパートナーが大きな声で発言するのを聞いていた。

「裁判長、弁護側はレイモンド・ジェイムス・ピッカルーを尋問します」

レイレイが堂々と証人席へ向かって歩くのを見て、ヘレン・ルイスは文字通り、弾《はじ》かれたように立ち上がった。「異議あり、裁判長。そちらへ伺ってよろしいですか？」

法廷はどよめきに包まれ、彼女の声はほとんど聞き取れなかった。

コナリー判事は小槌を鳴らし、リックをにらみつけた。

「弁護人全員、すぐにわたしの部屋に来るように。ミスター・ピッカルー、あなたもです」

彼女はそう言うと、陪審員のほうを見た。「陪審員のみなさん、十五分の休憩とします」

コナリー判事は大またで判事席から去ると、判事室へと続く扉に向かった。黒の法衣が彼女の後ろではためいた。

トムは肩にごつごつした手が置かれるのを感じ、ざらざらとした声を聞いた。「どうなってるんですか？」とボーは訊いた。

トムは依頼人のほうに顔を向けた。心と体はまだショックを受けていた。

「教授、何が起きてるんですか？」ボーはもう一度訊いた。

「わからん」何とか唇を動かし、トムはそう言った。そして立ち上がった。「さあ、行こう」

「彼女は弁護人としか言いませんでした」とボーは言った。

「君もそのなかに加わるべきだ、ボー」とトムは言った。完全に落ち着きを取り戻していた。

「これが何であれ」――トムは証人席を見た。が、レイレイはコナリー判事のあとを追って、すでにいなかった――「君も聞く必要がある」

70

全員が判事室に集まると、ヘレンは時間を無駄にしなかった。

「裁判長、レイモンド・ピッカルーはミスター・ヘインズの弁護人として登録されています。弁護人は自らが弁護人を務める訴訟で証言することはできません」

トムは咳払いをすると、レイレイをちらっと見た。彼はあのジョーカーのような笑みを満面に浮かべていた。

「おれがやったのは陪審員を選ぶことだけだ、裁判長」とレイレイは言った。「おれはひとりも証人を尋問していないし、弁護人席に坐ってもいない。おれが証言することは、陪審員にとっては、ペトリー保安官が証言するのと変わりない。ペトリーのやつはずっと検察席に坐ってたがね」

「裁判長、ミスター・ピッカルーは弁護側の証人リストに載っていません。奇襲攻撃であり、著しく侮辱的な行為です」ヘレンはこぶしを固く握りしめていた。「これは許されるべきではありません。ミスター・マクマートリー、ミスター・ドレイク、そしてミスター・ピッカルーに法廷侮辱罪で制裁を科すよう求めます」

「裁判長、我々はミスター・ピッカルーが弁護側の証人となることを知りませんでした」とトムは言った。頭のなかでは、レイレイの言っていた〝彼の証人〟が何を証言しようとしていたのかを、必死で思い出そうとしていた。「この証人が何を証言するかによっては、ミスター・ピッカルーを尋問することで正義がもたらされると我々は考えています」

「証人は何を明らかにしようとしているのですか？」とコナリー判事は訊いた。彼女の声はフラストレーションと苛立ちにあふれていた。「ミスター・マクマートリー、正直に言って わたしは検事長に賛成です。ミスター・ピッカルーがこの裁判で何を証言しようというのか 想像できません」

「この証人は」――レイレイが話し始め、部屋のなかの全員が話をやめた。部屋の後ろのほうに立っていたレイレイは、前に歩きだした。彼はコナリー判事を見ていなかった。代わりに彼は、ボーを見つめていた。「ルーズベルト・ヘインズが殺されたときに、ウォルトン農場のあの空き地にいた男たちの名前を明らかにするつもりだ」

部屋のなかが完全な静寂に包まれた。レイレイはさらに歩を進めた。彼は判事の横、ボーの眼の前に立った。

ボーセフィス・ヘインズは百九十五センチの巨体で、背筋を伸ばして立っていた。

「いったいどうやって、それを証明するというの、ピッカルー？」ヘレンが訊いた。彼女の声は上ずっていた。「あきれたわね、今日はどのくらい飲んでるの？」

だが、部屋のなかの誰も動こうとせず、話そうともしなかった。全員の眼がレイレイとボーに集中していた。

「おれはまったくの素面《しらふ》だよ」とレイレイは言った。

「なぜだ？」とボーが訊いた。その声は苦悩に満ちていた。「なぜ、その男たちの名前をお前が言うことができるんだ」

トムは立ち上がると、ふたりの友人のあいだに割って入った。トムの肩越しにレイレイ・ピッカルーの眼を見つめながら。「なぜだ?」とボーは繰り返した。「なぜなんだ?」

「なぜなら、おれがそのなかのひとりだからだ」とレイレイは言った。

71

レイレイの告白のあと、エニス・ペトリー保安官とふたりの保安官補が判事の部屋に駆け込んできた。レイレイがボーだけに向かって話しているあいだに、コナリー判事がセキュリティ・ボタンを押したのだ。部屋のなかの全員がペトリーを見た。彼はコナリー判事を見ていた。

「保安官、ミスター・ピッカルーを拘束して、ホールの向かいにあるわたしの担当職員の部屋に入れておいてください」

保安官が言われた通りにしようと、レイレイの腕を取った。

「すまない、ボー」とレイレイは言った。「すまない」

レイレイが判事室から連れていかれると、ボーは、脚がぐらついたかのようにゆっくりと椅子に沈み込んだ。

「判事、ミスター・ピッカルーの証言を認めることは、著しく偏見を抱かせることになり、不適切です」とヘレンが口火を切った。「これはアンディ・ウォルトン殺害に関する裁判です。ルーズベルト・ヘインズ殺害に関する裁判ではありません。それに加え、ミスター・ピッカルーには権利があります。彼は殺人を告白しようとしています」

コナリー判事は椅子の背にもたれかかると、両手で眼をこすった。「なんて……ことなの」と彼女は言い、たった今見たものの記憶を振り払おうとするかのように首を振った。彼女は答えを求めてトムに眼をやった。

トムはショックを受けているボーをちらっと見てから言った。「ルイス検事長がミスター・ピッカルーの権利について心配したのは、とても皮肉なことです。ミスター・ピッカルーが先ほどここで我々に認めたことを考えると、彼は自分が見たことと……自分が行ったことを証言するのをためらっているようには思えません。わたしの予想では、その証言によってラリー・タッカーとドクター・ジョージ・カーティスがルーズベルト・ヘインズ殺害の場にいたことが明らかになると思われます。我々はすでにダーラ・フォードから、アンディ・ウォルトンが殺害を告白するつもりだったということを、殺害される二週間ほど前に聞き、彼女がそれをラリー・タッカーに伝えたという証言を得ています。ミスター・タッカーのサンダウナーズ・クラブからの電話記録は、ミスター・ウォルトンが殺害される前の二週間にドクター・カーティスへの電話が複数回あったことを示しています。ダーラ・フォードの証言と合わせれば、ミスター・ピッカルーがするであろう証言は、カーティスかタッカーのいずれかにアンディ・ウォルトン殺害の強力な動機を与えることになります」

「裁判長、ドクター・カーティスやミスター・タッカーに結びつく物的証拠は、かけらさえありません。ふたりを示す証拠は現場では一切見つかっていません」

「裁判長、犯行現場はラリー・タッカーのストリップクラブです。これ以上大きな物的なつながりを示す証拠があるでしょうか？　ミスター・ヘインズは死刑裁判に臨んでいます。彼にはこの犯罪についての別の可能性を示すことが認められるべきです」

コナリー判事は両手を机に叩きつけると、突然立ち上がった。「認めましょう。弁護側にはほかの容疑者の動機を証明する権利があります」

「裁判長、この証人は事前に開示されていません。このような奇襲攻撃を認めるべきではありません」

「ミスター・マクマートリー、あなたはミスター・ピッカルーが弁護側の証人になることをいつ知ったのですか？」コナリー判事がトムのほうを見てそう尋ねた。

「わたしのパートナーが証人の名前を呼ぶ数秒前です。レイレイは我々に何も話していませんでした」

「レイレイはミスター・ヘインズの弁護人のひとりです」とヘレンは言った。このやりとりに対して明らかに憤慨していた。「弁護人は自らが弁護を務める訴訟で証言することは認められるべきではありません」

コナリー判事はあたかも彼女の議論をぴしゃりと叩くかのように手を振って制した。「わたしは証言を認めます。これは動機に関係します。それに」彼女はそこでことばを切ると、まだ彼女の前でショックを受けて座り込んでいるボーをじっと見て言った。「そうするべきだからです」

72

ヘレン・ルイスは呆然としたまま法廷に戻った。いったい全体、何が起きているの？この裁判が手からこぼれ落ちていくような感覚を覚えていた。実際には、そう感じたのは昨晩からだった。セント・クレア矯正施設の面会記録のなかに、最初は見落としていた点を見つけたときだ。

今ヘレンは、傍聴人であふれかえる法廷をちらっと見渡し、最後に後方のカメラに眼をやった。恐怖から逃れることができなかった。レイレイ・ピッカルーが証人席で宣誓をしているあいだ、昨日の晩から抑えていたある考えが、北極の寒気のように彼女を襲った。負けるかもしれない。

「記録のために名前を言っていただけますか?」とリックが言った。トムとボー、リックが弁護人席に戻ったとき、レイレイの直接尋問について三人のあいだで議論はなかった。ためらうことなくリックが尋問を引き受けた。

トムは、あまりのショックに平静を保つことが難しい状態——文字通り、心臓がドクドクと脈打つ音が聞こえていた——で、パートナーの落ち着きがありがたかった。弁護人席のトムの隣には、ボーが呆然とした状態で坐り、まるで幽霊でも見るようにレイレイを見つめていた。あいつは四十五年間、この瞬間を待っていたんだ。トムはそう思った。

「レイモンド・ジェイムス・ピッカルー」

「ミスター・ピッカルー、あなたは一九六六年当時、テネシー州プラスキに住んでいましたか?」

「はい」

一瞬の間《ま》があった。トムにはリックが次にどこへ進もうか迷っているのがわかった。この尋問のために準備する時間がなかったことは明らかだった。

「ミスター・ピッカルー、あなたがしようとしている証言は、あなた自身の犯罪への関与を示唆することを理解していますか?」

「ああ、理解している」とレイレイは答えた。

「ミスター・ピッカルー、……あなたは一九六六年にルーズベルト・ヘインズが殺害されたとき、ウォルトン農場にいましたか？」

「異議あり、裁判長。根拠を欠いています」

「認めます」とコナリー判事は言った。

リックはトムをちらっと見た。トムは四十年にわたって模擬裁判チームの学生たちに教えてきたことばを口元で伝えた。「落ち着け、ゆっくり、アンディ」

リックは頷いた。「ミスター・ピッカルー、ルーズベルト・ヘインズのことはご存じですか？」

レイレイは頷いた。「よくというほどではないが、彼が誰なのかは知っている」

「アンディ・ウォルトンは？」

「ああ、知っている」

「アンディ・ウォルトンとはどうやって知り合ったのですか？」

「最初にアンディに会ったのは一九六五年のことだ。おれがＫＫＫのテネシー騎士団に入った直後だった」

「クランにはどのくらいいたんですか？」

「一年だけだ。一九六六年の八月にやめた」

リックは胃がせり上がってくるように感じた。「なぜやめたんですか？」リックの眼のすみに、ヘレン・ルイス検事長が立ち上がろうとするのが見えた。が、彼女は途中でやめ、そのまま坐った。

レイレイは視線を直接陪審員に向けた。「おれと九人のクランの仲間がルーズベルト・ヘインズをウォルトン農場の木に吊るしたあとでやめた」

リックは法廷が騒然となると思っていた。だが、死んだように静寂となった。あまりにも静かなので、リックには、法廷内のどこかにあるエアコンが出す、ブーンというかすかな音さえも聞こえるほどだった。弁護人席に眼をやると、ボーセフィス・オルリウス・ヘインズがゆっくりと立ち上がっていた。足はふらつき、両手も震えていた。リックは、無意識に反応し、ボーに歩み寄ると、彼の隣に立った。

「あなたはそこにいたんですか？」リックは、証人席に注意を戻すと、そう訊いた。

「ああ、おれはそこにいた」とレイレイは言った。「そしてこれまでの人生でそのことをずっと後悔してきた」

「ミスター・ピッカルー、ルーズベルト・ヘインズが殺されたとき、そこには何人の男がいましたか？」

「十人だ」

リックは息を吸って、トムをちらっと見た。トムは頷いていた。締めくくる頃合いだ。

「ミスター・ピッカルー、陪審員にその十名の男の名前を言ってもらえますか？」

レイレイは頷いた。だが、レイレイは陪審員を見ていなかった。代わりに彼は視線をボーに向けていた。ボーはまだ立ったままだった。「アンディ・ウォルトンはテネシー騎士団の最高指導者《インペリアル・ウィザード》だった。彼がおれたちのリーダーで、その夜のメンバーを集めたのもアンディだ」レイレイはそこでことばを切った。「ルーズベルトは手を背中で縛られ、馬のうえに乗せられていた。ドクター・ジョージ・カーティスとラリー・タッカーが馬を抑えているあいだ、アンディが輪なわをルーズベルトの首にまいた」

リックは陪審員席からすすり泣く声を聞いた。ミリー・サンダースンが泣いていた。

「アンディ・ウォルトンが何か言っていた……何かルーズベルトがミズ・マギーに手を出したとか。それからルーズベルトが何か言い返した。そして」レイレイはそこまで言うと、恥ずかしさのあまり顔を伏せた。「アンディが馬の尻を叩いて、ジョージとラリーが手を離した」

法廷はすすり泣く声の大合唱となっていた。弁護人席の後ろ、傍聴席の最前列の席では、ジャスミン・ヘインズが恥ずかしさも忘れ、ハンカチを目にあてて泣いていた。リックはこの厳粛な瞬間に浸りながら、ほほが濡れるのを感じていた。四十五年間……

「ほかの七人は、フェリディ・モンテーニュ、サミュエル・ベイダー、ブル・キャンベル、アルヴィン・ジェニングス、ルディ・スノーにおれ、そして」レイレイはそこでことばを切って、虚ろな眼で検察側のテーブルを見た。「エニス・ペトリーだ」

傍聴席から一斉に息を飲む声が聞こえた。リックが検察席に眼をやると、そこではエニス・ペトリー保安官が両手で頭を抱えていた。信じられない、とリックは思った。ボーのほうを見ると、彼も同じように、信じられないといった様子で保安官を見つめていた。

「裁判長、質問は以上――」

「待て」レイレイが感情の高まりに震えた声で叫んだ。視線はボーに向けたままだった。「もうひとつ言うことがある」

ボーはまるでレイレイが今から投げつけようとしている爆弾が何であれ、自分自身を鋼《はがね》で覆って守ろうとするかのように、背筋をまっすぐ伸ばし、深く息を吸った。

リックは証人自身に話をさせるのは不適切だとわかっていた。検察側から異議が申し立てられると予想していた。が、ヘレン・ルイスは席に貼りついたままだった。「わかりました、レイレイ、何を言いたいのですか?」

「アンディ・ウォルトンが殺された夜、ジョージ・カーティスはおれにボーの事務所を見張るように言った。おれの事務所はボーの事務所の二軒隣なので、何にもさえぎられることなく見張ることができた。二〇一一年八月十八日の深夜ちょっと前、ボーが彼の〈レクサス〉をファースト通りの縁石のうえに止めて、よろめくように事務所に入っていくところを見た」レイレイは一瞬間《ま》を置いて、陪審員をまっすぐ見た。「十分後、ボーはまだ事務所のなかにいるのに、別の男がボーの〈レクサス〉を運転して立ち去るのを見た」

「誰ですか?」とリックは訊いた。

「ドクター・ジョージ・カーティスだ」とレイレイは答えた。

73

「反対尋問は、検事長？」コナリー判事が重苦しい口調でそう言った。法廷内のすべての人々と同様、彼女もレイレイ・ピッカルーの証言にショックを受けていた。

「いいえ、裁判長」とヘレンは言った。何とか冷静を保とうとしていた。「もしよろしければ、検察側は短い休憩を取ることを要請したいのですが」

コナリー判事は頷き、証人席をちらっと見た。そこにはまだレイレイ・ピッカルーが坐っていた。「いいでしょう、検事長。どうやら……わたしたちみんな、休憩をとったほうが良さそうです」

陪審員が列を作って法廷から出ていくあいだ、五人の保安官補が入って来て、検察席を取り囲んだ。

コナリー判事がそのうちのひとりに声をかけた。「スプリングフィールド保安官補、ペトリー保安官とミスター・ピッカルーを拘留してください。それから、何人か人をやってミスター・タッカーとドクター・カーティスを連れてきてください」

保安官補のうちのふたりがエニス・ペトリーを法廷から連れ出すと、スプリングフィールド保安官補が証人席に向かって大またで近づいた。レイレイは立ち上がって両手を差し出し、スプリングフィールドが手錠をかけた。

「レイモンド・ピッカルー」スプリングフィールドはそう言いながら、ボーのほうを見た。「あなたをフランクリン・ルーズベルト・ヘインズ殺害容疑で逮捕します。あなたには黙秘する権利が……」

74

午後四時三十分、コナリー判事が再開を宣言した。陪審員が十二の席に着くと、彼女は咳払いをし、検察席に向かって身振りで示しながら言った。「ルイス検事長、休憩中に、申立てをしたいとおっしゃっていましたね」

ヘレン・ルイスが立ち上がり、彫像のように立ちつくした。「裁判長、本日新たに判明した証拠に基づき、テネシー州は、被告人ボーセフィス・オルリウス・ヘインズに対するすべての起訴を取り下げます」

一瞬、水をうったような静けさが法廷を包んだ。そしていくつかの悲鳴と〝ハレルヤ〟と叫ぶ声が傍聴席から聞こえた。新聞記者の何人かは、すでに両開きの扉に向かって走っていた。彼らは外に出ると、ラップトップPCやiPadを取り出して大勢のフォロワーに向けてツイートやブログのアップデートを始めた。傍聴席の最前列では、マギー・ウォルトンが身じろぎもせず、虚空を見つめ、坐っていた。

コナリー判事は、小槌を何度も鳴らした。「静粛に！　静粛にするように！」法廷が静かになると、コナリー判事はヘレンのほうを覗き込み頷いた。そして弁護人席に眼を向け言った。「弁護側は起立いただけますか？」

トム、リック、そしてボーがそろって立ち上がった。

「当法廷は、検察の起訴取下げの申立てを認める決定を下します。テネシー州による被告人ボーセフィス・オルリウス・ヘインズに対する起訴は、すべて取り下げられました」笑みを浮かべながら、コナリー判事はボーを見た。「ミスター・ヘインズ、あなたは自由の身です」

75

ボーセフィス・ヘインズは眼を閉じて、涙の流れるままにした。背中に手が置かれるのを感じ、顔を上げるとリック・ドレイクの笑顔が見えた。

「おめでとう、ボー」と青年は言った。充血した眼から涙があふれていた。「やったね！」

ボーは彼の若い弁護士を抱き上げ、リックが咳き込み始めるまで背中を叩き、やがてふたりとも笑い始めた。「君のおかげだ。信じてくれてありがとう」

「当り前じゃないか」リックはそう言うと涙を拭った。

ボーは振り向くと、ジャスミンを探した。が、ボーを抱き上げて固くハグするブッカー・Tにさえぎられ何も見えなかった。

「本当によかった、兄弟」とブッカー・Tは言った。

そしてジャスミンがそこにいた。涙を浮かべながらもほほ笑み、ボーに身をゆだね、彼にハグをさせ、ほほにキスをさせるままにしていた。

「すまない、ジャズ。本当にすまない。いろいろと」

「黙って抱きしめて」とジャスミンは言い、ボーはそうした。彼女をきつく抱きしめ、それからT・Jを抱き寄せ、三人で抱き合った。

ボーがようやく体をはなすと、彼女がボーの思っていたことを口にした。「教授はどこ?」

ボーは頭を百八十度回してトムを探した。が、最初は見つけられなかった。それから視線を下げて弁護人席に眼をやり、そこに友の姿を見た。

トーマス・ジャクソン・マクマートリーは椅子に坐ったまま動かなかった。コナリー判事が、検察側の起訴の取下げを認め、ボーに自由を告げたあと、トムの両足は力を失い、ほとんど崩れるように椅子に坐り込んだ。今、彼は眼の前で繰り広げられている光景を、まるで映画を見ているかのように見ていた。眼は涙で濡れていた。が、彼は拭おうともしなかった。

「教授」ボーはそう言うと、トムの前に立ち、トムの肩に優しく手を置いた。「大丈夫ですか?」

トムはことばが出てこなかった。彼は友を……親友を見上げた……が、何も言えなかった。唇は動くのに、ことばが出てこなかった。

「おれたち、やったんですよ」とボーは言った。「あなたがやったんです。あなたがおれの命を救ったんです」

まるでトランス状態から覚めたように、トムはやっと頷くと、手を差し出した。

ボーはその手を取り、トムに身を寄せると肩をつかんでほほにキスをした。「ありがとう、教授」

ボーの後ろから、ジャスミン・ヘインズがやって来て、トムの額にキスをした。「ありがとう、教授。本当にありがとう」

そして次にリックが来て、手を差し出した。「やりましたよ、教授」とリックは言った。意を新たにするように、トムはパートナーと握手をすると、リックとボーに近くに来るよう手招きをした。「レイレイのことを話し合わなければならない」とトムは言い、ボーと眼を合わせた。「まだ、終わっちゃいない」彼はそう言うと、荒々しく息を吐いた。「何も終わっちゃいない」

76

ハンク・スプリングフィールド保安官補はレイレイ・ピッカルーを連れて階段を下り、裁判所のロビーに立った。レイレイは背中で手錠をかけられていた。いつもなら、午後四時四十五分には裁判所に人影はなかった。が、今日は大混乱だった。二階もロビーもレポーターや傍聴人、そしてボーとアンディの両方の友人たちのたてる音で騒然としていた。そのほとんどはレイレイの告白を法廷でその眼で見るか、テレビを通して見ていた。報道陣があらゆる方向から質問を浴びせてくる。「どうして名乗り出るのにこんなに時間がかかったんですか、ミスター・ピッカルー」「州は証言と引換えに取引を申し出たんでしょうか?」「あなたはまだクー・クラックス・クランなんですか?」

レイレイはうつむいたまま、すべての質問を無視した。スプリングフィールドが彼を連れ出すためにコナリー判事の担当官の部屋に入ってきたときから、一言もことばを発していなかった。

階段を下りたところで、スプリングフィールドは背後からなじみのある声が叫ぶのを聞いた。

「ハンク、待ってくれ!」ボーセフィス・ヘインズがよろめくようにして階段を下りてきた。

リック・ドレイクがその後ろに続いていた。だが、レポーターと見物人がふたりの周りに集まり、身動きが取れない状態になった。

さらに質問が浴びせかけられた。「ミスター・ヘインズ、裁判が終わった今、何か言いたいことはありますか？」「ミスター・ヘインズ、疑いを晴らしたお気持ちは？」「ミスター・ヘインズ、あなたの父親を殺したというミスター・ピッカルーの告白を信じていますか？」

レイレイの名前が口にされたとき、ボーは、後ろ手に手錠をかけられたレイレイをスプリングフィールド越しに見ていた。ボーは前に進み出た。うつむいて床を見つめているレイレイに燃えるような視線を向けた。

「なぜなんだ、レイレイ？」ボーは、見物人やレポーターに聞こえないように、レイレイに体を近づけて訊いた。「なぜ今なんだ？」

「ボー、質問の機会は別に設ける」とスプリングフィールド保安官補が言い、レイレイに動くよう促し、前後を固めていた保安官補にも同じように合図をした。彼らはまるでコンガダンスの行列のように、西側の広場へと続く両開きの扉へ向かおうとした。「今はそのときじゃない」

「待ってくれ」とボーは言った。「ひとつだけ訊かせてくれ、レイレイ。今、知らなければならないんだ」

前を歩く保安官補が両開きの扉を押して開け、太陽の光が注ぎ込んできた。ボーは一瞬眼がくらみ、片手を上げて陽光をさえぎった。彼は肩に手が置かれるのを感じた。

「ボー、なかに戻ろう」とリックは言った。「彼にはあとで訊けばいい。外はとんでもないことになっている」

だが、ボーは聞いていなかった。レイレイと話さなければならない。もう待てなかった。四十五年も待ったのだ、これ以上待つつもりはなかった。

彼はスプリングフィールドとレイレイ、そしてふたりの保安官補を追って裁判所の外に出た。

リックもボーを追って裁判所の外に出ると、ポケットのなかで携帯電話が震えた。電話を取り出して見ると、十一件の未読メールが表示されていた。十件はパウエルからだった。レイレイの証言の興奮のなか、リックは携帯電話をサイレントモードにし、チェックするのを忘れていた。

階段を下りると、画面をスクロールしてメールを見た。最初のメールには〝警官の保護なしに裁判所を出るな。思い過ごしかもしれないが、ジムボーンが広場にいる気がする〟とあった。ほかのメールはさらに短く、〝おれに電話をする前に裁判所を出るな〟とあった。

くそっ。そう思い、明るい日差しのなかに眼をやると、広場の西側は白いフードと白いローブを着たクランズマンの波で埋めつくされていた。「ボー、待つんだ!」リックは叫んだ。

が、その声は彼らを取り囲むレポーターたちの質問にかき消された。裁判所の階段からスプリングフィールドのパトカーまでの道をガードしている四、五人の保安官補にさえぎられて、クランズマンたちは近づくことができないでいたが、罵りのことばを叫び、ボーに気がつくと、〝人殺し〟の大合唱を始めた。

人ごみを押し分けて、リックはボーに追いつこうとした。

彼の前にまだ何人かのレポーターがいた。そのとき、リックは最初の銃声を聞いた。

77

裁判が終わったあとの法廷は不気味な空間だった。生死が拮抗《きっこう》し、エネルギーがみなぎり、人であふれかえっていた法廷が、あっという間に無人の空き部屋となり、死体安置所《モルグ》のように静まり返っていた。ある意味では、試合のあとのフットボール・フィールドをトムに思い出させた。彼はいつも試合後のフィールドを歩くのが好きだった。人のいないスタンドを見上げ、鍵となったプレイのことを思い出すのだ。試合によって荒らされたグラウンドを歩くときは——特に勝利のあとには——満足感を覚えた。トムは軍隊に服役したことはなかったが、戦いの終わった誰もいない戦場を将軍が歩くときも、同じように感じるのだろうかと思った。聖地だ、とトムは感じた。

「マクマートリー教授、灯りを消してもいいですか?」裁判所の担当官が判事室に続く扉のところに立っていた。

トムはまばたきをすると頷いた。「ああ、いいとも」

「検事長はいかがですか?」

驚いて、トムは検察席を見た。が、ヘレンはいなかった。

「いいわよ、ジェリー。お疲れ様」

トムは法廷に視線をめぐらしたが、彼女を見つけることができなかった。

「陪審員席よ」とヘレンは言った。トムは右のほうを見て眼をこらし、やっと彼のさっきまでの敵の姿を眼にした。彼女は一カ月前に初めて会話を交わしたときと同じ椅子に坐り、発泡スチロールのカップを手に持っていた。

トムは何とか足を動かして立ち上がると、彼女のほうに歩き出した。近づくと、〈ジャックダニエル〉の一パイント瓶がヘレンの足元の床に置かれていることに気づいた。どうやらカップの中身はコーヒーではないようだ。

彼女は一口飲んだあと、うまそうに舌を鳴らすと疲れた眼でトムを見た。「おごらせてもらえるかしら?」

トムは笑みを返すと言った。「いいね」

トムは苦労して傍聴席の最後列に沿って歩くと、ヘレンの隣の席に崩れるように坐った。

彼が坐ると、ヘレンは〈ジャックダニエル〉の瓶を手渡した。

「ごめんなさい、カップはもうないの」彼女はそう言って肩をすくめた。トムはボトルのふたを回してはずすと、一口飲み、熱い液体がのどを焦がすのを感じて顔にしわをよせた。ヘレンにボトルを返すと、ヘレンも同じようにし、眼を閉じてサワーマッシュ・ウィスキー（バーボンやテネシーウィスキーに代表されるウィスキーの種類）の味わいに身をゆだねた。

「君はよく戦ったよ」とトムは言った。

ヘレンは苦々しそうに笑った。「わたしは負けたのよ。重要なのはそれだけ」

「みな同じだ」とトムは言った。「負けることは、勝つことと同じようにその一部でしかない」

「わたしにとっては違うわ、トム。わたしはいつも勝ってきた」彼女は歯を食いしばると、ボトルからもう一口飲んだ。「いつも」

「ドクター・カーティスがボーに罪を着せたのを知らなかったのはしょうがないさ。レイレイがもっと早く名乗り出れば、君はカーティスを起訴していたはず――」

「カーティスがやったかどうかはわからない」とヘレンは言った。

トムは彼女からボトルを受け取ると、眉をひそめた。「なぜ彼が犯人じゃないと？」

「もちろん、彼は犯人のひとりよ」

「彼が誰かを助けたと言うんだね」トムはそう言って頷いた。「わたしもそう思う。少なくともふたり……あるいは三人の人間が関わっているだろう。君はカーティスとジムボーン・ウィーラーだと思うのかね？ あるいはカーティスとジムボーン・ウィーラー、そしてラリー・タッカーか？」トムはそこまで言うと、ボトルからもう一口飲んだ。「その可能性が一番高いだろうな」

ヘレンはため息をつくと、さらに深く椅子に身を沈めた。「そうかもしれない。でも……わたしが考えているのとは違う」彼女はボトルをトムから取ると、もう一口飲もうとしたが動きを止め、首を振った。

「じゃあ、どうだと？」

「言わないでおくわ、トム。まだよくわからないし、間違ってるかもしれない。でも――」

「言えよ、話してみろ」とトムは言った。「ボーに対する起訴が取り下げられたからには、わたしも君と同じくらい真犯人を捕まえたい。それにボーも誰が彼をはめたのか知りたいはずだ」

ヘレンは結局ボトルを唇まで持ってくると、少しだけ飲んだ。それから、ボトルのふたを閉めると、立ち上がった。

「あなたがくれたセント・クレア矯正施設の面会記録のことを覚えてる？」

「もちろん」そう言って、トムも立ち上がった。

「あれを全部調べた？」とヘレンは訊き、トムを見た。

「ああ。なぜ？」

「来て」ヘレンはそう言うと検察席のほうを示した。「見せたいものがあるの」

トムは彼女に続いた。さっきまでの敵と酒を酌み交わし、誰もいない法廷はなんて静かなのだろうとあらためて思っていた。

ふたりが検察席にたどり着こうとしたとき、銃声が聞こえた。

78

ボーはスプリングフィールド保安官補とレイレイがパトカーに着く直前に追いついた。あらゆる方向からクランズマンが発するシュプレヒコールさえも、カメラのフラッシュの音とレポーターからの質問にかき消されていた。それは大きなひとつの音の寄せ集めとなり、ボーには何も聞こえなかった。

「レイレイ、ひとつだけ訊かせてくれ！」ボーは叫んだ。スプリングフィールドはボーのほうを振り向いた。

「ボー、お願いだ、おれの仕事をさせてくれないなら、お前をもう一度逮捕しなきゃならん」

「どうしてだ、レイレイ？」スプリングフィールドを無視し、レイレイにさらに近寄ると、ボーは訊いた。「なぜアンディ・ウォルトンはおれの父親を殺すよう命じたんだ？ あんたは父がミズ・マギーに手を出したと言った。なぜだ？」ボーは、大きな声で口早に、質問ひとつひとつをレイレイに投げかけた。

レイレイは、それまでずっとうつむいていたが、やっと顔を上げてボーを見た。

「なぜだ？」ボーが迫った。「なぜ、クランはおれの父親を殺したんだ？」

レイレイは話そうとするかのように口をすぼめた。ボーはそのことばを聞こうとさらに近寄った。が、レイレイの瞳が揺らめき、ボーの後ろに眼をやった。レイレイの唇が〝やめろ〟と言っていたが、ボーには何も聞こえなかった。ボーは何か言おうとしたが、レイレイが肩から突進してきたせいで胃のなかの空気が漏れそうになるほどの衝撃を感じた。

ボーはバランスを失って倒れそうになった。レイレイが彼に覆いかぶさって、「やめろ」と叫ぶ声が聞こえた。

耳をつんざくような銃声を聞きながら、ボーは地面に倒れ込んだ。

79

ジムボーンは、パトカーが広場の西側に乗り入れ、突然縁石のうえに停まるのを見て移動を開始した。本能は、すぐに誰かが西側の扉から出てくると告げていた。ヘインズが警官に連れられて出てくる可能性が高かった。新たな証拠が出てきたことで裁判が中断されたという野次馬たちの不満を彼は聞いていた。もしそうなら、検察側が真実を知り、ヘインズが出てくる可能性もある。

ボーンは三十八口径の銃把《じゅうは》を握り、いつも通りの歩調で裁判所の脇を歩いた。砂色の髪をした検事を見失ってしまったことは悩ましかったが、あらゆる方向にクランズマンがいるので、彼の動きも気づかれないはずだ。おそらくローレンスバーグに帰ったんだろう。ボーンはそう思い、思い悩むのはやめにした。地下の部屋はしっかりと隠されているはずだった。それにリンボーも指示された通り、この広場に来ていた。スリーピー・ヘッド・インのフロントにはリンボーのガールフレンドが入っていて、誰かに訊かれたときには、リンボーはプラスキでクランと一緒に行進していると答えるように指示されていた。またリンボーのオレンジの〈ダッジ・チャージャー〉は今もチャーチ・オブ・ゴッド教会に駐車してあり、ボーンが乗っていた痕跡は残していなかった。もし、あの検事が何かおかしいと感づいたとしても、彼へたどり着く手掛かりはない。さらに、最も重要なことは、マーサが広場の一ブロック北にトラックを停めて待っていることだった。ボーンがヘインズを撃ったら、その場に銃を残して、銃撃後の混乱のさ中をまっすぐトラックへと向かうつもりだった。誰もが銃声から逃れようと走るはずなので、同じような衣装を着た何百人ものクランに紛れて逃げることができる。ボーンは広場の西側に着くと、少なくとも四人の保安官補が階段のうえから、パトカーまでのあいだに道を作っていることに気づいた。何かが起きようとしていると感じた。たくさんのテレビや新聞のレポーターたちが階段の周りと裁判所のなかに群がっていた。何かが起きようとしている、ボーンはそう悟った。彼は殺しの瞬間が近づくと、いつもそれを感じた。それは才能だった。十歳のとき、最初に父親と鹿狩りに行ってから身についていた。第六感。まるで獲物の血のにおいを嗅ぐことができるかのように。

裁判所の西側の扉が大きく開いた。ボーンは一瞬緊張したが、すぐに落ち着きを取り戻した。すると、周囲の人々の動きがゆっくりになっていった。ボーンはいつも、自分なら優秀なカーレーサーになれるだろうと思っていた。ほとんどの人にとってすべてが速く見えるときに、彼には世界がゆっくりと見えるのだ。そして彼には多くの人々が見逃すことも見ることができた。

ふたりの保安官補が勢いよく扉から出てくる。次に出てきたのは手錠をはめられた見覚えのある白人だった。ヘインズの弁護士のひとり。いったい何が……？

次にもうひとりの保安官補が出てくる。その手は手錠をはめられた弁護士の肩に置かれ、囚人をパトカーのほうに向かわせようとしている。

いったいどうなってるんだ？　ボーンは考えた。やつはどこだ……？

いた。やつがいた。

ボーンは、ボーセフィス・ヘインズが囚人を連れた保安官補のすぐ後ろを追うようにして扉から出てくるのを見て、ポケットから銃を取り出した。

ボーンはほかの保安官補が歩道をブロックしているところから一メートルの距離まで少しずつ近づいていった。あまり大きくはなかったが、隙間を見つけた。彼とヘインズのあいだを誰もさえぎらなければ、障害物なしに撃つことができるだろう。

ボーンは三十八口径の撃鉄を起こし、素早く息を吸った。一年前に、ボーセフィス・ヘインズが六桁の報酬を無駄にした瞬間のことを考えた。あのとき、あの黒んぼ《ニガー》弁護士野郎は何と言った？　ガンファイトにナイフを持ってくるなと言わなかったか？

フードの下で、ボーンは笑みを浮かべた。ヘインズは歩道をブロックしている保安官補が作った隙間のところで立ち止まった。ヘインズは手錠をした男に何か話しかけていて、背中をボーンに向けている。彼の背中全体がはっきりと見えた。

今だ……

ボーンはすり足で進みながら、銃をローブの下から取り出した。保安官補らはボーンに背中を向けて、広場の北側のほうを見ていた。

ボーンは銃を持ち上げると、隙間に身を入れた。ヘインズからは数メートルしかなく、障害物もない。

クランズマンがシュプレヒコールを上げ、レポーターたちが質問を浴びせかけていたが、ボーンには何も聞こえなかった。何も眼に入らなかった。ターゲットの背中以外には何も。

やった、ボーンはそう思い、三十八口径の引き金を引いた。

80

ボーンは二発撃った。が、手錠をかけられた弁護士がヘインズを突き飛ばし、二発とも受け止めたことに気づいた。その弁護士が眼の前で崩れ落ち始めると、ボーンは押し倒されて手足を広げて横たわっているヘインズに銃口を向けた。ボーンが引き金を引きかけたところで、誰かの肩が腰のあたりに強くぶつかり、激しく息を吐きだしそうになった。「このクソ野郎！」耳元で叫ぶ声が聞こえた。が、ボーンはすぐに回転し、そのままひとつの動きで立ち上がろうとした。彼を襲ってきた相手を見るや、本能的に右手を上げて三十八口径の銃を撃とうとした。

が、彼の手には何もなかった。銃が消えていた。ボーンの眼は狂ったように地面を探した。

どこだ？

「お前の銃はここだ、クソ野郎」と砂色の髪をした検事が言った。「お前のケツにディミィコ・ライアンズ（NFLフィラデルフィア・イーグルスやヒューストン・テキサンズで活躍したアラバマ大学出身のラインバッカー）なみのタックルをかましてやったときに奪《と》ったんだよ」

「貴様……」ボーンは信じられないといった様子でそう言った。

「おれか？」とその男は言った。その声は大きく、銃声とともに逃げ出した人々の叫び声のなかでもはっきりと聞こえた。「アンブローズ・パウエル・コンラッド、タスカルーサ郡地区検事補だ。アラバマのな」

パウエルは一歩進み出ると、撃鉄を起こして銃をボーンの頭に向けた。

ボーンはすり足で二、三歩あとずさり、走り出そうとした。あの検事は撃たないだろうと考えた。が、振り向くと同時に、もうひとつの銃が向けられているのを眼にした。

「動いたら、頭にでかい穴があくぞ」とその男は言った。ボーンは両手を上げた。この男は本当に撃つつもりだということがすぐにわかった。

視界のすみに、ジャイルズ郡保安官事務所のすべての保安官補が片膝をついて銃を向けているのが見えた。ここで何かをすれば、命取りになるだろう。

荒々しい手で両手をつかまれ、冷たいスチールの手錠が両手にかけられるのを感じた。ボーンは検事を見ようと思って振り向いたが、代わりにデスティン港で会ったサム・エリオットに似た男のクリスタル・ブルーの眼と眼があった。

「覚えてるか？」と男は言うと、手錠を堅く締めながら、ボーンの頭からフードをはがした。

まぶしさに眼をならそうとまばたきをしていると、足元から気味の悪い笑い声が聞こえてきた。その小さな笑いは次第に大きくなり、ついには狂ったような笑いとなった。ボーンが見下ろすと、手錠をされた弁護士が歯をむき出しにし、狂ったような笑顔で彼を見上げていた。彼の顔がもっと白く、唇がもっと赤かったなら、その笑顔はバットマンのジョーカーを思い出させただろう。彼が撃った男の腹部からは血がにじみ出ていた。だが、その男は気づいていないようだった。その代わり、男はボーンを見上げ、ヒステリックに笑いながら言った。「まるで……」さらに笑った。そして咳き込み、またさらに笑った。「『スクービー・ドゥー』（『スクービー・ドゥー』は米国のテレビアニメ作品。臆病な大型犬グレート・デーンのスクービー・ドゥーと飼い主のボロピンらがミステリー事件を解決しながら旅をする物語。物語の最後に犯人の被った覆面や仮面をはぎとって意外な人物であることを明らかにする）だな」

81

ボーがレイレイ・ピッカルーのほうに這って進むと、彼の笑い声が聞こえた。火薬のにおいが立ち込め、その香りを吸い込んで思わず咳き込んだ。二人の保安官補がレイレイの体に覆いかぶさるようにし、そのうちのひとりは無線機に向かって救急車を呼ぶように叫んでいた。

「スクービー・くそったれ・ドゥーだ」レイレイは血のにじんだ腹を抑えながらうめくように言った。「ドリスは、最近はそれしか見ないんだ……」

ボーがレイレイから視線を上げると、パウエル・コンラッドとウェイド・リッチーがクランの衣装の男を取り押さえていた。フードが取られ、その男の顔を見て、記憶がよみがえってきた。去年の夏、橋から飛び降りた男……

「ボー……」すすり泣くような声を聞いて、ボーはすぐにレイレイを見た。「ボー、すまない。おれは……」

ボーはレイレイの腹の二発の銃弾の痕を見て、時間が長くは残されていないことを悟った。

「レイレイ、教えてくれ、なぜ――」

「もっと早く言うべきだった。おれは――」

「もう気にするな。お前を許す」ボーは自分の眼から涙がこぼれてくるのに驚いた。「もういいんだ。だがお願いだ……」彼はレイレイに覆いかぶさるようにしてさらに近づくと、彼の耳元に直接話しかけた。「理由を知らなきゃならないんだ」

レイレイはまばたきをすると、うえのほうに眼をやった。まるで空を見ようとするかのように。

「しっかりしろ、レイレイ」ボーはレイレイの肩を揺すった。そのとき肩をつかまれ、立ち上がらされた。振り向くとハンク・スプリングフィールド保安官補がそこにいた。

「ボー、救急隊員が来た。彼らにまかせるんだ」

「死にそうなんだ！」ボーは叫んだ。「まだ訊かなきゃならないことがある」

「彼を病院に運ばなければならない」

ボーが振り向くと、レイレイはストレッチャーに乗せられていた。彼は救急隊員のあいだに進み出て、レイレイのシャツをつかんだ。「レイレイ、教えてくれ」

救急隊員がストレッチャーを進めようとすると、レイレイが手を伸ばし、ボーの手をつかんだ。驚くような力を振り絞ってボーを近くに引き寄せた。「お前の父さんの……処刑は……プレゼントだ」レイレイはことばに詰まりながらそう言った。

ボーは混乱に顔をしかめた。「何だって……?」

レイレイは口から血を吐きだしながら大きく息を吸った。そして、直接眼を見て話せるようにボーのほうを向くと、レイモンド・〝レイレイ〟・ピッカルーは、最後のことばを口にした。「バースディ・プレゼントだ」

82

ジョージ・カーティスは自宅の暗い書斎にひとりで坐っていた。右手と腕には、マチルダにかみつかれ、ひっかかれた傷口から血が出ていた。彼は十五分前に猫を安楽死させていた。注射針を刺す前に、マチルダは最後の生命力を振り絞るようにカーティスをひっかいたのだ。かまわんさ。哀れな老猫マチルダを思ってくすくすと笑いながらカーティスはそう思った。あの猫はこれまでの人生で一度もやる気を見せたことなどなかったのに、死を前にして最後にやる気を見せたたな。

皮肉だ、と彼は思った。が、皮肉は彼の人生のお気に入りのひとつだった。

カーティスはつい数分前まで書いていたノートを手に取ると、そこに書かれたことばを注意深く読み、すべてが明確なことを確かめた。これしか方法がないとわかっていた。そして、正直なところほっとしていた。この世では望んだものを手に入れることはできなかった。ちらっと見て、ときには味わうこともできたが……それがすべてだった。

今日、その最後の味わいを得たが、そのとき感じた興奮ももはやなくなっていた。いつもと同じように。自分が取り憑《つ》かれているものは、麻薬中毒患者がコカインに感じるようなものなのだろう。いやそれどころか、彼の日々の拷問に比べればコカイン中毒のほうがまだましだった。

カーティスは待っていた。家の外でサイレンの音がし、騒々しい足音が私道を近づいて来る。やがて家の周りから人の動くガサガサという音が聞こえてきた。ドアを素早く三回ノックする音を聞くと、長椅子のうえで支えるようにして持っていたレミントンの散弾銃をつかみ、安全装置をはずした。

二秒ほど銃を眺めると、またその皮肉に思いを馳せた。彼はアンディを殺すために使われたのと同じ銃を手にしていた。

東ジェファーソン通りに面したジョージ・カーティスの家の扉が蹴破られると、カーティスは散弾銃の銃身を口にくわえた。がっかりさせてすまんな、若いの。彼はそう思った。

そして引き金を引いた。

83

レイモンド・ジェイムス・ピッカルーはヒルサイド病院に到着すると同時に死亡が確認された。午後五時五分だった。トムは、何と皮肉なのかと思いながら、看護師がレイレイの顔に白い布をかぶせるのを見ていた。かつてクランのシーツとフードをかぶっていたレイレイが四十五年前の殺人の背後にあった真実を今日明らかにした。彼はまるでそのシーツとフードを引きはがすように、すべての人々にありのままの恐るべき真実を示してみせたのだ。

今、彼はまるでひとつの輪を完成させるかのように、白いシーツに覆われていた。

「友よ、安らかに眠ってくれ」トムはそう言うとレイレイの腕に手を置いた。

放心した状態のまま処置室から出た。救急治療室《ER》の狭い通路を通って廊下に出ると、ベンチに座っていたリックの隣に座った。彼は虚ろなまなざしでじっと前を見ていた。

「逝ってしまった」トムは低い声でそう言った。

リックは短く頷いた。そしてトムのほうに顔を向けた。青年の顔はほとんど灰色だった。

「耳が」震える声で彼が言った。「まだ鳴り響いてるんです」

「一時的なものだ」とトムは言った。「そのうち消える。それとも……ここで診てもらうか？」

リックは首を振った。「大丈夫です。ただ……」彼はため息をついた。青年の眼の端から涙がこぼれ落ちそうだった。「全部見ていたんです。レイレイが……ボーの命を救ったんです。彼がボーの前に飛び出して」

トムはため息をつくと、パートナーの腕に手を置いた。「わかってる、リック」もっと何か言おうとしたが、ふたりの制服を着た保安官補がERの入口から突然現れたのを見て口をつぐんだ。トムは、スプリングフィールド保安官補だと気づいて立ち上がった。トムが挨拶をするより早く、スプリングフィールドが歯切れのいい、鋭い口調で訊いた。

「ボーはここに？」

トムは首を振った。「いいや、わたしは――」

「ジャスミンが言うには銃撃の直後から彼の姿を見ていないんだそうです。彼女とT・Jと一緒に事務所に戻ってから、レイレイの様子を見に行くと言って出ていったそうなんですが」

「彼はしばらくここにいたが、医師がレイレイは助からないと言うのを聞いて出て行った」

「じゃあ、レイレイは……」

「息をひきとった」とトムは言った。「五分前に死亡が確認された」

スプリングフィールドは首のあたりを掻くと、息を吐いた。「教授、ボーはどこへ行くか言っていませんでしたか？」

「いや、事務所に戻るんだと思っていたが。どういうことかね」

「十分前にジョージ・カーティスが自宅の長椅子で死んでいるところを発見されました。自らに銃を向けて撃ったんです。アンディの殺害を告白するメモを残していました」

「なんてことだ」とトムは言った。また足がふらつきそうになった。

「ええ、もう……めちゃくちゃです」スプリングフィールドはそう言って、床に眼をやって首を振った。「それにラリー・タッカーがまだ見つかっていません。なので、ボーの安全を確保したいんです。ジムボーン・ウィーラーが彼に向けて撃ったように、もしタッカーやほかの誰かが関わっていたら、すべてを終わりにしようとするかもしれません」

トムは携帯電話を取り出すと、ボーの番号を押した。呼出音が鳴ることもなく、ボーのメッセージが聞こえてきた。「ボーセフィス・ヘインズです。電話に出ることができません。名前と電話番号をメッセージに残してください。折り返しすぐに電話します」トムは電話に向かって話した。「ボー、トムだ。メッセージを聞いたらすぐに電話してくれ。頼む、じゃあ」電話を終えるとスプリングフィールドを見た。

「保安官補、もう考えたかもしれないが――」トムが言いかけたが、スプリングフィールドがさえぎった。

「空き地にはいませんでした。少なくともまだ。ここに来る途中で確認してきました。彼はジャスミンの〈トヨタ・セコイア〉を運転しています。六十四号線沿いの横道まで調べましたが、どこにもいません」

「わかった、電話をかけ続けよう」とトムは言った。心臓の鼓動が高まった。「ジムボーンはどうだ？　何か話したか？」

「まだ何も。一言も話していません」

トムは顎を掻きながら言った。「カーティスはメモに誰かほかの人物について書いていなかったかね？」

「いいえ誰も。それどころか、彼はすべて〝自分ひとりの犯行〟だと言っています。彼がアンディの殺害を計画して、自ら引き金を引いたんだと」

「たわ言だ」とトムは言った。「誰かをかばっているんだ」

「おれもそう思います」とスプリングフィールドは言った。「おれはジョージ・カーティスをずっと知ってますが、彼は典型的な南部人です。決して密告をよしとはしない」スプリングフィールドはことばを切ると、素早く息を吸い込んだ。「彼は残りの人生を刑務所で過ごすことになると知って、仲間のためにすべての責任を背負ったんです」

トムは彼の言うことばに頷いた。「筋が通っている。ヘレンなら、両方の犯罪で死刑を求刑するだろうからな」ヘレンの名前を口にしたことで、トムは広場で銃声がする前に法廷で彼女と話していたことを思い出した。「ルイス検事長は検事局に戻ったかな、保安官補？」

スプリングフィールドは低く口笛を吹いた。「ええ、戻りました。ですが、カーティスについて報告に行ったときには……」そう言って彼は首を振った。

トムには想像できた。もしヘレンがジョージ・カーティスをルーズベルト・ヘインズとアンディ・ウォルトン殺害で起訴すれば、彼女はボーの裁判の敗北を、長期的な勝利にひっくり返すことができたかもしれなかった。あきらめずに失敗を振り払うことで、ルーズベルト・ヘインズを殺したリンチ殺人事件に正義をもたらし、さらにアンディ・ウォルトン殺害を解決することができた。しかし今となっては……

「彼女はひどく動揺してるだろうな」トムは言った。自分のことばはかなり控えめな言い方だと思いながら。

「彼女はカンカンに怒ってましたよ、教授。検事長があんなに怒っているところは見たことがありません」スプリングフィールドはさらに何か言おうとしたが、ベルトに留めてあった無線機が音をたて、彼はそれをつかんだ。「はい」彼は大きな声で無線機に向かって話した。

数分間聞いたあと、「了解《テン・フォー》」とマイクに向かって言い、それからトムのほうを向いた。「銃撃について供述してもらうために、あなた方全員に保安官事務所に来ていただかなければなりません」スプリングフィールドはそう言うと、トムの肩越しにリックを見た。彼はまだロビーのプラスチック製の椅子に腰かけたままだった。「彼は大丈夫ですか？」

トムはリックのところまで歩くとひざまずいた。「スプリングフィールド保安官補が広場で何を見たか、供述書が必要だそうだ。行けるか？」

リックはまばたきをし、それから頷いた。「ええ、大丈夫です」

トムはスプリングフィールドのほうに振り返ると、親指を立てる仕草をした。「すぐに追いかける」

「了解《テン・フォー》」スプリングフィールドはそう言うと、一緒に入ってきたもうひとりの保安官補とともに出口に向かった。彼は扉のところで振り向くと、トムを見た。右手の親指と小指で電話を表す仕草をして言った。「ボーに電話をし続けてください」

84

太陽がウォルトン農場に沈む頃、ボーはウォルトン邸《ビッグ・ハウス》の正面玄関に続く砂利敷きの私道に車を停め、門の前でブザーを押して待った。

彼はこれまでの二時間、プラスキの裏道を走り回って過ごしていた。レイレイが言ったこと、その意味するところを考えながら。

ボーはさらに二回、ブザーを押すと、車のギアをバックに入れた。私道をバックで出て行こうと動き始めたちょうどそのとき、ブザーの隣のスピーカーからぶっきらぼうな声が響いた。「誰だい？」

「ボー・ヘインズです、マァム」

優に五秒間、沈黙が続いたあと、かすかに笑う声がした。「ここに来るなんてずいぶんと図太い神経をしてるね。何がお望みだい？」

「話をさせてください、マァム。話すだけで……いいんです」

さらに沈黙が続いた。それから別のブザー音がして門がゆっくりと開き始めた。ボーは驚いた。のどに何か詰まったように感じ、思わずためらった。これはおそらくまずい考えなのだと思いながら。それでも、ほとんど無意識にアクセルを踏んで車を前へ進めていた。裁判所の外でレイレイを追いかけた衝動が彼を突き動かしていた。そして自分にはそれを止めることができないとわかっていた。知らなければならない……

〈セコイア〉が丘を登って進むあいだ、ボーの頭のなかには父親が殺された日の映像が渦巻いていた。あれ以来、人生のあらゆるときに絶えず思い浮かんだあの日の映像が。庭に置かれた十字架。家を取り囲むクランの男たち。ボーの隣でひざまずいた父親が発する恐怖とまじりあった木の燃えるにおい。父は、母を助けて立派な大人になり、父親が殺された理由を聞いても信じないようにとボーに約束させた。四十五年……。父親を殺した男たちに正義の裁きを与えるため、ボーはロースクールへ行った。この二十五年間、たったひとつの理由のためだけにプラスキで弁護士として活動してきた。生存しているテネシー支部のクランズマン全員と話をした。彼が人生をかけて取り憑かれたように追い求めてきたのは、アンディ・

ウォルトンに正義の裁きを受けさせることだった。アンディ・ウォルトン。彼の父親を殺し、母を失踪させた怪物《モンスター》。「怪物……」

丘のうえに建物が見えてきた。子どもの頃は何もかもが大きく見えた。今、あらためて見ると、ウォルトン邸《ビッグ・ハウス》はさほど大きくは見えなかった。確かに二階建てのランチハウスは古きよき時代の美しさの名残をたたえていたが、面積では市街にあるボーの家のほうがおそらく大きいだろう。ボーは五歳だった頃を最後に、ウォルトンの農場に招かれたことはなかった。父親が殺された二週間後、そして母親が失踪した次の日、彼は叔父と叔母に連れられ、ブリックランド・クリーク・バプテスト教会の隣の牧師館で暮らすようになった。その後、ウォルトン農場に招かれることは一度もなかった。

彼は車のドアを開けると、家のほうに向かって歩いた。体にはアドレナリンが満ちていた。裁判と銃撃というその日経験したことを考えると、ボーは疲労困憊《こんぱい》のはずだった。だが、何も感じていなかった。四十五年間、取り憑かれていた思いに足を突き動かされていた。知らなければならない……

ポーチの階段を早足で駆け上がると、メモが眼に入った。黄色の付箋が玄関に貼りつけてある。ボーはそれをはがすと、顔に近づけた。

〝空き地に来て。車じゃなく歩いて〟

メモをしわくちゃにすると、農場を見渡した。夕日のオレンジ色が西の地平線に沈み始めていた。美しい。そう認めざるを得なかった。そして別の日の夕日の記憶が鮮やかによみがえってきた。両親と暮らしていた家は農場の北側にあった。〝家〟と呼ぶのは言い過ぎだった。寝室が二つの小屋だった。九十平方メートルにも満たなかった。だが、それはボーにとってはわが家だった。ボーは、父親が家の前の木の下でプラスチックの椅子に坐り、パイプをくゆらしながら、ゆっくりと沈んでゆく夕日を見るのが好きだったことを思い出した。時折、ボーは隣に立って、小さな子どもがするような質問をよくしたものだった。「父さん《ダディ》、どうして太陽は沈んだり、昇ったりするの？　やっぱり夜は寝に帰るの？」

ボーは眼から涙を拭うと、北の空き地のほうに向かって歩き出した。この道を歩くのは四十五年ぶりだった。が、道はわかっていた。目隠しをしていてもたどり着くことができた。

知らなければならない、と彼は自分自身に言い聞かせた。知らなければならない。

85

保安官事務所は大混乱となっていた。

レイレイ・ピッカルーに対する銃撃、ジムボーン・ウィーラーの逮捕、そしてドクター・ジョージ・カーティスの自殺と続き、駐車場はこれらの事件についての情報を求める大勢のテレビや新聞のレポーターの集まる中心地《グラウンド・ゼロ》となっていた。

トムとリックは、車で行けば大勢のカメラのあいだを苦労して進まなければならない事態になることが予想されたため、病院からスプリングフィールド保安官補のパトカーの後部座席に乗ることにした。スプリングフィールドは建物の前で車を停め、素早くふたりを保安官事務所のなかに入れた。数分後、リックは取調室で若い保安官補のひとりから広場で見たことについて質問を受けていた。

トムはロビーで待ちながら、ボーに連絡を取り続けた。だが何度電話しても留守番電話につながるばかりだった。ジャスミンとブッカー・Tにも電話をしたが、ふたりとも銃撃のあったあとは、彼とは話していなかった。いったいどこに行ってしまったんだ？　ボーが姿を消す理由がわからなかった。ただ、もし……

トムは顔を上げ、脚を引きずってロビーを歩き始めた。頭のなかはますます混乱していた。アンディ・ウォルトンは死んだ。レイレイ・ピッカルーも死んだ。ジョージ・カーティスは自殺し、ラリー・タッカーは行方不明。ボーも行方不明だ。

取調室の扉が開き、スプリングフィールド保安官補がリックを促して出てきた。リックを落ち着かせようと手を彼の腕に置いていた。リックを坐らせると、スプリングフィールドはトムのほうを向き、燃えるような熱い視線を向けた。「連絡は？」

トムは首を振った。「何もない。ヘレンは？　何か連絡は――？」

「いいえ」彼はさえぎるように言った。「カーティスのことを話した直後にいなくなって、そのあとは誰も見ていません。電話にも出ないし、メールへの返信もありません」スプリングフィールドはそう言うと額を拭った。「彼女にはここにいてもらわないと。検事長以外にこの危機的な状況に対処できる人はいません」

トムは深く息を吸うと、心を落ち着かせようとした。考えろ、老いぼれ。考えるんだ……

86

ボーが空き地に着くのには十分とかからなかった。距離は一・五キロほどだったが、気がつくとその大半を走っており、何度かでこぼこの地面につまずき、泥道でころびそうになった。知らなければならない、と自分自身に言い聞かせていた。知らなければならない。

池へと続く見慣れた道に着いた頃には、あたりはほとんど暗くなっていた。二台の車が道のわきに並んで止めてあった。ボーは眼を細めて、焦点を合わせようとした。そのうちの一台は〈シボレー・タホ〉。灯りがないためにはっきりとはわからないが、おそらくシルバーだろう。もう一台は四人乗りの〈シボレー・シルバラード〉のトラック。もっと暗い色。おそらく緑だろう。近づくと、トラックの運転席に一人の男の影が見え、凍りついた。ポケットに手を入れて、何も武器を持ってきていないことに気づいた。いつもなら、空き地には十二番径の散弾銃か拳銃を持ってきていた。が、すべての銃器は州に押収されていた。

ゆっくりと、できるだけ音をたてないように、ボーはトラックに近づいた。運転席側の窓は下りていて、運転席の男はセンター・コンソールに突っ伏すようにもたれかかっていた。顔はボーとは反対の方向を向いている。眠っているのか？　ボーは戸惑った。ボーをここまで連れてきたアドレナリンは、今は過剰なほどだった。

何かがおかしい。

「おい」ボーはそう言って咳払いをした。返答はなかった。男はジーンズに格子縞のフランネルシャツ、頭にはベースボールキャップをかぶっており、顔をそらしたまま、まったく動かなかった。まだ顔を見ていなかったが、その横顔にはどこか見覚えがあった。「おい」ボーはもう一度声をかけた。トラックのなかに手を伸ばし、男の腕を揺すった。すると男がボーのほうに倒れ込んだ。オレンジ色のテキサス大のキャップをかぶった男の顔が見えた。

ラリー・タッカーだ。ボーにはわかった。銃創によって右のこめかみのうえに開いた大きな穴のせいでわかりにくくなっていたが。乾いた血がかつてラリーの顔だったところにこびりついている。彼は生気のない眼でボーを見つめていた。「なんてこった《ジーザス・クライスト》」ボーはそう囁くとラリーの腕から手を離し、よろけるようにトラックからあとずさった。

「ラリーはいつもこういう馬鹿だった」しゃがれた声がボーの後ろから聞こえ、振り向こうとして地面に倒れ込んだ。「彼を悲劇から救ってやるのは人道的な行いだろ」

「ミズ・マギー？」とボーが尋ねた。立ち上がって声のする方向に近づいた。もはや周囲は真っ暗だった。頭上の松の木のおぼろげな輪郭以外には何も見えない。星さえも、この物悲しい夜にどこかに消えてしまったようだ。ボーはまばたきをして、慎重に足を前へ踏み出し、眼を細めて声のした方向を見た。散弾銃の轟音《ごうおん》がボーをひざまずかせた。心臓が早鐘のように打ち、鼓膜が震えた。傷口を探して両手を体に走らせ、血がついてないか手のひらを確かめた。

「当たっちゃいないよ」しゃがれた声はそう言った。「まだだ。立ち上がって、ラリーのトラックの後部座席のドアを開けるんだ。さもないと次はあんたの耳を撃つよ」

ボーにはまだ彼女の姿は見えなかった。震える足で立つと、言われた通りにした。トラックの室内灯が点くと、ボーは声のしたほうを振り向いた。

マギー・ウォルトンが彼の前一メートルのところに立ち、十二番径の散弾銃の銃口をボーの頭に向けていた。「自分の立場がわかったかい？」と彼女は訊いた。ボーは声を出すことができず、ただ頷いた。

「じゃあ、次はその道を池に向かって歩くんだ」

ボーが足を動かさないでいると、マギーはもう一度命じた。ことばには感情がこもっていなかった。「進むんだ、ボーセフィス。話をするために来たんだろ、違うのかい？」

ボーはもう一度頷いた。

「さあ、池のほとりで話をしようじゃないか」

ボーは足を動かそうとした。が、両足はまるで地面に突き刺さったかのように動かなかった。彼をここまで連れてきたアドレナリンもどこかへ消えてしまった。疲れていた。

「行くのよ、ボーセフィス」とマギーは言った。声は優しくなっていた。

「あんたはおれを殺すつもりなんだろう？」とボーは訊いた。状況から考えた論理的な質問だった。

「そうだよ、ボー。そのつもりさ」とマギーは言った。「でもその前に話すことがあるんだよ」

「話すとは何を？」とボーは訊いた。

ラリー・タッカーのピックアップ・トラックの室内灯に照らされて、マギー・ウォルトンの唇が笑みで歪むのが見えた。「すべてをさ」

池まで歩くのには二分とかからなかった。だが、ボーにとっては人生最後の二分間のように思えた。過去の映像が古いプロジェクターのように次から次へと頭に浮かんでいた。これほど長いあいだ、間違っていたなんてことがあるだろうか？　彼は四十五年前、この空き地であったことを自分の眼で見ていた。あれはアンディの声だった。アンディは馬を蹴り、ボーの父親の首が折れた。アンディが率いていたクランがボーの父親を殺し、同じ運命をたどりたくなかったボーの母は家を出た。違うのか？

歩きながら、ボーの両腕は力なく両脇にぶら下がっていた。逃げようとする素振りは見せなかった。真実を知らなければならなかった。逃げたくはなかった。知らなければならない……


ボーは石の混じった岸の水辺から一メートルのところまで進み、立ち止まった。

「こっちを向くのよ」とマギーが言い、ボーは言われた通りにした。

暗闇のなか、マギーは数メートルしか離れていなかったが、その姿はまるで影のようだった。

「なぜ、タッカーを殺した？」ボーはやっと訊いた。オレンジの帽子とフランネルシャツを着た死体のイメージを心から拭い去ることができなかった。彼はこの三時間でふたつの死体を見ていた。レイレイ・ピッカルーと、そして今ラリー・タッカーを。そしておれが三番目になる、とボーは思った。

「公式には」とマギーは言った。「ラリー・タッカーは、今日裁判であったことについて話したいと言って、農場に立ち寄った」彼女の顔は見えなかったが、彼女の口調から、ボーには彼女が笑みを浮かべていることがわかった。「わたしは、今日は農場の北半分を視察する日だから、空き地で待ち合わせるように彼に電話で話した。やってきたとき、彼は酔っぱらってけんか腰だった。彼は『ジョージがすべてを駄目にした』と言い、ジョージを見つける必要があると言った。わたしはジョージがどこにいるかは知らないと答えた。彼はわたしを殺すと言って、トラックに乗って銃をつかんだ。わたしは、彼に撃たれる前に開いた窓から彼を撃った」

「なかなかよく聞こえるな」とボーは言った。マギーが話を作っているだろうことはわかっていた。「で、非公式のバージョンは？」

「ジョージがラリー・タッカーに電話をして空き地で会うように言った。ラリーはここに着くと、わたしを見つけて話をしようと窓を下ろした。窓が下りると、わたしは十二番径の銃身を向けて彼の頭を吹き飛ばした」

ボーはこの日の気温にもかかわらず、うなじに冷たいものを感じた。マギーが淡々と語る事実に驚きを禁じ得なかった。

「なぜだ？」とボーは訊いた。「なぜ、タッカーを殺した？」

彼女は肩をすくめた。「やり残していたからだよ。ラリーは知りすぎていた。そしてピッカルーの今日の証言を聞いて、刑務所で人生を終えるつもりになっていた。彼に情報と引換えに検察と取引をさせるわけにはいかなかった」

「どんな情報をやつは持ってたんだ？」

「わからない」とマギーは言った。「アンディの口はここ数年緩みっぱなしだったから。ラリーが何を知っているかはわからなかったけど、より安全策を取って彼を排除することにした」

「邪魔者を排除するのが得意なようだな、ミズ・マギー?」

マギーがさらに近づき、ボーにも彼女の顔が見えた。彼女は銃身の後ろで眼を細めていた。

「生意気な口をきくんじゃないよ、ボーセフィス。今ここで終わりにしてもいいんだよ」

「ペトリー保安官はどうなんだ?」とボーは訊いた。彼女に話を続けさせなければならなかった。「まだあいつがいる」

「エニスは何も知らない。彼はルーズベルトを殺したときに一緒だっただけさ」

「レイレイはどうなんだ」とボーは訊いた。「やつはなぜ、今日証言した? なぜすべてを打ち明けたんだ?」

一瞬《ま》の間とともに、かすかな月明かりが雲のあいだから現れた。池のほとりに着いてから初めて、ボーはマギーの眼を見た。彼女は、銃を腰にあてたまま、考えごとをするかのように、ボーの後ろを見つめていた。素早く動けば、突進して銃を奪うことができるかもしれない。

「こんな風に銃を腰にあてた格好で、これまでの人生でどれだけのウサギやリスを撃ってきたか知ってるかい?」まるで彼の心を読んだかのように言った。「馬鹿なことは考えるんじゃないよ、ボー。じゃないとあんたが生涯かけて知りたかったことを聞く前に、鉛の弾丸《たま》を浴びることになるよ」

「レイレイはなぜ今日すべてをさらけ出したんだ？」

「あいつに訊くんだね」とマギーは言った。「おそらく何もかもどうでもよくなったんじゃないかね。ドリスが死んだか、死にそうなんだろ。今となっちゃわからないよ、違うかい？」そう言って彼女はほほ笑んだ。ボーはまたうなじに冷たいものを感じた。

「あんただったんだな？」とボーは尋ねた。

彼女は頷いた。「わたしがある男を雇ってあんたを殺させようとした。なのに、レイレイが邪魔をしやがった」

「ジムボーン・ウィーラー」ボーはそう言うと、膝から力が抜けるように感じた。

マギーはもう一度頷いた。「ミスター・ウィーラーを雇うのは実に簡単だったよ。あんたとは過去にも何かあったそうじゃないか」

何秒か過ぎた。雲はまだ動いている。三日月の光が池を照らし、頭上にはオリオン座が見えていた。ボーは星座を見上げ、まばたきをした。すべての背後にいたのはマギー・ウォルトンだった。マギーこそ、母《マ》さん《ンマ》が言っていた怪物《モンスター》だった。アンディではなく、マギーが……

「アンディ殺害について話してくれ。おれはあんたの弟とジムボーン・ウィーラーの仕業と見ている」

マギーが頷いた。彼女の眼は月明かりに輝いていた。「ウィーラーを雇ったあと、あんたをしばらく尾行させた。彼からあんたが毎晩、仕事のあとにキャシーズ・タバーンに行って、何杯か飲んでいると聞いて、アンディに頼んで誕生日の日にあの店に連れて行ってもらったのさ。アンディを見れば、あんたが彼に突っかかっていくことは眼に見えていた。あの〝眼には眼を〟ってセリフを言ってくれたのは期待以上だったと言わなきゃならないがね」彼女は唇を舐《な》めた。「もちろん、わたしもあんたが父親の命日にこの空き地に来ていることは知っていた。毎年八月十八日に、あんたはここへ来て父親と話していた」彼女は含み笑いをした。「そうなんだろ? あんたはここでルーズベルト・ヘインズと話していた」

「なぜ、そのことを知ってるんだ?」とボーは訊いた。

「この農場で起きたことは、何でも知ってるのさ。あんたのことも何でも知ってるよ、ボー」

「なぜだ?」

「なぜなら、わたしにとってあんたは、これまでずっとのどに刺さった小骨みたいな存在だったからさ。なかなか消えないシミのような。いくら掻いても治まらないかゆみみたいなね」

ボーは彼女の声に憎しみを聞き取った。「ドクター・カーティスはおれが事務所で前後不覚になったあとに車を持って行った、そうだな?」

「その通りだよ」

「そして彼はサンダウナーズ・クラブから出てくるアンディを捕まえて、車に乗っている彼を撃った。あんたがラリーを撃ったように。ウィーラーの役割は匿名の電話をかけることだった」

マギーはボーが話し終わる前から、頭を振っていた。「いいや、違うね。ジョージ——あの愛すべき弟——は、何か汚れ仕事が必要になったときはいつもびびってしまうんだ。わたしは弟を一人前の男にしてやることができなかった」彼女はそう言うとほほ笑んだ。「だが、弟は女性をどう扱ったらいいかはわかっていた。そのことはちゃんと教えてやったからね。残念なことに、わたしとずっと一緒だったせいで、弟は……ほかの女には興味を示さなくなってしまった」彼女はため息をついた。「可哀そうに」

ボーはたじろいだ。近親相姦？

「だけど匿名の電話については当たってるよ」マギーは続けた。「あれはジムボーンさ。彼は六十四号線を行ったり来たりして、ことが終わったという連絡があるまで待っていた」彼女はそこでことばを切った。「わたしがアンディを撃ったすぐあとに彼に電話をして、十五分待ってから警察に電話をするように言ったのさ。わたしとジョージが死体を吊るして……火をつけるのに十分な時間を与えるようにね」

「あんたがアンディを撃ったって？」ボーは驚きのあまりそう言った。もうこれ以上驚くことなどないと思っていたのに。マギーはラリー・タッカーの頭を吹き飛ばしたのと同じようにアンディも撃ったというのか？

「ああ、もちろんさ」とマギーは言った。「わたしがジョージの散弾銃で撃った。それからあんたの銃を宙に向かって二発撃って、その薬きょうのひとつをアンディのトラックの下の草のうえに残してきた。

それからジョージがアンディの血と毛髪が荷台に残るように、あんたの車で死体を動かしたのさ。あんたの〈レクサス〉がサンダウナーズ・クラブの監視ビデオに映っていることはわかっていた。それに色のついたフロントガラスのおかげで誰が乗っているかはわからないことも。ジョージはあんたの車でサンダウナーズ・クラブを出て、ここまでの四百メートルを運転し、わたしは徒歩でそのあとを追った。カメラに映らないように注意しながらね。そして――」彼女は、ボーの父親が四十五年前に吊るされた木を指さした。「飾りつけをしたのさ」彼女はことばを切った。「完璧だよ。何から何まで。アンディは死に、すべてはあんたがやったように見える」

ボーはしばらく考えたが、まだ一部だけはっきりしなかった。「あんたはおれを尾《つ》けさせ、匿名の電話をかけさせるためだけに、殺し屋のジムボーン・ウィーラーを雇ったのか？」

マギーはゆっくりと首を振った。「いいや、アンディを殺してあんたをはめることは計画のうちの必要な部分だったけどね」と彼女は言った。「彼を雇った一番の理由は、ルイス検事長があんたを有罪にできなかったときの保険だよ」彼女はため息をついた。「だけど、結局は自分でやらなければならないことになると思ってたよ。今日ばかりは誰も助けに来ちゃくれないよ、ボー」

ボーが何も言えないでいると、マギーは散弾銃を持ち上げてボーに向けた。

「わたしはそう思わないわ、ミセス・ウォルトン」

その声はボーの後ろから聞こえた。が、彼は振り向かなかった。代わりに彼の胸に突きつけられた散弾銃の銃身に焦点を合わせた。マギーが少しでも銃を下げたら、飛びつくつもりだった。

「これはこれは」とマギーが言った。散弾銃はボーに向けたままだった。「ルイス検事長……」

ヘレン・ルイスが空き地を進んできた。手に持った拳銃はマギーに向けられている。彼女が少しずつ近づくにつれ、ボーの視界のすみにもヘレンの姿が見えてきた。「銃を置きなさい、ミセス・ウォルトン」ヘレンはそう言いながら、ゆっくりと近づいていった。「試合終了よ」

「誰の指図も受けないよ」マギーはそう言うと、銃をボーに向けたまま、ヘレンをにらみつけた。

「今すぐ、銃を置くのよ、ミセス・ウォルトン。さもなければ――」

「さもなければ、何だと言うんだい？」マギーは言った。「あんたが撃とうとするより早く、わたしがこの黒んぼ《ニガー》を殺すのを見てるんだね。優位な立場にあるのはこっちだよ。あんたにもわかってるはずだ」

「あなたがボーを撃ったら、わたしもあなたを殺す。ゲームはあなたの負けよ、ミセス・ウォルトン」

「ボールを持ってるのはあんたじゃない、検事長。あんたは男にできることは何でもできると考えてる新しい時代の女を気取ってるのかもしれないが、わたしには通用しないよ。わたしがこの街なんだ。わたしさ。このマギー・カーティス・ウォルトンがね。これまで四十五年生き延びてきて、これよりももっと危険な状況も切り抜けてきた。わたしはボーを殺す。あんたがそのおもちゃみたいな銃をはずすか、わたしを傷つけるだけなら、そのときはあんたも殺す」彼女は頷いた。「ほら、こんな筋書きはどうだい。ボーがここに来てわたしを殺そうとする。そのあと、ルイス検事長がやってきてわたしを助けようとするが、ボーに殺され、わたしは正当防衛でボーを殺す」

「あんたはおれをはめる機会をずっと狙っていたんだな」ボーが割って入った。

「ああ、そうだよ」彼女はそう言うとボーに眼を向けた。

「どうしてそんなにおれを憎むんだ？」ボーは尋ねた。ヘレンがマギーに銃を手放させることができないなら、再び話し続けるしかなかった。「今でも理解できないのは、あんた自身がこれらすべてにどう絡んでるのかってことだ。アンディが告白して刑務所に行く。ああ、確かに残念なことだが、だからってなぜあんたが全員を殺さなきゃならない？ あんたが刑務所に行くわけじゃない。この大切な農場を失うわけでもない」ボーはそこまで言うと、マギーが自分をじっと見ていることに気づいた。

「どうしてそんなにおれを憎むんだ？」ボーは質問を繰り返した。声は震え始めていた。

「なぜだ？ アンディはおれの父親を殺した。おれには彼を憎む理由がある。あんたにはおれを憎む理由はないはずだ。なぜなんだ、ミズ・マギー？」

ボーはヘレン・ルイスのことを忘れていた。マギー・ウォルトンが彼に向けている銃のことも忘れていた。おれは知らなければならない……

「ルーズベルト・ヘインズはわたしの家族を脅した。それがあんたとの違いだよ」

「どうやって？ 父さんがどうやってあんたを脅すんだ？ 丘のうえの大邸宅に住むあんたを、哀れな小作人がどうやって脅すというんだ？」

「あんたの父親はお前を使ってわたしを脅したんだよ、ボーセフィス」マギーは叫ぶように言った。そしてためらうことなく、銃身を下に向けると引き金を引いた。

ボーの左膝が痛みで爆発し、地面に倒れ込んだ。ヘレン・ルイスが拳銃を放つのが見えた。ヘレンの放った銃弾はマギーの肩にあたり、彼女は後ろによろけた。次の銃弾がマギーの腹に当たり、彼女は散弾銃を腰まで下げた。足が震えていた。もう少しで倒れそうだった。そしてヘレンが銃を少し下げて、ボーをちらっと見た。「ボー、大丈夫——?」

「駄目だ、ヘレン!」ボーは叫んだ。が、遅かった。

マギー・ウォルトンが腰のあたりに持ったまま散弾銃を撃ち、地区検事長が倒れた。ヘレンは背中から倒れ、身をよじってうつぶせになり、そして動かなくなった。

死んだ。打ち砕かれた膝を両腕で抱えながら、ボーはそう思った。また犠牲者が出た。

「だから言っただろ」とマギーは言い、くすっと笑った。「あんたにゃ無理だって」

ボーはマギーをじっと見た。白いブラウスは鎖骨のあたりが赤く染まっていた。だが彼女は生きている。そしてまだ散弾銃を持っていた。

痛みに耐えて歯を食いしばり、右足にすべての体重をかけて、ボーは何とか立ち上がった。

「どうやって父さんはおれを使ってあんたを脅したんだ」彼は吐きだすように言った。

マギー・ウォルトンはボーのほうに二歩進み出ると、銃身をボーの額に押し当てた。彼女の眼は憎しみで輝いていた。そして吐きだすように言い放った。「やつがお前の父親じゃないからさ」

ボーはまばたきをした。右足が崩れ落ち膝をついて、茶色い砂を見つめた。そしてもう一度マギー・ウォルトンを見た。「今、何と?」

「ルーズベルトはお前の父親じゃない。彼はあんたの母親があんたを妊娠した数ヵ月後に結婚したんだ」マギーは一瞬間《ま》を置くと、ほとんど囁くくらいに小さな声で続けた。「真実はね、ボー、お前が生涯かけて自分の本当の父親を憎んできたってことなのさ」

ボーは砂から眼を上げた。ようやく真実を理解し始めていた。「嘘だ」彼は囁くように言った。

「嘘じゃない」とマギーは言い放った。「お前の父親はわたしの夫、アンドリュー・デイヴィス・ウォルトンさ。クー・クラックス・クラン、テネシー騎士団の最高指導者《インペリアル・ウィザード》のね。アンディはお前の母親《マンマ》に手をつけたんだ。その結果がお前さ。それが、わたしがお前を憎む理由だよ。あんたが初めて息をしたときから、ずっと死んでほしいと思っていた！」

耐えられないほどの膝の痛みにかかわらず、ボーは全身から力が抜けてしまうようだった。両腕を力なく脇に垂らしながら、マギー・ウォルトンを見上げていた。「なぜ、子どものときにおれを殺さなかった？」

「アンディがそうさせなかった」とマギーは言い、怒りに歯がみした。「アンディは自分のしたことをすべて話した。だが、自分の息子を殺そうとはしなかった」マギーは笑った。だが、その声には苦々しさが聞いて取れた。「なんていう皮肉だろうね？　お前は自分の人生をかけてアンディ・ウォルトンを憎んできた。そして彼こそがお前が生きてこられた唯一の理由だったのさ。わたしは、アンディを楽にさせてやったらすぐにあんたを殺す計画をたてた。まずは検察にそれをさせようとした。お前が自分の父親を殺した罪で死刑になるのを見れば、どんなに満足感を得られることかと思ってね。ところがヘレンは失敗するし、レイレイがあんたを殺すために雇った殺し屋の邪魔をしちまった。だから今、自分の手でやらなきゃならないのさ」

彼女は後ろに下がると、散弾銃を上げて彼に向けた。

「なぜ、アンディは父さん——」ボーは言いかけてやめ、眼を閉じた。「ルーズベルトを殺した？」彼は言い直した。「なぜアンディはルーズベルトを殺したんだ？」

「ルーズベルトは家にやって来て、お前の養育費を要求した。アンディ・ウォルトンの息子が極貧のなかで育つのはフェアじゃない。養育費を支払わなければ、みんなが真実を知ることになると言ってね」彼女はそこでことばを切った。「強欲で出しゃばりな黒ん《ニガ》ぼだよ。わたしはアンディにルーズベルトを殺すように言った。そうすりゃわたしへのバースディ・プレゼントになると言ってね」彼女は肩をすくめ、眼を細めてボーを見た。「アンディは喜んでルーズベルトを殺したよ。彼を悩ませたのはお前が彼を見たことだった。信じられるかい？　あの人はお前のことを心配してたんだよ」

ボーはマギー・ウォルトンを見上げた。めまいがし、まばたきをした。膝からは大量に出血していた。もうすぐ出血多量で意識がなくなることがわかっていた。

「母《マ》さ《ン》ん《マ》は？」とボーは訊いた。「母《マ》さ《ン》ん《マ》に何があった？」

マギーは眼を細めてボーを見ると、ほとんど囁くように声をひそめて言った。「彼女はあんたの後ろにいるよ、ボーセフィス」

ボーは困惑に顔をしかめ、池のほうに頭をめぐらせた。

「わたしがあの黒んぼ《ニガー》の淫売を殺したと知って、アンディはそりゃあもう動揺したよ」マギーは続けた。声はさらに小さくなっていた。「わたしが肉切包丁であの女を刺したのさ。それからアンディの材木置き場のひとつに運んで、死体を焼いたんだ」彼女はそこでことばを切った。「灰はあんたの後ろの池に撒《ま》いてやったよ」

ボーは眼を閉じた。母さん《マンマ》は自分を置いて出て行ったりしなかった。姿を消したわけではなかった。怪物《モンスター》に殺されていたのだ。

もう疑問はなかった。

「お前は自分の人生をかけて、アンディに復讐をするために追いかけてきた」マギーは、今度は大きな声で言った。

ボーは自分が死にかけていることがわかっていた。眼を閉じたまま、ジャスミンのことを考えていた。そしてT・Jとライラのことを。おれの人生は嘘っぱちだった。だが、三人は違う。みんなは大丈夫だ。そしておれがいないほうが、みんなにとってはいいだろう。

「わたしは自分の人生をかけてお前に復讐しようとした」マギーは続けた。

ボーは何とか眼を開いていようとした。彼は振り向くと、マギー・ウォルトンを見上げた。

彼女は散弾銃を肩にあてて持ち、眼を細めてボーを見ていた。

「わたしの勝ちだ」彼女はそう言うと引き金を引いた。

鹿撃ち弾がボーの右肩の腱板《けんばん》のうえにあたり、爆発するような痛みが走った。手足を広げて背中から池に倒れ込むあいだに、さらに二発が発射され、その最後の一発に耳が聞こえなくなった。

ボーは眼を閉じた。ここで死ぬのは自分にとっては唯一正しいことなのだと思いながら。母親の灰が撒かれたこの場所で。彼が唯一父親だと思っていた人が吊るされた木の近くで。

体が池のなかに滑り落ちていこうとするあいだ、ボーは頭を起こして彼の人生をめちゃくちゃにした怪物《モンスター》を見ようとした。最後に眼にするものは笑みを浮かべた、満足そうな彼女の顔だと予想しながら。だが、マギー・ウォルトンはもうそこにはいなかった。

彼女はうつぶせに倒れていた。死んでいた。胸から血が流れ、顔の右側――ボーから見えるほうの側――がなくなっていた。

ボーは池の砂底を手でかいて、体が沈むのを止めようとした。左のほうに眼をやると、ヘレン・ルイス検事長が片膝をついて、マギー・ウォルトンが立っていたところに拳銃を向けていた。だが、ヘレンはマギーを見ていなかった。彼女はその後ろの空き地のはずれのほうを見ていた。彼女の視線を追い、その焦点の先にあるものを見て、ボーの胸が激しく脈打った。

一九六六年にルーズベルト・ヘインズが吊るされたその木の下に、レミントン三〇－〇六鹿狩り用ライフルを持った老人が立っていた。

「教授」とボーは言った。

そしてすべてが暗くなり、ボーの頭は水面の下に沈んでいった。

エピローグ

ボーセフィス・ヘインズの裁判が終わった二週間後、リック・ドレイクはプラスキのメインプルウッド墓地の近くの歩道の縁石に〈サターン〉を止めた。イグニションを切ると、助手席に眼をやった。「着きましたよ、教授」

トーマス・ジャクソン・マクマートリーは眼を開けると、右手の指で眼をこすった。彼はタスカルーサからの道中のほとんどを眠っていた。

「手を貸しましょうか？」とリックが訊いた。

トムは手を振ると、ドアを開けた。今は、十一月初旬、墓地の木々の葉は黄色や茶色、そしてオレンジ色に着飾っていた。美しい、トムは新鮮な空気を吸いながらそう思った。気温は十度を少し超えたくらいだったが、太陽は空高くにあり、うなじに暖かさを感じていた。墓地のほうに眼をやり、待ってよかったと思った。銃撃のすぐあとに葬儀をしていたら、大騒ぎになっていただろう。彼の友人はもっとちゃんと見送ってやりたかった。彼は苦痛に満ちた人生を送ってきた。トムは彼の埋葬がなるべくスムーズにいくように取り計らうつもりだった。

トムとリックはそれぞれ小さな花束を手に丘を登った。墓石の列の前を通り過ぎると、トムは去っていった友人たちに敬意を表すときにいつも陥る憂鬱な気分を感じていた。彼にはわかっていた。自分自身がこのコンクリートブロックの下に眠ることになるのもそう遠くはないことを。骨が朽ち果てながらも、願わくはその魂が天国へと旅立つ日がもうすぐ来ることを。

簡単なセレモニーが催されることになっているテントへと歩むあいだも、トムは彼が愛し、去っていった人々のことを考えずにはいられなかった。母と父、ふたりの教えは今も彼の人生を支えてくれている。彼が人生で心から愛した女性、美しい妻のジュリー。彼の師であり、信頼できる相談相手だったブライアント・コーチ。癌のためにあまりにも早くこの世を去ったチームメイトのパット・トランメル。トムは涙を拭いながら、リックに続いてテントのなかに入った。マホガニーの棺《ひつぎ》がテントの一番奥に置かれ、黒いスモックを着た男が脇に立っていた。トムは棺に近づくと、花束を棺の裾に置いた。そして棺に手を置いて、眼をつぶると静かに祈りを捧げた。眼を開くと、もうひとりの参列者がテントのなかに入り、近づいてきた。

ヘレン・エヴァンジェリン・ルイスは黒のスカート、黒のブラウス、そして黒い髪に合わせた黒い包帯で左腕を吊るしていた。トムに笑いかけると、持ってきた花束をトムとリックの置いた花束のうえに置いた。

「体の具合は？」彼女のほほにキスをしながら、トムが訊いた。

「よくなってきたわ」とヘレンは言った。「あなたがいなかったら、死んでるところだった」

ヘレンは心臓のわずかうえの左肩を撃たれていた。マギーが放った銃弾は少しでもずれていたらヘレンを殺すところだった。彼女はうつぶせに倒れ、死んだふりをしてマギーがボーを撃とうとするまで待った。失血によってめまいがしていたが、若い頃に警官として学んだスキルを使って体を起こすと、右膝をついて、左足で踏ん張るように体を支えた。彼女は拳銃を上げるとマギー・ウォルトンが散弾銃の引き金を引く直前に撃った。ヘレンの放った銃弾はマギーが散弾銃を構えていた肩にあたり、ボーの額を狙って放たれたマギーの銃弾は彼の右肩にあたった。

マギーがヘレンのほうに向きを変えると、ヘレンがさらにもう一発放ち、今度は気が狂ったような形相の女の胸をとらえた。それはヘレンの最後の銃弾だった。が、十分ではなかった。深い傷を受けているにもかかわらず、マギーは銃をヘレンに向けた。

しかし次の銃弾が放たれることはなかった。ヘレンは恐怖のなか、マギー・ウォルトンの顔の右半分が、ライフルで撃たれた衝撃で吹き飛ぶのを見た。その銃声はあまりにも大きく、ヘレンは数秒間何も聞こえなかった。右のほうに眼をやると、そこにトムがいた。何かを言おうとして近づいてくる姿を見ながら、ヘレンは気を失った。

眼を覚ましたとき、彼女は暗い病室にいた。トムが部屋の隅に坐っていた。ふたりでしばらく話したあと、スプリングフィールド保安官補が部屋に入って来て空き地での出来事についてヘレンに質問をした。

その後、ふたりが会うのは初めてだった。ふたりでプラスチックの椅子に坐ると、ヘレンは肘でトムの脇腹を優しくつついた。「何でお見舞いに来てくれなかったの？」

トムは彼女にほほ笑み返した。「君には休息が必要だったからね、それに……」彼はそう言うとため息をつき、棺のほうに眼をやった。「やらなければならないことがあったから」

彼女は頷くと、顎をぐいっと引いた。「本当に残念だったわ」と彼女は言った。「本当に」

そして彼女はトムのほうに頭をかしげると、彼の耳元に顔を寄せて囁いた。「どうしてわかったのか、まだ聞いてなかったわね」

トムはほほ笑むと彼女の耳元に囁き返した。「カーティスが自殺したあと、君が保安官事務所にいないと聞いて、どこへ行ったのか考えた。そしてレイイが撃たれる前に、君が話していたことを思い出し、ブリーフケースのなかにあった面会記録を見たんだ」彼はそこでことばを切った。「今度は一字一句見直したよ」

ヘレンは笑みを浮かべた。「見つけたのね？」

トムは頷いた。「二〇一一年八月十一日、アンディ・ウォルトンがセント・クレア矯正施設にジャック・ウィリストーンを訪ねていた。ミセス・アンディ・ウォルトンがね。我々は名前にばかり眼がいって、敬称の欄には注意を払っていなかった。署名は別のときにアンディが面会に来たときと同じだったから、敬称の欄をチェックすることにまで気が回らなかったんだ」彼はそう言うと首を振った。「だが気づいた。それまではすべてMrと書かれていたのに、そのときはMrsと書かれていた。やや殴り書きで最後のsが欄の線にかかって読みにくかったが」

「でも注意深く見て、見つけた」とヘレンは言った。

「君もだ」とトムは言った。「自分が見落としていたのが信じられない、と言いたいところだが、しょうがなかったとも思っている。署名はまったく見分けがつかなかった。正直なところ、君が気づいたのが信じられないよ」

ヘレンはもう一度、笑みを浮かべた。「忘れたの？　わたしはこの街に二十年も住んでいるのよ。アンディ・ウォルトンはここ何年も小切手に自分でサインしていなかった。多くの奥さん連中と同様、ミセス・ウォルトンは夫のサインを真似するようになったのよ。いいえ、むしろ彼よりもうまくサインしていた。古きよき南部の女性として、彼女が自分のことをミセス・アンディ・ウォルトンと呼ぶのは少しも珍しいことじゃなかった」

トムは首を振った。「もう一度ジャック・ウィリストーンと話をしたら、そのとき彼に会いに来たのがマギーだったことを認めたよ。何を話したかは覚えていないと言っていたがね」彼はそう言った。「ウィリストーンは我々が矯正施設に彼を訪れたとき、我々が探している答えはすぐ眼の前にあると言っていた」

「そしてその通りだった」とヘレンは言った。「ミ、セ、ス・アンディ・ウォルトンは八月十一日にジャック・ウィリストーンを訪ね、ウィリストーンはジムボーンの名前と連絡先を彼女に教えた。詳しいことはもうわからないけれど、マギーは彼女がウィーラーを雇ったことをあの空き地で認めていた。それに面会記録がそれを物語っている」

「ウィーラーの最近の状況は？」とトムは訊いた。

「しばらくはプラスキに拘留するつもりよ。たぶんここで起訴されることになるはず。レイレイ殺害の現行犯でね。なにしろ六人も目撃者がいるし、ブーハーも名乗り出てきた。あなたを襲った件でも起訴するつもりよ」

「ブーハーは自首してきたのか？」

ヘレンは頷いた。「ジムボーンが逮捕された二日後に、保安官事務所に出頭してきた。ジムボーンは彼女に、自分がつかまった場合の撤退策を授けていたようね。偽造パスポートを持ってケイマンに逃げることになっていたらしいけど、彼女はそれを望まなかった。逃げ回りたくなかったと言って。彼女はローレンスバーグのホテル・オーナー、キャピー・リンボーを殺人の共謀で逮捕するための情報をたっぷり話してくれたわ。おそらく二年ほど刑務所に入ることになるでしょうけど、五十歳まえには仮釈放で出てこれるでしょう」

「そんなところだろうな」とトムは同意した。「ペトリー保安官は？」

ヘレンは顔をしかめた。「彼は有罪答弁を行って、刑の宣告を待ってる。残りの人生は刑務所で過ごすことになりそうね」

さらに何か言おうとしたが、牧師が立ち上がって両手を上げ、大きな威厳に満ちた声で話した。「祈りましょう」

トムは頭《こうべ》を垂れた。

「今日、我々は死を嘆くためにここに来たのではありません。彼が素晴らしい人生を送ったことを祝うためにここに来たのです」牧師はテントの後ろまで届くように大きな声で言った。「生まれてからの人生のほとんどをこの街で暮らした一人の男の人生を祝うために。このテントの下に集まった誰もが知り、愛した男を。我々は今日……」

トムは、苦痛に満ちた友の人生を思い、眼を閉じた。

「……レイモンド・ジェイムス・ピッカルーの人生を祝うためにここに集《つど》いました」

「……そして、我らは願います。神よ、レイレイが神の子イエス・キリストによって永遠の生命を知ることができるよう、彼の魂をあなたの愛に満ちた両手に抱きたまえ。アーメン」

トムは眼を開けて、右側を見た。ヘレンが眼の前の棺を見つめ、じっと考え込んでいた。左側ではリック・ドレイクが涙で眼をうるませていた。リックは裁判を通じてレイレイが好きになっていた。そしてわずか一メートルの距離で彼が殺されるところを見ていた。彼は今もしばしば悪夢に悩まされている。彼らの後ろの二列目の席には、レイレイの妻、ドリスが入っている介護施設のスタッフが坐り、そのなかにはドリスの担当看護師のジェニファー・

アイゼルの姿もあった。看護スタッフとトムは話し合いの末、ドリスを動揺させるだけになるだろうとの考えから、アルツハイマーの末期にある彼の妻は葬儀には参列させないことにした。列席者のなかにはレイレイの赤毛の秘書ボニーもいた。今日はいつものように胸の谷間を見せてはいなかった。トムの知る限りでは、レイレイには存命している親せきはいなかった。ドリスの唯一の親せきである、メリーランドで暮らすいとこは出席していなかった。テントの後ろで動きがあり、トムはゆっくりと頭をめぐらせた。ふたりの男がテントの下を歩いてきた。ひとりはトムが裁判のときに見た覚えのある、痩せたティーンエイジャーの少年だった。その隣にはもう一人の男が二本の松葉杖で体を支えながら、前へ進んでいた。苦労して丘を登ってきた額には汗が光っていた。

トムは無意識に立ち上がると、その男のほうに歩み寄った。「大丈夫か？」トムは囁くように言った。

ボーセフィス・オルリウス・ヘインズは、疲れたような笑顔をトムに向けるとウインクをした。「絶好調ですよ」

「では」と牧師がテントの前から大きな声を発した。「ミスター・ピッカルーの友人のひとりからことばをいただきましょう」牧師は一瞬の間《ま》を置いてから言った。「ミスター・ヘインズ……」

「通してもらえますか、教授」とボーは言い、松葉杖を眼の前に置くと、最後の三メートルを堂々と進んだ。T・Jもボーとともに歩み、ボーから松葉杖を受け取った。そのあいだ、トムはテントの後ろで釘付けになったままだった。ボーが列席できたことが信じられなかった。膝は散弾銃によって一生使い物にならないくらいのダメージを受け、二発目によって鎖骨を砕かれていた。明らかに痛みを感じているにもかかわらず、ボーはここにいた。

「ありがとう、牧師」とボーは言った。テントの下の全員が立ち上がっていた。ボーは咳払いをした。「レイレイ・ピッカルーはおれの友人ではなかった。彼は……欠点のある男で、人生でいくつか悪い行いをした。だが……おれはこの男に借りがある。生きているうちには言えなかったので、今、ここで言おう」ボーはことばを切った。「おれは、自分が子どもの頃に見たものの背後にある真実を求めて、四十五年間過ごしてきた。レイレイは、いろいろと嫌なところはあったが、最後に真実を話してくれた。もしレイレイ・ピッカルーが自ら進み出て、自分の犯した罪を話してくれなかったら、おれは今も刑務所にいただろう。おまけに彼はおれに向けられた二発の銃弾を受けた。レイレイ・ピッカルーがいなければ、おれは自分がやっていない罪のせいで刑務所にいたか……あるいはこの棺桶《かんおけ》のなかにいただろう」

ボーはそこでことばを切り、棺を見ると、そのうえに手を置いた。T・Jがもう片方の手を握って倒れないように支えた。

「ありがとう、レイ……レイ」とボーは言った。声は感極まって震えていた。「ありがとう」

彼らはリックの〈サターン〉のところで別れのことばを交わした。ボーはリックを手荒く抱きしめ、首の周りに腕を回した。「坊主、お前はずっとおれを信じてくれた」とボーは言った。「信じてくれてありがとう」

「当り前じゃないか、ボー」リックは涙を拭いながら何とかそう言った。ふたりとも笑っていた。

ボーと握手を交わすと、リックは車に乗り込み、イグニションを回した。

〈サターン〉が咳き込むように息を吹き返すと、ボーは車の屋根を支えにしながら、〈サターン〉の周りをまわってトムのもとに歩いた。ふたりでしばらく見つめ合ったあと、ボーはトムを抱きしめた。「教授、あなたはおれの命の恩人です」とボーは言った。

「君は去年、わたしを救ってくれた」とトムは言った。眼の奥が熱くなっていた。「これで、おあいこだ」

しばらくのあいだ、どちらも何も言わなかった。やがてトムがボーの腕に手を置いて言った。「大丈夫なのか？」

「ええ、大丈夫です。肩はまだ少し痛みますし、これからはずっと少し足を引きずることになりそうですが――」

「ボー、そうじゃなくて。本当に……大丈夫なのか？　つまり――」

「言いたいことはわかります」とボーは言い、墓地を見渡した。太陽は西に沈みかけ、墓地をオレンジ色がかった赤に染めていた。「真実を知ったことですね？」とボーは訊いた。

トムは頷いた。「ああ、そうだ」

「真実については、よくわかりません」とボーは言った。「おれは」彼はため息をつくと首を振った。「まだ混乱してます」

「ジャスミンとのことは？」

もう一度、ボーはため息をついた。「込みいってまして」と彼は言った。

「彼女は君を愛している。君もそれをわかっているはずだ」

ボーは頷いた。「わかってます。ただ……いろんなことがあったんで」

「その……君の父親のことはどうなんだ？ 受け止めることはできたのか？」

ボーはまばたきをすると、歩道に眼を落とした。T・Jが〈セコイア〉を回してきて、ふたりの隣に停めた。「もういいかい、父さん」

「ああ、T・J」

そう言うと、ボーはトムのほうを向いて首を振った。「そのことをいつか受け止めることができるのかどうかもわかりません、教授。本当に理解することは……無理でしょう。ですが……これだけは……言わせてください」彼の声は感極まって震えていた。「ロースクールにいた頃から今日まで、おれにとって父親と呼べる人はひとりしかいませんでした」とボーは言った。黒いほほを涙が伝った。「おれは息子にその人の名前をつけました」

トムは、何を言っていいかわからないまま、そして自分自身の眼も濡れてきたのを感じながら、〈セコイア〉の運転席に坐る青年に眼をやり頷いた。トーマス《T》・ジャクソン《J》・ヘインズがほほ笑み、トムに頷き返した。

「終わったんだな、ボー」振り向いて友人を抱きしめながら、トムはそう言った。「終わったんだ」

トムはリックの〈サターン〉のドアを開けて乗り込んだ。ウィンドウを下ろすと、松葉杖をつかんで二、三歩後ろに下がったボーに向かって叫んだ。「で、いつから仕事に戻るんだ？」

ボーセフィス・ヘインズは笑みを浮かべながら言った。「明日からですよ、親父《おやっ》さん」

「明日だって？」トムは叫んだ。〈サターン〉がじりじりと前に進んだ。ボーが頷くのが見えた。車が声の届かないところまで進もうとするとき、トムはなじみのあることばを耳にした。

「ケツの穴《ワイド》、全開《アス・オープン》でいきますよ」

謝辞

十四年前に美しいディクシー・ディル・ディヴィスと結婚したことで、わたしは自分にはもったいないほど素晴らしい女性を伴侶とし、それ以来、何度も幸運を手に入れてきた。ディクシーはわたしの執筆という旅にずっと寄り添ってくれるとともに、ストーリーやキャラクター、そしてアイデアを考えるうえでの相談役になってくれた。彼女とこの冒険をともにできたことに心から感謝したい。

子どもたち――ジミー、ボビーそしてアリー――はわたしの大きな喜びだ。彼らは毎日わたしに刺激を与え、導いてくれた。とても誇りに思っている。

わたしの両親――ランディとベス・ベイリーは数えきれないくらいわたしを助けてくれた。父は生まれながらの才能あふれるストーリーテラーで、貴重なフィードバックをわたしに与えてくれた。元教師の母は、とても注意深い校正者だった。わたしが執筆で悩んでいるとき、父と母はいつもはっきりとした口調で「イエス」と答えてくれた。わたしにとってふたりがどれだけ重要な存在なのか言いつくすことはできない。

わたしのエージェント、リザ・フライスィヒは、わたしにとっては神のような存在である。彼女の粘り強さはすべての作家がエージェントに求める才能だ。リザとLRAのみんなに感謝したい。

アイデアと洞察、そして専門知識を与えてくれたわたしの編集者、シャスティ・エゲルダールとクラレンス・ヘインズにも感謝を。特にアラン・ターカス、ジャック・ベン＝ゼクリ、ティファニー・ポコルニーとトーマス＆マーサーのチームのみんなにも感謝を述べたい。

また、本書のために素晴らしい宣伝活動を展開してくれた、ジュリー・シュエルケ、マリッサ・カーナットとJKSコミュニケーションズのみんなにも大きな感謝を送りたい。

本書の原稿を読んでくれてアイデアと励ましを与えてくれた素晴らしい友人たち、ビルとメラニーのファウラー夫妻、リック・オンキー、マーク・ウィッツェン、スティーブ・シェイマス、ウィル・パウエルにも感謝を伝えたい。

義理の父、ドクター・ジム・デイヴィスは、早い段階からストーリーに眼を通してくれた。彼の周囲を巻き込むようなポジティブなエネルギーはとてもありがたかった。彼と奥さんのジャニーは本書の宣伝にもとても尽力してくれた。

わたしの義理の母、ベバリー・バカは本書の執筆中、数えきれないほどの時間をわたしとディクシーのために捧げてくれた。ベバリーと夫のジェリーは多くの時間とエネルギーを費やして、わたしたち夫婦を支えてくれた。

弟のボー・ベイリーと奥さんのエイミーは、わたしの夢の偉大なサポーターでありプロモーターだ。

義理の姉妹のクリスティ・デイヴィス・リーグとデニス・デイヴィス・バローズにも感謝したい。彼女たちは自らの時間とエネルギーを割いて、数多くのブックイベントに参加してくれた。

友人で弁護士のトム・カステリはテネシー州の刑事法手続きを個別に指導してくれた。わたしのようなアラバマ州の弁護士にとってはとても貴重だった。

プラスキの住人、クリス・マッギルとウィラ・ラムは街の歴史と有名なランドマークについて教えてくれ、本書を書くうえで大いに役立った。

アラバマ州ポイント・クリアのジョーとフォンシー・バラードはわたしの作家としてのキャリアにおける素晴らしい友人であり、サポーターでいてくれた。ふたりにも感謝のことばを述べたい。

最後にわたしの務める弁護士事務所、ラニア・フォード・シェーバー＆ペインPCのみんなにも特別な感謝の気持ちを贈りたい。

訳者あとがき

吉野弘人

ロバート・ベイリーのマクマートリー&ドレイク・リーガル・スリラー・シリーズ第二作『黒と白のはざま』をお送りする。

以下、一部ネタバレが含まれるかもしれないので、気になる方は作品を先にお読みいただきたい。

前作で癌《がん》を患って気力を失っていたトムのケツを蹴飛ばして励まし、脇役ながら読者の間でトムの愛犬ムッソと人気を二分した黒人弁護士ボーセフィス（ボー）・ヘインズが本作の中心となる。舞台は、ボーの故郷テネシー州プラスキ。五歳のときに眼の前で父親をク《K》ー・ク《K》ラックス・ク《K》ランに殺されたボーは、白いフードをかぶった犯人グループのリーダーの声に聞き覚えがあった。声の主はボーの父親が働く農場の農場主アンディ・ウォルトンだった。しかし、誰も五歳の少年の証言を信用してくれなかった。その後、ボーはアラバマ大ロースクールを優秀な成績で卒業し、プラスキで弁護士を開業する。すべてはアンディに正義の裁きを受けさせるためだった。しかし事件から四十五年後、ボーの父の命日の夜、アンディがボーの父親が吊るされたのと同じ木に吊るされて殺される。保安官は、アンディ余命わずかであることを知ったボーが自らの手で復讐《ふくしゅう》を果たしたと見てボーを逮捕する。さらにボーに不利な証拠も次々と見つかり、窮地に立たされたボーは恩師であるトムに助けを求める。トムとリックは、慣れぬ土地で初めての刑事裁判、しかも死刑裁判に挑むことになる。対する検察側は就任以来八年間負け知らずの検事長ヘレン・ルイス。トムとリックは、トムの元チームメイトで地元の離婚専門弁護士レイレイの協力のもと、圧倒的に不利な裁判に臨む。

前作は、トラック事故にかかる民事裁判だったことから、謎解きの要素はなく、裁判の行方だけが物語の焦点だった。前作の訳者あとがきでもわたしは「〝謎《ミステリー》〟がまったくと言っていいほど存在しない」と書いている。そんな声が聞こえたわけではないだろうが、著者は本作をしっかりとミステリーに仕上げてきた。「ミステリー？　書けますよ」と言う著者の声が聞こえてくるようだ。しかもその出来が素晴らしい！　特に優れているのは、〝謎〟を犯人捜しの〝フーダニット〟よりも、犯人がなぜ殺人を犯したのかという〝ホワイダニット〟に焦点を当てた点にある。決して大掛かりな仕掛けではなく、賢明な読者の中には予想できた方もいたかもしれない。だが、その謎が明かされることでこれまで見えていた絵がすべて変わってしまうのだ。まるでオセロの終盤の一手で局面が一気に逆転したかのようで、非常に効果的な仕掛けとなっている。終盤の圧倒的な展開もあいまって非常に優れたミステリー作品に仕上がっている。

また本作は、クー・クラックス・クラン誕生の地テネシー州プラスキを舞台としている点も興味深い。二十一世紀の現在にあってKKKは過去の遺物のように思われるかもしれないが、二〇一七年、KKKがドナルド・トランプ支持を表明してデモを繰り広げ、これに抗議した人に犠牲者が出ていることは記憶に新しい。KKKは今も南部を中心に根強く残っている問題なのである。本作は人種差別によるヘイトクライムを背景としながら、その根底にある白人と黒人の間の愛憎や、今もKKK発祥の地という重い十字架を背負ったプラスキの住民の苦悩も描き、これまであまり知ることのなかったアメリカを我々に教えてくれる。

本作のタイトル『黒と白のはざま』(原題は Between Black and White) が人種差別問題を意味していることは言うまでもない。だがこのタイトルにはもう一つの意味があるのではなかろうか。作中でもときおり言及されているように、英語の black and white には、「白黒はっきりした」「明白な」という意味がある。本作における黒と白は、ボーが四十五年間追い求めてきた真実であり、「黒と白のはざま」は、ボーがやっとたどり着いた真相が黒とも白ともはっきりしない、あまりにも残酷で皮肉な事実だったということを意味している。本作のラストは一見ハッピーエンドのようで決してそうではない。事実、ボーはこの後の作品の中でも、この残酷な真実を背負い、悩みながら生きていくことになる。追い求めた真実が黒か白かはっきりしないものだとしても、人は真実を求めずにはいられず、その結果を背負って生きていかなければならないのだ。

トムとリックのリーガル・スリラー・シリーズは本国では第四作まで刊行されている。

The Professor　二〇一四年（『ザ・プロフェッサー』小学館文庫）
Between Black and White　二〇一六年（本書）
The Last Trial　二〇一八年
The Final Reckoning　二〇一九年四月

次作 The Last Trial は、いろいろな意味でシリーズの転換点となる重要な作品である。あらすじ自体が冒頭から意外性に満ちているため、何を話してもネタバレになってしまうことから、ここではあえて内容には触れないでおこう。ただ、第一作で残されていた伏線がやっと回収されるとだけ言っておく。米国では過去二作を上回る高い評価を得ており、はっきり言って傑作である（個人の感想です）。乞うご期待を。

前作のあとがきでも書いたように、このシリーズは訳者による〝持込み〟によって実現した作品である。実は、企画を持ち込んだ際には第一作と本作の両方のシノプシス（企画書）を提出した。小学館の担当の皆川裕子さんからは、第一作のほうがエンタメ性が高いと評価していただき出版にこぎつけることができた。一方で事前に翻訳の師匠である田口俊樹氏に見ていただいた際には、本作のほうがミステリーとして面白いと言っていただいた。それぞれやや異なった作風は著者が多才であることの証《あかし》であろう。読者のみなさんはどちらがお好みだろうか。ともあれ、お二人を含め本作の刊行に尽力いただいた関係者の方々、解説をいただいた林家正蔵師匠、そして何よりも素晴らしい作品をこの世に送り出してくれた著者ロバート・ベイリー氏にこの場を借りて感謝の意を表したい。

二〇二〇年一月

解説

林家正蔵

皆さんよりも一足お先に、只今《ただいま》、ロバート・ベイリーの新作を読み終えました。東京の自宅の書斎の窓からは、隣の家の木々が色づくのが見える。秋の深まりをぼんやりながめていると、なんだか無性に熱いほうじ茶が飲みたくなる。ダイニングで深めに淹《い》れた香ばしいお茶をフーフーさまして、一口。

するとと思いがけず、「あーこんな親父《おやっさん》になってみたいものだ」という言葉が浮かんできた。

トーマス・マクマートリー。通称トム。

彼の年齢より年下の私は五十七歳。これから先私には、はたしてどのくらいの時間が残されているだろうか。どんな病気にかかるのかしら。足元に寝ころんで、すやすやと眠りについている我が家の老犬と、どれぐらい散歩がたのしめるかしら。そんな考えが浮かんでくる。

六十歳をまだ迎えていないので、人生の先輩たちからお叱りをうけるかもしれないが、本書、そして前作『ザ・プロフェッサー』から、単なるミステリーのおもしろさばかりでない何かにとても心ゆさぶられた。

勿論《もちろん》、作品としても実に巧みに構成されており、窮地に追い込まれた主人公、それを救おうとする男たち、立ちはだかる悪人、どんでんがえしの法廷劇、裏切り、怒り、友情、息をのむクライマックス、愕然《がくぜん》とする真実、それらがとてもテンポよく読み手を物語の中へといざなってゆく。縁があって、何年か前から毎年のようにバーモント州のミドルベリーへ出かける用事があり、本書の舞台になったテネシー州のプラスキにも立ち寄った。その時の思い出が、頭の中のスクリーンの描写に鮮明さを増してくれた。

その時は、ただただのどかな田舎《いなか》まちにしか思えなかった。ゆたかな自然があり、ひなびたダイナーやバーでの楽しくリラックスした時間もある。

しかしそこには、暗い影をおとしている歴史があり、のどかな雰囲気とは裏はらの物語《ストーリー》に、リアルさを感じさせてくれた。

再度読みかえしてみる。すると次から次へといろいろなワードがよぎる。

・「命をはって守る友がいるのか」

・「信じられる仲間がいて、その仲間からも信じられているのか」

・「正しいことを、どんなつらい目にあってもそれが人にどう思われようが、毅然《きぜん》と行動にうつせるか」

・「人として男として、情深く強く優しい気持ちをもっているか」

そんな問いかけがきこえてくるのだ。ハードボイルドやサスペンスや謎ときの枠をこえた、胸せまる熱い感情がこみあげてくる。

もしかしたら、前作の『ザ・プロフェッサー』を読んでいなければ本書には出会えなかったかもしれないし、R・ベイリーという作家すら知らなかったであろう。

前作の表紙はトムとおぼしき男がイスにこしかけ愛犬の頭に手をおいているという、ごくごくおだやかなもので、あまり期待せずに手にとって読みはじめた。

本の裏にも全米で話題の胸熱リーガル小説！　なんて書いてあるので、「ほんまでっか」と言いつつ頁《ページ》をめくりはじめた。

すると、とまらない、とまらない。おもわぬストーリー展開。トムの相棒の勇気に涙ぐみ、法廷の結末に素直に喜ぶ。訳した吉野弘人さんのあとがきに、「まさに巻を措《お》く能《あた》わず」とあった。

知らない言葉だったのですぐに電子辞書に手をのばす。その通りの一気読み。

またこうも書いてある。

「本書は訳者が見つけた原書を出版社に紹介して邦訳出版を提案した、いわゆる〝持込み〟によって実現した作品である」

出版業界の決めごとや仕組みはわからないが、アメリカ探偵作家クラブ賞をはじめとした大きな受賞歴もない、日本のミステリーファンには名もしれぬ作家の作品を世に送り出すには、セールスや活字離れ、出版物の売上の低迷などにかんがみると、とても勇気が必要とされたであろう。

ところが続編がこうやってみなさんの手元にとどいたのだから、その決断がむくわれたということだ。それもまた、私をゆさぶる何かと思う。私はスポーツを熱心にしたこともなく、チームプレイとは何のかかわりあいもない世界に身をおいている。そして大学も出ておらず、ベアやボー、トムの固いきずなのようなものを実際に感じたことがないので、すごくうらやましかった。

おりしも日本中がわいたラグビーワールドカップの「ワン・チーム」なるさわやかな感動が、読み終えると自然とわきあがった。

ぜひともシリーズ第三作『The Last Trial』が出版され日本のミステリーファンのもとに届くことを、せつに願うしだいである。

（はやしや・しょうぞう／落語家）

〈読者のみなさまへ〉

本書の一部には、現在では使用をひかえるべき言葉や表現が含まれておりますが、作品の舞台設定と作者の意図を尊重し、あえて原文を生かした翻訳文としました。本書が決して差別の助長や温存を意図するものでないことをご理解のうえ、お読みください。

本書のプロフィール

本書は、二〇一六年にアメリカで刊行された『BETWEEN BLACK AND WHITE』を本邦初訳したものです。

小学館文庫

黒《くろ》と白《しろ》のはざま

著者　ロバート・ベイリー
訳者　吉野弘人《よしのひろと》

二〇二〇年一月十二日　初版第一刷発行

発行人　飯田昌宏
発行所　株式会社　小学館
〒一〇一-八〇〇一
東京都千代田区一ツ橋二-三-一
電話　編集〇三-三二三〇-五七二〇
販売〇三-五二八一-三五五五
印刷所──大日本印刷株式会社

ISBN978-4-09-406734-7